Kate Brook
Not Exactly Love –
Wer braucht schon
ein Happy End?

KATE BROOK

not exactly love

Wer braucht schon ein Happy End?

ROMAN

Aus dem Englischen von
Babette Schröder

DIANA

Für meine Freunde

FSC www.fsc.org
MIX
Papier aus verantwortungsvollen Quellen
FSC® C014496

Penguin Random House Verlagsgruppe FSC® N001967

Deutsche Erstausgabe 01/2023

Die Originalausgabe erschien 2022 unter dem Titel
Not Exactly What I Had in Mind bei Corvus, London.

Redaktion: Antje Steinhäuser
Umschlaggestaltung: Favoritbuero GbR, München
Umschlagmotive: © GoodStudio/Shutterstock.com
Satz: Uhl + Massopust, Aalen
Druck und Bindung: GGP Media GmbH, Pößneck
Printed in Germany

ISBN 978-3-453-36136-2

www.diana-verlag.de

Teil I

1

Hazel wusste nicht viel über Alfie, außer dass er groß war und sich keinen Vollbart stehen lassen konnte. Und dass er in der Wohnung Sandalen mit Socken trug, was aber irgendwie okay war. Außerdem war er Grundschullehrer und zur Hälfte Jamaikaner, aß aber anscheinend nie jamaikanisches Essen, sondern ernährte sich von Nudeln mit Pesto und dem Tütensalat von Sainsbury's mit Rote-Bete-Streifen. Er hatte vor dieser in zwei anderen Londoner Wohnungen gelebt, mochte die Serie *Black Mirror* und Louis Theroux; sein größter Traum war es, von Schweden nach Sizilien quer durch Europa zu wandern, und zu seinen größten Ängsten zählten Faschismus, Klimawandel und unheilbare Krankheiten. Er besaß eine elektrische Zahnbürste und eine Eine-Portion-Cafetière, die er immer erst dann abspülte, wenn er darin neuen Kaffee zubereiten wollte. Und sie wusste, dass er letzte Woche Sex gehabt hatte, denn die Frau war so laut gewesen, dass Hazel in ihrem eigenen Zimmer auf der anderen Seite des Flurs alles hatte hören können. Jetzt kniete sie selbst nackt auf Alfies Matratze, die Stirn auf den Unterarm gestützt, halb gegen die Strukturtapete gedrückt. Er stieß von hinten in sie hinein, befingerte sie zugleich mit einer Hand von vorn, während seine andere Hand auf ihrer Brust lag. Seine Koordination war virtuos. Das Bett quietschte, und sie stöhnte genauso laut wie die andere Frau, wahrscheinlich sogar noch lauter, bis das Stöhnen in ekstatisches Schluchzen überging. Im Zimmer nebenan spielte Tony World of Warcraft und steigerte die Lautstärke im Einklang mit ihrer Lust, sodass der Soundtrack, als sie kam, vorwurfsvoll durch die Wand schallte.

Danach lagen sie auf dem Rücken und starrten auf das verschlungene Muster der Strukturtapete über ihnen. Hazel fragte sich, wie unklug es auf einer Skala von eins bis zehn gewesen war, mit Alfie zu schlafen – eins bedeutete, dass sie sich verlieben würden, und zehn, dass sie sich in der Gesellschaft des anderen derart unwohl fühlten, dass einer von ihnen ausziehen musste. Mit ziemlicher Sicherheit über der Fünf, vielleicht eine Acht, vielleicht sogar höher. Aber es war genial gewesen, der Orgasmus wirkte noch stark in ihrem Körper nach. Selbst wenn es eine Zehn wäre, wäre es das vielleicht dennoch wert gewesen.

»Können wir ausmachen, dass es zwischen uns nicht … peinlich wird?«, fragte Alfie. Damit wollte er sagen, dass ein peinliches Gefühl sehr wahrscheinlich war. Viel wahrscheinlicher als Liebe. Und obwohl Hazel wusste, dass das vermutlich stimmte, versetzte ihr diese Frage einen Stich. Sie war irgendwie enttäuscht.

»Das finde ich eine sehr gute Idee«, antwortete sie. Sie drehte sich zu ihm um, und sie gaben sich die Hand.

»Wahrscheinlich ist es Zeit, schlafen zu gehen«, sagte sie anschließend, und Alfie griff nach seinem Telefon und sagte: »Es ist halb zwei.« Hazel fluchte, schob die Decke zurück und setzte sich auf.

»Du kannst gern hier schlafen«, bot Alfie an. »Ich meine, wenn du willst.«

»Ich glaube, dann wird es schwierig mit unserer Abmachung. Das könnte es irgendwie … kompliziert machen.«

»Oh ja.« Alfie nickte nachdenklich. »Da könntest du recht haben. Wie du willst.«

Sie stand auf, um ihre Kleider vom Boden aufzusammeln. »Also dann, gute Nacht.«

»Gehst du nackt da raus?«

»Ich glaube, ich kann schnell in mein Zimmer flitzen.« Grinsend griff sie nach der Türklinke, zögerte dann und drehte sich noch mal zu ihm um. Sie war versucht, sich zu ihm vorzubeugen und ihn auf die Wange zu küssen. Doch mit dem Verlassen des Bettes hatte sie anderes Terrain betreten, und es erschien ihr nicht richtig zurückzugehen. »Danke übrigens«, sagte sie stattdessen. »Das war toll. Eins mit Sternchen.«

»Stimmt«, erwiderte er lächelnd.

Sie öffnete die Tür einen Spaltbreit und spähte hinaus. Der Flur war leer, und Tony war immer noch in seinem Zimmer. »Ich muss mich beeilen«, sagte sie, war mit zwei Schritten in ihrem Zimmer und hatte die Tür hinter sich geschlossen.

Das mit Alfie war eine schlechte Idee, dachte sie am Morgen, als sie sich für die Arbeit fertig machte. Es war viel zu früh, um an einem Samstag aufzustehen, insbesondere an einem verregneten Samstag. In letzter Zeit hatte es jeden Tag geregnet. Die Hitzewelle vom Juli war endgültig vom

Regen hinweggespült worden, und die rissigen Wege in den Parks waren jetzt verlassen, aufgeweicht und matschig. Wenn es so weiterging, könnte es zu Überschwemmungen kommen. Es fühlte sich falsch an. Es war präapokalyptisch, ein kleiner Vorgeschmack auf das verrückte Wetter der Zukunft, aber das mochte niemand aussprechen.

Das mit Alfie war eine schlechte Idee, dachte sie, während sie sich die Zähne putzte und sich dann mit routinierten Bewegungen die Wimpern tuschte. Er schlief mit vielen Frauen, war möglicherweise sogar äußerst gewissenlos. Seine freundliche Art war ihr ganz natürlich erschienen, kam ihr jetzt jedoch berechnend vor. Es würde sie nicht überraschen, wenn sein ganzes Verhalten nur darauf ausgerichtet war, am Ende Sex zu haben. Ganz offensichtlich war er ein schwanzgesteuerter Mann.

Weil das mit Alfie eine so schlechte Idee war, antwortete sie nicht, als er ihr eine Nachricht schickte: *War toll gestern Abend. Kann nicht aufhören, daran zu denken. X* Es klang so, als wollte er die Erfahrung wiederholen. Das war zwar schmeichelhaft, aber darauf würde sie sich nicht einlassen. Es stand zu viel auf dem Spiel. Einen Umzug konnte sie sich nicht leisten. In den drei Jahren, die sie dort wohnte, hatte der Vermieter nur einmal die Miete erhöht, was bedeutete, dass alle anderen Wohnungen inzwischen teurer waren. Außerdem hatte sie nicht genug Geld für die Umzugskosten. Wenn sie sich jedes Wochenende anhören musste, wie er die Frauen in den Wahnsinn trieb, sollte sie am besten vergessen, dass sie selbst einmal eine dieser Frauen gewesen war.

Um gar nicht erst in Versuchung zu kommen, ihm zu antworten, ließ sie das Handy im Café in ihrer Tasche, die neben der Personaltoilette hing. Sie gab sich alle Mühe, mehrere Stunden lang nicht daran zu denken, und ließ das Telefon auch in der Mittagspause in der Tasche. Stattdessen nahm sie sich einen Krimi aus dem Bücherregal neben dem Sofa, der sie eine ganze Stunde lang fesselte. Eigentlich sollte man ein Buch hinterlassen, wenn man sich eines nahm. Da sie jedoch nur den Mindestlohn erhielt, fand sie, dass ein gebrauchtes Taschenbuch das Mindeste war, das ihr zustand. Als sie es in ihre Tasche steckte, schwebte ihre Hand über dem Telefon, aber sie brachte all ihre Willenskraft auf, der Versuchung zu widerstehen, und ging zurück zur Kaffeemaschine.

Erst gegen drei Uhr erlaubte sie sich, das Embargo zu brechen. Als sich ihre Hand um das Telefon schloss, verspürte sie einen Anflug von Aufregung und Erleichterung. Dann sah sie, dass sie vierundzwanzig WhatsApp-Nachrichten, fünf verpasste Anrufe und zwei Sprachnachrichten hatte. Alle stammten von ihrer älteren Schwester und lauteten: »Wo bist du?«, »Haben wir uns im Datum geirrt?« und »Geht es dir gut?«

Jetzt fiel es ihr wieder ein: Emily und Daria sollten dieses Wochenende zu Besuch kommen. Sie hatte es vergessen, weil sie es sich auf einem Zettel anstatt in ihrem Kalender notiert hatte. Als sie dann jemand gefragt hatte, ob sie eine Schicht tauschen könnte, war in ihrem Kalender kein Eintrag gewesen. Sie rief ihre Schwester zurück.

»Oh mein Gott«, begann sie, sobald sie abnahm. »Es tut mir ja so leid. Habt ihr etwa im Regen gewartet? Was macht ihr? Habt ihr ein Café gefunden oder so?«

Im Hintergrund waren Stimmen zu hören.

»Schon gut!«, sagte Emily und lachte über etwas. »Dein Mitbewohner hat uns reingelassen.«

»Ach? Und welcher?«

»Äh«, sagte Emily, zögerte und klang dann leiser, als würde sie das Telefon vom Mund weghalten: »Entschuldige, wie heißt du noch mal?«

»Alfie«, hörte sie Alfies Stimme.

»Alfie!«, sagte Emily wieder in voller Lautstärke. »Wir trinken gerade ein Bier. Wann kommst du zurück?«

2

Als Alfie an diesem Nachmittag nach Hause gekommen war, standen zwei Frauen vor der Haustür. Er hielt ihnen die Tür auf in der Annahme, dass gleich jemand den Summer betätigen und sie hereinlassen würde. Sie waren hinter ihm her die Treppe in den zweiten Stock hinaufgestiegen und ihm dann den Flur hinunter zur Nummer zwölf gefolgt.

»Oh!«, hatte eine von ihnen gesagt, als er seinen Schlüssel ins Schloss steckte. »Wohnst du da?«

»Ja?«, antwortete Alfie und fragte sich kurz, ob das überhaupt stimmte.

»Dann kennst du Hazel?«

Alfie kroch die Wärme ins Gesicht. »Ich kenne Hazel, ja. Bist du …«

»Ihre Schwester«, sagte die Frau und hielt ihm die Hand hin, die er daraufhin ergriff. »Emily.« Ihr Haar war so dunkelblond wie das von Hazel, endete jedoch knapp über ihren Schultern, und sie trug einen Pony. »Das ist meine Frau Daria«, sagte sie.

»Freut mich, euch kennenzulernen«, antwortete er. »Ich bin Alfie. Kommt rein.«

»Weißt du, wo sie ist?«, fragte Emily, als sie durch die Tür traten.

»Bei der Arbeit«, glaube ich. »Dachtet ihr, sie wäre hier?«

Emily seufzte und tauschte einen Blick mit Daria, die daraufhin lachte und sagte: »Oh mein Gott.«

»Sie wusste, dass wir kommen!«, rief Emily. »Wir hatten das mit ihr abgesprochen! Sie hat gesagt, sie hätte Zeit! Es tut mir so leid, dass wir einfach so vor der Tür stehen. Wir wollten ein paar Tage bleiben. Hazel, also wirklich.«

»Davon hat sie kein Wort gesagt«, erwiderte Alfie überrascht. Er schätzte sich als ziemlich locker ein, aber gegen eine kleine Vorwarnung hätte er nichts einzuwenden gehabt. »Sie hat es wohl vergessen.«

»Kommen wir ungelegen?«, fragte Daria besorgt. »Wir könnten uns vielleicht ein günstiges Hotelzimmer suchen oder so?«

»Oh nein!«, rief Alfie. »Kommt nicht infrage«, sagte er und setzte dazu ein strahlendes Lächeln auf. Er konnte nicht gerade behaupten, dass es ihm gelegen kam, schließlich hatte er gehofft, Hazels Aufmerksamkeit heute Abend ganz für sich zu haben. Die zwei schienen jedoch ganz nett zu sein, und er wollte nicht, dass sie sich nicht willkommen fühlten. »Sie müsste bald zurück sein«, erklärte er. »Möchtet ihr einen Tee? Einen Kaffee? Oder ein Bier?«

Sie entschieden sich für Bier und setzten sich damit an den Küchentisch, während er das schmutzige Geschirr einsammelte und neben der Spüle stapelte. »Sorry«, murmelte er, als er sich über sie beugte, um die Krümel vom Tisch zu wischen. Sie lehnten sich zurück, um ihm Platz zu machen, und erzählten ihm ungestört weiter von Australien, wo sie zwei Jahre lang gelebt hatten. Daria war Postdoktorandin an der Universität von Melbourne gewesen. Seit vierzehn Tagen waren sie zurück. Daria war eine feste Stelle an der University of East Anglia angeboten worden, erzählte Emily ihm stolz und legte Daria eine Hand auf die Schulter.

Daria lächelte und schien etwas verlegen. »Wir suchen eine Wohnung in Norwich«, sagte sie eilig. »Darum sind wir hier. Wir haben am Montag ein paar Besichtigungstermine. Da ihr nur zwei Haltestellen vom Bahnhof Liverpool Street entfernt wohnt, sparen wir uns gut zwei Stunden Fahrzeit.« Sie wohnten bei Emilys Eltern im ländlichen Kent, erklärten sie, wo es keine direkten Verkehrsverbindungen zu ihren Zielen gebe, und auch keinen anständigen Kaffee und schon gar kein anständiges veganes Essen.

Als sich eine Gesprächspause ergab, entschuldigte sich Alfie und eilte ins Bad, angeblich um auf die Toilette zu gehen. In Wahrheit jedoch, um es einigermaßen in Ordnung zu bringen, bevor es eine von ihnen benutzte. Mit finsterer Miene entfernte er Hazels Haare aus der Dusche und Tonys Rasierschaum aus dem Waschbecken. Er konnte sich nicht erinnern, wer in dieser Woche Putzdienst hatte, aber ganz sicher nicht er. Als es nicht mehr wie in einer Studentenbude aussah, kehrte er in die Küche zurück und machte sich ein Bier auf. Emily und Daria begannen mit einem Verhör und fragten ihn, wie lange er schon in London sei (acht Jahre), und wie lange er schon in der Wohnung wohne (vier Monate). Was ihn dazu bewogen habe, in ein solches Drecksloch zu ziehen, wollte Emily wissen (»Em!«, rief Daria), und er fragte sich, ob er sich die Mühe mit dem Bad hätte sparen sollen. Er erzählte ihnen, dass er frisch getrennt sei und dies nur eine Übergangslösung.

»Oh Mann, das tut mir leid«, sagte Daria, und er erwiderte, das sei schon in Ordnung (was stimmte), doch er war sich nicht sicher, ob sie ihm glaubten. Sie schwiegen eine Weile, dann zeigte Emily auf eine leere Yazoo-Flasche in der Recyclingtonne: »Man sieht, dass Hazel hier wohnt.«

Als sie Hazel erwähnte, deren Vorliebe für Schokomilch kindisch aber sehr charmant war, stieg Alfie erneut die Hitze in die Wangen. Wie es denn so sei, mit ihr zusammenzuleben, wollte Emily wissen, und er antwortete, es sei gut, schön, toll. Eigentlich wollte er es dabei belassen, aber sie sahen ihn erwartungsvoll an, also sagte er, er hätte nichts dagegen, wenn sie den Putzdienst etwas ernster nehmen würde, und sie lachten zufrieden.

»Arbeitest du auch an der Uni?«, fragte er Emily, um das Thema zu wechseln.

»Oh Gott, nein. Ich bin Software-Ingenieurin.«

Alfie meinte, das sei cool. Er wünschte, er wäre technisch etwas versierter. Dann läge einem die Welt zu Füßen. Emily fragte, was er mache, und er erzählte ihnen, er sei Grundschullehrer und berichtete ihnen von der Schule, an der er arbeitete.

»Eine ehemalige Kommilitonin von mir hat das Unterrichten gerade aufgegeben«, sagte Emily. »Sie war drei Monate lang krankgeschrieben. Burn-out. Dann hat sie einfach gesagt: Ihr könnt mich mal.«

»Das überrascht mich nicht«, sagte Alfie. »An unserer Schule haben auch ein oder zwei Lehrer gekündigt. Ich habe ebenfalls schon oft ans Aufhören gedacht. Wenn ich nur wüsste, was ich sonst machen könnte.«

Daraufhin begann eine Diskussion über Bildungspolitik, in der Alfie sehr ausführlich über Zulassungstests, Phonetik und Akademisierung sprach und Emily und Daria an den richtigen Stellen stöhnten, die Stirn runzelten und ihm viele sachliche Fragen stellten, die zeitaufwendig beantwortet werden mussten. Dann sprachen sie über Regierungen – die britische, die australische und die amerikanische – und dann darüber, wo sie in der Nacht waren, als Donald Trump zum Präsidenten gewählt worden war. Alfie hatte einen wunderschönen Traum vom Sieg Hillarys gehabt, erzählte er, und war dann um vier Uhr morgens erschrocken aus dem Schlaf hochgefahren.

Sie waren gerade beim Brexit, als Hazel anrief. Danach unterhielten sie sich über den Klimawandel und wie verloren sie waren, und offenbar hatten sie eine ganze Weile geredet, denn plötzlich klopfte es, und Hazel stand in der Tür. Sie schaute etwas verwirrt in die Runde.

»Schön, dass du da bist«, sagte Emily.

»Es tut mir wirklich leid«, antwortete Hazel und zog sich einen Stuhl heraus. An ihrer Nase funkelte ein Piercing in Form eines kleinen Steins, und ihr Haar war zu einem komplizierten Zopf geflochten; ein paar Strähnen hatten sich gelöst und fielen ihr ins Gesicht. Sie lächelte entschuldigend, was ihre Grübchen zum Vorschein brachte. Oder vielleicht hatte sie auch nur ein Grübchen, Alfie konnte sich nicht mehr genau erinnern. Sie saß seitlich von ihm, sodass er ihre andere Wange nicht sehen konnte.

»Du hättest mir gestern eine Nachricht schicken sollen«, setzte Hazel hinzu.

»Jetzt schieb mir nicht die Schuld in die Schuhe!«, sagte Emily. »Du bist einfach unzuverlässig!« Sie umfasste Hazels Gesicht und drückte es so stark zusammen, dass sich ihre Lippen nach vorn schoben. »Was bist du?«

»Unzuverlässig«, sagte Hazel mit zusammengepresster Schnute.

Emily ließ Hazels Gesicht los und wuselte ihr stattdessen durchs Haar, bis es wirr und elektrisch aufgeladen war. Der komplizierte Zopf war ruiniert.

»Herrgott!«, rief Hazel. »Bist du jetzt zufrieden?« Sie ließ sich auf ihren Stuhl zurückfallen, löste den Zopf und kämmte ihr Haar mit den Fingern.

»Gib der Frau ein Bier«, sagte Daria, und Alfie reichte ihr eins. Hazel seufzte und murmelte ein Dankeschön.

»Ich weiß nicht, wie es euch geht«, sagte Daria, »aber ich bekomme allmählich Hunger.«

»Sollen wir uns etwas bestellen?«, fragte Alfie. »Ich könnte eine Pizza vertragen.«

»Oh«, sagte Hazel, schüttelte ihr Haar aus und band es zu einem lockeren Knoten zurück, »hast du das noch nicht mitbekommen? Die zwei sind Veganerinnen.« Sie verdrehte die Augen.

»Mist! Hab ich vergessen. Sorry.«

Emily und Daria sagten ihm, er solle nicht albern sein. »Keine Sorge, über dich ärgern wir uns nicht«, sagte Emily. Sie drehte sich um und warf ihrer Schwester einen scharfen Blick zu. »Aber über Hazel. Hazel ist doof.«

Hazel lachte und verschluckte sich an ihrem Bier. Daria klopfte ihr auf den Rücken und erklärte, dass Hazel einmal einen spöttischen Artikel über Veganismus für die Unizeitung geschrieben habe, was Emily ihr nie verziehen hatte.

»Als ich den Artikel geschrieben habe, wusste ich nicht, dass sie Veganerin ist«, verteidigte sich Hazel, als sie sich wieder erholt hatte.

»Das sagt sie immer!«, rief Emily. »Als ob das die Sache besser machen würde!«

»Was hast du für ein Problem mit Veganern?«, fragte Alfie, als hätte er nicht noch drei Dosen Gänseleberpastete im Schrank. Sie stammten von der Paris-Reise mit Rachel – dem letzten verzweifelten Versuch, ihre Beziehung zu retten.

»Jetzt habe ich kein Problem mehr«, sagte Hazel. Sie erzählte von einem veganen Potluck-Dinner, an dem sie damals mit einer Freundin teilgenommen hatte, die gerade versuchte, sich vegan zu ernähren. Alle waren sehr unfreundlich gewesen, und eine Frau (»eine echte Veganerin, so richtig vegan, weißt du?«) hatte ihren Kichererbsensalat beleidigt.

»Und dann hast du aus Rache einen Artikel geschrieben?«, fragte Alfie und dachte, wie kreativ es war, so darauf zu reagieren.

»Einen schrecklichen Artikel«, antwortete sie.

»Schlimmer als schrecklich«, ergänzte Emily. »Es war eine Hassrede.«

»Das ist zehn Jahre her!«, protestierte Hazel. »Es war eine andere Zeit!« Doch Emily schüttelte nur den Kopf.

»Darf ich ihn mal lesen?«, fragte Alfie.

»Auf keinen Fall«, erwiderte Hazel. Ihre Blicke trafen sich, und in seiner Brust zog sich etwas zusammen.

Dann wies Daria darauf hin, dass sie sich immer noch

nicht entschieden hatten, was sie essen wollten, und Hazel holte ihren Laptop, damit sie bei Deliveroo nachsehen konnten. Alfie lehnte sich zurück, nippte an seinem Bier und dachte: Na, das ist mal eine Familie.

3

Emily und Daria fanden ein kleines Haus in Norwich mit Garten und historischen Elementen, fünfzehn Minuten vom Stadtzentrum entfernt und gegenüber von einem Park gelegen. Der Makler gab ihnen ein Formular zur Unterschrift und sagte ihnen, dass sie die endgültigen Unterlagen erhielten, sobald die Besitzer zugestimmt hätten. Daraufhin kauften sie im M&S am Bahnhof eine Flasche Prosecco, während sie auf ihren Zug warteten.

Auf der Rückfahrt nach London zählten sie alle Vor- und Nachteile ihres neuen Hauses auf und begannen dann noch einmal von vorn, wobei sie etwas andere Worte benutzten. Schließlich folgte der übliche Streit über Emilys künftigen Arbeitsweg, der sehr lang sein würde, weil sie sich für Jobs in Cambridge bewarb, wo alle Techunternehmen saßen. Sie hielt zwei Stunden Zugfahrt pro Strecke für machbar. Daria hingegen war dafür gewesen, ein Haus irgendwo in der Mitte zwischen beiden Städten zu suchen.

»Ich will damit nur sagen, dass es noch nicht zu spät ist«, erklärte sie jetzt.

Aber Emily war klar, dass Daria, eine lesbische Veganerin aus dem Nahen Osten, sich nicht für das Leben in einer Stadt im Nirgendwo eignete, in der die Mehrheit für den Brexit gestimmt hatte. »Du brauchst dein gewohntes Umfeld, Babe«, sagte sie. »Du brauchst eine Musik-, eine Gay- und eine Veganer-Szene. Genau wie ich.«

»Ich stelle mir einfach immer vor, dass du in der Schwangerschaft vollkommen erschöpft sein wirst«, sagte Daria, und Emily lächelte.

»Ich weiß«, erwiderte sie und strich sich über den flachen Bauch. »Du könntest recht haben. Probieren wir es einfach ein Jahr lang aus, okay? Dann wissen wir, wie es läuft.«

»Ich wäre dazu bereit. Ich würde an den Arsch der Welt ziehen, wenn es dir das Leben leichter machen würde.«

»Das weiß ich.« Emily legte ihren Kopf auf Darias Schulter und nahm ihre Hand. »Weil du lieb und selbstlos bist und ich dich liebe.« Daria legte ihren Arm um Emily, und so saßen sie eine Weile. Dann sagte Emily: »Alfie ist nett, oder?«

»Oh mein Gott, total nett!«, stimmte Daria ihr zu, und Emily konnte hören, dass sie lächelte.

»Können wir ihn entführen? Ihn mit nach Norwich nehmen?«

Daria lachte. »Ich glaube, da hätte Hazel ein Wörtchen mitzureden. Glaubst du, dass zwischen ihnen was läuft?«

»Schön wär's«, sagte Emily. »Aber ich will mir keine Hoffnungen machen. Hazel hat einen furchtbaren Männergeschmack.«

Als sie ihr die Neuigkeit von dem Haus erzählten, jubelte Hazel so laut, dass Alfie neugierig den Kopf aus seinem Zimmer steckte.

»Was ist los?«, fragte er.

»Wir haben ein Haus gefunden!«, sagte Emily. »Komm und trink einen Prosecco mit uns!«

Als der Korken knallte, fragte Hazel, wie hoch die Miete sei, und als sie es ihr sagten, schnaubte sie: »Ist das euer Ernst? Das sind nur hundert Pfund mehr, als ich für diese Abstellkammer hier bezahle.« Sie deutete auf ihr Zimmer, in das außer einem schmalen Bett kaum noch etwas passte. Sie murmelte, dass London sie verarschen würde und sie langsam überlegen müsse, ob sie nicht umziehen sollte.

»Tu das nicht!«, rief Emily. »Wo sollen wir sonst wohnen, wenn wir zu Besuch sind?«

Hazel warf ihr einen vernichtenden Blick zu, öffnete den Kühlschrank und inspizierte den Inhalt. Sie nahm eine Packung Tofu und verschiedenes Gemüse heraus. »Ich mache ein Wokgericht«, sagte sie zu Alfie. »Willst du was mitessen?«

Das wollte er gern. Zum einen weil ihm aufgefallen war, dass er bis auf eine verschrumpelte gelbe Paprikaschote und ein Glas Tartarsoße nichts mehr im Kühlschrank hatte. Zum anderen weil er sich in ihrer Gesellschaft am Samstagabend so wohl gefühlt hatte, dass er ganz vergessen hatte, dass er eigentlich zu einer Hausparty hatte gehen wollen.

»Na ja. vielleicht. Ich weiß nicht«, sagte er, denn er wollte sich nicht aufdrängen oder zu eifrig erscheinen. »Ist denn genug da?«

Hazel bejahte, doch Alfie schwankte, bis sie sagte: »Meine Güte, ich koch einfach etwas für dich mit, okay?« Er dankte ihr und spendete seinen Pfeffer.

Beim Abendessen fragte Emily Hazel nach ihrer Arbeit,

und Hazel verzog das Gesicht. Sie hatte in diesem Jahr ein paar Aufträge als freiberufliche Illustratorin erhalten, und die Fangemeinde ihres Webcomics wuchs, aber das reichte nicht, um die Arbeit im Café aufzugeben. Sie konnte sich nur schwer vorstellen, dass sich das jemals änderte. Doch dann sagte sie, dass sie nicht kündigen würde, auch wenn sie es könnte. Sie beklagte sich zwar über den Job, aber eigentlich mochte sie ihn. Es war eine andere Welt als die Arbeit in einem Büro, und dafür war sie ewig dankbar. Es war zwar ermüdend, aber nichts im Vergleich zu der Anstrengung, die es bedeutete, den ganzen Tag auf Tabellenkalkulationen zu starren. Die Stammgäste mochten sie und umgekehrt, und zwei ihrer Kollegen waren echte Seelenverwandte. Nur die Bezahlung war miserabel.

»Ja, aber wenn du glücklich bist«, sagte Emily mit vollem Mund.

»Ja«, entgegnete Hazel unsicher. »Ich bin auf jeden Fall glücklicher. Und was ist mit dir? Hast du schon einen Job gefunden?«

»Nein«, sagte Emily. »Aber ich habe meine Netze ausgeworfen.«

»Dafür kann man Ärger bekommen, das ist dir doch klar«, sagte Hazel, und Daria kicherte. Emily seufzte und sah Alfie an.

»Wie kindisch«, sagte er und schüttelte den Kopf, als wäre er bedrückt.

Nach dem Essen streckte Daria die Arme aus und sagte: »Will einer von euch Losern im Scrabble gegen mich antreten?«

Sie hatten den Prosecco ausgetrunken, aber es war noch Bier im Kühlschrank, also nahmen sie es mit ins Wohnzimmer und setzten sich um den Couchtisch auf den Boden. Hazel zog das Scrabble-Spiel aus einem ungeordneten Haufen im Bücherregal, und die Buchstaben wurden gemischt und verteilt. Eine konzentriere Stille senkte sich über den Raum, die hin und wieder von Ausrufen wie »oh« und »verdammt«, zufriedenen Seufzern und bedauerndem Zungenschnalzen durchbrochen wurde. Einmal tauchte Tony auf, schlurfte ins Zimmer, um sein Telefon zu holen und verschwand wortlos wieder, wobei er einen Geruch von ungewaschenem Polyester hinterließ.

Daria und Hazel lieferten sich ein Kopf-an-Kopf-Rennen und übertrafen sich bei jedem Zug gegenseitig. Doch dann umschloss Alfie das R von Darias RIND mit einem GEBU oben und einem T unten. Das gab den dreifachen Wortwert und für das B den doppelten Buchstabenwert.

»Geburt«, sagte Daria. »Verdammt.«

»Du Mistkerl«, brummte Hazel, als Alfie seine Punkte zusammenzählte.

»Dreißig!«, krähte er.

Emily sagte nichts, ihr Herz klopfte wie wild. Ausgerechnet dieses Wort! Natürlich glaubte sie nicht an Zeichen aus dem Universum, aber angenommen, es gäbe sie. Natürlich gab es sie nicht, aber wenn man seiner Fantasie freien Lauf ließe, konnte es keinen Zweifel daran geben, dass dies ein verdammt gutes Zeichen war.

4

Seit »es« passiert war, waren Hazel und Alfie nicht mehr allein gewesen. Sie hatte das ganze Wochenende über gearbeitet, und am Montag war er irgendwo unterwegs gewesen, ganz offensichtlich nicht bei der Arbeit, denn es waren Schulferien. Es hatte also keine Gelegenheit gegeben, »es« irgendwie zu verdauen, geschweige denn darüber zu sprechen oder auch nur peinlich darum herumzutänzeln. In gewisser Weise war Hazel froh darüber. Besser ein sauberer Schnitt, dachte sie. Es war ihr egal, dass sie Schmetterlinge im Bauch hatte, wenn die Eingangstür aufgeschlossen wurde. Dass ihre Wangen brannten, wenn er sie anlächelte. Gefühle wie diese brachten sie meist in Situationen, aus denen sie sich früher oder später wieder befreien wollte. Daher sollte sie sie am besten ignorieren. Um sich das Ignorieren zu erleichtern, verabredete sie sich zu einem Date und sorgte dafür, dass Alfie es mitbekam.

Es lief von Anfang an nicht nach Plan. Sie war spät dran, dann hatte die U-Bahn Verspätung, sodass sie noch später kam. Als sie schließlich eintraf, hatte ihr Date schon zwei Bier intus.

»Entschuldige? Brandon?«, sagte sie, und er blickte von seinem Telefon auf.

»Ja! Hazel, hi!« Er stand auf, um sie auf die Wange zu küssen.

»Es tut mir so leid«, sagte sie ernst. »Die verdammte Central Line.«

»Oh Gott, das kenn ich«, sagte er und schüttelte den Kopf. »Die ist die Hölle, und das meine ich wörtlich. Ich besorg dir etwas zu trinken. Was möchtest du haben?«

Sie bat um ein Glas Weißwein und setzte sich an den Tisch, während er zur Bar ging. Ihr war warm, dennoch behielt sie die Jacke an, damit man ihre Schweißflecken nicht sah.

Brandon kehrte mit ihrem Wein und einem weiteren Bier für sich zurück. Der Wein schmeckte nach Essig, und Brandon redete zu laut, auch wenn er noch nicht betrunken war. Irgendetwas an ihm kam Hazel seltsam bekannt vor. Nichts, was so auffällig war, dass sie es auf seinem Profilbild hätte sehen können, eher sein Auftreten und seine Stimme. Waren sie sich schon einmal begegnet? Sie erfuhr, dass er Ingenieur bei einem Bauträger war und Autos, Schweizer Uhren und Squash mochte. Dass er Footballfan war, sagte er nicht, doch sein Blick schweifte in regelmäßigen Abständen zum Spiel QPR gegen Chelsea, das auf einem Riesenfernseher hinter ihr lief und ihn verriet. Vielleicht hatten sie gemeinsame Freunde, aber das erschien ihr allmählich unwahrscheinlich.

Sie besorgte eine zweite Runde Getränke und fragte sich, ob der Gesprächsstoff noch reichte, bis sie ausgetrunken hätten. Weil ihr nichts anderes einfiel, sagte sie schließlich: »Tut mir leid, aber ich werde irgendwie das Gefühl nicht los, dass wir uns schon mal begegnet sind.«

»Ach ja?«

»Geht das nur mir so?«

Er kniff die Augen zusammen und sah sie mit schief gelegtem Kopf an. »Jetzt, wo du es sagst, vielleicht kommst du mir auch bekannt vor«, sagte er, ganz offensichtlich nicht überzeugt. »Warst du in Exeter?«

»Nein.«

»King Ed's?«

Sie schüttelte den Kopf.

»Arbeitest du hier in der Nähe?«

»Nein.« Nachdenklich tranken sie einen Schluck aus ihren Gläsern. Dann fiel es Hazel plötzlich ein.

»Oh mein Gott!«, rief sie aus. »Hast du eine Schwester, die Hannah heißt?«

»J-ja …?«

»Hannah Fox?«

»Ja, genau. Kennst du sie?«

Hazel lächelte. Sie hatte Hannah Fox immer gemocht. »Erinnerst du dich an Emily Phillips?«, fragte sie. »Hannahs Girlfriend an der UCL – das ist jetzt zehn, zwölf Jahre her?«

Seine Augen weiteten sich. »Emily Phillips? Da klingelt was!« Er nickte aufgeregt und versuchte nicht, seine Begeisterung zu überspielen. »Woher kennst du sie?«

»Sie ist meine Schwester«, erklärte Hazel.

Brandon verschluckte sich fast an seinem Bier. »Deine Schwester? Ach was, tatsächlich?«

»Ja.«

»Dann sind wir uns also tatsächlich schon mal begegnet?«

»Erinnerst du dich, als Emily und Hannah ihren Abschluss gemacht haben und Emily sturzbetrunken war und nach Hause getragen werden musste?«

»Oh ja! Gott, das war irre! Sie war völlig fertig. Aber an eine Schwester kann ich mich nicht erinnern.«

Hazel seufzte. »Tja, ich war dabei. Ohne mich hättet ihr es nicht nach Hause geschafft. Ich habe den Taxifahrer überredet, uns mitzunehmen. Er wollte zuerst nicht. Ich musste auf seine Bibel schwören, dass Emily nicht kotzen würde.«

Brandon lachte schallend. »Echt?«, fragte er. »Edel von dir! Ja, jetzt erinnere ich mich langsam an dich. Um ehrlich zu sein, Hazel, meine Erinnerung an diese Nacht ist etwas verschwommen. Ich war auch schon ziemlich hinüber.« Er lachte, schüttelte den Kopf und trank einen weiteren Schluck Bier. Langsam verebbte sein Lachen, dann schaute er immer noch lächelnd zu ihr hoch.

»Hast du … Ich dachte, du … hast du Girlfriend gesagt?«

»Was? Ach so. Ja.«

»Deine Schwester war mit meiner Schwester *zusammen*?«

»Äh, ja?«

»Was?«, schrie er. »Scheiße! Nein! Sie waren *zusammen*?«

»Oh wow. Das hast du offenbar nicht mitgekriegt.«

Brandon schlug sich eine Hand auf die Stirn. »Oh mein Gott! Ich habe noch nicht einmal etwas geahnt! Hannah ist damals nicht ausgegangen. Sie haben nie – ich dachte – ich nahm an …«

»Sie waren nicht nur enge Freundinnen, Brandon«, sagte Hazel. Allmählich wurde sie sehr müde.

»Bist du dir *sicher*?«, fragte Brandon außer sich. »Ja, du bist dir sicher. Verdammt!«

»Warum ist das so eine große Sache? Dachtest du, Emily steht auf dich?«

Darüber lachte Brandon derart laut und übertrieben, dass Hazel wusste, dass sie recht hatte. »Natürlich nicht«, sagte er.

Hazel leerte ihr Glas und griff in ihrer Tasche nach dem Telefon. Unauffällig tippte sie »SOS« in eine WhatsApp-Nachricht und schickte sie an ihren Freund Nish. Dreißig Sekunden später klingelte ihr Telefon.

»Hi, Süße«, sagte Nish, als sie abnahm. »Ich glaube, du solltest vorbeikommen. Ich bin die Treppe hinuntergefallen und habe mir vielleicht den Arm gebrochen. Du musst mich mit Nudelsuppe füttern, ehe sie kalt wird. Komm lieber schnell, sonst bin ich bald tot.«

Hazel musste sich ziemlich zusammenreißen, um nicht laut zu lachen. Sie stand auf und entfernte sich vom Tisch, als ob sie etwas Ernstes und Persönliches zu besprechen hätte, dann kehrte sie mit besorgter Miene zu Brandon zurück.

»Es tut mir so leid«, sagte sie, »aber ich muss gehen. Ein Freund von mir hat gerade eine ziemlich furchtbare Nachricht bekommen.«

Brandon hob leicht die Augenbrauen.

»Danke für den schönen Abend«, sagte sie und zog ihren Mantel an.

»Dank dir«, sagte Brandon. Sie spürte, dass er sie durchschaute, aber er traute sich nicht, etwas zu sagen. Sie beugte sich vor, um ihn auf die Wange zu küssen, dann ging sie zur Tür.

»Hey«, rief Brandon eine Sekunde später, und sie drehte sich noch mal um. Er grinste verlegen, als hätte er beschlossen, spontan zu sein und wäre sich nicht sicher, ob das eine gute Idee war. »Das ist nicht sehr höflich von mir«, sagte er. »Vielleicht nicht – ich meine – ach, was soll's. Darf ich fragen, was deine Schwester jetzt so treibt?«

Hazel schürzte die Lippen. »Sie ist Software-Ingenieurin.«

»Cool. Ist sie, äh … ?«

»Sie ist verheiratet.«

»Ach, wirklich? Okay. Toll. Schön für sie. Also ist sie nicht – du weißt schon.«

»Sie ist mit einer Frau verheiratet.«

»Alles klar. Cool. Schön.« Er nickte unaufhörlich. »Also, danke noch mal, Hazel. Grüß Emily von mir.«

***

Hazel fuhr geradewegs zu der Wohnung in Bow, in der Nish mit Roisin, auch eine ihrer Freundinnen, wohnte. Beide arbeiteten mit Hazel im Café und strebten wie sie nach Höherem. Hazel hatte ihre Illustrationen, Nish komponierte auf seinem Computer Musik, Roisin hatte einen Master in Kunst und ein Zimmer voller Hühnerdraht und Gipsmörtel.

Als sie ankam, brach sie auf Roisins Bett zusammen und erzählte ihr die ganze Geschichte. »Was zum Teufel war das?«, rief sie abschließend aus. »Warum hatte ich einen Match mit ihm?«

»Das sind nur Algorithmen«, beruhigte Nish sie. »Deine Schwester ist wahrscheinlich mit seiner Schwester auf Facebook befreundet, stimmt's?«

»Darum? Das ist ja gruselig! Vergiss es!«

»Da ist immer auch ein bisschen Glück dabei, Hazel. Wir ziehen alle eine Menge Nieten. Davon darfst du dich nicht entmutigen lassen. Du musst dich wieder aufs Pferd setzen.«

»Und du kannst das immerhin in einem Cartoon verarbeiten«, fügte Roisin von der Tür aus hinzu. Sie verschwand und kam fünf Minuten später mit drei Bechern Tee zurück.

»Arbeitest du morgen?«, fragte Nish Hazel und pustete in seinen Becher.

»Ja.«

»Wir auch. Bleib hier, dann gehen wir alle zusammen. Du kannst in meinem Bett schlafen.«

»Ich will nicht in deinem ekligen Bett schlafen«, entgegnete Hazel.

Roisin stimmte zu, dass das unvorstellbar eklig sei. Hazel könne stattdessen die aufblasbare Matratze haben. Diese gehörte Roisin, konnte aber wegen des Hühnerdrahts nicht in ihr Zimmer gelegt werden, also quetschten sie sie in Nishs Zimmer auf den Boden. Außerdem bekam sie ein Kopfkissen, einen Schlafsack und ein altes T-Shirt. Roisin versicherte Hazel, dass der Schlafsack zwar nicht frisch gewaschen, aber kürzlich gelüftet worden sei und dass niemand in oder auf ihm Sex gehabt habe, was mehr war, als man von Nishs Bett behaupten konnte.

Eine gute halbe Stunde lang wurde dann über Nishs jüngste sexuelle Eskapaden diskutiert, die alle entweder durch Grindr oder Gaydar zustande gekommen waren und ein Maß an Spontaneität und Mut erforderten, das Hazel in ihren kühnsten Träumen nicht aufgebracht hätte.

»Was ist mit euch?«, fragte Nish, als ihm die Geschichten ausgingen. Ich kann doch nicht der Einzige sein, der Sex hat.

»Fehlanzeige«, sagte Roisin, die sich auf der Luftmatratze räkelte. Aber ich habe es mir wunderbar selbst besorgt.«

Hazel schwieg, wodurch sie sich sofort verdächtig machte. Sie ließ sich eine Weile von ihnen necken und sagte dann: »Ihr kennt doch Alfie?« Sie erzählte von den Gesprächen über Musik, Dokumentarfilme und Webcomics, die sie am Küchentisch geführt hatten. Dann von dem Abend, an dem sie Gin getrunken und viele Folgen von *Black Mirror* gesehen hatten. Anschließend hatten sie angeregt über die Cyberdystopie spekuliert, auf die die Menschheit ahnungslos zusteuerte. Und dann hatten sie Sex gehabt. Alfie war sehr gut im Bett. Verdächtig gut. Geübt.

»Du sagst das so, als ob das etwas Schlechtes wäre«, forschte Nish.

Hazel erzählte von den Lustschreien, die sie am Wochenende zuvor aus Alfies Zimmer gehört hatte, aber Nish blieb ungerührt.

»Worauf willst du hinaus?«, fragte er.

»Ich habe nur das Gefühl, dass er wahrscheinlich die Art von Mann ist, der jede Woche mit einer anderen schläft. Nicht dass daran etwas auszusetzen wäre«, fügte sie hastig hinzu, »aber ich muss mit ihm zusammen wohnen. Wahrscheinlich sollte ich mich einfach … nicht auf ihn einlassen.«

»Richtig«, sagte Roisin. »Ein zuverlässiges Rezept für eine Katastrophe.«

»Hast du gehört, dass er jede Woche Sex hat?«, fragte Nish.

»Na ja, vor zwei Wochen. Und dann eine Woche später mit mir.«

»Und wie lange wohnt er schon bei dir?«

»Vier Monate, aber …«

Nish sah sie mit hochgezogenen Augenbrauen an. »Er hatte also zweimal Sex in den letzten vier Monaten.«

»In unserer Wohnung, ja. Aber wer weiß, was er getrieben hat, wenn er nicht zu Hause war?«

»Hazel«, sagte Nish, »du siehst Probleme, wo keine sind.«

Roisin wollte ein Foto sehen, also rief Hazel Alfies Instagram-Account auf ihrem Smartphone auf, und sie beugten sich vor, um es zu betrachten.

»Nett«, sagte Roisin.

»Gütiger Gott«, bemerkte Nish. »Hazel, wie kannst du nicht in diesen Kerl verknallt sein?«

»Ich habe nicht gesagt, dass ich nicht in ihn verknallt bin, ich habe nur …«

»Dann stimmt es also?«

»Ein bisschen, vielleicht, aber …«

»Und er ist in dich verknallt.«

»Das weißt du doch gar nicht. Vor zwei Wochen war er in eine andere verknallt.«

»Pfff.«

»Er hat dir geschrieben, dass er nicht aufhören kann, an dich zu denken«, warf Roisin ein und wechselte die Seite.

»Daran. An den Sex.«

»Das ist doch dasselbe.«

»Nein, ist es nicht!«

»Hazel, sei dem Universum einfach dankbar, wenn es

dir Gutes schenkt«, sagte Nish. »Warum triffst du dich mit irgendwelchen Fuzzis, wenn du so jemanden zu Hause hast?«

»Darum! Ich muss nach vorn schauen! Okay?«

»Jetzt reicht's«, sagte Nish. Er stellte seinen Teebecher ab, drehte sich zu ihr um und nahm ihre Hände in seine. »Sprich mir nach: Wenn ich morgen nach Hause komme.«

Hazel beäugte ihn misstrauisch, gehorchte jedoch. »Wenn ich morgen nach Hause komme.«

»Werde ich.«

»Werde ich.«

»Werde ich für immer und ewig mit Alfie Sex haben.«

Hazel gab ihm eine Kopfnuss, und er rang nach Luft. »Du willst, dass ich gefickt werde.«

»Ja, und zwar von allen Seiten!«, rief er und rollte sich zu einem Ball zusammen, um sich vor einem Angriff von ihr zu schützen. Roisin warf sich lachend auf den Rücken.

»Wenn ich weinend zu euch komme«, sagte Hazel, »weil mein Herz gebrochen ist und ich mich in meiner eigenen Wohnung nicht mehr wohlfühle ...«

»Wische ich dir die Tränen ab und werfe diesen Wichser Julian raus, damit du bei uns einziehen kannst«, sagte Nish.

»Pst«, machte Roisin. »Er kann dich hören.«

»Ich schwöre dir, das mach ich«, flüsterte Nish. »Er bohrt in der Nase und schnippt die Popel weg.«

Hazel bemühte sich, nicht zu grinsen. »Das wird ein böses Ende nehmen«, sagte sie. »Ich werde noch bereuen, dass ich jemals auf dich gehört habe.«

»Kümmere dich darum, wenn es passiert, Hazel!«, rief er. »Carpe fucking diem!«

5

Alfie hatte den Abend in einer schwedischen Bar verbracht, Bier getrunken und mit seiner Freundin Clara Räucherfisch auf dunklem Brot gegessen. Theoretisch war Clara seine Ex-Freundin, doch das war ihm kaum noch bewusst, da die Beziehung sehr kurz und unbedeutend gewesen war. Er konnte sich nicht daran erinnern, wie sie nackt aussah, und nahm an, dass dies auch umgekehrt der Fall war. Trotzdem hatte er sich mit ihr verabredet, kurz nachdem er erfahren hatte, dass Hazel zu einem Date ging, damit er, falls sie ihn nach seinen eigenen Plänen fragte, sagen konnte: »Oh, ich treffe mich mit einer Freundin. Meiner Ex, um genau zu sein.« Dann würde er eine lässige Miene aufsetzen, die sie im Unklaren darüber ließ, was das bedeutete. Bis jetzt hatte sie ihn aber noch nicht danach gefragt.

Alfies und Claras jährliches Treffen war schon lange überfällig, sodass Clara sich nichts dabei gedacht hatte. Wie üblich hatte sie zu diesem Zweck ein neues, überteuertes Lokal ausgekundschaftet. Wie üblich beschwerten sie sich einen Großteil des Abends über die Arbeit. Clara regte sich über ihren Vorgesetzten auf, der ihre Arbeit als selbstverständlich hinnahm. Alfie beklagte sich über eine Gruppe von Lehrerinnen und Klassenassistentinnen, die ihn wie einen Ausgestoßenen behandelten, seit die Beziehung zu Rachel zu Ende war. Rachel und er hatten mehrere Jahre lang an derselben Schule unterrichtet, aber nach der Trennung hielt Rachel diesen Zustand offenbar für unhaltbar und hatte die Schule zum Ende des letzten Schuljahres verlassen. Unter ihren Cheerleadern wurde sie wie eine Märtyrerin behandelt, weil sie ihren geliebten Job aufgegeben hatte, damit die Harmonie im Lehrerzimmer wiederhergestellt war. Die Ironie bestand jedoch darin, dass sie die Disharmonie selbst herbeigeführt hatte. Alfie war stets höflich gewesen und hatte sich nach der Trennung um ein friedliches Miteinander bemüht. Nun wurde ihm vorgeworfen, sie vertrieben zu haben und nicht selbst gegangen zu sein. Er sollte ihnen einfach geben, was sie wollten, sagte er. Im September würde er die Stellenanzeigen studieren. Die konnten ihn mal.

Seit Ferienbeginn hatte er über all das nicht mehr wirklich nachgedacht, und es überraschte ihn, wie wütend er war. Clara war erfreulich empört, aber je weiter das Gespräch voranschritt, desto leiser wurde sie, bis ihre Stimme verzagt und traurig klang.

»Clara?«, sagte Alfie. »Was ist los?«

»Dieses Jahr ist so viel kaputtgegangen«, sagte sie müde. »Ich gehöre jetzt auch zum Club.«

»Moment, was? Du meinst …?«

Ja, antwortete sie, sie sei seit zwei Wochen Single und deshalb unglücklich. Sie hatte sich von einem Mann namens Hill (richtiger Name) getrennt, den Alfie nie kennengelernt hatte, dessen Soundcloud-Profil er sich aber grausam fasziniert angehört hatte – jeden einzelnen erbärmlichen Song. Das hatte ihn so entsetzt, dass er für einen kurzen Moment die Freundschaft mit Clara infrage gestellt hatte, die Hill für »kreativ« und »nicht wie andere Jungs (nichts für ungut, Alfie)« hielt.

Clara vermisste Hill und auch wieder nicht, und sie war wütend auf sich, weil sie so lange bei ihm geblieben war und Zeit mit dem Versuch verschwendet hatte, die Sache zum Laufen zu bringen. Jetzt stand sie wieder am Anfang, und ihr nächster Geburtstag würde der dreißigste sein.

»Dreißig zu werden ist keine große Sache«, sagte Alfie, der genauso alt war und damit überhaupt kein Problem hatte. Sein Haaransatz wich noch nicht zurück, nicht einmal ein kleines bisschen.

Clara hob eine Augenbraue und erinnerte ihn scharf daran, dass es etwas anderes war, ob man als Mann dreißig wurde oder als Frau. Genauer gesagt, als alleinstehende Frau, die hoffte, in den nächsten fünf Jahren Kinder zu bekommen.

»Ich wusste nicht, dass du Kinder haben willst«, sagte er schuldbewusst.

Sie seufzte und sagte, ja, sie wolle viele haben. Mindestens drei. Sie könne nichts dafür, sie sei altmodisch. Sie seufzte erneut, diesmal noch schwerer.

Alfie wollte ihr versichern, dass noch viel Zeit sei und sie jemanden finden würde. Angesichts seiner eigenen Beziehungsvergangenheit ahnte er jedoch, dass das wie eine nichtssagende Plattitüde klingen würde.

Also sagte er stattdessen: »Ich glaube, ich würde gerne Kinder haben. Ich wäre bestimmt ein toller Vater.«

Clara lachte. »Ja, wahrscheinlich. Zum Glück gibt es für dich keine Deadline.«

»Ich weiß nicht so recht. Siebzig ist ein bisschen alt, finde ich.«

Sie versetzte ihm einen sanften Schubs und sagte, sie würde sich noch etwas zu trinken holen. Während sie weg war, grübelte Alfie über seine Worte nach. Im Allgemeinen machte er sich nicht viele Gedanken über das Elternsein, aber die Aussage, er wäre sicher ein toller Vater, war nur zum Teil Spaß gewesen. Schließlich schlug er sich bei seiner Arbeit ständig mit den Erziehungsentscheidungen anderer Eltern herum, was ihm seiner Meinung nach einen Vorsprung verschaffen sollte.

Clara kam zurück und stellte ihm ein Pale Ale hin. »Also«, sagte sie fröhlich. »Mit wem wirst du all diese Babys machen?«

»Keine Ahnung«, antwortete er, ohne ihr in die Augen zu sehen.

»Was, überhaupt nicht? Keine, mit der du flirtest? Keine in der Schule, die dir auffällt?«

Er warf ihr einen Blick zu. »Sorry«, sagte sie. »Aber im Ernst, nichts? Du enttäuschst mich.«

»Na ja ...«

»Das klingt schon besser!«

»Freu dich nicht zu früh. Es ist ein ziemliches Durcheinander. Ich habe mit einer Frau geschlafen.« Clara rieb sich vergnügt die Hände, und Alfie lächelte schwach bei der Erinnerung. »Es war – na ja. Es war toll«, sagte er. »Aber sie ist meine Mitbewohnerin.«

»Oh!«, sagte Clara. »Okay. Kompliziert. Ist es jetzt irgendwie komisch?«

»Das würde ich nicht unbedingt sagen«, antwortete Alfie. Er erzählte ihr vom Auftauchen von Emily und Daria und wie wenig Zeit für unangenehme Situationen geblieben war.

»Glaubst du, es wird etwas daraus?«, fragte Clara, und Alfie zuckte mit den Schultern. »Willst du das denn?«

»Ich hätte nichts dagegen.«

»Magst du sie?«, fragte sie, und als Alfie nicht sofort antwortete: »Ja! Du magst sie! Oh mein Gott, Alfie!« Sie sprach mit hoher Stimme und imitierte einen amerikanischen Akzent. »Liebst du sie?«

»Ach, lass mich in Ruhe!«

»Weißt du, Mitbewohner können ein gutes Paar sein. Hey!« Sie schlug mit der flachen Hand auf den Tisch. »Letzten Monat war ich auf einer Hochzeit. Und was glaubst du, wie das Brautpaar sich kennengelernt hat? Wohngemeinschaft!«

Alfie schüttelte den Kopf. »Sie ist nicht interessiert, Clara. Es war nur eine einmalige Sache.«

»Oh«, sagte Clara ernüchtert. »Also hat sie dich zum Sex benutzt.«

»Sieht so aus. Als wir das erste Mal danach allein waren, hat sie mir erzählt, dass sie diese Woche ein Date hat.«

»Will sie dich vielleicht eifersüchtig machen?«, fragte Clara hoffnungsvoll, aber Alfie schüttelte den Kopf.

»Ich glaube nicht, dass sie eine solche Taktiererin ist.«

»Ach, Mist. Was für ein Reinfall. Das tut mir leid.« Clara hob ihr Glas. »Auf uns zwei Loser«, sagte sie mit unüberhörbarem Vergnügen, und Alfie stieß mit seinem Glas gegen ihres.

***

Auf dem Rückweg im Bus begann Alfies Auge zu zucken, was es seit einigen Wochen hin und wieder tat. Es war nervig und beunruhigte ihn. Er hatte sich geschworen, es nicht zu googeln, aber plötzlich verspürte er den seltsamen Drang, es doch zu tun. Er holte sein Smartphone heraus und gab »Augenzucken« ein. Schlafmangel, schlugen alle Artikel vor. Oder Stress, obwohl das in den Schulferien eher unwahrscheinlich war. Oder zu viel Koffein – aber den Kaffee hatte er schon weggelassen, und das hatte keinen Unterschied bewirkt. Dann las er am Ende eines Artikels, dass ein zuckendes Auge in seltenen Fällen ein Symptom einer degenerativen neurologischen Erkrankung sein könnte.

Erschrocken folgte er wie in Trance einem Link zu einem Artikel über diese Krankheit und studierte die Liste der Symptome: Gleich mehrere schienen auf ihn zuzutreffen. Er hielt sich die Hand vors Gesicht – sie zitterte. Er versuchte, sie ruhig zu halten, stellte aber fest, dass das unmöglich war. Dann schob er sein Haar nach vorn, sodass er es sehen konnte, wenn er nach oben schaute. Die Strähnen hüpften und pulsierten vor seinen Augen. War das ein frühes Anzeichen für »unkontrollierte Kopfbewegungen«? Wie er jetzt wusste, war das eine ernste Angelegenheit, die sofort ärztliche Hilfe erforderte.

Benommen stolperte er in die Wohnung. Er würde schon bald und auf schreckliche Weise sterben. Er überlegte, einen Termin bei seinem Hausarzt zu vereinbaren, doch bei dem Gedanken an die schlaflosen Nächte, die ihm bis dahin bevorstanden, den beschwerlichen Weg zur Praxis, das bange Warten, bis er dran war, überkam ihn Übelkeit. Und an den ernsten Blick, wenn es denn etwas Ernstes war, die sanfte Stimme, die Überweisung zu weiteren Untersuchungen.

Ratlos setzte er sich an den Küchentisch. Hinter Tonys Zimmertür hörte er das Geräusch von Videospielen, und einen Moment lang überlegte er, anzuklopfen und ihn zu fragen, ob er Lust auf ein Bier hätte. Aber das wäre eine extreme Reaktion – ganz gleich in welcher Situation. Was er wirklich wollte, war, mit Hazel zu reden – nicht über das, was zwischen ihnen geschehen war, sondern über alles Mögliche. Bis spät in die Nacht, wie sie es ein- oder zweimal getan hatten. Ein Becher Tee mit ihr hätte ihn von seiner möglicherweise bevorstehenden Diagnose und seinem Tod abgelenkt. Er könnte ihr von seinen Symptomen erzählen und feststellen, dass sie völlig belanglos schienen, sobald er sie laut aussprach. Er könnte ihr erzählen, dass es in seiner Familie schlechte Gene gab, dass sowohl seine Mutter als auch seine Großmutter früh an Brustkrebs gestorben waren und dass er wahrscheinlich keine Kinder zeugen sollte, wenn er ohnehin früh sterben und sie zurücklassen würde. Wahrscheinlich würde sie ihn auslachen und etwas Beruhigendes (wenn auch Unwahres) sagen wie: »Du bist der gesündeste Mensch, den ich kenne« oder »Mein Auge zuckt schon seit letztem Jahr«. Oder nein – sie würde ihn ernst nehmen und etwas unbestechlich Logisches sagen, wie: »Wow, das ist ja furchtbar. Ich verstehe, dass du dir Sorgen wegen Krebs machst, aber die Motorneuron-Krankheit? Im Ernst?« So etwas hätte ihn vielleicht beruhigt, wenn sie tatsächlich da gewesen wäre, aber jetzt erinnerte es ihn nur daran, dass er sich auch wegen Krebs Sorgen machen musste. Er stand auf, ging in sein Zimmer, zog Jeans und Unterhose herunter und tastete seine Hoden nach Knoten ab. Soweit er es beurteilen konnte, waren keine da. Das war immerhin etwas.

Er fragte sich, wo Hazel war. Vermutlich bedeutete ihre Abwesenheit, dass ihr Date ein Erfolg gewesen war. Vielleicht sollte er ihr eine Nachricht schicken, um zu sehen, ob alles in Ordnung war. Aber er wusste nicht, wann Umsicht aufdringlich wurde, oder ob er, als er letzte Woche mit ihr geschlafen hatte, jegliches Recht verwirkt hatte, besorgt zu sein. Sorge konnte allzu leicht mit Eifersucht verwechselt werden. Er tippte eine Nachricht, überarbeitete sie, damit sie lässiger klang, und löschte sie dann wieder.

Er hatte das Gefühl, dass etwas mit seinen Fingern nicht stimmte, ohne dass er es genauer beschreiben konnte. Müdigkeit vielleicht. Muskelüberanstrengung. Oder vielleicht Taubheit. War es Taubheit? Waren seine Finger taub? Er spürte, wie erneut Panik in ihm aufstieg, klaustrophobische Gefühle, als wäre er in einem brennenden Gebäude gefangen. Er sah sich nach etwas Scharfem um, fand einen Kugelschreiber, drückte das spitze Ende wahllos in seine Finger und hinterließ eine Reihe kleiner schwarzer Punkte. Er konnte den Kugelschreiber fühlen, ja. Aber spürte er einen normalen Druck, oder war das Gefühl leicht taub? Er war sich nicht sicher.

An die Kissen gelehnt, versuchte er, zur Vernunft zu kommen, achtete aber ganz genau auf seine Hände. Sie fühlten sich schwer und klamm an. Vielleicht funktionierten sie ganz normal, vielleicht aber auch nicht. Er spürte eine unangenehme Nervosität, eine seltsame Anspannung.

Sein Handy vibrierte, und er zuckte zusammen. Es war Jasmine, die Frau, mit der er in der letzten Woche eine Nacht verbracht hatte. Sie hatten sich auf einem dreißigsten Geburtstag kennengelernt und sich seitdem zweimal getroffen. Sie war die Erste, mit der er seit der Trennung von Rachel geschlafen hatte, und es war alles sehr oberflächlich und unkompliziert gewesen. Sie war ziemlich laut, was erfreulich, aber auch peinlich gewesen war. Ihm wäre es lieber gewesen, man hätte sie nicht so deutlich gehört. Ihre großen unschuldigen Augen ließen eine so wilde Libido nicht erahnen.

Jetzt schrieb sie, sie habe am Broadway Market etwas getrunken und wenn er Lust habe, könne sie vorbeikommen. Er hatte keine Lust. Er war sich nicht sicher, ob er in diesem wehleidigen Zustand performen konnte, und antwortete, dass er »mit ein paar Kumpels unterwegs« sei. Dann legte er sich mit einer Packung Taschentücher ins Bett und masturbierte stattdessen halbherzig.

6

»Möchte jemand noch ein Glas Wein?«, fragte Emilys Mutter nach dem Abendessen und hielt die Flasche hoch.

»Wenn es unbedingt sein muss«, sagte Emilys Vater und hielt ihr sein Glas hin. Emily lehnte sich zurück und ließ sich ebenfalls nachschenken. Daria hob abwehrend die Hand und sagte: »Nein, danke.«

»Bist du sicher, Liebes?«, fragte Diane verwirrt. Die Flasche schwebte in der Luft, in der Erwartung, dass sie ihre Meinung noch ändern würde. »Willst du etwas anderes haben? Whisky? Portwein? Amaretto?«

»Alles okay«, sagte Daria. »Ich muss jetzt sowieso nach oben. Skype-Gespräch. Anscheinend gibt es bei meinem Bruder irgendwelche Neuigkeiten.«

»'ello, 'ello«, sagte Jim, stieß zufrieden die Luft aus und ließ sich auf dem Sofa nieder. »Glaubst du, er macht seine Freundin zu einer ehrbaren Frau?«

»Durchaus möglich«, erwiderte Daria.

»Oder vielleicht ist sie schwanger«, sagte Emily direkt.

»Das wäre aufregend«, rief Diane und schenkte den für Daria bestimmten Wein in ihr eigenes Glas.

»Wünsch ihm in beiden Fällen Glück von mir, das wird er brauchen«, sagte Jim und zwinkerte ihr zu. Diane schnalzte missbilligend mit der Zunge und schalt ihn im Spaß. Daria schloss die Tür hinter sich und ging nach oben, um ihre Eltern anzurufen.

Auf dem Bildschirm ihres Laptops erschien ein stockendes Bild von ihnen, und sie begrüßten sich alle auf Farsi, winkten und lächelten. Kamran hatte sich noch nicht eingeloggt, also drehte sich Daria mit ihrem Laptop im Kreis, um ihren Eltern das Zimmer zu zeigen, in dem sie und Emily wohnten. Dann beschrieb sie ihnen so detailliert wie möglich das Haus, das sie bald beziehen würden. Sie unterhielten sich in verschiedenen Sprachen, wobei sie regelmäßig Farsi-Wörter mit ihren englischen Entsprechungen ergänzten.

»Sieh dir diese Katzen an«, sagte ihre Mutter, als Kamran sich immer noch nicht dazugeschaltet hatte. Sie drehte schwankend den Bildschirm, sodass Daria ein verpixeltes Bild von Mary Shelley auf einem der Küchenstühle und Mary Wollstonecraft auf dem Kühlschrank sehen konnte. Letztere war das Kind der ersten, was die Studentin Daria für sehr schlau gehalten hatte, bis ihr klar wurde, dass es im wirklichen Leben genau umgekehrt gewesen war. Aber das machte nichts, denn Mary Wollstonecraft wurde in der Regel Wally genannt.

Sie fingen an, über Kamrans Neuigkeiten zu spekulieren. »Es wird doch wohl nichts Schlimmes sein, oder?«, sagte Leila, und Daria und Ramin sagten, nein, natürlich nicht, schlechte Nachrichten würde er nicht im Voraus ankündigen und sie erst lange rätseln lassen. Es hätte bestimmt etwas mit Lily zu tun. Sicher wollten sie heiraten.

Schließlich sprang das Symbol neben Kamrans Namen

auf Grün, und Daria lud ihn ein, sich dem Gespräch anzuschließen.

»Hallo, ihr Lieben«, sagte Kamran. »Wie geht es euch?«

»Uns geht es gut, Liebling«, sagte Leila, »aber was willst du uns erzählen? Wir sind schon ganz gespannt.«

»Tut mir leid, dass ich euch so auf die Folter gespannt habe«, sagte Kamran und hielt inne, als ob er überlegte, wie er die Neuigkeiten am besten formulierte.

»Und?«, drängte Leila.

Kamran biss sich auf die Lippe und holte tief Luft. »Okay«, sagte er beim Ausatmen. »Eigentlich gibt es zwei Neuigkeiten. Die erste ist, dass Lily und ich …« Er hielt erneut inne, und die Anspannung war fast hörbar. »Das wird euch nicht gefallen. Lily und ich haben uns getrennt.«

Ein kollektiver Seufzer der Enttäuschung ertönte. »Ach, Mist«, sagte Daria.

»Ach, mein Sohn«, seufzte Ramin.

»Liebling!« Das war Leila. »Hat sie dich verlassen? Hat sie meinen kleinen Jungen verlassen?«

»Nein, niemand hat jemanden verlassen. Es war unsere gemeinsame Entscheidung. Wenn überhaupt, dann ist es eher meine Schuld als ihre.«

»Oh, die arme Lily!«, rief Leila und wechselte sofort die Fronten. »Was hast du getan?«

»Gar nichts. Ich habe keine andere kennengelernt, falls du das meinst. Es lief einfach schon eine Weile nicht mehr so gut.«

»Und könnt ihr das nicht wieder hinkriegen? Beziehungen sind immer kompliziert! Man darf nicht einfach bei den ersten Problemen die Flinte ins Korn werfen!«

»Nein, Mum«, sagte Kamran leicht gereizt. »Das weiß ich. Es sind nicht die ersten Probleme. Da ist nichts zu machen, wir haben es versucht. Das ist das Beste für uns beide. Da sind wir uns einig.«

»Liegt es an deinem Job?«, fragte Ramin. »Den langen Arbeitszeiten?«

»Das war auch nicht gerade hilfreich.« Kamran seufzte. »Es war nicht leicht, Dinge zu besprechen. Lily arbeitet auch wahnsinnig viel. In manchen Wochen haben wir uns kaum gesehen.«

»Vielleicht solltest du dir dann einen neuen Job suchen«, schlug Leila vor. »Ich weiß, dass du die Privatwirtschaft nicht magst, aber wenn es so schlimm ist ...«

»Ich arbeite nicht in der Privatwirtschaft, Mum.«

»Ich weiß, dass du Prinzipien hast, Schatz, und wir sind stolz auf dich, aber ...«

»Es geht nicht nur um Prinzipien. Ich habe bereits einen neuen Job. Das ist meine zweite Neuigkeit.«

Leila hielt inne und zog die Augenbrauen hoch. »Oh«, sagte sie. »Verstehe.«

»Es ist ein bisschen was anderes«, fuhr Kamran fort. »Immer noch als Arzt. Aber bei Médecins Sans Frontières.«

Daria verstand die Bedeutung dieses Satzes, bevor es jemand anderes tat. »Oha, wirklich?«, fragte sie.

»Médecins Sans Frontières?«, fragte Leila vorsichtig. »Was ist das noch mal?«

»Ärzte ohne Grenzen. Die schicken Ärzte an Orte, wo es – na ja, wo es keine richtige medizinische Infrastruktur gibt.«

»In Kriegsgebiete«, bemerkte Ramin.

»Nicht unbedingt«, gab Kamran schnell zurück.

»Kriegsgebiete?«, wiederholte Leila. »Oh, Kamran!«

»Ich reise in kein Kriegsgebiet, Mum. Ich gehe nach Bangladesch.«

»Nach Bangladesch?«

»Dort gibt es große Lager für vertriebene Rohingya. Ich werde in eine Klinik an der Grenze zu Myanmar geschickt.« Es herrschte Schweigen. Leila stand der Mund offen. Ramin sah ernst aus, nickte jedoch langsam.

»Das ist toll, Kam«, sagte Daria. »Schön für dich.«

»Und diese Lager«, fragte Leila, ohne sie zu beachten, »sind doch unhygienisch, oder? Da gibt es jede Menge Krankheiten.«

»Ich erhalte alle nötigen Impfungen, bevor ich gehe. Sie sind sehr vorsichtig und tun, was sie können, um die Ärzte vor Risiken zu schützen.«

»Ja, was sie können«, unkte Leila. »Was womöglich nicht sehr viel ist, oder?«

Ramin legte seinen Arm um sie und zog sie fest an sich. »Ich bin sehr stolz auf dich, Kamran«, sagte er. »Wir sind alle stolz, dass du dich sozial engagierst. Auch deine Mutter ist stolz auf dich. Sie macht sich nur Sorgen.«

»Gut, dass wenigstens einer von uns sich sozial engagiert, Kam«, sagte Daria. Sie war unerwartet gerührt und kam sich etwas unzulänglich vor.

»Arbeiten Médecins Sans Frontières im Iran?«, platzte Leila heraus und ignorierte die beiden.

»Ich glaube, ja«, sagte Kamran. »Jedenfalls haben sie es

getan. Ich bin mir nicht sicher, ob sie im Moment dort aktiv sind.«

»Sie könnten dich also auch dorthin schicken.«

»Das bezweifle ich. Das wäre für mich wesentlich gefährlicher als für andere.«

»Nun, ja. Denk nur an die arme Frau, die man ganz ohne Grund ins Gefängnis geworfen hat. Sie hatte die doppelte Staatsbürgerschaft – genau wie du.«

»Wenn es gefährlicher für mich ist, wird MSF mich sehr wahrscheinlich nicht dorthin schicken. Verstehst du? Ganz einfach.«

»Ach, Kamran!«, rief Leila, den Tränen nahe. »Wenn du wüsstest, wie es dort zugeht, wärst du nicht so gleichgültig!«

Kamran sagte nichts. Daria konnte sehen, dass er um seine Fassung rang.

»Mum«, sagte sie sanft, »er geht nicht in den Iran. Nicht jetzt und wahrscheinlich nie.«

»Versprich mir, dass du niemals dorthin gehst!«, flehte Leila. »Wenn sie dich dorthin schicken wollen, sagst du Nein. Notfalls kündigst du. Bitte, Kamran. Versprichst du es?«

Sie entlockte Kamran ein widerwilliges Versprechen, dann verließ sie das Gespräch und murmelte, dass sie noch etwas zu tun habe. Ramin sah ihr nach, wandte sich dann wieder dem Bildschirm zu und zuckte mit den Schultern.

»Das lief ja gut«, sagte Kamran.

»Sie ist nur erschrocken«, erwiderte Ramin. »Sie hatte mit einer anderen Neuigkeit gerechnet. Ich gehe besser zu ihr und rede mit ihr. Sie kriegt sich schon wieder ein.«

Als Ramin die Verbindung unterbrochen hatte, setzten Kamran und Daria das Gespräch auf Englisch fort. Es sei keine spontane Entscheidung gewesen, erzählte er ihr. Er habe immer vorgehabt, sich bei Médecins Sans Frontières zu bewerben, wenn er genug Erfahrung hätte. Das war ein Grund für die Spannungen mit Lily, einer Hebamme, die der Meinung war, dass es genug Möglichkeiten gab, Gutes in der Welt zu tun, ohne dabei sein Leben zu riskieren. Er hatte versucht, sie zu überreden, mit ihm zu gehen, aber das hatte sie kategorisch abgelehnt. Sie hatten lange und erbitterte Auseinandersetzungen geführt. Was ist mit einer Familie, hatte sie immer wieder gesagt. Wollte er etwa, dass sie im verdammten Aleppo eine Familie gründeten? Schließlich hatten sie sich eingestanden, dass ihre Lebensentwürfe einfach zu unterschiedlich waren, als dass sie sich miteinander in Einklang bringen ließen.

Daria hörte traurig zu. »Es tut mir so leid«, sagte sie, als er geendet hatte. »Ehrlich. Ich weiß nicht, was ich sagen soll.«

»Was sollst du auch sagen?«, erwiderte Kamran. »Es ist einfach ätzend.«

»Wann reist du ab?«

»Ende September. Vorher habe ich noch eine Vorbereitungswoche in London. Dann bin ich weg.«

»Das ist ziemlich bald.«

»Ja«, sagte Kamran und lachte, als wäre das alles lächerlich. »Und vorher habe ich noch so viel Mist zu erledigen.«

***

»Und?«, fragte Diane, als Daria wieder nach unten kam. Jim und Emily sahen erwartungsvoll zu ihr hoch. Sofort bedauerte Daria, dass sie ins Wohnzimmer zurückgegangen war, bevor sie Gelegenheit gehabt hatte, es Emily allein zu erzählen. Sie wünschte, sie hätte ihr vom Gästezimmer aus eine Nachricht geschickt, dass sie nach oben kommen solle.

»Es war nicht ganz das, was wir erwartet haben«, sagte sie.

»Ach?«

»Keine Hochzeit, keine Babys. Sie haben sich getrennt.« Alle brachten auf vielfältige Weise ihr Mitgefühl und ihre Bestürzung zum Ausdruck. »Und das ist noch nicht alles. Er geht weg aus England. Er hat einen Job bei Médecins Sans Frontières. Sie schicken ihn nach Bangladesch.«

»Großer Gott«, sagte Jim.

»Bangladesch?«, wiederholte Diane. »Was um alles in aller Welt will er denn da?«

»Den Rohingya helfen.«

»Den was?«

»Den Geflüchteten«, erklärte Daria, die zu abgelenkt war, um es ihnen genauer zu erklären.

»Meine Güte«, sagte Diane und blickte wieder hinunter auf die *Radio Times*. »Sehr abenteuerlich.«

»Wie lange ist er weg?«, fragte Emily.

»Zunächst für sechs Monate«, erklärte Daria und sah Emily in die Augen. »Vielleicht auch länger.« Emilys Miene veränderte sich kaum merklich, sodass die anderen es nicht mitbekamen. Daria blieb stehen und beantwortete Jims Fragen, bis sich eine Gesprächslücke bot.

»Ich gehe ins Bett«, sagte sie und wandte sich an Emily. »Kommst du mit?«

Oben ließ sich Emily aufs Bett fallen und stöhnte. »Hast du so etwas geahnt?«, fragte sie.

»Nein, überhaupt nicht. Sonst hätte ich es erwähnt.«

»Was haben deine Eltern gesagt?«

»Dad war zwar schockiert, aber auch stolz. Mum war ziemlich außer sich. Dad wird mit ihr reden.«

»Die arme Mama«, sagte Emily. Glaubst du, dass sie damit klarkommt?«

»Irgendwann wahrscheinlich schon. Vielleicht. Sie kann nicht verstehen, warum er sich in Gefahr begeben will. Und sie hat Angst, dass er im Iran landet und ins Gefängnis kommt.«

»Mist. Das ist doch aber eher unwahrscheinlich, oder?«

»Ja. MSF werden wohl kaum einen mit doppelter Staatsangehörigkeit in den Iran schicken, wo die Inhaftierung von Iranern mit doppelter Staatsangehörigkeit ein wichtiger Teil der iranischen Außenpolitik ist.«

Emily nickte, schwieg jedoch.

»Hoffentlich beruhigt sie sich etwas«, fuhr Daria fort. »Schließlich geht er ja nicht zum Militär. Aber man kann sie schon verstehen. Gerade denkt sie noch, er macht sie zur Großmutter, und im nächsten Moment verpisst er sich nach Bangladesch.«

»*Wir* haben erwartet, dass er sie zur Großmutter macht«, sagte Emily und zeichnete mit dem Finger das Muster auf der Decke nach.

Daria seufzte. Sie ließ sich aufs Bett sinken und legte

einen Arm um Emilys Taille. »Ich weiß«, sagte sie. »Damit durchkreuzt er unsere Pläne, stimmt's?«

»Sieht so aus. Und was machen wir jetzt?«

»Keine Ahnung«, sagte Daria, drehte sich auf den Rücken und starrte an die Decke. »Wohl in eine Klinik gehen. Blöder Idiot. Warum muss er auch so ein guter Mensch sein?«

Emily stützte sich auf den Ellbogen hoch. »Wann, sagtest du, geht er?«

»Ende September.«

»Also in ungefähr vier Wochen. Das ist genug Zeit.«

»Genug Zeit für was?«

»Um es einmal zu versuchen.« Daria sah sie an. Emily setzte sich auf und wirkte plötzlich sehr lebhaft. Sie griff nach ihrem Handy und tippte wie wild mit den Daumen darauf herum. »Meine Periode ist am Mittwoch zu Ende gegangen. Die nächste kommt Ende September. Wahrscheinlich habe ich Ende nächster Woche meinen Eisprung. Ja, hier!« Sie hielt ihr Smartphone hoch, damit Daria ihre Fruchtbarkeits-App sehen konnte. »Der Eisprung findet zwischen Freitag und Sonntag statt. Samstag ist wahrscheinlich der sicherste Termin. Das ist praktisch.«

Daria setzte sich auf und lehnte sich gegen die Kissen. »Willst du damit sagen, dass wir ihn in diesem Durcheinander bitten sollen, unser Spender zu sein und uns gleich nächste Woche sein Sperma zu geben?«

»Das ist natürlich nicht ideal, aber was sollen wir sonst tun? Du weißt, dass ich nicht zu einer Samenbank will, wenn es sich irgendwie vermeiden lässt.«

»Wahrscheinlich müssen wir trotzdem eine Samenbank

aufsuchen. Es wird wahrscheinlich nicht gleich beim ersten Mal klappen.«

»Aber es könnte!«

»Natürlich *könnte* es klappen, aber …«

»Ist es dann nicht einen Versuch wert, Dar?«

»Ich dachte, wir wollten warten, bis wir uns eingelebt haben. Wir müssen umziehen. Du musst einen Job finden.«

»Aber die Umstände haben sich nun mal geändert, oder?« Emily sprach schnell, ihre Wangen waren gerötet, und ihre Augen geweitet. »Natürlich ist er dein Bruder«, fuhr sie nüchterner fort, und Daria fragte sich, ob sie mit ihrer Miene Emilys Freude einen Dämpfer versetzt hatte. »Ich weiß, das ist etwas schräg. Wenn es dir unangenehm ist, müssen wir ihn nicht fragen.«

Daria sagte nichts, zog die Nase kraus und drückte Emilys Hand. »Ich muss wohl darüber hinwegkommen, dass es schräg ist, oder?«, sagte sie. »Okay. Ich frag ihn. Ich rufe ihn gleich morgen an.«

***

Nachts im Bett hatte Daria Angst. Nicht aus irgendeinem vernünftigen Grund – nicht um Kamran, der tatsächlich in Gefahr geraten könnte. Nein, um Emily, die sich einer Sache unterziehen wollte, die normal war, die Daria aber dennoch als barbarisch empfand. Auch für sich selbst, denn sie würde diese ganz normale Barbarei miterleben müssen, möglicherweise schon in der nächsten Woche.

Sie erinnerte sich daran, dass Frauen ständig schwanger

wurden und dass das ein Grund zur Freude war. Zur *Freude*, Daria, schalt sie sich, und wenn du dich nicht darüber freuen kannst, solltest du es zumindest akzeptieren. Denn daran führt nun einmal kein Weg vorbei, wenn du ein Baby haben willst, und *das willst du doch*. Sie wollte sogar mehrere Babys haben. Ihr Wunsch nach einer Familie hatte sich nicht so plötzlich und deutlich angekündigt wie bei Emily, doch wenn sie an die Zukunft dachte, sah sie immer Kinder vor sich. Das Problem war nur, dass die Natur sich eine so blutrünstige Methode ausgedacht hatte, sie auf die Welt zu bringen, dass es ihr den Magen umdrehte. Bei dem Gedanken daran raste ihr Herz, und ihr stockte der Atem. Und ihre Liebste, der sie geschworen hatte, für sie da zu sein, wollte sich dieser Tortur freiwillig unterziehen. Emily wollte nichts so sehr wie für den Fortbestand der Spezies verstümmelt, versehrt und aufgerissen zu werden.

Obwohl sie am liebsten eingegriffen und Emily vor sich selbst gerettet hätte, hatte Daria geschwiegen. Sie hatte zwar nicht gelogen, aber sie hatte so getan, als ob sie Geburten zwar eklig fände, sie diese aber nicht in Panik versetzten. Als ginge ihre Abneigung nur so weit, dass sie selbst nicht schwanger werden wollte. Sie hatte ihre wahren Gefühle so gut verborgen, dass Emily sogar immer noch hoffte, sie dazu zu überreden, ihr zweites Kind auszutragen. Emily stellte sich die Schwangerschaft als einen ebenso schönen wie harmlosen Prozess vor, der von Mutter Natur liebevoll überwacht wurde. Es war seltsam, dachte Daria, wie gerne die Menschen die Natur als gütige Matriarchin darstellten und nicht als gewalttätige Frauenhasserin.

Sie hatte auf subtile Weise versucht, Emily zu einer Adoption zu bewegen. Sie hatte es als moralische Mission für unschuldige Kinder dargestellt, die ein liebevolles Zuhause brauchten. Aber das war ganz und gar vergeblich gewesen, denn Emily folgte jetzt einem inneren Antrieb, der keinen Raum für Verhandlungen ließ. »Es tut mir leid, aber ich möchte wirklich schwanger sein, Daria«, erklärte sie mit Bestimmtheit. »Das ist nichts Rationales, das ist ein Gefühl.«

Es war Emily, die vorgeschlagen hatte, Kamran zu bitten, ihr Samenspender zu sein. Daria war nicht gerade begeistert von der Vorstellung, das Sperma ihres eigenen Bruders zu verwenden, allerdings gefiel ihr der Gedanke, dass sie dann mit dem Baby verwandt wäre. Im Grunde rechnete sie mit Kamrans Zustimmung, denn er hatte es ihr selbst vorgeschlagen, als sie auf Leilas sechzigstem Geburtstag zusammen eine Zigarette geraucht hatten. Damals war er zwar angetrunken gewesen, das Angebot hatte aber dennoch ernst geklungen. Davon hatte sie Emily nichts erzählt, denn dann hätte sie sofort handeln wollen, und Daria brauchte Zeit. Sie hatte bei sich eine ausgeprägte Tokophobie diagnostiziert – eine pathologische Angst vor Schwangerschaft und Geburt bei Frauen, die beides noch nie erlebt hatten –, und wollte diese Angst überwinden. Sie wollte hart daran arbeiten. Sie würde mit einem Fremden über ihre Kindheit sprechen und Medikamente einnehmen – was auch immer nötig war, damit sie im entscheidenden Moment nicht davonlief und Emily verängstigt, allein und mit heftigen Schmerzen zurückließ.

Aber es ging alles schneller, als sie erwartet hatte. Wie

sollte sie sich angemessen über eine Schwangerschaft freuen, wenn sie noch keine Gelegenheit gehabt hatte, eine Therapie zu machen? Und wie sollte sie eine Therapeutin finden, wenn sie gerade dabei waren umzuziehen? In jener Nacht lag sie stundenlang wach und machte Achtsamkeitsübungen und Yoga im Liegen – jedoch ohne Erfolg. Sie konnte nicht leugnen, dass sie sich mehr als alles andere wünschte, Emily würde im nächsten Monat ihre Periode bekommen – und das bereitete ihr schwere Schuldgefühle.

7

Hazels Lieblingskundin fasste sich an ihren großen Busen und rief: »Oh, Hazel! Ich wollte dir sagen, wie sehr mir dein heutiger Cartoon gefallen hat!«

»Wirklich? Danke, Irma!«, sagte Hazel, die schon den ganzen Morgen heimlich auf Instagram nach Likes Ausschau gehalten hatte.

»Sehr treffend«, fuhr Irma, die ursprünglich aus Deutschland kam, fort. »Ich habe mich beim Lesen geradezu vor Scham gewunden. Das ist einfach so …« Sie gab einen Laut von sich, der die unbeschreibliche Scham zum Ausdruck bringen sollte. »Und natürlich benutzt man das Wort nicht wirklich, oder? Ich musste es nachschlagen.« Sie beugte sich vor und senkte die Stimme. »*Queefing!* Was für ein fantastisches Wort! *Queef!* Auf Deutsch ist es eher langweilig. Scheidenwind. Darin liegt keine Poesie. Oh Gott«, rief sie aus, als sich der Kunde hinter ihr räusperte. »Einen Mandelmilch-Latte mit zwei Shots bitte.«

Hazel bereitete den Caffè Latte zu, und Irma nahm mit beiden Händen ihren Becher und ihre Untertasse in die Hand und sah sich nach einem freien Tisch um.

»Irma«, sagte Nish, und Irma drehte sich um. Nish stützte die Ellbogen auf den Tresen, das Kinn in die Hände und sagte: »Hast du eigentlich jemals …? Du weißt schon.«

Irma brauchte eine Sekunde, um zu begreifen, dann brüllte sie vor Lachen. »Was für eine unverschämte Frage! Ist er immer so?« Hazel nickte, und Irma schnalzte mit der Zunge. »Wie wäre es, wenn ich dir sage, dass ich drei Kinder bekommen habe, und wir es dabei belassen?«

»Worum geht's?«, fragte Roisin, die mit einem Tablett voller Mandelcroissants erschien und sie in eine Holzkiste neben der Kasse legte.

»Wir reden über *Queefing* beim Yoga«, erklärte Nish. »Und Irmas Erfahrung damit.«

Roisin schaute erstaunt auf. »Ist das ein Problem?«

»Klingt, als hättest du den Cartoon deiner Freundin nicht gelesen«, sagte Irma bedeutungsvoll. »Sonst wüsstest du es.«

Roisin wandte sich an Hazel. »Dann ist das für dich ein Problem?«

Hazel räusperte sich. »Es kann eins sein, ja.«

»Wow.« Roisin war die Art von Mensch, deren Körper sich immer genau so verhielt, wie sie es ihm sagte. Wahrscheinlich hatte sie noch nie einen ekligen Furz gemacht oder beim Niesen gerotzt oder einen panischen Versuch unternommen, ihren eigenen Atem zu riechen.

»Wie kann das überhaupt passieren?«, fragte Nish. »Klär mich auf.«

»Also«, sagte Hazel, »wenn man sich beim Yoga auf den Kopf stellt ...«

»Oder beim Pilates«, warf Irma ein.

» ... oder beim Pilates, ja, dann sacken alle deine Organe irgendwie in Richtung Kopf. Es entsteht ein kleines Vakuum um deine ...« Sie zögerte, weil sie an die Kunden dachte.

»Muschi?«, schlug Roisin vor.

»Richtig, also, jedenfalls strömt Luft herein, und wenn du dich dann wieder umdrehst, wird sie aus dir herausgedrückt. Und das klingt wie ein Furz. Was jeder hören kann.«

»Mein Gott«, sagte Nish. »Es ist also so etwas wie ein vaginales Atmen? Das hat doch etwas sehr Diesseitiges und Spirituelles an sich, oder?«

»Oh ja!«, rief Irma, die nicht einmal bei dem Wort »Muschi« zusammengezuckt war. »Das ist eine interessante Idee. Donnerwetter. Das gibt mir viel Stoff zum Nachdenken.« Sie blickte nachdenklich in die Ferne, dann wandte sie sich ab und ging langsam zu einem Tisch, um ihren Kaffee nicht zu verschütten.

»Gute Arbeit«, sagte Hazel zu Nish. »Das kommt nächste Woche in den Blog.« Irmas Blog war ein Abriss spiritueller Betrachtungen, medizinischer Verschwörungstheorien und Warnungen vor ungeprüften krebserregenden Stoffen. Hazel fühlte sich verpflichtet, ihn zu abonnieren, weil Irma ihren Webcomic so aufmerksam verfolgte.

Roisin brachte ihr Tablett in die Küche, und als sie zurückkam, blickte sie auf ihr Handy hinunter. »Verdammter Mist«, sagte sie und lachte. »Ist dir das wirklich passiert?«

Hazel schaute auf das Telefon und sah, dass ihr Comic das Display ausfüllte. »Ich habe es natürlich ein bisschen ausgeschmückt. Aber im Grunde genommen, ja. Was ist?«, rief sie und sah in Roisins verwirrtes Gesicht. »Erzähl mir nicht, dass du noch nie einen Scheidenfurz produziert hast.«

»Habe ich vermutlich«, sagte Roisin. »Aber irgendwie nie in der Öffentlichkeit.«

»Na, wie vornehm«, bemerkte Hazel.

»Ro ist aus Porzellan, stimmt's Süße?«, sagte Nish und umarmte Roisin von hinten. Sie scheißt auch nicht«, flüsterte er. Hazel lachte laut. Roisin scheuchte ihn weg, und es folgte ein lautstarker Schlagabtausch, bis jemand sagte: »Entschuldigung? Hallo?«

Hazel sah sich um. Es war Brandon Fox.

»Oh«, war alles, was sie sagte. Im Geiste ging sie rasch das Gespräch vom letzten Abend durch und versuchte, sich zu erinnern, ob sie ihm gesagt hatte, wo sie arbeitete. Vielleicht hatte sie ihm den Namen des Cafés genannt, den Rest hatte er offenbar gegoogelt.

»Hallo, Hazel«, sagte Brandon. »Wie geht's dem Freund?«

»Wie bitte?«

»Dem Freund, der die schlechte Nachricht bekommen hat?«

Sie spürte Nish hinter sich, der versuchte, sich unauffällig zu verhalten. »Ach, richtig«, sagte sie. »Nicht so gut. Danke, dass du fragst.«

»Ich will es kurz machen«, sagte er, zog einen kleinen weißen Umschlag aus der Tasche seiner Jeans und schob ihn ihr über den Tresen zu; er war zerknittert und an einer Ecke eingerissen.

»Ich habe mich gefragt, ob es dir etwas ausmachen würde, den weiterzugeben«, sagte er, und als er ihre Verwunderung bemerkte, fügte er hinzu: »Deiner Schwester.«

»Meiner Schwester?« Sie nahm den Umschlag in die Hand, auf dem weder vorn noch hinten etwas stand.

»Sie hat ihn im Haus meiner Eltern zurückgelassen«, erklärte Brandon. »Das ist jetzt Jahre her. Ich habe ihn sicher aufbewahrt, nur für alle Fälle. Ich dachte, sie würde ihn vielleicht eines Tages zurückhaben wollen.«

»Alles klar«, sagte Hazel. »Okay.«

»Ich hätte auch gern einen Flat White mit fettarmer Milch zum Mitnehmen.« Er schaute auf seine Armbanduhr und sog lautstark die Luft durch die Zähne ein. »Oh, so schnell wie möglich, um genau zu sein. Ich bin ein bisschen spät dran.«

Hazel bereitete seinen Kaffee so langsam zu, wie sie konnte. Als er gegangen war, versammelten sich Roisin und Nish um sie, während sie den Umschlag untersuchte. Er war zugeklebt, aber sie spürte einen kleinen harten Gegenstand darin, was wahrscheinlich den Riss im Papier erklärte. Sie schob ihren Finger in das Loch, um es zu vergrößern, und kippte den Umschlag, sodass der Gegenstand zu der Öffnung rutschte. Es war ein Silberring mit einem matten grünen Stein. Dahinter waren auf einem linierten Papier eine Reihe Ziffern zu erkennen, von denen sie nur annehmen konnte, dass es sich um Brandons Telefonnummer handelte.

***

»Ein was?«, fragte Emily am Telefon, weil sie dachte, sie habe sich verhört.

»Ein Ring«, sagte Hazel. »Darf ich den Umschlag öffnen?«

»Natürlich!«, erwiderte Emily ungeduldig und hörte daraufhin das Reißen von Papier am anderen Ende der Leitung.

»Ja«, sagte Hazel. »Ein silberner Ring mit einem grünen Stein.«

»Und er gehört mir?«

»Anscheinend hast du ihn vor Jahren bei seinen Eltern vergessen.«

»Stimmt. Nun ja, ich habe ihn nicht gerade vermisst. Ich kann nicht glauben, dass er ihn die ganze Zeit behalten hat. Was für ein komischer Kauz.«

»Es wird noch besser«, sagte Hazel. »Hier ist ein Zettel. *Hoffentlich findest du das nicht zu dreist, aber ruf mich an, wenn du irgendwann mal Lust auf einen Kaffee hast.* Und seine Nummer.«

Emily kreischte vor Überraschung. »Ist das dein Ernst? Nein. Das ist ein Scherz, oder? Hazel?«

»Mein absoluter Ernst«, antwortete Hazel lachend. »Ich schwöre.«

Emily prustete ins Telefon. »Unglaublich!«, rief sie. »Gleich nachdem er sich mit dir getroffen hat!«

»Ja, total unverschämt! Und ich habe ihm gesagt, dass du verheiratet bist!«

»Ach, nun ja.« Emily kicherte. »Es ist ja nur eine lesbische Ehe, stimmt's? Ich wette, er denkt, dass ich nach einem Schwanz lechze. Schick mir ein Foto, ich will wissen, wie der Ring aussieht.«

Das Foto war schlecht belichtet, und der Ring wurde halb von den Falten von Hazels Bettbezug verdeckt, aber Emily erkannte ihn sofort. Sie lachte laut auf und holte dann tief Luft, weil ihr plötzlich zum Weinen zumute war. Natürlich war es der Ring. Dass sie darauf nicht gleich gekommen war.

Sie stand vom Bett auf und ging hinunter in die Küche, wo etwas in einem Topf auf dem Herd brodelte. Diane stand an der Spüle und wusch das Schneidebrett ab.

»Hallo, Liebes«, sagte sie. »Ich mache eine vegane Bolognese mit diesem Pflanzen-Hackfleisch, das du mir gezeigt hast. Magst du das?«

»Das klingt köstlich, Mum«, sagte Emily. Die Ankunft von zwei veganen Hausgästen hatte ihrer Mutter Sorge bereitet, der Kochen ohne Fleisch immer obskur erschienen war. Zugleich konnte sie sich aber auch nicht überwinden, ihre Gäste selbst kochen zu lassen. Zu Emilys Erleichterung hatte sie sich der Herausforderung gestellt: Letzte Woche war auf dem Familiencomputer ein Rezept für einen veganen Schokoladenkuchen aufgerufen gewesen, und sie hatte sogar erfolgreich Tofu gebraten. Am Esstisch ergänzten sie und Jim ihre Mahlzeiten jedoch immer noch durch etwas Tierisches, um sie genießbarer zu machen. Auf der Arbeitsplatte lagen ein Stück Käse und eine Packung zerkleinerte Schweinshaxen zur Dekoration der Bolognese bereit.

»Mama«, sagte Emily, »ist es okay, wenn ich kurz etwas auf dem Dachboden nachsehe?«

»Das Essen ist in einer Minute fertig.«

»Wirklich in einer Minute?«

»Na ja, in fünfzehn«, räumte Diane ein. »Aber was willst du da oben, Liebes? Da ist alles durcheinander.«

»Ich wollte nur etwas aus einem meiner Kartons holen.« Die Kartons waren voll unwichtiger Dinge, die sie vor dem Umzug nach Australien dort verstaut hatte. »Ich weiß, welcher Karton es ist. Ich habe sie alle beschriftet.«

»Na, dann«, sagte ihre Mutter. »Aber bitte deinen Vater, dir mit der Leiter zu helfen.«

Der Karton war zugeklebt, mit Filzstift stand »Accessoires« darauf. Der Inhalt bestand aus Clutch-Bags, Gürteln und verknoteten Strumpfhosen; zwischen einigen Seidenschals lag ein weiterer kleinerer Karton. Sie nahm ihn heraus und öffnete ihn. Hier bewahrte sie Schmuck auf, den sie nie trug, aber nicht wegwerfen wollte: Bernsteinohrringe, die ihrer Großtante gehört hatten; die simple Goldkette, die sie Mitte der Neunziger zu ihrem Brautjungfernkleid getragen hatte; eine Sammlung geliebter Perlen, die sie eines Tages neu auffädeln wollte. Und ein Ring.

Ein Silberring mit einem hellgrünen Stein, genau wie der auf dem Foto. Sie erinnerte sich jetzt, dass der einzige Unterschied in der hellgrünen Maserung bestand, die sich quer durch den Stein zog. Der Ring, den Brandon ihr schenken wollte, war also gar nicht ihrer, sondern der fast identische von seiner Schwester. Offenbar hatte er den Ring an ihrer Hand bemerkt, aber nicht den Zwilling an Hannahs Hand.

Hannah und sie hatten die Ringe bei einem Tagesausflug nach Brighton gekauft, als sie neunzehn, vielleicht zwanzig Jahre alt gewesen waren. Hannah hatte sich ihren an einem Schmuckstand in den Lanes ausgesucht, und Emily hatte sie darum beneidet. Daraufhin hatte Hannah vorgeschlagen, dass sie sich auch einen kaufen sollte.

»Als Andenken an den heutigen Tag«, hatte sie gesagt, und das war bedeutungsvoll, denn Emily hatte an diesem Morgen zum ersten Mal »Ich liebe dich« gesagt, und Hannah hatte es erwidert. Seitdem trugen sie die Ringe regelmäßig. Emily nahm ihren erst zwei Sommer später ab, als die Beziehung über Skype ein tränenreiches Ende fand. Hannah hatte vermutlich angenommen, dass ihr Ring verloren gegangen war, falls sie überhaupt noch jemals an ihn gedacht hatte.

Nach dem Abendessen legte sich Emily im Wohnzimmer ihrer Eltern auf das größere der beiden Sofas und suchte auf Social Media nach Hannah. Ihre Eltern saßen auf dem anderen Sofa und schauten Wiederholungen von *Unser blauer Planet*. Daria arbeitete oben und telefonierte womöglich mit Kamran, obwohl sie das nicht gesagt hatte.

Auf ihrem Profilfoto bei Facebook hob Hannah ein Baby über ihren Kopf und sah lachend zu ihm hoch. Es war nicht klar, ob es ihr Baby war, doch die Anzahl der Likes ließ es vermuten. In ihrer Nase glitzerte ein Piercing, ein einzelner Silberohrring reichte ihr fast bis auf die Schulter, und ihr fiel eine kurze grau melierte Haarsträhne in die Stirn. Ihr Titelbild zeigte eine Reihe von Menschen hinter einem Banner der Extinction-Rebellion-Bewegung. Laut der Registerkarte »Info« lebte sie in London und arbeitete in einem Unternehmen namens Heron Studios.

Nach Facebook schaute Emily auf Twitter nach, doch sie erfuhr nur, dass Hannah selten twitterte und wenn, dann nur retweetete, meistens Grafiken und Artikel über den Klimawandel. Dann versuchte sie es auf Instagram: Hier war Hannah wesentlich aktiver. Es gab Bilder von ihr und einer anderen Frau in passenden weißen Hosenanzügen. Von einer Freundin, die bei einem Spoken-Word-Abend las. Von einem Graffiti in Lissabon, von einem Blick auf Südlondon, das auf einer Rooftop Bar aufgenommen worden war.

Da fiel ihr ein, dass Alfie vielleicht auch auf Instagram war. Sein Profil war leicht zu finden, aber seine Beiträge waren spärlich und allgemein gehalten: ein paar Bilder von Freunden, ein paar vom Grillen im Park, die Themse von der Waterloo Bridge aus. Es gab auch eine Reihe von Selfies mit einer rothaarigen Frau, aber diese hatten vor etwa sechs Monaten abrupt aufgehört. Auf Facebook entpuppte er sich als jemand, der Artikel über Kinderarmut und Petitionen zum Verbot von überflüssigem Plastik teilte. Dazu schrieb er selten etwas, die letzte Ausnahme war ein wortgewaltiger wütender Beitrag über den Grenfell Tower. Emily legte ihr Smartphone auf dem Bauch ab und kam zu dem Schluss, dass es viel schlimmer sein könnte.

Sie spürte, wie ihre Lider schwer wurden, und überlegte, aufzustehen und ins Bett zu gehen. Sie konnte sich jedoch nicht aufraffen und wollte Daria nicht stören, die sich vielleicht gerade in einem heiklen Gespräch befand. Also nahm sie erneut das Handy zur Hand und fand sich schnell auf Hannahs Facebook-Profil wieder. Sie scrollte durch die Fotos, die weiter zurückreichten als die auf Instagram – zehn Jahre, sogar noch länger. Sie scrollte immer weiter.

Schließlich stieß sie auf Bilder von sich selbst. Dutzende, alle wenig schmeichelhaft, alle ohne Filter aufgenommen. Sie mit weißem Gesicht und geröteten Augen mit Hannah bei einem Harry-Potter-Abend der Studentenvereinigung; sie mit Hannahs Mitbewohnerinnen in einer hell erleuchteten Küche; ein Selfie von ihnen beiden in der Wintersonne vor dem Brighton Pier, ihr breites Grinsen war gerade noch über den Schals zu erkennen.

Der Soundtrack von *Unser blauer Planet* klang schon seit einiger Zeit bedrohlich, jetzt steigerte er sich zu einem Höhepunkt. Ein Raubtier näherte sich seiner Beute. Emily drehte sich zum Bildschirm um und lockerte dabei den Griff um ihr Handy – es fiel zwar nicht herunter, aber sie berührte versehentlich mit den Fingern das Display. Als sie den Blick wieder auf das Smartphone richtete, nachdem die Beute brutal zu Tode gekommen war, sah sie, dass sie versehentlich bei einem der Fotos auf »Gefällt mir« getippt hatte.

»Mist«, flüsterte sie. Sie tippte erneut darauf, um es rückgängig zu machen, aber der Schaden war bereits passiert. Hannah würde benachrichtigt werden, dass Emily Phillips ihr Foto mit »Gefällt mir« markiert hatte, und daraufhin nachsehen, um welches Foto es sich handelte. Dann würde sie bemerken, dass das »Gefällt mir« wieder gelöscht worden war, und wissen, dass Emily Phillips sie auf Facebook bis ins Jahr 2006 zurückverfolgt hatte. Dass sie das Foto aus Versehen geliked und dann versucht hatte, ihre Spuren zu verwischen.

Emily stand auf, steckte das Handy in die Tasche und stapfte die Treppe hinauf. Es war nie gut, seine Zeit auf Facebook zu verschwenden. Das wusste sie, und sie hatte es trotzdem getan.

Daria kam ihr auf dem oberen Treppenabsatz entgegen. »Ich wollte gerade zu dir kommen«, sagte Daria eindringlich und zog Emily ins Schlafzimmer.

»Ja?«

»Ich habe ihn gefragt«, berichtete Daria, und Emily vergaß Hannah augenblicklich. »Er ist grundsätzlich dazu bereit. Das Problem ist nur, dass er sich nicht rechtzeitig auf alle Geschlechtskrankheiten untersuchen lassen kann.«

»Wirklich? Ich dachte, das ginge schnell.«

»Einige, ja. Aber nicht alle. Bei manchen bekommt man das Ergebnis erst nach ein paar Wochen.«

»Ach«, sagte Emily und versuchte, sich ihre Enttäuschung nicht anmerken zu lassen.

»Er sagt, er macht so viele Tests wie möglich«, erklärte Daria, die genau wusste, wie enttäuscht Emily war. »Wenn irgendein Test positiv ist, nachdem wir es gemacht haben, sagt er uns Bescheid, und du kannst zum Arzt gehen. Es liegt bei dir, ob du das Risiko eingehen willst.«

Emily dachte darüber nach. »Er und Lily haben doch monogam gelebt, oder?«

»Nach seinem besten Wissen und Gewissen.«

»Ich kann mir nicht vorstellen, dass Lily ihn betrogen hat.«

»Das ist unwahrscheinlich. Aber man weiß nie.«

»Glaubst du also, dass es sich lohnt, das Risiko einzugehen?«, fragte Emily.

»Ich weiß es nicht. Und du?«, gab Daria zurück. Sie hoffte, dass Emily sich davon abschrecken lassen würde, glaubte es aber nicht. Emily runzelte die Stirn und wirkte nachdenklich, dann begegnete sie Darias Blick, und ein Lächeln umspielte ihre Mundwinkel.

»Ich denke, die Chancen stehen gut für uns, meinst du nicht auch?«

»Vielleicht. Kann sein.«

»Ach, verdammt, Daria, lass es uns einfach tun. Wollen wir es tun?«

Daria sah Emily an, die nun große Augen machte und vor Aufregung wie ein Kind aussah. Es gab nur eine mögliche Antwort.

»Okay«, sagte sie.

8

»Ich habe eine Nachricht von meiner Schwester bekommen«, sagte Hazel zu Alfie. »Sie wollte wissen, ob du ihr und Daria beim Umzug helfen würdest.« Sie waren in der Küche und kochten Nudeln in zwei verschiedenen Töpfen. Zwei Gläser mit Soße standen geöffnet auf der Arbeitsplatte. »Ich helfe auch mit«, fuhr Hazel fort. »Sie tut so, als wäre es ein Spaß für alle, was natürlich Blödsinn ist. Sie sagt, sie bezahlen dich und laden dich zum Essen ein. Du musst aber nicht zusagen.«

Alfie war überrascht, aber geschmeichelt, dass er gefragt wurde. »Ich weiß nicht, könnte lustig werden«, sagte er. »Wann?« Hazel nannte ihm das Datum, und er schaute auf den Kalender in seinem Smartphone. »An dem Wochenende hab ich noch nichts vor. Klar, warum nicht?«

»Okay«, sagte Hazel, als ob sie ihm nicht ganz glauben würde. »Weißt du, wenn du nicht willst, brauchst du es nur zu sagen. Wir können uns für Emily eine Ausrede ausdenken.«

»Warum willst du nicht, dass ich mitmache?«

»Ich will nicht, dass du *nicht* mitmachst, ich will nur nicht, dass du es tust, wenn du es eigentlich nicht willst.«

»Also, ich will es nicht tun, wenn *du* es eigentlich nicht willst.«

Hazel hielt inne und überlegte, wie sie die Verwirrung lösen könnte. »Ich will nicht, dass du es nicht machst«, sagte sie in der Hoffnung, die Dinge zu klären, sorgte dadurch aber nur noch mehr für Verwirrung. Alfie drehte sich zu ihr um, doch sie wich seinem Blick aus und rührte überflüssigerweise in den kochenden Nudeln.

»Willst du, dass ich es tue – ja oder nein?«, fragte Alfie und hatte das Gefühl, dass bei dieser Frage viel auf dem Spiel stand.

»Ich will nicht, dass du nur aus Höflichkeit Ja sagst«, erwiderte Hazel und rührte weiter in den Nudeln. »Ich möchte nicht, dass du dich dazu gedrängt fühlst. Dass du das Gefühl hast, du müsstest es tun und es mir dann übel nimmst.«

»Und wenn ich nichts von alledem empfinde?«

»Nun, dann ist das toll.«

Alfie seufzte insgeheim und öffnete den Schrank, um nach dem Sieb zu suchen. Es war nicht da, in dieser Küche wurde nichts zweimal an denselben Ort gestellt. »Also«, sagte er, öffnete einen weiteren Schrank und dann noch einen, wobei er sich bemühte, lässig zu klingen, »du hast doch nichts dagegen, wenn ich komme.«

»Warum sollte ich etwas dagegen haben?«

»Ich weiß nicht.« Die eigentliche Antwort ließ er unausgesprochen. »Verdammt noch mal, da ist es ja«, rief er und fand das Sieb in der Spüle, wo es in dreckigem Spülwasser herumdümpelte.

»Das muss Tony gewesen sein«, sagte Hazel und schnitt Tomaten.

Tatsächlich war es Alfie selbst gewesen, wie ihm jetzt einfiel, und das war ihm peinlich. Er spülte das Sieb unter dem Wasserhahn ab und schwieg.

»Was den Umzug angeht«, sagte Hazel, als er es abtrocknete, »Emily und Daria wollen ein Auto kaufen. Eine von ihnen will damit fahren, die andere fährt den Lieferwagen. Sie haben die meisten Sachen in einem großen Lagerhaus irgendwo in Bromley untergebracht. Wir können sie also dort treffen, ihnen beim Beladen helfen, nach Norwich fahren, ausladen und am Morgen den Zug zurücknehmen.«

»Einer von uns fährt also mit Daria und der andere mit Emily?«

»Ja.«

»Gut.« Alfie stellte das saubere Sieb auf die Arbeitsplatte und schaltete die Herdplatte unter seinen Nudeln aus, in der Hoffnung, dass man ihm die Enttäuschung nicht ansah.

Hazel beobachtete ihn aus dem Augenwinkel und ergänzte die Details, die sie nicht genau sehen konnte. Er trug ein blaues T-Shirt und eine Trainingshose. Im Gesicht trug er eine große rote Brille mit einem rechteckigen Gestell. Sein Bauch wölbte sich ganz leicht nach vorn. Er streckte den Arm aus, und sie sah, wie sich die feinen Knochen in seinen Händen bewegten, als er den Kochtopf anhob. Carpe fucking diem, dachte sie, und stieß seinen Namen hervor.

»Ja?«, sagte er.

»Ich habe deine Frage vorhin nicht richtig beantwortet. Ich wollte eigentlich Ja sagen. Ich möchte, dass du kommst. Ich möchte, dass du dabei bist. Wenn ich es nicht wollte, hätte ich es dir nicht erzählt.«

Alfie grinste. »Gut«, sagte er. »Denn ich möchte auch

kommen.« Sie drehte sich zu ihm um und sah ihm zum ersten Mal an diesem Abend in die Augen. Wenn er sich zu ihr vorbeugte und sie küsste, würde sie den Kuss vermutlich erwidern. Vielleicht sollte er es tun. Jetzt war der Moment – aber er ging vorbei, wahrscheinlich war er schon vorbei. Das Problem war die Küche, es war *ihre* Küche, und im Gegensatz zum letzten Mal waren sie nicht betrunken.

»Du solltest deine Nudeln abgießen«, sagte Hazel.

»Mist, ja.« Die Spüle knackte unter dem Schwall von kochend heißem Wasser. Dampf stieg auf und befeuchtete seine Stirn.

»Hey«, sagte er und stellte den Topf auf der Arbeitsplatte ab, »sieh dir das an«. Er beugte sich vor, um zwei Kirschtomaten von der Pflanze auf dem Fensterbrett zu pflücken und hielt sie je zwischen Daumen und Zeigefinger triumphierend in die Höhe.

»Wow!«, rief Hazel und klatschte Beifall. »Gut gemacht!« Die Tomaten hatten volle zwei Wochen gebraucht, um zu reifen, ihre Geschwister am Rebstock blieben stur grün und hart.

»Eine für dich«, sagte Alfie und legte die größere der beiden auf Hazels Teller, »und eine für mich.« Er steckte sich seine in den Mund und Hazel ihre.

»Oh«, sagte Alfie. »Oh nein.«

»Die ist doch gut!«, widersprach Hazel. »Nur ein kleines bisschen – wie heißt das Wort? Fad?«

Alfie schnitt eine Grimasse. »Ich glaube, das Einzige, was wirklich fehlt«, sagte er, »ist der Geschmack. Abgesehen davon gibt es nichts zu meckern.«

Ihre Blicke trafen sich, und sie brachen in schallendes Gelächter aus. Alfie rührte in seinem Pesto und setzte sich Hazel gegenüber an den Tisch.

»Ehrlich gesagt, ein mutiger Versuch«, sagte sie. »Und sieh dir die Pflanze an! Sie wertet die Wohnung ästhetisch auf.«

»Eines Tages werde ich einen Garten haben«, sagte er. »Dann mache ich es richtig.«

»Natürlich«, sagte Hazel. »Du bist bestimmt ein toller Gärtner.« Sie zweifelte nicht daran, dass das stimmte, und der Gedanke bedrückte sie ein wenig. Alfie war nur auf der Durchreise, er war unterwegs zu etwas Besserem. Es musste noch viel passieren, bevor sie einen Umzug in ein Haus mit Garten in Erwägung ziehen konnte. Wahrscheinlich würde sie sogar auf unbestimmte Zeit in dieser Wohnung bleiben müssen, es sei denn, sie gab sich geschlagen und arbeitete wieder in einem Büro. Wo war die Grenze zwischen aufstrebender Illustratorin und gescheiterter Illustratorin, fragte sie sich? Woran merkte sie, dass sie überschritten war?

»Alles in Ordnung?«, fragte Alfie.

Hazel blinzelte und sah ihn an. »Ja!«

»Deins sieht besser aus als meins.« Er deutete mit dem Kopf auf ihren Teller.

»Na ja, es ist mehr drin. Aber deine Soße sieht hübscher aus.« Er stimmte ihr schulterzuckend zu. Auf dem Rückweg von seinem Treffen mit Clara war er bei Waitrose vorbeigegangen.

»Ach, übrigens«, sagte er, während er an den Abend zurückdachte, »wie war dein Date?«

Hazel stöhnte auf. »Schrecklich«, sagte sie, den Mund voll Nudeln. »Ein Fehler.« Sie erzählte ihm nicht, dass Brandon Fox immer noch in ihre Schwester verknallt war. Sie hatte keine Lust, darüber nachzudenken, und wusste gar nicht mehr, warum sie überhaupt ein Date gehabt hatte.

Alfie wartete darauf, dass sie es ihm erklärte. Doch als ihr Mund wieder leer war, lud sie ihre Gabel erneut voll Nudeln und ließ ihn seine eigenen Schlüsse ziehen. Er fragte sich, ob sich »schrecklich« auf das Date selbst oder auf den anschließenden Sex bezog. Sie war an dem Abend nicht nach Hause gekommen, also wahrscheinlich Letzteres. Ein »Fehler« – das bestätigte es im Grunde. »Fehler« war ein bedeutungsvolles Wort. Ihr abfälliges Urteil tröstete ihn nicht sonderlich. Vielmehr wunderte es ihn, dass sie es überhaupt getan hatte, wo er selbst an niemand anderen als an sie denken konnte.

»Und du?«, fragte Hazel. »Hast du in letzter Zeit etwas Aufregendes erlebt?« Sie verzog das Gesicht, sie klang dümmlich und ganz offensichtlich verzweifelt.

»Nicht viel«, sagte Alfie. »Ich habe das nächste Schuljahr geplant und meine freie Zeit vertrödelt. Neulich habe ich mich mit einer Freundin getroffen. Na ja, eigentlich meiner Ex.«

»Oh«, sagte Hazel und fragte sich, was sie mit dieser Information anfangen sollte.

»Ja«, sagte Alfie. Warum hatte er das gesagt? In seinem Kopf hatte es geheimnisvoll und faszinierend geklungen. Laut klang es selbstgefällig – wie eine überflüssige Prahlerei.

»Und war es nett?«, fragte Hazel.

»Ja, sehr. Wir sind nur etwas trinken gegangen und haben uns unterhalten.« Hazel sagte nichts, und er sagte auch nichts, und plötzlich kam ihm der Gedanke, dass Hazel dieses Schweigen falsch deuten könnte. »Da ist nichts ...«, setzte er an, als sie im selben Moment sagte: »Also, ich bin fertig.« Sie stand abrupt auf, schob die letzten Nudeln in den Mülleimer und stellte Teller und Topf neben die Spüle. »Ich wasche später ab, versprochen. Entschuldige, wolltest du etwas sagen?«

In der kurzen Pause hatte er kalte Füße bekommen. Wahrscheinlich war es ihr ziemlich egal, wie seine Beziehung zu Clara aussah. Er zögerte, und sie verschränkte die Arme – es wirkte ungeduldig, wie er fand.

»Nein«, sagte er, nahm seinen Teller und ging zur Spüle. »Nichts.«

In ihrem Zimmer warf Hazel sich rücklings aufs Bett, wippte sanft auf und ab und lauschte dem Quietschen der Federn. Sie starrte auf die Strukturtapete, die sich in diesem Zimmer zu kleinen Blasen zusammenfand und nicht zu Schwüngen und Strudeln wie in Alfies Zimmer. Warum hatte er seine Ex ins Gespräch gebracht? Es war, als hätte er sie nach ihrem Date gefragt, damit er einen Grund hatte, über seins zu reden.

Vielleicht war es gar kein Date gewesen, sondern ein echtes Treffen mit einer guten Freundin, denn Alfie war vernünftig und besonnen. Sicher verstand er sich gut mit seinen Ex-Freundinnen. Er war nicht nachtragend und hegte keinen Groll, und vielleicht war das die Botschaft, um die es ihm ging. Womöglich war sie Teil einer umfassenderen Strategie, mit der er sie, Hazel, für sich gewinnen wollte.

Aber diese Denkweise war eitel, nicht vernünftig. Die Vernunft sagte ihr, dass er, wenn er sie für sich gewinnen wollte, nicht dieses Thema angeschnitten hätte. Wahrscheinlicher war, dass es sich bei dieser Ex um die Frau handelte, die sie in der letzten Woche ekstatisch hatte stöhnen hören. Oder um Rachel Brightman, deren elfenhafte Züge auf seinen Social-Media-Profilen herumspukten und die ihm wohl das Herz gebrochen hatte. Wahrscheinlich wollte Alfie ihr auf diese Weise mitteilen, dass ihre gemeinsame Nacht der Vergangenheit angehörte. Denn warum um alles in der Welt sollte er mehr wollen? Sie war ein hoffnungsloser Fall. Sie war achtundzwanzig und arbeitete in einem blöden Café.

Ihr Telefon vibrierte in ihrer Tasche. Emily hatte mehrere Nachrichten geschickt und drängte sie zu einer Antwort wegen des Umzugs. Wenn Alfie ihr nicht helfen könne, würde sie stattdessen ihren Vater fragen. Hazel sah es vor sich: Jim, der meinte, er hätte das Sagen und aus dem Lieferwagen sprang, um sie in eine Parklücke einzuweisen. Der mit seinen Ratschlägen, wie man die Sachen am besten anheben sollte, nur den Ablauf behinderte. Es versetzte sie in eine so gereizte Stimmung, als hätte das Ganze bereits stattgefunden. Aber wenn Alfie dabei wäre, würde es peinlich, was noch schlimmer war. Sie war sich fast sicher, dass Emily ihn nur vorgeschlagen hatte, weil sie glaubte, dass zwischen ihnen etwas wäre, und Amor spielen wollte.

Während sie noch überlegte, was sie schreiben sollte, erschien eine Nachricht von Tinder am oberen Rand des Displays. »Du hast schon eine Weile nicht mehr gewischt«, stand da. »Dein Profil wird gleich ausgeblendet. Wische jetzt, um sichtbar zu bleiben.« Sie hatte eine Pause von Tinder eingelegt, aber jetzt reizte es sie. Ein Date wäre vielleicht gar nicht so schlecht. Das könnte genau das Richtige sein. Sie hatte auch noch eine alte Nachricht, die sie ignoriert hatte. Jetzt sah sie sie mit neuen Augen. Jemand mochte sie, stand da. Wisch nach rechts, um herauszufinden, wer es ist.

Sie öffnete Tinder und sah sich einige Profile an. Es war enttäuschend. Alle gaben sich so viel Mühe. Sogar die attraktivsten Leute ließen sich dazu herab, sich mit Sprüchen unter ihren Bildern anzupreisen, die in eine von zwei Richtungen gingen: platt oder protzig. Keiner von ihnen war ein Alfie. Sie fragte sich, ob Alfie selbst ein Alfie gewesen wäre, wenn sie ihm auf diese Weise zum ersten Mal begegnet wäre. Seine Alfienesse – seine temperamentvollen Gesten, das Zucken der Augenbrauen, wenn ihn etwas amüsierte, sein besonderes Lachen – wäre unmöglich hier zu vermitteln gewesen. Aber irgendetwas hätte er sicher gehabt. Irgendeinen Hinweis auf seinen Charme oder seine Originalität. Diese Menschen hatten keine Substanz, keine Seele. Sie waren leere Schachteln, eingewickelt in glänzendes Papier.

Sie wollte schon aufgeben, als das Bild eines Mannes auftauchte, dessen Gesicht halb von einer analogen Kamera verdeckt war. Von einer schwarz-silbernen Leica, die er auf die Seite drehte und mit dem Finger auf den Auslöser drückte. Sein sichtbares Auge war geschlossen, aber er grinste breit. Es sah aus wie das Bild einer Parfümwerbung:

monochrom, hochauflösend. Sorgfältig gepflegter Dreitagebart, Grübchen und ein Hauch von Schatten unter den Wangenknochen. Auf dem zweiten Bild saß er lachend auf einem Hocker, eine weitere Kamera – eine andere – auf dem Schoß. Sein Haar war dunkel, und er hatte es zu einem kleinen Knoten hochgedreht. Dieses Bild war wie das erste von einem Profi aufgenommen worden. War er also ein Model? Wenn nicht, hätte er eins sein können.

Die anderen Fotos wirkten weniger inszeniert. Auf einem saß er in einem Hoodie und mit Schal irgendwo draußen auf dem Boden, in der Hand einen Emaillebecher. Auf einem anderen stand er auf einem Treidelpfad und deutete grinsend auf ein Kanalboot, das gleichzeitig ein Antiquariat war. Auf dem letzten Bild hockte er neben einer riesigen Spinnenpflanze, die um ein Vielfaches größer war als sein eigener Kopf, und auf seinem Gesicht lag ein gespielt schockierter Ausdruck.

Unter den Bildern las sie:

Miles, 29

Fotograf. Londoner. Möchtegern-Sauerteigzauberer. Schönwetterläufer. Unübertroffen im Steine hüpfen lassen. Patti-Smith-Fan. Vater von Zimmerpflanzen. (Lieblingskind: Joanna, die Spinnenpflanze. Siehe Bild. Sie ist riesig.)

Er gehörte eher zum protzigen Teil, so viel war klar, aber wenn sie zwischen den beiden wählen müsste, würde sie das dem gewöhnlichen Teil vorziehen. Wie auch immer, mit einem Gesicht wie seinem konnte man ihm alle möglichen Sünden verzeihen. Er war ungewöhnlich attraktiv, eine volle Zehn. Sie wischte nach rechts.

Kurz darauf teilte Tinder ihr mit, dass sie und Miles einen Match hatten. Sie lächelte. Er mochte sie also auch. Er war attraktiv – objektiv gesehen, er sah umwerfend aus, und er mochte sie auch. Eigentlich hatte er sie *zuerst* gemocht. Bedeutete das, dass sie genauso scharf war wie er? Es wäre nicht unlogisch, das anzunehmen. Nimm das, Alfie.

Der Gedanke an Alfie erinnerte sie daran, dass Emily auf eine Antwort wartete. Sie ging zurück zu WhatsApp und schrieb: »Alfie sagt, er hilft gerne.« Warum sollte er schließlich nicht kommen? Sie hatte jetzt eine Rüstung. Sie war ein heißer Feger. Zwei Komma sechs Meilen entfernt war ein anderer heißer Feger, der das bestätigen konnte.

9

»Das ist gut«, sagte Emily, wischte sich mit einem Wattebausch durchs Gesicht und las gleichzeitig auf ihrem Handy. »Alfie hilft uns beim Umzug.«

Daria putzte sich gerade die Zähne und antwortete nicht. Sie gab nicht zu erkennen, dass sie es überhaupt gehört hatte, putzte weiter, spuckte, spülte die Zahnbürste ab, schöpfte Wasser in den Mund, gurgelte und spuckte wieder. »Großartig«, sagte sie schließlich vollkommen ausdruckslos.

Die ganze Woche über war sie angespannt und reizbar gewesen. Vieles, was sie sagte, klang leicht verzweifelt. Am Mittwochabend hatte sie Emily angeschnauzt, weil sie einen neuen Kopf Brokkoli gekauft hatte, obwohl noch einer im Kühlschrank gewesen war. Gestern im Zug hatte sie auf der gesamten Fahrt nach Manchester ihre Kopfhörer aufgesetzt und die Augen geschlossen gehalten, wobei Emily erkennen konnte, dass sie nicht schlief. Als sie ankamen, hatte sie sich gefreut, ihren Bruder zu sehen. Sie hatten zu dritt ein Curry bestellt und eine Flasche Wein getrunken. Aber jetzt war die seltsame Stimmung wieder zurück.

Emily konnte es sich nur so erklären, dass Daria der Gedanke, Kamrans Ejakulat zu sehen, stärker beunruhigte, als sie zugeben mochte. Und das war verständlich: Der Akt der

Befruchtung bedeutete, ihre Familie in ihr Schlafzimmer zu holen. Es bedeutete eine seltsame indirekte Verbindung zwischen den Genitalien ihres Bruders und ihrer Frau. Emily konnte sich nicht vorstellen, Hazel in einen solch intimen Akt zu verwickeln. Der Gedanke war urkomisch und entsetzlich zugleich. Aber sie konnte sich auch nicht vorstellen, dass dies dauerhaft zu so einer schlechten Stimmung führte. Es musste noch etwas anderes dahinterstecken.

Am Morgen wachte Emily früh auf. Sie lag auf dem Rücken und lauschte auf Darias Atem. Das Zimmer war dunkel, es wurde jetzt erst später hell. Sie konnte hören, dass Kamran sich in der Wohnung bewegte. Auch wenn sie gern mit ihm zusammen war, wäre es ihr angesichts der vor ihr liegenden Aufgabe heute unangenehm, sich mit ihm zu unterhalten.

Stattdessen ging sie ins Bad und duschte, und als sie wieder herauskam, war Daria bereits hellwach. Emily beugte sich lächelnd vor, um sie zu küssen, und auch Daria lächelte – die Anspannung war aus ihrem Gesicht gewichen. Doch als Emily gleich wieder aufstand, kroch sie zurück unter die Bettdecke und runzelte leicht die Stirn. Was auch immer sie beschäftigte, es war ihr wieder eingefallen.

Der Geruch von Kaffee lockte sie aus dem Schlafzimmer. Kamran saß in T-Shirt und Pyjamahose mit dem aufgeklappten Laptop auf dem Sofa.

»Morgen«, sagte er und deutete mit dem Kopf auf eine große, zu zwei Dritteln gefüllte Cafetière auf dem Küchentresen. Daria ließ sich in einen Sessel fallen, und Emily verteilte den restlichen Kaffee auf zwei Becher.

»Also«, sagte Daria. Sie nahm den Kaffeebecher, den Emily ihr reichte, und streckte ihren nackten Fuß aus, um Kamran gegen das Knie zu stoßen.

Kamran grinste, streckte sich und klappte seinen Laptop zu. »Ja«, sagte er.

»Wie wollen wir das machen?«

»Sag du es mir.«

»Vermutlich ist es das Beste, wir bringen es so schnell wie möglich hinter uns, oder?« Daria schaute zu Emily, die nickte. »Wann passt es dir?«

»Jederzeit«, sagte Kamran.

»Okay, ich werde nach dem Frühstück duschen. Dann machen wir einen Spaziergang, und du kannst …« Sie wedelte mit der Hand herum.

»Meinetwegen müsst ihr nicht spazieren gehen«, sagte Kamran. »Das ist nicht nötig.«

Daria rümpfte die Nase. »Schön für dich«, sagte sie. »Wir machen das unseretwegen.«

Sie schlenderten durch Kamrans Viertel, durch Wohnstraßen mit Reihenhäusern, die ihrem in Norwich nicht unähnlich waren. Kamran hatte ihnen gesagt, dass sich am Ende einer dieser Straßen ein Park befand. Sie drehten zwei Runden, vorbei an einem großen Teich und einer Gruppe ungepflegter Männer, die Dosenbier tranken. An einem Ende befand sich ein Spielplatz voller Kinder, die an Netzen hochkrabbelten und Rutschen hinunterrutschten, sich gegenseitig anschrien, sich jagten, hinfielen und wieder aufstanden. Die Eltern drängten sich auf Bänken und am Zaun, unterhielten sich und lasen in ihren Handys; einige hatten Babys vor den Bauch geschnallt. Emily beobachtete die Szene mit sehnsüchtigem Herzklopfen.

Das Gefühl von Sehnsucht war ihr seit einem verhängnisvollen Abendessen in Melbourne vertraut, bei dem das Kuscheln mit einem ahnungslosen Kleinkind eine Flut von mütterlichen Gefühlen in ihr ausgelöst hatte. Als sie an jenem Abend nach Hause kamen, hatte sie zwanzig Minuten lang ununterbrochen geweint und damit sowohl sich selbst als auch Daria in Erstaunen versetzt. Plötzlich und ohne ihre Zustimmung war die Linse, durch die sie die Welt sah, ausgetauscht worden; eine Grenze teilte die Zeit in davor und danach.

In der Zeit davor hatte sie der Mutterschaft mit gemischten Gefühlen gegenübergestanden. »Will ich Kinder?« war eine Frage gewesen, auf die es immer wieder neue Antworten gegeben hatte. Ja, unbedingt. Ja, aber. Vielleicht auch nicht. Es gab viel zu gewinnen (Sinn, Aufgabe, Liebe), aber auch viel zu verlieren (Schlaf, Freiheit, Gehirnzellen). Sie stellte sich ein wunderschönes lächelndes Kleinkind vor, das sonntagmorgens zu ihnen ins Bett krabbelte. Dann stellte sie sich ein wütendes Kind mit hochrotem Gesicht vor, das in irgendeinem Geschäft auf dem Rücken lag und mit Händen und Füßen auf den Boden trommelte. Die Ja-Sager wetteiferten mit den Nein-Sagern um die Vorherrschaft, und beide Lager waren gleich stark.

In der Zeit davor hatte sie über die Zukunft nachgedacht, die jedes Kind erwartete, das heutzutage auf die Welt kam. Dann spürte sie, wie das Lager der Gegner anschwoll und ihre Rivalen übertönte. Sie stellte sich eine vom unkontrollierbaren Klimawandel verwüstete Welt vor und kam zu dem Schluss, dass die Menschen, die sich heutzutage fortpflanzten, dies im Zustand seliger Verleugnung tun mussten. Es war nicht einmal mehr zutreffend, von einem Klimawandel zu sprechen. Bei bestimmten Leuten und in bestimmten Publikationen hatte sich die Terminologie in unheilvoller Weise geändert. Jetzt war von Klimazusammenbruch sowie von globaler Erwärmung die Rede. Ihre Eltern, wenn sie jemals solche Artikel gelesen oder solchen Leuten zugehört hätten, würden das als Panikmache bezeichnen. Als entstünde die Angst durch die Worte, mit denen das Problem beschrieben wurde, und nicht durch das Problem an sich. Sie selbst hatte mehrere Bücher darüber gelesen. Sie wusste, dass es Feuer, Fieber, Hitzetod, biblische Überschwemmungen, Massenflucht, Konflikte und, wenn es so weiterging, die Ausrottung geben würde.

In der Zeit danach hatte sie sich verrückt gemacht, indem sie dieses Wissen mit ihrem unabänderlichen Kinderwunsch in Einklang zu bringen versuchte, bis sie beschloss, nicht mehr daran zu denken. Schließlich war nichts sicher. Wer konnte schon sagen, was vor uns lag? Vielleicht würde es nicht zum Schlimmsten kommen. Ein Kind zu haben, wäre ein Ausdruck von Hoffnung. Sie war nicht naiv, sie gehörte nicht zu den Menschen, die glaubten, dass sie immer so leben würden, wie sie jetzt lebten. Sie weigerte sich nur, sich von Dingen einschüchtern zu lassen, die noch nicht eingetreten waren.

Wie wunderbar! würden die Leute sagen, wenn sie wüssten, was sie vorhatte. Niemand würde sagen: Bist du sicher, dass du ein Baby haben willst, wenn es vielleicht keine Zukunft hat? Genauso wenig wie: Bist du dir sicher, dass du ein Baby haben willst, wenn es vielleicht eines Tages Krebs bekommt? Nur selten sprach man der Krise eine solche Bedeutung zu, dass man deshalb seinen Lebensweg überdenken musste. Und es stimmte ja auch, es *wäre* wunderbar; auf eine einfache ursprüngliche Art, die nicht durch Angst untergraben oder durch rationale Argumente bestritten werden konnte. Es wäre wundervoll, so wie es wundervoll war, wenn eines der menschlichen Grundbedürfnisse erfüllt wurde, so wie es wundervoll war, am Leben zu sein.

Als sie in die Wohnung zurückkehrten, wartete Kamran schon auf sie. »Es ist hier drin«, sagte er und deutete auf die große Vordertasche seines Hoodies.

»Gut«, sagte Daria. »Em, du solltest dich jetzt fertig machen.«

Emily schloss sich im Gästezimmer ein und zog Jeans und Slip aus. Sie breitete ein Handtuch auf einem Kissen aus und legte sich auf das Bett, wobei sie sich das Kissen unter den Po schob. Das Zimmer war kalt, also zog sie die Bettdecke über ihre Schenkel.

»Fertig!«, rief sie, und kurz darauf erschien Daria mit einem kleinen Plastiktopf zwischen Daumen und Zeigefinger.

»Ich glaube, er hat etwas auf die Außenseite getropft«, murmelte sie. Mit der anderen Hand öffnete sie ihren Koffer und holte eine Spritze heraus, die sich noch in der Verpackung befand. »Bringen wir es hinter uns, okay?«

Emily verzog das Gesicht. Sie öffnete den Mund, um etwas zu erwidern, überlegte es sich dann jedoch gleich wieder anders. Sie starrte an die Decke und versuchte, sich nicht zu ärgern, während Daria am Fußende hockte. Aber diese irgendwie beschränkte Sichtweise, diese Unfähigkeit, über den unangenehmen Teil hinwegzusehen! Das war ein weiterer Hinweis darauf, dass sich Daria in einer seltsamen Verfassung befand. Möglicherweise schufen sie in diesem Moment ein menschliches Wesen, was den Rest ihres Lebens verändern würde. Und sie wollte es »hinter sich bringen«.

Daria öffnete den kleinen Topf und tauchte die Spritze hinein. Emily, die von der Bettdecke verdeckt war, war nur von der Taille abwärts zu sehen. Sie bewegte sich unruhig, und die Haare an ihren Beinen richteten sich auf. Daria betrachtete die Vulva vor ihr, als würde sie sie zum ersten Mal sehen. Es war unverkennbar Emily und doch irgendwie auch nicht ganz Emily. Die Anordnung der Hautfalten war leicht schaurig, dachte sie plötzlich, sie erinnerte sie an die Scream-Maske.

Nachdem sie die Ähnlichkeit einmal bemerkt hatte, wurde sie das Bild nicht mehr los. Sie sah aus wie die Scream-Maske! Wie passend! Außer natürlich, dass die Scream-Maske *ihr* ähnelte. Ein Zufall oder unbewusste Frauenfeindlichkeit? Sie sollte das aufschreiben, vielleicht konnte sie daraus einen Konferenzbeitrag machen. Die Gewalt der Vulva: Weibliche Genitalien als Todessymbol in der Populärkultur des 20.Jahrhunderts.

»Daria?«, sagte Emily und hob den Kopf vom Kissen. Sie runzelte die Stirn.

»Entschuldige«, sagte Daria und fasste sich. Sie versuchte, das Bild aus ihrem Kopf zu verdrängen. »Bist du bereit?«

»Ich war noch nie bereiter«, erwiderte Emily so fröhlich, dass Daria nicht sagen konnte, ob sie nur so tat oder absichtlich sarkastisch war.

Emily richtete den Blick auf die Lampe über sich, während die Spritze ihre Arbeit verrichtete, dann stand Daria auf, den nun leeren Topf, aus dem die Spritze hervorlugte, wieder zwischen Daumen und Zeigefinger.

»Wenn wir das jemals wiederholen müssen«, sagte sie, »erinnere mich daran, dass ich mir OP-Handschuhe besorge.« Sie öffnete die Tür und ging hinaus. Emily hörte im Badezimmer nebenan den Wasserhahn laufen. Als Daria wieder hereinkam, lächelte sie, aber es wirkte bemüht, wie Emily bemerkte.

»Alles in Ordnung?«, fragte Daria.

»Ja, alles gut. Ein bisschen kühl.«

»Du könntest unter die Bettdecke schlüpfen.«

»Vielleicht.«

»Willst du noch ein bisschen liegen bleiben?«

»Ja.«

»Okay. Ich gehe wieder raus zu Kam. Um mich zu bedanken.«

»Ah«, sagte Emily. »Okay.« Mehrere Quellen im Internet rieten zum Orgasmus nach der Insemination, es sollte dem Sperma auf den Weg helfen. Sie hatte gehofft, dass Daria sich darum kümmern würde, und hatte einen Vibrator eingepackt und bereitgelegt.

»Willst du, dass ich bleibe?«

»Nein, schon gut.«

»Ich liebe dich«, sagte Daria, drückte ihr einen trockenen Kuss auf die Stirn und entfernte sich.

Bleib, dachte Emily, *bleib hier bei mir*, aber Daria war bereits aus der Tür.

10

Hazel verabredete sich mit Miles an einem Dienstag, sie wollten am Kanal spazieren gehen und einen Kaffee trinken. An diesem Tag arbeiteten sie beide nicht – Hazel, weil es ihr freier Tag war, und Miles, weil er ein Künstler war, der vermutlich arbeitete, wann er wollte. Hazel nahm die U-Bahn nach Bethnal Green und ging durch die Mare Street zur Kanalbrücke, wo sie ihn entdeckte. Er lehnte an der Mauer neben der Treppe, die zum Wasser hinunterführte, von der Herbstsonne vorteilhaft in Szene gesetzt. Er las ein Taschenbuch, dessen Einband umgeklappt war. Als sie auf ihn zukam, holte er einen Bleistift hinter seinem Ohr hervor, steckte ihn wie ein Lesezeichen in das Buch und klappte es zu. Es war auf Französisch, wie sie jetzt bemerkte.

»Du musst Hazel sein«, sagte er und lächelte. Seine Zähne waren vielleicht nicht ganz so strahlend weiß, wie es sein Tinder-Profil versprochen hatte, aber ansonsten stimmte alles: der Man Bun, die Grübchen, die Wangenknochen. Sie verspürte ein leicht nervöses Kribbeln in ihrem Bauch.

»Miles.« Sie grinste. Er beugte sich vor, um sie auf die Wange zu küssen, wobei seine Bartstoppeln über ihre Haut kratzten. »Also«, sagte sie und trat zurück.

»Also«, wiederholte er, als sie die Stufen zum alten Treidelpfad hinunterschlenderten. »Es ist wirklich toll, dich kennenzulernen.«

»Ebenso. Was liest du da?«

»Ach«, sagte er und schaute auf das Buch, als wäre er überrascht, dass er es noch in der Hand hielt. »Modiano, *Dans le café de la jeunesse perdue*. Im Café der verlorenen Jugend. Das ist der Typ, der vor ein paar Jahren den Nobelpreis gewonnen hat.«

»Dann sprichst du Französisch?«, fragte Hazel, die den Namen Modiano noch nie gehört hatte.

»*Oui, mais pas très bien*«, antwortete Miles mit einem selbstironischen Lachen. »Es ist etwas anstrengender, es im Original zu lesen, aber das ist es wert. Bei der Übersetzung geht doch einiges verloren.«

»Beeindruckend. Ich bin in Französisch beim Abschluss von der zehnten Klasse praktisch durchgefallen.«

»Oh Gott, ich auch. Das geht doch jedem so. Was sie einem da beibringen, ist sinnlos. *Je joue au tennis, j'aime les animaux, j'ai un chien qui s'appelle Rover.*« Er sprach Rover mit französischem Akzent aus, Rovaire. Hazel kicherte. »Nein«, fuhr Miles fort, »wenn du eine Sprache richtig lernen willst, musst du ins Land gehen und dort leben.«

»Dann hast du in Frankreich gelebt?«

»In Paris, ja. Ich habe dort meinen Master gemacht.«

»Den Master in was?«

Er malte mit den Fingern Anführungszeichen in die Luft. »*Arts plastiques et visuels*. Eigentlich Kunst.«

»Ah, schön«, sagte Hazel. »Das klingt fantastisch.«

»Hm«, sagte Miles unsicher.

»Nicht?«

»Es war okay«, antwortete er mit einem Schulterzucken. »Aber für mich war es einfach nicht das Richtige.«

»Warum nicht? Ich hätte gedacht, dass Paris ein großartiger Ort wäre, um Kunst zu studieren.«

»Weißt du was, Hazel? Du hast den Nagel auf den Kopf getroffen. Paris ist toll, wenn man Kunst *studieren* will. Es ist *der* Ort für Kunsthistoriker. Mein Problem ist, dass ich nie wirklich Kunst *studieren* wollte, ich wollte sie *machen*. Und Paris …« Er schüttelte den Kopf und seufzte. »Versteh mich nicht falsch, es war lange Zeit das Epizentrum der modernen Kunstszene, und ich habe großen Respekt davor, aber um es kurz zu machen, diese Zeiten sind vorbei. Ich meine, es ist okay. Es ist schließlich immer noch Paris. Aber es ist nicht mehr so am Puls der Zeit.«

»Verstehe«, sagte Hazel und nickte nachdenklich.

»Ich hätte nach Berlin gehen sollen«, fuhr Miles fort. »Da sind sie viel offener für das Zeug, das ich mache.«

»Und was ist das für Zeug?«

»Man bezeichnet es als Mixed Media Art. Ich meine, meine Liebe gilt der analogen Fotografie, aber ich mache auch viel digitales Zeug und ein bisschen Malerei. Und in diesem Jahr habe ich mich intensiv mit Klanglandschaften beschäftigt. Es kommt auf die Idee an. Bestimmte Ideen müssen auf bestimmte Weise ausgedrückt werden, finde ich. Es ist wichtig, offen zu bleiben.«

Hazel nickte. »Klar, ja, natürlich«, sagte sie voller Überzeugung.

»Aber …«, begann er zögernd, als wollte er etwas Bedeutsames zugeben, »ich muss gestehen, dass ich auch freiberuflich arbeite. Archivmaterial, Werbespots, du weißt schon, um mich über Wasser zu halten. Ich verkaufe meine Seele. Nur für den Fall, dass du dachtest, ich sei *künstlerisch rein*. Haha.«

Hazel drehte den Kopf und sah ihn an. Es schien ihm tatsächlich etwas unangenehm zu sein. »Ich verurteile dich nicht«, sagte sie. »Ist doch gut. Ich würde auch meine Seele verkaufen, wenn sie jemand haben wollte.«

»Ja?« Er schenkte ihr ein schiefes Lächeln. »An wen?«

»Oh, an jeden, der eine Illustratorin braucht. Böse Industrielle. Fossile Brennstoffunternehmen. Waffenhändler.«

Er lachte schallend, und sie grinste. Insgeheim war sie sich nicht sicher, ob sie in der Lage wäre, solche Leute abzuweisen, wenn sie sie tatsächlich mit einer Illustration beauftragen würden. Darum war es ein Glück, dass sie es niemals tun würden.

»Ich hab mir deine Webcomics ein bisschen angesehen«, begann Miles.

»Wirklich? Oh Gott.« Sie dachte an ihren letzten Beitrag, der noch schamloser war als der, der Irma so gut gefallen hatte.

»Hey, nein, es hat mir gefallen!«, rief er. »Du bist wirklich talentiert. Es war sehr … lehrreich.«

»So kann man es auch ausdrücken«, erwiderte Hazel, und sie sahen sich lächelnd an. »Ich kann auch andere Sachen«, fuhr sie fort. »Andere Stile. Ich bin eigentlich ziemlich vielseitig. Wenn du also von irgendwelchen Jobs hörst …«

»Sage ich dir auf jeden Fall Bescheid.«

Hazel bereute sofort, etwas gesagt zu haben. Dies war ein Date, keine Netzwerkveranstaltung.

»Sorry«, sagte sie. »Ich bin nicht hier, weil ich unbedingt einen Job suche. Gott, wie peinlich.«

Miles sah überrascht aus. »Nein, du brauchst dich nicht zu entschuldigen«, sagte er. »Ich meine es ernst, ich sperre die Ohren auf. Du bist gut. Und wir, du weißt schon, *Kreativen* – ich klinge wie ein Schwachkopf, aber scheiß drauf, das sind wir – müssen uns gegenseitig unterstützen, oder? Wozu sonst das alles? Jeder gegen jeden finde ich furchtbar. In der Kunst geht es um menschliche Verbindung! Wenn wir alle aufeinander herumtrampeln, was unterscheidet uns dann von den Lakaien in den Konzernen, die wir alle so sehr verachten? Verstehst du, was ich meine?«

»Oh ja. Absolut«, sagte sie ernst, war aber eigentlich ziemlich aufgeregt. Am liebsten wäre sie vor Freude gehüpft. Er wollte ihr helfen. Offenbar verstieß es gegen seine Prinzipien, ihr *nicht* zu helfen. Und er verfügte über ausgezeichnete Kontakte. Wahrscheinlich konnte er sie mit allen möglichen nützlichen Leuten bekannt machen.

»Wie auch immer, ich höre auf, Reden zu schwingen«, sagte er. »Ist so ein Lieblingsthema von mir. Mann, sieh dir das an!« Er deutete mit dem Arm auf die glatte Wasseroberfläche, auf der sich die Gebäude so spiegelten, dass es fast wie ein Gemälde aussah. »Ich meine, das ist doch *perfekt*, oder?«

Er holte eine altmodische Kamera aus seiner Tasche, ging in die Hocke und richtete sie auf die Spiegelung eines Gastanks vor blauem Himmel. Er änderte die Einstellungen, justierte das Objektiv und drückte wieder und wieder auf den Auslöser.

»Ah, *ja*«, rief er aus, als ein Kanalboot vorbeifuhr und die dunklen Linien des Gastanks wippten und wackelten. Hazel beobachtete ihn aus dem Augenwinkel und tat so, als interessiere sie sich für ihr Telefon. Alles, was er trug – die Tragetasche mit dem Werbeaufdruck einer Berliner Buchhandlung, das alte Wollsakko, die zerrissene Jeans, die unten umgeschlagen war, die Stiefel, von denen einer mit einer Schnur geschnürt war –, war sorgfältig und kunstvoll ausgewählt, um so lässig wie möglich zu wirken. Dennoch wusste er offenbar genau, was ihm stand.

»Hoffentlich sind ein oder zwei dabei, mit denen ich etwas anfangen kann«, sagte er schließlich und stand auf. »Verdammt, Mann! London ist so inspirierend!«

Sie gingen weiter. »Sag, Hazel«, fragte Miles nach einer Weile, »was hältst du von Brunch?«

»Ziemlich viel.«

»Ich auch. Ungefähr zehn Minuten von hier gibt es einen Laden, den ich sehr mag. Gemütliche Atmosphäre, ziemlich entspannt, guter Kaffee. Wie hört sich das an?«

Das Café, das in einer Seitenstraße in der Nähe von London Fields lag, hatte unverputzte Backsteinwände, Glühbirnen mit sichtbaren Glühfäden und einen abgenutzten Holzboden. Sie setzten sich an einen Ecktisch und überflogen die Speisekarte. Alles darauf kostete mehr als Hazels Stundenlohn. Eine Kellnerin mit einem Lippenpiercing nahm ihre Bestellung auf, und Miles erkundigte sich zu ihrer offensichtlichen Freude eingehend nach der Herkunft des Kaffees.

»Wollt ihr auch etwas essen?«, fragte sie, nachdem seine komplexen Kaffeewünsche befriedigt waren. Hazel bestellte pochierte Eier mit Avocado, Polenta-Chips und Pflaumenketchup und versuchte, nicht an die vielen Brunch-Gerichte zu denken, die sie bei der Arbeit umsonst bekam.

»Und ich nehme das Shakshuka«, sagte Miles und lächelte die Kellnerin an, die daraufhin errötete und die Speisekarten einsammelte. Miles wandte sich wieder an Hazel.

Plötzlich, wie aus heiterem Himmel, konnte sie nichts anderes mehr betrachten als sein Gesicht. Keine Speisekarte, keine Kellnerin, keinen Kanal. Nur Miles' markante Wangenknochen, Miles' wundervollen Mund und Miles' beeindruckende dunkle Augen. Er sagte etwas – sie war sich nicht ganz sicher, was –, plapperte jedoch eine Antwort, und sie schien zu passen, denn er sah ihr lächelnd in die Augen. *Miles lächelt*, dachte sie wie aus dem Nichts.

Ihre Achselhöhlen kribbelten, und sie wusste nicht, was sie als Nächstes sagen sollte. Es drohte totpeinliches Schweigen, die Sekunden verstrichen, eine quälender als die andere.

»Zwei Flat Whites?«, sagte eine Stimme hinter ihr, und sie zuckte sichtlich überrascht zusammen.

»Toll«, sagte Miles sanft und schenkte der Kellnerin ein weiteres Lächeln. Hazel räusperte sich und brachte stammelnd ihren Dank zum Ausdruck.

Sie trank einen Schluck, und Miles sah sie erwartungsvoll an. »Und?«, fragte er, als sie ihre Tasse wieder abstellte. »Was sagt die Barista zu dem Kaffee?«

»Ausgezeichnet«, lobte sie und nickte anerkennend. Miles tat erleichtert und lachte. Auch Hazel lachte ebenfalls ehrlich erleichtert und dankte dem Kaffee im Stillen dafür, dass er sie aus ihrer Gesprächssackgasse geführt hatte.

»Erzähl mir von dem Café«, sagte Miles. »In dem du arbeitest.«

Also erzählte sie ihm von Nish, Roisin und Irma, und von dem pornografischen französischen Avantgarde-Film, den der Geschäftsführer letzten Freitag gezeigt hatte. Und von dem Mann, der bei jeder Open-Mic-Night ganz ernsthaft aber völlig falsch sang. Miles nickte und lächelte, dann lachte er – lachte laut, als ob sie tatsächlich witzig wäre.

»Also, eins ist klar«, sagte er, als sie geendet hatte, »den Laden muss ich kennenlernen.«

»Dann komm doch mal vorbei.«

»Das mach ich«, sagte Miles und hielt ihren Blick fest, bis sie errötete und auf ihre Tasse hinunterblickte.

***

Drei Tage später schickte er ihr eine Nachricht. *Ich muss heute langweiligen Verwaltungskram erledigen. Ich hab überlegt, dass es vielleicht weniger langweilig ist, wenn ich das in deinem Café mache. Bist du da?*

Hazel hatte den Laden gerade mit Roisin aufgesperrt, als sie die Nachricht sah. »Ro!«, rief sie.

»Was ist?«, fragte Roisin erschrocken.

»Dieser Typ, mit dem ich ein Date hatte, kommt heute her!«

»Oh. Ist das gut, oder …?«

»Ja, das ist gut! Mist! Was soll ich tun?«

»Was soll das heißen, was sollst du tun? Mach einfach deinen Job. Dann magst du ihn also?«

»Ja! Er ist *wirklich* scharf, Ro. Einfach *toll.*«

»Und die Sache mit deinem Mitbewohner? Läuft da nichts? Ich fand, das hörte sich vielversprechend an.«

»Mhm«, sagte Hazel und winkte ab.

»Okay. Also jetzt geht es nur noch um diesen Kerl.«

»Er wird dir gefallen! Er ist Künstler.«

»Ich mag nicht automatisch alle Künstler, Hazel. Viele von denen sind Schwachköpfe.«

»Miles nicht«, sagte Hazel, wohl wissend, dass Roisin mit Sicherheit anderer Meinung sein würde.

Sie ließ eine Stunde verstreichen, bevor sie antwortete, dann sagte sie Miles, dass sie da sei und von acht bis vier Uhr arbeiten würde. Sie wischte nach dem Mittagsansturm gerade die Tische ab, als er sie ansprach.

»Oh, hey!«, sagte sie und richtete sich auf, um ihn auf die Wange zu küssen. Sie spürte, wie sich Roisins Blick von der anderen Seite des Raumes in sie bohrte.

»Schön, dich zu sehen, Hazel. Ich weiß, ich sollte ein bisschen cooler sein, ein bisschen unnahbarer«, sagte er. »Aber das Leben ist zu kurz, stimmt's?«

»Auf jeden Fall«, erwiderte sie und drückte seinen Arm. »Ich besorge dir einen Kaffee. Flat White?«

»Gott«, erwiderte er, »bin ich wirklich so berechenbar?«

Er sollte nicht wissen, dass sie sich an seine Bestellung von ihrem Brunch-Date erinnerte, also sagte sie: »Ich habe einfach ein gutes Gespür für Kaffee.« Das weitere Gespräch wurde durch das Dröhnen der Kaffeemaschine unterbrochen, dann erschienen einige Kunden und forderten ihre Aufmerksamkeit. Miles zog sich an einen Ecktisch zurück und starrte konzentriert auf sein MacBook, wobei er sich einen übergroßen Kopfhörer über die Ohren zog. Ein- oder zweimal blickte er auf und fing ihren Blick auf. Als das Café wieder ruhig war, ging sie zu seinem Tisch.

»Ist bei Ihnen alles in Ordnung, Sir?«, fragte sie. Er sah auf und lächelte sein gewinnendes Lächeln, und ihr stieg die Röte in die Wangen. Sie zog einen Stuhl heran und setzte sich ihm gegenüber.

»Also«, sagte sie.

»Also«, antwortete er. Dann schien ihm etwas hinter ihr ins Auge zu fallen. »Hey, ist das – sind das …?

Sie drehte sich um und betrachtete die Reihe gerahmter Comics, die hinter ihr an der Wand hingen. »Original Hazel Phillipse?«, sagte sie mit alberner Stimme, damit er wusste, dass sie sich selbst nicht allzu ernst nahm.

»Original Hazel Phillipse! Stehen die zum Verkauf?«

»Ach! Na ja. Ich meine, sie hängen schon so lange da, dass sie wohl einfach zur Einrichtung gehören. Aber theoretisch gesehen, kann man sie kaufen, ja.«

»Wie viel?«

»Zweihundertfünfzig Pfund«, sagte sie schnell. »Pro Stück.«

»Kann ich einen kaufen?«

»Sie sah ihn an. »Wirklich?«

»Ja, wirklich«, sagte er und richtete den Blick wieder auf sie, wobei seine Mundwinkel nach oben zuckten.

»Ähm, okay! Ja, natürlich!«

Er stand auf und studierte lachend ein Bild nach dem anderen. Bei dem letzten in der Reihe musste er laut auflachen. »Das ist es, Mann«, sagte er. »Das ist spitze.«

Er ging zum Geldautomaten und kehrte mit einem Bündel Geldscheine zurück. Hazel hatte Mühe, ihre Aufregung zu zügeln. »Danke!«, sagte sie, als er ihr die Scheine überreichte.

»Nein, ich danke dir«, antwortete er. »Ich habe etwas für diesen einen kleinen Platz in meiner Wohnung gesucht. Ich dachte an eine Lithografie oder so etwas, aber das hier ist perfekt. Außerdem unterstütze ich gerne lokale Künstler, wenn ich kann.«

Hazel, die es nicht gewohnt war, als »lokale Künstlerin« bezeichnet zu werden, grinste nur.

Miles blieb weitere drei Stunden an seinem Tisch sitzen und bestellte noch einige Flat Whites. Schließlich stand er auf und ging zum Tresen. »Ich gehe jetzt«, sagte er. »Ich muss mich wegen einiger Paletten mit einem Mann treffen. Aber Hazel, wenn du Samstagabend Zeit hast, ich habe eine kleine Ausstellungseröffnung.«

»Ach ja?«

»Es wäre toll, wenn du Lust hast vorbeizukommen. Außer mir sind noch zwei Freunde dabei, ein Klangkünstler und ein Dichter. Wirklich tolle Jungs. Wir haben ein paar Sachen zusammen gemacht. Es ist unsere erste Ausstellung.«

Sie nickte. »Hört sich cool an«, sagte sie und gab sich lässig.

»Ja? Also, kein Druck. Ich schicke dir eine Nachricht mit allen Infos, und du kannst dich noch an dem Abend entscheiden.« Mit ihrem Bild unter dem Arm begann er, rückwärts zur Tür zu gehen. »Bring ruhig Freunde mit, wenn du kommst«, sagte er und deutete auf sie. »Je mehr, desto lustiger.«

»Mach ich«, rief sie, und er hob zum Abschied die Hand. Die Türglocke ging, und die Tür schloss sich hinter ihm.

»Du hast nicht gelogen«, sagte Roisin, als er gegangen war. »Er ist scharf.«

»Er hat mich gerade zu seiner Ausstellungseröffnung am nächsten Wochenende eingeladen«, sagte Hazel.

»Natürlich hat er das.«

»Kommst du mit? Ich kann da nicht allein hingehen.«

Roisin stöhnte auf. »Im Ernst, Hazel? Hast du eine Ahnung, auf wie vielen von diesen bescheuerten Veranstaltungen ich in meinem Leben schon gewesen bin?«

»Du solltest diese Chance ergreifen. Denk dran, wie gut du da networken kannst.«

»Ach, scheiß drauf.«

»Bitte? Um mir einen Gefallen zu tun?« Hazel wandte sich zur Pinnwand an der Küchentür um und fuhr mit dem Finger über den Dienstplan. »Du hast frei! Und Nish – oh, Nish arbeitet. Ich könnte ihn überreden, seine Schicht zu tauschen.«

»Ich komme, wenn Nish kommt«, sagte Roisin. »Aber nicht allein, auf keinen Fall. Ich werde nicht wie eine Zitrone herumstehen, während du und Miles heimlich bei den Mülltonnen rummacht.«

»Ro! Oh mein Gott, als ob!«, rief Hazel, insgeheim erfreut.

11

An jenem Wochenende fand der Umzug statt, also standen Alfie und Hazel früh auf und fuhren mit dem Zug zu einem Einkaufszentrum in der Nähe von Bromley. Auf der Fahrt redeten sie nicht viel. Alfie meinte, eine gewisse Spannung in der Luft zu spüren, aber vielleicht waren sie auch einfach nur müde. Als der Zug aus dem Bahnhof London Bridge hinausfuhr, lehnte er den Kopf zurück und tat so, als würde er dösen, öffnete die Augen jedoch ab und an ganz leicht, um Hazel hinter seinen Wimpern zu beobachten. Sie war intensiv mit ihrem Telefon beschäftigt und eindeutig nicht für ein Gespräch zu haben. Zum x-ten Mal dachte er an seinen Fehltritt in der Küche und wünschte, er könnte ihn ungeschehen machen. Seitdem hatten sie kein offenes Gespräch mehr geführt. Dies wäre eine gute Gelegenheit gewesen, eins zu beginnen, aber Hazels Gesichtsausdruck war ernst. In ihrem Telefon ging irgendetwas Wichtiges vor sich, und er war nicht dabei.

Tatsächlich studierte sie Miles' Fangemeinde auf Social Media. Sie war beeindruckend, und Hazel war neidisch. Vielen von ihnen folgte sie selbst, ohne dass diese ihr ebenfalls folgten. Am Vortag hatte Miles ihr ein Foto ihrer Zeichnung geschickt, die in seiner Wohnung an der Wand lehnte – er brauchte nur noch einen Haken, hatte er geschrieben.

Nächster Halt: Baumarkt! Jetzt wollte sie, dass er das Foto tweetete und sie darin markierte. Das könnte die entscheidende Wende bringen. »Ich habe neulich diesen absoluten @hazelphillips-Klassiker erstanden«, könnte er schreiben, oder: »Das ist @hazelphillips, Leute. Gern geschehen.« Sie aktualisierte zwanghaft seinen Twitter-Feed, nur für den Fall, dass er es getan hatte, ohne dass es ihr aufgefallen war. Das war natürlich vergeblich, aber es gab nichts, was sie ablenkte. Alfie war eingeschlafen, kaum dass sich der Zug in Bewegung gesetzt hatte.

Unmittelbar nach ihrer Ankunft an der Lagerhalle rief Emily an, um ihr mitzuteilen, dass sie und Daria sich verspäteten.

»Typisch«, seufzte Hazel und steckte ihr Handy weg. »Wir müssen uns ein bisschen die Zeit vertreiben. Was sollen wir tun?«

Sie standen mit dem Rücken zur Lagerhalle und überblickten die Möglichkeiten. Der Parkplatz war auf drei Seiten von grauen, hangarähnlichen Gebäuden umgeben.

»Haustierbedarf?«, sagte Alfie.

»Das wollte ich auch gerade vorschlagen«, erwiderte Hazel.

Sie überquerten den Parkplatz und traten ein, dann gingen sie zum hinteren Teil des Ladens, wo die Tiere lebten. Ein großes Schild hieß sie im »Tierdorf« willkommen. Sie schlenderten den Gang mit den Nagetieren entlang, vorbei an Kindern und ihren Eltern, die Kaninchen, Mäuse und Hamster betrachteten. Jedes Tier bewohnte einen eigenen bescheidenen Bereich in etwas, das im Grunde ein großer Schaukasten war.

»Das ist nicht gerade eine Spitzenimmobilie im Tierdorf, oder?«, sagte Hazel.

»Ich weiß nicht«, erwiderte Alfie. Er deutete mit einem Arm auf die gläserne Umgebung. »Einzimmerwohnungen mit deckenhohen Fenstern? Ich bezweifle, dass *wir* uns das leisten könnten.«

Hazel grinste. »Na ja, wenn du es so ausdrückst«, sagte sie. »Vermutlich sind das erste eigene Wohnungen für Nager mit reichen Eltern.« Alfie lachte vergnügt, und Hazel bemühte sich, nicht selbstzufrieden zu wirken. Sie fühlte sich leichter, als könnte sie anfangen zu hüpfen.

»Auch in den Schlafzimmern gibt es Toiletten«, fuhr Alfie fort und nickte auf das Sägemehl, das mit schwarzen Kügelchen übersät war. »Das ist noch praktischer als ein angeschlossenes Bad.«

»Und Essen vom Fass. Man kann gleichzeitig essen und aufs Klo gehen. Die haben es besser als wir.«

Sie scherzten, während sie den Aquariengang hinuntergingen und weiter an den Volieren vorbei. Schließlich erreichten sie eine große Nische, die schwach beleuchtet und grün eingerichtet war.

»Hier wohnen die bösen Jungs«, sagte Hazel. Überall lagen zusammengerollte Schlangen, deren Köpfe nicht zu sehen waren. In den unteren Behältern befanden sich ein paar Stabheuschrecken und eine Tarantel, die auf einem Laubhaufen kauerte.

Alfie deutete auf das Glas. »Ich kaufe dir eine Tafel Schokolade, wenn du dein Gesicht ganz nah an die Scheibe hältst«, sagte er.

Hazel zögerte. Sie hatte nichts gegen Spinnen, solange sie Abstand hielten, aber diese hier war ihr zu nahe, nur wenige Zentimeter von ihren Augen entfernt. Andererseits konnte sie sie nicht *berühren*. Und es war eine gute Gelegenheit, Alfie zu zeigen, dass sie nicht nur lustig, sondern auch mutig und unerschrocken war. Und sie hatte Hunger.

»Okay«, sagte sie. »Aber mach irgendein Gebäck daraus. Ich habe nicht gefrühstückt.«

»Abgemacht«, sagte Alfie.

Sie hockte sich vor das Terrarium, beugte sich dicht an die Scheibe heran und stützte die Ellbogen auf die Knie. Es war alles andere als angenehm, eine Spinne so groß in ihrem Blickfeld zu sehen, aber sie zwang sich, sie mit objektivem Interesse zu betrachten. Sie bemerkte den kräftigen Körperbau und die dunkelroten Härchen auf ihren Beinen und stellte sich vor, es sei irgendein Nagetier. Sie hatte eine Trägheit an sich, die vermuten ließ, dass sie keine plötzlichen Bewegungen machen würde. Sie schien freundlich zu sein, entschied sie, und als sie zu diesem Schluss gekommen war, hatte sie Mitleid mit ihr. Das war doch kein Leben, von allen angestarrt zu werden, wenn man sich um seine eigenen Angelegenheiten kümmern wollte.

Plötzlich spürte sie etwas auf ihrem Kopf. Eine Spinne – da war eine Spinne auf ihrem Kopf. Sie schrie laut auf, machte einen Satz nach hinten und landete auf dem Boden. Sofort griff sie nach ihrem Haar und wühlte verzweifelt darin. Aber natürlich war da nichts. Es waren nur Alfies Finger gewesen. Als sie aufschaute, lehnte er an einer Säule und hielt sich vor Lachen den Bauch.

»Es tut mir so leid«, keuchte er, während sie sich überrascht auf den Boden legte, eine Hand auf ihrem rasenden Herzen. Er bekam kaum noch Luft vor lauter Lachen. »Oh mein Gott – oh – ich hätte nicht gedacht …«

»Du kleiner Mistkerl!«, schrie sie. »Du hast mich reingelegt!«

»Es tut mir leid«, wiederholte er fröhlich, aber zerknirscht. Er reichte ihr die Hand und zog sie hoch. »Es tut mir wirklich leid. Ich konnte einfach nicht widerstehen. Ist dein Hintern in Ordnung? Ich kaufe dir zwei Gebäckstücke, Hazel. Sogar drei.«

Sie eilten zurück auf den Parkplatz, um den missbilligenden Blicken der anderen Kunden zu entkommen.

»Was für ein schlechtes Beispiel für all die Kinder«, schimpfte Hazel. »Und das du als Lehrer!«

»Der Trick war gut, das musst du zugeben«, sagte er, und sie schüttelte den Kopf und versuchte, ein Lächeln zu unterdrücken.

Es gab keinen Bäcker, aber im Eingangsbereich des Baumarkts gab es einen Automaten, und so belohnte Alfie Hazel mit diversen Süßigkeiten und einer dick glasierten Zimtschnecke, die in Zellophan eingepackt war. Dann wanderten sie zurück zum Lagerhaus und ließen sich draußen auf dem Bürgersteig nieder, teilten sich eine Tüte Maltesers und tauschten Tiervideos aus. Alfie steuerte einen masturbierenden Affen bei, Hazel einen verschämten Golden Retriever, der versuchte, Eier in seinen Backen zu verstecken. Das wiederum erinnerte Alfie an den Golden Retriever, der den Merengue tanzt.

»Was? Nein!«, rief Hazel, als sie es sah. »Das ist unmöglich! Wie soll das gehen? Auf dem Bildschirm tanzte der Golden Retriever auf den Hinterbeinen mit einem Mann. Dann stoppte das Video, Alfies Datenvolumen war aufgebraucht.

»Ach, Mist«, sagte er. »Egal, du hast einen Eindruck bekommen.«

Danach schwiegen sie eine Weile, benommen von all der Fröhlichkeit.

»Ich würde gerne den Merengue lernen«, sagte Alfie schließlich. Damit meinte er: Lass *uns* den Merengue lernen! Sie hatte noch Daten, sie könnten auf YouTube eine Anleitung suchen. Wer konnte schon sagen, was passierte, wenn sie sich gegenüberstanden und ihre Körper nur Zentimeter voneinander entfernt waren?

»Tanzt du gerne?«, fragte Hazel, die den Subtext offenbar nicht verstanden hatte. »Ich kann nicht tanzen, nicht mal annähernd so gut wie dieser Hund.«

»Ich tanze ab und zu gerne ein bisschen Salsa«, sagte er, und plötzlich sah er eine Gelegenheit, seinen Fauxpas von neulich wiedergutzumachen. Er musste vorsichtig vorgehen, es war eine riskante Strategie. Wenn er es jedoch richtig anstellte, konnte er den Schaden wiedergutmachen, der durch seine Ungeschicklichkeit entstanden war und den sie mit ihrem Schweigen im Zug bestätigt zu haben schien.

»Ich hatte lange Unterricht«, fuhr er fort. »Mit meiner Ex. Sie stand total darauf. Und mich hat es dann auch gepackt.« Er wollte zeigen, wie lässig er damit umging, wie belanglos es war. Ex-Freundinnen stellten keine Bedrohung dar, wollte er damit sagen. Es war normal, sie zu haben. Es gab keinen Grund, so zu tun, als gäbe es sie nicht.

Es folgte eine Pause, dann sagte Hazel: »Glück gehabt. Mein Ex hat mich zu einem anarchistischen Lesekreis geschleppt.«

Alfie lachte erleichtert auf. »Dann schlage ich dir einen Tausch vor«, sagte er. »Ich bringe dir Salsa bei, und du kannst mir beibringen, wie man Anarchie verursacht. Wir können mit Salsa anfangen.« Er stand auf und reichte ihr die Hand.

»Im Ernst?«, fragte Hazel und sah zu ihm hoch. »Ich werde dir garantiert auf die Füße treten.«

»Ich werde es überleben«, entgegnete Alfie, und sie nahm seine Hand und stand auf. Sie traten sich gegenüber, und sie blickte hoch, um ihm in die Augen zu sehen. Er bewegte eine Hand zu ihrer Taille, aber sie war abgelenkt und starrte auf etwas hinter ihm. Er ließ die Hand sinken und drehte sich um. Ein großer Umzugswagen kam durch die parkenden Wagen auf sie zu und schaukelte über die Bodenschwellen. Als der Wagen näher kam, stellte er fest, dass Emily hinter dem Steuer saß. Dahinter folgte ein kleiner blauer Wagen, den Daria fuhr.

»Noch mal Glück gehabt«, sagte er. Er schaute auf sein Telefon. »Nur fünfundvierzig Minuten zu spät.«

»Emily wird es auf den Verkehr schieben«, sagte Hazel. »Aber ich garantiere dir, sie haben sich unterwegs einen Kaffee geholt. Achte auf die Becherhalter. Du wirst sehen!«

Die beiden verlangsamten ihr Tempo und parkten auf nebeneinanderliegenden Plätzen.

»Tut mir leid!«, rief Emily und sprang aus dem Van. »Es war so viel Verkehr!«

Hazel drehte sich zu Alfie um und warf ihm einen verschwörerischen Blick zu. Sie mussten die Becherhalter noch nicht einmal überprüfen, Daria stieg mit einem Kaffee in der Hand aus dem Auto. Alfie spürte, dass dieses Wissen sie beide zusammenschweißte, dass ein Gefühl des Triumphes sie verband.

Die beiden wurden beauftragt, sämtliche Kartons, die auf dem Dachboden von Hazels Eltern gestanden hatten, aus dem Lieferwagen auszuladen und so viele wie möglich davon ins Auto umzupacken.

»Siehst du?«, sagte Hazel, als Emily und Daria in der Lagerhalle verschwunden waren. Sie sind so spät losgefahren, dass sie nicht einmal Zeit hatten, richtig zu packen. Man sollte doch meinen, wenn sie das Zeug im Auto befördern wollten, hätten sie es von vornherein dort verstaut.«

Alfie machte das nichts aus. Er war voller Energie. Er fühlte sich stark und gelenkig, sprang in den Van und wieder heraus und schleppte Kartons. Sein Auge hatte den ganzen Tag über nicht mehr gezuckt, und in seiner Lebhaftigkeit vergaß er, dass es jemals gezuckt hatte. Und vor allem, dass das Zucken wahrscheinlich ein Zeichen für eine unheilvolle Krankheit war, die sein Leben ruinieren und dann vorzeitig beenden würde. Heute war das Leben unkompliziert, es war genau so, wie er es sich wünschte, verheißungsvoll und erfüllt.

Als sie mit dem Packen des Autos fertig waren, halfen Hazel und er, die Möbel und dann die Kartons aus dem Lagerraum einzuladen, und als alles verstaut war, war kein Zentimeter Platz mehr im Van.

»Wer fährt mit wem?«, fragte Daria. »Geschwister im Van?«

Alfie wäre gerne mit Hazel gefahren, aber natürlich konnte man in so einer Situation nicht einfach angetanzt kommen und ein fremdes Fahrzeug fahren.

Daria und er warteten, bis der Van losfuhr, und folgten ihm dann. »Vielen Dank, dass du uns hilfst«, sagte Daria, als sie vom Parkplatz fuhren. »Du hast sicher etwas Besseres zu tun.«

»Ich könnte zwar einiges tun«, sagte Alfie und dachte an den Stapel Arbeit, der zu Hause auf ihn wartete, nachdem inzwischen das Schuljahr begonnen hatte, »aber nichts davon wäre *besser.*«

»Sehr diplomatisch.«

»Das stimmt«, sagte er möglichst beiläufig, damit Daria nicht merkte, wie gern er dort war, und sein wahres Motiv erriet.

Sie könnten nichts von Spotify abspielen, weil das Auto zu alt sei, erklärte Daria, aber im Handschuhfach lägen CDs, er könne sich eine aussuchen. Gehorsam nahm er sie heraus. Der einzige Künstler, von dem er gehört hatte, war Philip Glass. Von ihm stammte der Soundtrack zu einem seltsamen Film, den er einmal spätabends auf einem Festival gesehen hatte. Davon erinnerte Alfie vor allem, wie sehr er das Ende herbeigesehnt hatte. Er saß auf dem Rasen und durfte sich nicht bewegen, weil Rachel mit dem Kopf in seinem Schoß schlief. Jetzt wünschte er sich, er hätte besser aufgepasst.

Er wählte irgendein Album aus, das sich als eine Art kubanisch-irische Folk-Electronica entpuppte. »Wow«, sagte er, als der erste Titel erklang. »Das ist wild!«

»Ja, oder?«, sagte Daria und beugte sich vor, um die Lautstärke höher zu drehen.

Es hatte keinen Sinn, viel zu reden, also lehnte er sich zurück und betrachtete die Straße. Die kubanisch-irische Folk-Electronica eignete sich sehr gut, um sie bei hoher Geschwindigkeit zu hören, und als das Album zu Ende war, klang es in der Stille nach. Als sie langsam auf eine Ampel zufuhren, fragte Alfie: »Würdest du lieber für den Rest deines Lebens jeden wachen Moment Musik hören, oder nie wieder?«

Daria lachte. »Oh Mann«, sagte sie. »Ich weiß nicht. Kann ich mir aussuchen, was gespielt wird?«

»Ja, das kannst du dir aussuchen, aber es muss ständig Musik laufen.«

»Wie sieht es mit der Lautstärke aus?«

»Die ist immer gleich. Nicht so laut, dass man sich nicht unterhalten könnte, aber zu laut, um sie zu ignorieren.«

»Ich denke, wahrscheinlich – ach, ich weiß nicht. Ständige Musik könnte nach einer Weile zur Qual werden. Vielleicht lieber nie wieder Musik. Oh, aber dann …«

»Was würdest du mehr vermissen? Musik oder Stille?«

Daria wirkte verzweifelt. »Das ist wirklich schwierig. Ich mag beides. Weißt du was, ich glaube, ich würde auf die Musik verzichten, weil ich dann immer gern an sie denken würde. Ich glaube, ich möchte sie lieber vermissen, als dass ich sie hasse. Und ich könnte für mich selbst Musik machen.

Ich könnte singen, ich könnte pfeifen. Man kann in der Stille Musik erzeugen, aber mit Musik kann man keine Stille erzeugen.«

»Tiefgründig.«

»Oder?« Daria nickte, sie war zufrieden mit sich. »Und du?«

»Ich glaube, ich stimme dir zu«, sagte Alfie. »Stille scheint die pragmatische Wahl zu sein.«

»Okay«, sagte Daria. »Ich bin dran. Würdest du lieber ... würdest du lieber ... Oh, ich weiß! Würdest du lieber etwas essen, das keine Konsistenz hat, oder etwas ohne Geschmack?«

So machten sie eine Stunde lang weiter. Sie diskutierten sehr ernsthaft darüber, ob sie lieber auf Bad oder Dusche, Gras oder Bäume, Kissen oder Bettdecken verzichten wollten, ob sie lieber abstinent oder glutenfrei leben wollten. Ob sie lieber nackt in einer Eisbar oder warm eingepackt in einer Sauna wären, ewig dazu verdammt sein wollten, Horrorfilme oder Kinderprogramm zu sehen.

Schließlich fragte Daria: »Willst du lieber zum Mittagessen anhalten oder weiterfahren?«

»Ha!«, sagte Alfie. »Anhalten, natürlich.«

12

An der Tankstelle verlangte Emily ein Selfie, und sie versammelten sich alle beim Van und sahen zum Display ihres Smartphones hoch. Alfie und Daria grinsten mustergültig, Hazel öffnete Mund und Augen so weit sie konnte, Emily drehte ihren Kopf und zog einen dezenten Schmollmund. Sie postete das Bild direkt auf Instagram mit der Bildunterschrift *Transport durch die Home Counties #Umzugstag#Norwich*

Danach gingen sie über den Parkplatz zu einer Anlage mit Cafés und Fast-Food-Läden. Hazel und Alfie gingen voraus und wurden interessiert beobachtet. Emily fielen ihr Tonfall und ihre Gesten auf. Sie wirkten vertraut und schienen zu flirten, sie wollten ganz offensichtlich mehr voneinander, als sie bislang zuließen. Sie sah Daria an und hob bedeutungsvoll die Augenbrauen, die ihr signalisierte, dass sie es auch bemerkt hatte.

Sie erstanden Kaffee und vegane Wurstbrötchen und setzten sich zum Essen auf Picknickbänke mit Blick auf Parkplatz und Autobahn. Die Freundschaft zwischen Daria und Alfie schien sich durch die Reise verstärkt zu haben.

»Ich habe noch was Gutes für später«, sagte sie zu ihm, ohne sich weiter zu erklären, und er grinste und sagte: »Ausgezeichnet.« Weder Emily noch Hazel baten darum, eingeweiht zu werden. Hazel schaute lächelnd auf ihr Smartphone und bewegte schnell ihre Daumen. Was konnte interessanter sein als Alfie, fragte sich Emily?

Als sie mit dem Essen fertig war, ging Emily zurück in die Tankstelle, um die Toiletten zu suchen. Sie waren geräumig, grau gekachelt und hatten einen Spiegel an einer Wand. Niedergeschlagen betrachtete sie, wie klein und breit sie in Wirklichkeit war. In dem verzogenen Spiegel im Haus ihrer Mutter, in dem sie sich in letzter Zeit betrachtet hatte, wirkte sie einige Zentimeter größer, als sie eigentlich war.

In der Kabine wurde sie noch bedrückter. In ihrem Slip war etwas Blut. Sie betrachtete es mit leerem Blick, kramte dann in ihrer Tasche nach einem Tampon und verdrängte ihre Enttäuschung. Es gab keinen Grund, überrascht zu sein, ermahnte sie sich. Sie hatte gewusst, dass das passieren würde.

Als sie wieder zum Wagen kam, sagte Hazel: »Wir sind nicht mehr in den Home Counties.«

»Was?«

»Dein Insta. Wir sind jetzt in Suffolk. Nicht in einem Home County.«

»Ach. Wie auch immer. Wollen wir fahren? Es ist kurz vor zwei.«

Als sie den Schlüssel im Zündschloss umdrehte, spielte *Hamilton* genau an der Stelle weiter, an der er aufgehört hatte, als sie geparkt hatten. Gereizt schaltete sie die Musik aus.

»Hey!«, rief Hazel.

»Ich bin nicht in der Stimmung.«

»Was ist in dich gefahren?«

»Nichts. Ich will nur keine Musik hören.«

»Gut«, brummte Hazel und ließ sich in ihren Sitz sinken. Es war still, nur das Dröhnen des Motors war zu hören.

Emily starrte auf die Straße, eine eintönige zweispurige Autobahn. Sie hatte einen Kloß im Hals, und ihre Augen brannten. Allmählich begann das Grau der Straße mit dem Grau des Himmels zu verschwimmen.

Sie blinzelte heftig, aber ihre Sicht verschwamm aufs Neue. Ihre Kehle war wie zugeschnürt. Sie schluckte dagegen an und schniefte, als ob sie erkältet wäre. Auf dem Beifahrersitz regte sich Hazel.

»Em?«, fragte sie. »Ist alles okay?«

»Ja«, sagte Emily und wischte sich die Tränen weg, die nun in die Furche zwischen ihrer Wange und ihrer Nase liefen.

»Was ist los? Willst du mal anhalten?«

»Das geht nicht!«, rief Emily und deutete auf ihre Umgebung. »Da ist doch nichts, oder?«

»Vielleicht an einer anderen Tankstelle?«, schlug Hazel vor und betrachtete die Straßenschilder.

»Das hat keinen Sinn. Wenn ich anhalte, halten die anderen auch an. Ich habe wirklich keine Lust, etwas zu erklären. Mir geht's gut. Gib mir ein Taschentuch, in meiner Tasche sind welche.« Hazel gehorchte, und Emily putzte sich ein letztes Mal die Nase. Sie holte tief Luft, stieß sie scharf aus und kreiste die Schultern nach hinten.

»Willst du darüber reden?«, fragte Hazel.

»Sind nur die Hormone, das ist alles. Ich habe gerade meine Periode bekommen.«

»Okay.«

Wieder herrschte Stille. Sie bogen von der Autobahn ab und fuhren auf eine Landstraße, die auf beiden Seiten von weitflächigen stoppeligen Weizenfeldern gesäumt war. Nach einer Weile sagte Emily: »Eigentlich hatte ich gehofft, meine Periode diesen Monat nicht zu bekommen. Ich hatte gehofft, vielleicht schwanger zu sein.«

»*Was*?«

»Ja.«

»Oh mein Gott! Ist das dein Ernst? Wie?«

»Kamran, Darias Bruder. Er hat für uns gespendet.«

»Verdammt, Em! Warum hast du mir das nicht gesagt? Das ist riesig!«

»Also, nicht wirklich«, gab Emily gereizt zurück. »Weil es nicht geklappt hat.«

»Nicht? Könnt ihr es nicht noch mal versuchen?«

»Kamran ist gerade nach Bangladesch gezogen«, seufzte sie. »Er ist zu Médecins Sans Frontières gegangen. Ich weiß nicht, ob wir dir das erzählt haben. Wir hatten also nur einen Versuch, bevor er gefahren ist. Aber offensichtlich hat es nicht geklappt. Und jetzt ist er weg.«

»Wann kommt er zurück?«

Emily zuckte mit den Schultern. »Frühestens in ein paar Monaten.«

»Was werdet ihr tun?«

»Wahrscheinlich zu einer Samenbank gehen«, sagte Emily. »Das wollte ich eigentlich nicht. Ich wollte, dass wir jemanden nehmen, der uns etwas bedeutet.«

»Gibt es denn sonst niemanden?«

»Nicht wirklich. Es ist schwer, jemand Geeignetes zu finden. Es gibt so viele Kriterien, die man erfüllen muss. Jedenfalls kann Kamran niemand ersetzen. Es wäre so schön gewesen. Daria wäre mit dem Baby verwandt gewesen. Ihre Eltern wären die biologischen Großeltern gewesen.« Emily spürte, wie ihre Lippe zitterte, und biss sich darauf.

»Er wird doch nicht ewig in Bangladesch bleiben, oder?«

»Wer weiß das schon, Hazel!«, rief Emily und wollte plötzlich dringend das Thema wechseln. »Wie dem auch sei, ich kann nicht warten, bis er nach Hause kommt. Es muss ein Plan B her. Lässt du mich jetzt bitte fahren?«

Bei diesem ungerechten Vorwurf hob Hazel zwar die Augenbrauen, protestierte jedoch nicht.

Nachmittags hielten sie vor dem neuen Haus. Es war Teil einer Häuserzeile aus rotem Backstein und hatte drei alte Sprossenfenster, zwei im Obergeschoss und eines im Erdgeschoss, sowie einen kleinen gepflasterten Garten, der durch eine niedrige Mauer von der Straße getrennt war. Am frühen Abend waren das Sofa im Wohnzimmer, Tisch und Stühle in der Küche und das Bett im Schlafzimmer aufgebaut. Die Kartons waren fein säuberlich in den Ecken der Zimmer gestapelt, das Besteck lag in einer Schublade, und der Van stand leer auf der Straße.

Emily sagte, sie werde in dem kleinen Supermarkt um die Ecke eine Flasche Wein besorgen.

»Wir haben eine Flasche Wein«, sagte Daria.

»Ich weiß«, sagte Emily und sah sie eindringlich an. »Aber eine zweite kann doch nicht schaden, oder?«

»Ich komme mit«, sagte Daria, weil sie spürte, dass Emily genau das von ihr hören wollte.

Sobald sie außer Hörweite des Hauses waren, sagte Emily: »Es hat nicht funktioniert.«

»Oh«, sagte Daria. »Oh nein.« Sie schluckte schwer und blickte enttäuscht auf den Bürgersteig hinunter, was nicht nur gespielt war. Neben großer Erleichterung verspürte sie auch einen Anflug von Bedauern darüber, dass sie diese erste und einfachste Chance, Eltern zu werden, verpasst hatten. Sie merkte sich das Gefühl und wollte, dass es wuchs, denn es zu spüren war eine Erleichterung.

»Hallo?«, sagte Emily gereizt.

»Entschuldige«, antwortete Daria. »Ich musste das erst verdauen. Komm her.« Sie ergriff Emilys Hand, zog sie zu sich heran und küsste ihr Haar. Mehr als alles andere wollte sie über dieses seltsame und verwirrende Paradoxon sprechen, in dem sie sich gerade befand – dass sie erleichtert über ein Gefühl war, gerade weil sie keine Erleichterung empfand. Doch das wollte und sollte Emily jetzt mit Sicherheit nicht hören. »Wir überlegen uns einen neuen Plan«, sagte sie stattdessen. »Du bist bestimmt bald schwanger. Vielleicht bis Weihnachten, vielleicht sogar schon früher.«

Emily nickte schniefend an ihrer Schulter. »Ich wollte nur unbedingt, dass es *diesmal* klappt.«

»Ja. Ich auch. Aber normalerweise braucht man ein paar Anläufe. Das heißt nicht, dass mit dir etwas nicht stimmt.«

»Das weiß ich«, sagte Emily, rückte von Daria ab und wischte sich die Augen. »Es war nur schwer, mir keine Hoffnungen zu machen. Ich habe versucht, es nicht zu tun.«

»Du bist auch nur ein Mensch, Süße.«

»Ich werde mich heute Abend *dermaßen* betrinken«, sagte Emily, als sie weitergingen.

Später bestellten sie Pizza in einem veganen Restaurant, das Ricotta aus Cashewnüssen herstellte. Emily, deren Laune parallel zu ihrem Weinkonsum stieg, machte unzählige Fotos vom Wohnzimmer, von ihnen in dem Wohnzimmer, von der Pizza und davon, wie sie sie aßen. Alfie sagte, die Pizza sei köstlich, vielleicht sogar die beste Pizza, die er je gegessen habe. Die Cashewnüsse seien so cremig, ganz anders als Käse, aber so viel *besser* als Käse, und der Knoblauchbrokkoli, die karamellisierten Zwiebeln – verdammter Mist, er war außer sich. Emily strahlte und sagte, sie könne ein Video von ihm für Instagram machen, also sagte Alfie alles noch mal. Er versuchte, es spontan klingen zu lassen, brach aber vor dem Ende lachend zusammen.

»Versuch, in die Kamera zu sprechen«, sagte Emily, woraufhin Alfie sich beruhigte und direkt auf ihr Smartphone schaute.

»Okay, also, ich liebe Käse«, sagte er. »Ich liebe Käse über alles.« Er hielt sein Pizzastück hoch und sagte: »Aber diese Pizza ist komplett *käsefrei* und wahrscheinlich die beste, die ich je gegessen habe.« Er nahm einen Bissen und stöhnte genüsslich.

Das war vielleicht das Lustigste, was Daria in dieser Woche gesehen hatte. Emily und Hazel brachten vor Lachen kein Wort mehr heraus. In der Wiedergabe klang Alfies Stimme blechern, und in dem schwachen Licht sahen seine weinfleckigen Zähne grau aus. Sie warteten grinsend darauf, dass der zweidimensionale Alfie »komplett käsefrei« sagte, dann brachen sie zwischen den Umzugskisten auf dem Boden zusammen, wobei ihnen Tränen über die Wangen liefen. Später checkte Daria Instagram und sah das Video in ihrem Feed mit der Überschrift *Hört dem Mann zu #Vegan #Govegan #Veganismus #Pflanzenkost #Veganeraufinstagram #Wasveganeressen #Veganfoodporn #ohnetierversuche #berwickstreetpizza.* Sie sah es sich noch einmal an, aber beim zweiten Mal war es nicht mehr ganz so lustig.

13

In dieser Nacht war Hazel stundenlang wach. Sie lag auf einer Campingmatratze im Gästezimmer, Alfie unten auf dem Sofa. Eine Zeit lang überlegte sie, was wohl passiert wäre, wenn es kein Gästezimmer gegeben hätte. Oder wenn es voller Kartons gewesen wäre, sodass sie beide die Nacht im Wohnzimmer hätten verbringen müssen. Sie stellte sich vor, wie Alfies Fingerspitzen in der Dunkelheit ihre fanden.

Das sollten wir nicht tun, hätte sie geflüstert, wenn sie nacheinander tasteten, sich aufeinander zubewegten.

Richtig, hätte er zurückgeflüstert. Pause. Dann: Wir könnten leise sein.

Und seine Wärme, sein Geruch, seine raue Wange im Licht der Straßenlaterne. Sie hätte sich zu ihm vorgebeugt, und sie hätten es getan, und sie hätte einen monumentalen Orgasmus gehabt, und danach hätte sie mit in seinem Schlafsack schlafen müssen, weil ihr eigener klatschnass gewesen wäre.

So wie es war, streichelte sie sich selbst und war danach traurig. Sie dachte an ihr Gespräch vor dem Lagerhaus zurück. Ständig sprach er von dieser Ex, wer auch immer sie war. War es jedes Mal dieselbe? Vermisste er sie so sehr, dass er an sie dachte, selbst wenn er mit anderen flirtete? Denn sie hatten geflirtet, Hazel weigerte sich, etwas anderes zu glauben. Vielleicht hatte er diese Frau so sehr geliebt, dass keine andere sie in den Schatten stellen konnte, selbst wenn er es wollte. Wahrscheinlich wünschte er sich, nach vorn zu schauen, aber andere Frauen erinnerten ihn nur an das, was er verloren hatte. Oder vielleicht war das Ganze auch kalkulierter – vielleicht setzte er die Ex ein, damit ein Flirt nicht ausuferte für den Fall, dass es ihm zu eng wurde. Als Mittel, um für Ausgleich zu sorgen, so wie man eine Runde joggen ging, nachdem man zu viel Junkfood gegessen hatte.

Um sich aufzumuntern, hatte Hazel Miles im Wagen eine Nachricht geschickt, ein einfaches »Was treibst du?«, das zu einem neckischen, sich über mehrere Stunden ziehenden Hin und Her geführt hatte. Irgendwie hatte sie ihm versprochen, am nächsten Wochenende zu seiner Ausstellungseröffnung zu kommen, egal ob ihre Freunde Zeit hatten, sie zu begleiten. Sie war sich nicht ganz sicher, wie es dazu gekommen war, und fürchtete sich davor, sich verzweifelt nach Miles' Gesellschaft zu sehnen, wenn sie dort allein auftauchte.

Zum Glück gelang es Nish, seine Schicht zu tauschen, und Roisin hielt Wort. Als Hazel am Atelier eintraf, standen sie schon rauchend am Eingang, Roisin groß und unglaublich glamourös in einem schwarzen Kleid mit U-Bootausschnitt, das ihre Brüste umschmeichelte und nahtlos zu Boden fiel. Darüber trug sie eine Jeansjacke, und darunter lugten beim Gehen weiße Turnschuhe hervor. Ihr kurzes gebleichtes Haar war glatt nach hinten frisiert.

»Du siehst aus wie Lee Miller«, sagte Hazel, die in dem

außergewöhnlichen Versuch, modisch auszusehen, eine zerrissene hochtaillierte Jeans, ein kurzes T-Shirt und eine glänzende grüne Bomberjacke aus den Neunzigern trug. Neben Roisin spürte sie, wie die gesellschaftliche Schlagkraft dieses Outfits leicht verblasste.

Das Atelier war groß, der Boden mit Farbe bespritzt, und an den großen zugigen Fenstern, die aus Dutzenden von kleinen quadratischen Glasscheiben bestanden, tropfte Kondenswasser herunter. Sie hängten ihre Jacken auf, suchten den Getränketisch auf und studierten den Flyer, den ihnen jemand in die Hand gedrückt hatte. Auf der einen Seite war ein Schwarz-Weiß-Foto von einem Apfel abgebildet, der in einer winzigen spindeldürren Frauenhand lag. In der linken oberen Ecke stand mit der Hand geschrieben: *und trotzdem nehme ich noch weiter ab.* Unter dem Bild stand:

miles newman – liam robinson – daniel miller
Konsum und Embodiment
eine poetische Erkundung

Triggerwarnung: Unheilbare Krankheit,
Essstörungen, Fehlgeburt

Auf der anderen Seite wurde die Ausstellung beschrieben, darunter folgten die drei Kurzbiografien der Künstler. Hazel sprang direkt zum interessantesten Teil, der lautete:

miles newman ist fotograf, maler und manchmal auch videofilmer. er studierte bildende kunst am goldsmiths college und setzte sein studium an der université paris dauphine fort. anschließend kehrte er in sein geliebtes london zurück, um dort auf seine weise kunst zu machen. die hier gezeigten werke sind das ergebnis eines langjährigen künstlerischen und philosophischen interesses am menschlichen körper und seiner bedeutung.

Bedachte man ihre frühere Geringschätzung, sah sich Roisin jetzt überraschend interessiert um. Sie entfernte sich und begann, die Bilder an der Wand mit einer Konzentration zu studieren, die zu signalisieren schien, dass sie in Ruhe gelassen werden wollte. Nish und Hazel tauschten einen Blick, wandten ihr den Rücken zu und gingen zu den Ausstellungsstücken auf der anderen Seite des Raumes.

Dort hingen Kopfhörer an der Wand. Nish setzte den einen auf, Hazel den anderen. Sie hörte eine erschütternde Aufnahme von einer Frau, die heftig und unaufhörlich hustete und nicht richtig Luft bekam. Es war ein leises Reiben zu hören, als würde ihr jemand über den Rücken streichen, und die Stimme eines Mannes, der sagte: »Es ist okay, Liebes, es ist alles in Ordnung, du wirst wieder gesund. Ja, so ist es gut, ist okay.« Schließlich ließ das Husten nach und ging in angestrengtes rasselndes Atmen über. Der Mann fragte, ob die Frau eine Tasse Tee wolle, und die Frau stieß ein Ja hervor. Dann begann sie erneut zu husten, und Hazel nahm den Kopfhörer ab und hängte ihn zurück. Sie las das kleine weiße Etikett darunter und erfuhr, dass es sich um eine Aufnahme handelte, die 2015 bei Leuten namens Graham und Maureen Lampeter zu Hause stattgefunden hatte. Eine größere Tafel mit Text informierte sie über Folgendes:

> maureen lampeter arbeitete von 1975–82 bei millers in bradford. 1979 fanden in dem geschäft renovierungsarbeiten statt, von denen man später annahm, dass sie fasern von blauasbest in den hohlräumen der wand freigesetzt haben. maureen war eine von mindestens sieben ehemaligen angestellten, bei denen in den jahrzehnten nach den renovierungsarbeiten ein pleuramesotheliom diagnostiziert wurde. sie starb anfang 2018.

»Meine Güte«, sagte Hazel leise. Nish hängte den anderen Kopfhörer wieder auf.

»Das war verdammt traumatisierend«, sagte er.

»Dann hör dir das hier nicht an«, sagte Hazel. Sie beschrieb ihm die Aufnahme, und Nish machte eine dramatische abweisende Geste.

»Ich gehe«, sagte er und machte sich auf den Weg in Richtung des Getränketisches.

Hazel ging ohne ihn weiter. Als Nächstes sah sie eine Reihe von Nahaufnahmen von Maureen Lampeter selbst: ihr faltiges Gesicht; eine dünne Hand an einer Teetasse; Graham, der ihren Kopf küsste. Am Ende der Fotoreihe war ein Gedicht direkt auf die Wand gedruckt:

> bitte lass luft herein
> oh ich sehne mich nach dir
> selbst wenn du mich umbringst

Hazel starrte auf das Gedicht. Sie hatte keine Ahnung von Poesie. Vielleicht konnte ihr jemand, der sich damit auskannte, sagen, warum diese Zeilen es verdienten, auf eine Wand gedruckt zu werden.

Es folgten weitere Fotos, diesmal in Schwarz-Weiß, auf denen jeweils Körperteile einer jungen Frau abgebildet waren: Hände, Hüften, Nacken und Schultern, allesamt gefährlich dünn. Knochen und Sehnen zeichneten sich unter der papiernen Haut ab. Das Gesicht der Frau wurde nicht gezeigt. Auf einem Bild hielt sie ihre Hand vor ein sonniges Fenster, und das Licht schien durch sie hindurch. Ein anderes kannte Hazel bereits aus dem Flugblatt: der Apfel in der dürren Hand. Einige schienen mit Farbe übermalt worden zu sein: Grobe schwarze Linien umrissen den Körper, andere verliefen quer darüber und gerade nach unten, wie Gitterstäbe vor einem Fenster. Auf einem stand ein handgeschriebenes Gedicht, aber dieses las Hazel nicht.

In der Ecke neben den Bildern stand eine Frau allein, runzelte die Stirn und sprach schnell und leise in ihr Telefon. Hazel glaubte, die Worte »entmenschlichend« und »aufhübschen« zu hören, obwohl die Frau genauso gut »entrechtlichen« und »ausbüchsen« hätte sagen können. Dann hörte sie ihren eigenen Namen und drehte sich um.

»Miles!«

»Du bist gekommen«, sagte er, lächelte und beugte sich vor, um sie auf die Wange zu küssen. »Du siehst umwerfend aus.«

»Danke!« Sie deutete vage auf den Raum. »Das ist toll. Wirklich beeindruckend.«

»Das hättest du vor zwei Stunden noch nicht gesagt«, sagte er. »Es war ein unglaubliches Chaos. Ich erspare dir die Details. Ich habe sogar gehofft, du würdest nicht kommen, damit du nicht siehst, was ich angerichtet habe. Aber jetzt bin ich wirklich froh, dass du gekommen bist.« Er fing ihren Blick auf und lächelte, dann sagte er, er sollte sich lieber unter die Leute mischen, irgendwo im Raum seien ein paar Sammler und Galeristen. »Ich hab echt ein bisschen Bammel«, sagte er und legte ihr eine Hand auf die Schulter. »Bleib in der Nähe, ja? Wir können uns gleich richtig unterhalten.«

Später hörte Hazel gerade die Aufnahme einer schwangeren Frau bei ihrer ersten Ultraschalluntersuchung und dachte an Emily, als jemand in ein Mikrofon zu sprechen begann. Miles und seine Mitstreiter standen auf der Bühne am Ende des Raumes. Langsam bewegten sich die Gäste auf sie zu. Der Mann am Mikrofon stellte sich als Danny vor, der Typ, der für den Sound verantwortlich war. Dann zeigte er auf den anderen, und sagte, sein Name sei Liam und er sei der Dichter. Und schließlich sagte Danny: »Und das ist Miles, unser Fotograf, Maler und generell ein nervig talentierter Typ.« Alle lachten, und Miles grinste verlegen und schüttelte den Kopf, als wollte er sagen: Hört auf, ihr bringt mich in Verlegenheit.

Danny bedankte sich aufrichtig bei allen, die an diesem recht kühlen Abend gekommen waren, und dann noch sehr herzlich bei einer langen Liste von Einzelpersonen und Organisationen für ihre »Unterstützung«, vermutlich finanzieller Art. Dann bat er ihren Freund Lars auf die Bühne.

Lars war groß, hatte rotblondes Haar und einen ganz leichten Akzent, vielleicht schwedisch. Er sagte, er sei sicher, alle Anwesenden würden ihm zustimmen, dass die Ausstellung faszinierend und außergewöhnlich sei, und forderte sie auf zu applaudieren.

Dann begann eine Diskussion. Die vier saßen in einem Halbkreis auf dem Podium, an ihren T-Shirts waren kleine Mikrofone befestigt. Lars stellte Fragen, und Miles, Danny und Liam nickten ernst und sagten Dinge wie »Das hat mich in letzter Zeit beschäftigt«, und »Zu der Zeit war ich von dem Thema etwas besessen«, und »Ich glaube, uns hat alle die Möglichkeit gereizt, das als Rahmen zu nutzen«.

Hazel fiel auf, dass Liam Estuary Englisch, den Akzent aus dem englischen Südosten, sprach und oft »Kumpel« sagte, sich aber gelegentlich vergaß und ihm dann ein gepflegter Vokal herausrutschte.

Danny begann, über die Themen der Ausstellung zu sprechen: über Konsum und Embodiment. Die Entscheidung, diesen Themen auf den Grund zu gehen, sei seine Idee gewesen, sagte er. Er erklärte, die Schwangerschaft seiner Frau habe den Anstoß zu einigen »tiefgreifenden Überlegungen« dazu gegeben, inwiefern sich die »Macht des Konsums« auf den Körper auswirke. Das Ergebnis dieses Denkprozesses sei das, was sie hier sahen.

Miles und Liam wirkten unruhig, und sobald Danny geendet hatte, begannen beide gleichzeitig zu sprechen. Miles hielt inne und ließ Liam den Vortritt, was Hazel sehr höflich fand. Liam betonte, dass seine eigene Arbeit zu diesem Zeitpunkt zufällig in eine ähnliche, wenn auch morbidere

Richtung gegangen sei. Er hatte viel über Maureen Lampeter (wie sich herausstellte, eine Freundin und Nachbarin seiner Eltern) nachgedacht, was in seine Gedichte einfloss. Er sprach über die Art von Maureens Krankheit, ein Pleuramesotheliom, was hieß, dass der Krebs schlicht dadurch stärker wucherte, dass man ganz normal atmete. Dieser Gedanke habe ihn nicht mehr losgelassen, sagte Liam, weil er das Gefühl hatte, dies sei in vielerlei Hinsicht die perfekte Metapher für den Konsum im Allgemeinen: dass wir konsumieren müssen und doch gleichzeitig konsumiert werden. Hazel dachte an Maureen Lampeter, die zugelassen hatte, dass man sie in ihrem qualvollen und unwürdigen Zustand erlebte. Ist das alles, was sie ist? dachte sie. Eine *Metapher*?

Dann kam Miles an die Reihe, und nachdem er erklärt hatte, dass er sich – ebenfalls durch einen glücklichen Zufall – genau zu der Zeit mit genau diesen Themen beschäftigt habe, übernahm Lars wieder das Wort und fragte das Publikum, ob es Fragen gebe. Hände gingen in die Höhe, und ein Mikrofon wurde herumgereicht. Hazel spürte eine Hand in ihrer und Nishs heißen Atem an ihrem Ohr. »Bla«, flüsterte er, als Danny auf eine Frage antwortete. Die Frau vor ihnen sah sich um, und Hazel brachte ihn schnell zum Schweigen.

Auf der Bühne zeigte Lars auf eine Person und sagte: »Ja, die Dame dort hinten.« Es folgte eine Pause, während das Mikrofon von einem zum anderen weitergereicht wurde, dann stellte eine Stimme eine Frage. Hazel und Nish sahen sich überrascht an. Es war Roisin.

»Ich habe mich gefragt«, begann sie, »wie ihr darüber denkt, dass wir als Publikum heute Abend im Grunde den

Schmerz anderer Menschen konsumieren müssen? Vor allem den Schmerz von Frauen? Stört euch das gar nicht?«

Eine unangenehme Stille senkte sich über den Raum. Miles, Liam und Danny tauschten Blicke aus. Offensichtlich hoffte jeder, dass ein anderer die Frage beantworten würde. Dann begann Miles, zaghaft zu sprechen.

»Danke«, sagte er. »Das ist eine wichtige Frage. Sie berührt einen Punkt, über den ich selbst viel nachgedacht habe. Wie bringen wir Vorstellungen von Konsum und Embodiment mit den Erfahrungen in Verbindung, die wir heute Abend in diesem Raum machen?« Langsam redete er sich warm und begann, schneller und sicherer zu sprechen. »Heute Abend sind wir alle Konsumenten. Wir haben alle einen Körper. Im Ausstellungsraum werden diese Themen also auf mehreren Ebenen entwickelt.«

»Das ist nicht das, was ich ...«, ertönte Roisins Stimme durchs Mikrofon, aber Miles hob die Hand und ließ sie nicht zu Wort kommen.

»Ich denke, es ist interessant, darüber nachzudenken, was der Konsum dieser Kunstwerke bedeutet«, sagte er. »Im Grunde genommen konsumieren wir, wie du sagst, den Schmerz eines anderen Menschen. Und natürlich müssen wir uns fragen, ob das für uns in Ordnung ist.« Er hob fragend die Hände. Liam, Danny und Lars wirkten nachdenklich.

»Äh, nein?«, sagte Nish lauter als ihm bewusst war. Diesmal drehten sich ein paar Leute um, einige von ihnen lächelten.

»Manchmal«, fuhr Miles selbstvergessen fort, »will dein Körper diesen Schmerz nicht konsumieren. Ich meine, ich bin sicher nicht der Einzige, der auf die Aufnahme von Maureen Lampeter körperliche Reaktionen gezeigt hat – ich hatte Herzklopfen, mir war leicht übel. Es gibt also Konsum, der sich in Form von Embodiment zeigt, wenn du so willst. Und in diesem Fall gibt es da eine moralische Ambiguität, die ich wirklich faszinierend finde.«

Nish schnaubte, und Hazel kniff ihn.

»Und ich möchte noch hinzufügen«, warf Danny ein, »dass das gesamte Material natürlich mit der vollen Zustimmung der Betroffenen verwendet wurde.«

»Na, Gott sei Dank«, sagte Roisin ins Mikro. »Dadurch wird es aber nicht automatisch moralisch vertretbar. Sorry.«

Hazel und Nish sahen sich an. Nish grinste verblüfft. »Was zum Teufel!«, flüsterte er erfreut.

»Ich denke, wir gehen jetzt zur nächsten Frage«, sagte Lars, aber Liam hielt eine Hand hoch, um ihn zu stoppen.

»Warte mal kurz«, sagte er. Er schaute in Roisins Richtung. »Was willst du damit andeuten?«

»Was ich andeuten will? Okay, also, betrachten wir es mal so. Sagen wir, eine Frau willigt ein, Sex zu haben. Theoretisch gesehen wurde sie nicht vergewaltigt. Daraus folgt aber nicht immer, dass sie nicht vergewaltigt wurde, oder? Oder dass sie nicht benutzt oder ausgebeutet wurde. Oder dass sie sich dabei nicht beschissen gefühlt hat.«

Miles, Danny und Liam sahen sich mit hochgezogenen Augenbrauen an. »Wow«, sagte Miles. Im Raum entstand leichte Unruhe.

»Entschuldige«, sagte Liam, »vergleichst du diese Ausstellung etwa mit einer Vergewaltigung?«

»Das ist echt ziemlich widerlich«, sagte eine Frau mit einem Septum Ring, die neben Hazel stand.

»Interessant, dass du das sagst«, antwortete Roisin, »denn ich persönlich fand es ziemlich widerlich, einen aufgemotzten anorektischen Körper zu sehen, der wie eine Art Freakshow-Porno zur Schau gestellt wird.«

»Ach, komm schon«, sagte jemand.

»Sei keine Idiotin«, rief jemand anderes.

»Hör zu ...« Miles hob beschwichtigend die Hände, »... es tut mir leid, dass du nicht verstehst, was wir hier versuchen. Aber wenn dir die Ausstellung nicht gefällt, ist das dein gutes Recht. Es steht dir frei, jederzeit zu gehen. Vielleicht wäre das sogar das Beste für uns alle.«

Hazel und Nish folgten Roisin nach draußen. Als sie dort ankamen, steckte sie sich bereits eine Zigarette an.

»Was zum Teufel war das?«, fragte Hazel.

»Das kann ich dir sagen. Die haben selbst nie gelitten, also müssen sie das Leid von anderen fetischisieren.«

»Nein«, sagte Hazel kalt. »Ich meine dich.«

»Ach, *ich* bin das Problem?«, entgegnete Roisin. »Ist dir das peinlich?«

»Was denkst du denn? Ich habe dich gebeten, mich hier moralisch zu unterstützen, und dann fängst du verdammt noch mal vor allen Leuten an, so etwas loszutreten!«

»Bitte. Ich habe nichts losgetreten. Übertreib nicht. Was hätte ich denn tun sollen? Alle meine Prinzipien ignorieren und sie damit durchkommen lassen, diesen Mist zu verbreiten?«

»Vielleicht höflich sein? Leute in der Öffentlichkeit nicht beleidigen? Ich wusste nicht, dass das so schwierig für dich ist!«

»Oh mein Gott, hör dir mal selbst zu, Hazel. Das ist beschissen. Würdest du auch von mir erwarten, höflich zu sein, wenn du mich zu einer netten Party von Miles mitnimmst, die sich als Treffen von Rechtsextremen entpuppt?«

»Ähm, irgendwie schon«, murmelte Nish, »denn sonst wirst du vielleicht umgebracht.«

Hazel ignorierte seine Bemerkung und starrte Roisin wütend an. »Was – wie zum – wie kommst du von einer mittelmäßigen Kunstausstellung zu einem Treffen von Rechtsextremen? Das ist ein völlig unpassender Vergleich! Warum musst du immer so extrem sein, verdammt noch mal?«

Roisin seufzte, als wäre das alles ganz einfach. »Hazel, ich will dir nur klarmachen, dass es sehr problematisch ist, wenn du mich davon abhalten willst, jemanden zur Rede zu stellen, nur weil du ihn später ficken willst.«

»Nein, Roisin«, sagte Hazel. »Du bist aggressiv, und es macht dir Spaß, wenn andere sich schlecht fühlen.«

»Oh, tut mir leid, fühlen sich die reichen weißen Jungs schlecht? Nun, ich persönlich fühle mich durch ihre Scheißkunst auch ziemlich schlecht, also sind wir wohl quitt.«

Hazel sagte nichts. Ihr Mund war verschlossen, ihr Atem ging stoßweise.

»Leute, Leute«, sagte Nish. »Beruhigen wir uns. Warum gehen wir nicht noch ein paar Getränke *konsumieren*?« Er grinste erwartungsvoll, aber niemand lachte.

»Ich gehe wieder rein.«

»Was? Ach, komm schon, Hazel. Lass uns darüber reden. Du willst doch nicht etwa immer noch Sex mit diesem Witzbold haben?«

»Wie bitte?«

»Wow«, sagte Nish verblüfft. »Ich meine nur – ja, vielleicht hat Ro ein bisschen übertrieben. Aber dieser Miles … Er scheint einfach … na ja, ein ziemlicher Wichser zu sein.«

Wut kochte in Hazel hoch. »Es ist *unerheblich*, ob er ein Wichser ist oder nicht«, sagte sie und bemühte sich, ihre Stimme ruhig zu halten. »Es ist *unerheblich*, ob ich mit ihm Sex haben will oder nicht. Der Punkt ist, dass dies eine einmalige Gelegenheit für mich war, und Ro hat einfach ihr Bestes getan, sie mir zu versauen. Wann hatte ich schon die Chance, solche Leute zu treffen? Wer weiß, was sie für meine sogenannte Karriere hätten tun können?«

Es entstand eine unangenehme Stille. »Wolltest du *deshalb* hergehen?«, fragte Nish verlegen. »Das hättest du uns *sagen* sollen.«

»Nun, das war nicht der einzige Grund«, entgegnete sie. »Und außerdem dachte ich, ich könnte es locker angehen. Mir war nicht klar, dass Ro alles ruinieren würde, bevor ich überhaupt jemanden kennengelernt habe.«

»Hör zu, Hazel«, sagte Roisin und drückte ihre Kippe auf dem Boden aus, »ich kenne diese Art von Leuten, und ich kenne dich, und glaub mir, da passt du nicht hin. Das sind nicht deine Leute, ganz sicher nicht.«

»Vielleicht wäre es ganz nett gewesen«, erwiderte Hazel säuerlich, »wenn du mir die Möglichkeit gegeben hättest, diese Entscheidung selbst zu treffen.« Roisin zuckte mit den

Schultern und sagte nichts. Es herrschte wieder Schweigen, und einen Moment lang schien es, als wäre das Schlimmste vorbei. Als würde sich gleich jemand entschuldigen. Aber das bestärkte Hazel nur in ihrer Einstellung. Sie war nicht bereit, zu verzeihen oder zu vergessen.

»Das einzig Gute war, Ro«, erklärte sie, »dass du nicht neben mir gestanden hast, als du das getan hast. Also geht und *konsumiert noch ein paar Getränke*. Ich bleibe hier und sehe, was ich nach der Katastrophe, die du angerichtet hast, noch retten kann. Okay?«

14

Emily hatte einen Job in einem Unternehmen bekommen, das Softwaresysteme für die vertikale Landwirtschaft entwickelte – große Lagerhäuser, in denen Gemüse unter künstlichem Licht in übereinander gestapelten Behältern gezogen wurde. Das Unternehmen bezeichnete sich selbst als Hauptakteur der Agrarrevolution, was Emilys schlechtes Gewissen linderte, dass sie sich auf diesem stark belasteten Planeten fortpflanzen wollte. Freitags arbeitete sie von zu Hause aus, aber den Rest der Woche war ihr Arbeitsweg wie befürchtet: langweilig und anstrengend. Sie kam frühestens um halb acht nach Hause. Obwohl Daria immer noch an der Sinnhaftigkeit des Pendelns zweifelte, profitierte sie davon. So konnte sie zweimal pro Woche abends zur Therapie gehen, ohne dass Emily sich fragte, wo sie war.

Ihre Therapeutin war eine angenehme Frau namens Janet, deren Büro mit Pflanzen und Fotos von ihren Kindern vollgestopft war. Sie hielt immer Taschentücher bereit und ermutigte Daria, davon Gebrauch zu machen. Daria lernte von ihr, dass sie sich für ihre Gefühle bestrafte und dass dies unproduktiv war. Ihre Phobie sei nicht wegzureden, sagte Janet, sie sei völlig rational. Im Grunde empfand sie eine extreme Version dessen, was alle angehenden Eltern fühlen sollten, die halbwegs bei Verstand waren. Natürlich wurde alles zum Problem, wenn man es übertrieb, aber sie war der Meinung, dass sie die Dinge in ein paar gemeinsamen Sitzungen wieder ins Gleichgewicht bringen konnten.

Janet hatte ihr einige Atemübungen beigebracht, die sie eines Abends auf dem Sofa praktizierte und sich dabei sehr entspannt fühlte, als Emily hereinkam und sagte: »Du wirst es nicht glauben. Hazel trifft sich mit einem Hipster!«

»Was? Nein!«, sagte Daria und setzte sich auf. »Was ist mit Alfie?«

Emily ließ sich neben ihr aufs Sofa fallen und zeigte ihr ein Foto von Hazel, das anscheinend von einem Profi aufgenommen worden war. Sie saß in einer Küche; hinter ihr hingen Töpfe an der Wand, und an der Seite stand eine silberne Kaffeekanne auf dem Herd. Hazel selbst sah aus, als wäre sie gerade erst aufgewacht. Sie trug ein übergroßes T-Shirt, und ihr Haar war zerzaust. Sie lächelte mild, die Wimperntusche um ihre Augen war vom Vorabend leicht verschmiert, und sie hielt mit beiden Händen einen großen Becher.

Das Foto war von jemandem namens Miles Newman gepostet worden, dessen Social-Media-Profile alle in verschiedenen Fenstern auf Emilys Smartphone geöffnet waren. Er war ein Adonis aus East London mit auffällig schönen Zähnen und markanten Wangenknochen. Sein neuestes Instagram-Angebot bestand aus einer Reihe von Bildern mit der Überschrift »Ein paar von der Afterparty«, auf einigen war auch Hazel zu sehen: Wie sie sich mit schicken Leuten unterhielt, sich umdrehte und kokett über ihre Schulter sah. Wie sie mit einem Whiskyglas in der Hand vor einem großen Fenster stand. Auf Facebook und Twitter hatte er Links zu einer esoterisch anmutenden Veranstaltung in Hackney Wick gepostet, begleitet von Kommentaren wie »Trefft mich, **Daniel** und **Liam** für eine Mixed-Media-Erfahrung von menschlicher Körperlichkeit«. Hazel hatte einen dieser Links geliked.

»Und?«, fragte Daria. »Hast du sie darauf angesprochen?«

Emily nickte. »Sie sind zusammen. Offenbar haben sie sich auf Tinder kennengelernt. Er ist Künstler. Viel mehr hat sie nicht verraten.«

»Mist«, sagte Daria. »Armer Alfie.«

»Ja, wirklich!«, rief Emily. Sie war zutiefst enttäuscht. Alfie war freundlich, lustig und bescheiden. Er war genau das, was Hazel brauchte. Er passte perfekt in ihre Familie. Und jetzt wurde er von diesem Schönling, diesem »Künstler«, übertrumpft! Das war nicht fair.

»Wir wissen nicht *sicher*, ob er sie mag«, sagte Daria.

»Ach, komm! Er hat ein ganzes Wochenende geopfert, um uns beim Umzug zu helfen. Dabei kennt er uns kaum. Warum sollte er das tun, wenn nicht, um mehr Zeit mit ihr zu verbringen?«

»Keine Ahnung, vielleicht weil er ein netter Kerl ist? Weil er unsere Gesellschaft genießt?«

»Aber so, wie er mit ihr umgegangen ist!«

»Nun, so wie sie *miteinander* umgegangen sind. Ich war mir sicher, dass sie in ihn verliebt ist. Vielleicht haben wir uns das alles nur eingebildet.«

»In unserer Sehnsucht nach wilder Romantik«, sagte Emily mit einem bitteren Lachen.

»Genau«, sagte Daria und legte einen Arm um sie. Sie kuschelten sich aneinander und schwiegen eine Weile.

»Weißt du was …«, Emily zeichnete mit ihrem Finger eine Linie in Darias Handfläche. Sie hatte einige Minuten darüber nachgedacht, ob sie es sagen sollte.

»Was?«

»Also, meine Periode ist fällig«, sagte Emily. »Und ich habe weder Rückenschmerzen noch irgendwelche Blutungen gehabt. Wenn sie bis morgen nicht kommt, bin ich offiziell überfällig.«

Zwei Wochen zuvor hatten sie sich den Vormittag freigenommen, um in die nächstgelegene Kinderwunschklinik zu fahren, wo Emily mit angezogenen Knien gelegen hatte, während eine Krankenschwester ihr Sperma injizierte. Sie hatte sich nur widerwillig damit abgefunden, dass es keinen Superonkel geben würde, der sie besuchen, babysitten und Geburtstagskarten schicken würde. Stattdessen anonyme Spermien aus einer Gefriertruhe und einen Spender, den sie vielleicht eines Tages kennenlernen würden, falls das Kind sich an seinem achtzehnten Geburtstag entschließen sollte, ihn zu kontaktieren.

Zu Darias Bestürzung löste diese Nachricht bei ihr vor allem eins aus: Angst. Vermutlich hatte sie noch nicht genügend Sitzungen mit Janet gehabt; es war unvernünftig, umgehend Fortschritte zu erwarten. Trotzdem war es enttäuschend. Sie bemühte sich zu lächeln und hoffte, dass Emily sich davon überzeugen ließ.

Aber auf Emily wirkte das Lächeln wie das, was es war: das Verziehen der Mundwinkel, um eine passende Reaktion vorzutäuschen. Sie rutschte unruhig hin und her, ließ sich auf dem Sofa nach unten gleiten und legte ihren Kopf auf Darias Schulter. Sie merkte, wie schnell ihr Herz klopfte.

Kurz darauf stand Daria auf, um das Abendessen zu kochen. Um sich abzulenken, scrollte Emily durch Bilder von Hannah Fox und ihrer Familie. Seit ihrem Facebook-Fauxpas vor ein paar Wochen hatten Hannah und sie auf vorsichtige Weise begonnen, einander zur Kenntnis zu nehmen. Hannah hatte damit angefangen, indem sie einen von Emily geteilten Artikel likte. Es war, als wollte sie damit sagen, dass es ihr nichts ausmachte, dass Emily voyeuristisch in ihren Fotos gestöbert hatte. Ein paar Tage später likte sie etwas anderes, was Emily als Bestätigung verstand, dass der erste Like ernst gemeint war. Daraufhin fühlte sie sich ermutigt, etwas von Hannah zu liken, und es folgte ein vorsichtiges Hin und Her. Dann folgte Hannah ihr auf Instagram, was Emily erwiderte, und nun gab es auch dort Likes zu verteilen. Emily ging sogar noch einen Schritt weiter und schrieb »Wunderschöne Familie« unter ein Bild von Hannah, ihrer Partnerin und ihrem Baby, und Hannah antwortete: »Danke :) :)«.

Jetzt machte sie sich bereit, Hannah eine richtige Nachricht zu schicken. Sie wollte wissen, wie sie schwanger geworden waren, wer das Kind ausgetragen hatte, warum sie sich so entschieden hatten. Sie suchte Geschichten wie diese. Also öffnete sie ihre Messenger-App und schrieb:

Hey! Lange nicht mehr gesehen. Ich hoffe, es geht dir gut – sieht jedenfalls so aus. Herzlichen Glück-

wunsch zum Nachwuchs. Meine Frau und ich versuchen es auch gerade und hoffen, in nicht allzu ferner Zukunft ein eigenes Kind zu haben. Es wäre toll, wenn wir irgendwann mal über deine Erfahrungen sprechen könnten, wenn du dazu bereit wärst. Ich habe jede Menge Anfängerfragen.

Als sie die Nachricht abgeschickt hatte, rief Daria, dass das Abendessen fertig sei. Emily deckte schweigend den Tisch, und wieder tauchte in ihrem Kopf das Bild von Darias falschem Lächeln auf.

»Du rätst nie, was eine Studentin heute Morgen in meinem Krisenseminar gesagt hat«, hob Daria an, als sie sich zum Essen setzten, und Emily kam ihre Heiterkeit aufgesetzt vor. Daria hielt für den Abschlussjahrgang ein Seminar mit dem Titel »Literatur in Krisenzeiten« ab, das sie in Melbourne entwickelt hatte. »Sie sagte, dass in fünfzig bis hundert Jahren, wenn wir durch den Klimawandel in einem apokalyptischen Höllenloch leben, die Literatur im Grunde nur noch die kandierte Kirsche auf einem großen Haufen Scheiße sein wird. Wenn es sie überhaupt noch gibt. Ist das nicht gut? Vielleicht baue ich das in einen meiner Vorträge ein.«

»Das ist gut«, stimmte Emily ihr zu. »Was hast du geantwortet?«

»Ich sagte: Hervorragendes Bild, aber könnte man nicht sagen, dass das seit Anbeginn der Zeit das Dilemma der Literatur ist? Und dieser Typ, Evan, sagte: Vielleicht sollte man besser sagen, dass Literatur für die goldenen Fäden steht, die sich durch die Scheiße ziehen, und wenn sie jemals in die kandierte Kirsche verbannt wird, dann ist das ein Problem.«

»Deine Studierenden klingen ziemlich wach.«

»Die beiden auf jeden Fall. Sie sind den anderen haushoch überlegen.«

»Nimm es mir nicht übel«, sagte Emily, während ihre Gabel in der Luft schwebte, »aber dieses Ding mit der kandierten Kirsche. Das klingt für mich ziemlich treffend.« Das war eine absichtliche Provokation, auch wenn ihr nicht klar war, was sie sich davon erhoffte.

»Ich weiß nicht. Ich glaube, mir sind die Goldfäden lieber.«

»Aber stell dir vor, sagen wir im Jahr 2100, dass du im Sommer das Haus nicht mehr verlassen kannst, weil du sonst verbrennst. Und Millionen und Abermillionen von Klimaflüchtlingen versuchen, nach Nordeuropa und Kanada zu kommen, sie aber nicht reingelassen werden, sodass die meisten von ihnen sterben. Und die Bienen ausgestorben sind, sodass es kaum noch Nahrung gibt, und was es gibt, ist nicht mehr nahrhaft. Und man nicht für eine Woche ans Mittelmeer jetten kann, weil es eine Wüste ist, man nicht einmal mehr einen altmodischen britischen Badeurlaub machen kann, weil alle Strände weg sind. Überflutet. Strände sind diese historischen Dinger, an die sich nur alte Leute erinnern …«

»Okay«, sagte Daria. »Hab verstanden.«

»Wie soll die Literatur da helfen?«, fragte Emily und schob sich schließlich die Gabel in den Mund.

Daria lächelte wie eine in die Ecke gedrängte Politikerin. »Literatur ist ein Weg zu *kommunizieren*. Sie ist ein Weg, *Empathie* zu erzeugen. Wenn das Klima vollends zusammenbricht, werden wir sie mehr denn je brauchen. Es wird zu inneren Unruhen kommen. Die Gesellschaft wird sich auflösen. Die Menschen werden miteinander um das Nötigste kämpfen. Wir werden etwas brauchen, das uns ermahnt, menschlich zu bleiben, auch wenn die Welt nicht mehr zu retten ist. *Gerade* dann.«

»Aber warum müssen diese Mahnungen aus der Literatur kommen? Es gibt heute so viele Inhalte, die denselben Zweck erfüllen. Sieh dir das Fernsehen an. Das Fernsehen ist heutzutage wirklich gut.«

»Es braucht alle möglichen Arten. Ich behaupte ja nicht, dass die Literatur das Monopol auf Empathie hat.«

»Nein«, sagte Emily. »Obwohl du ein Interesse daran hast, dass sie relevant bleibt. Ich spiele nur des Teufels Advokat«, fügte sie hinzu, als Daria beleidigt von ihrem Teller aufsah.

»Das machst du aber ziemlich aggressiv«, murmelte Daria.

»Was? Ach, komm.«

»Wenn die Zukunft so hoffnungslos ist, wie du denkst, warum willst du dann unbedingt ein Kind haben?«

Emily legte ihre Gabel heftiger als beabsichtigt auf dem Teller ab. »Warum *ich* so unbedingt ein Kind haben will?«, rief sie, wütend und triumphierend zugleich. »Soweit ich weiß, wollten wir beide ein Kind haben. Oder nicht?«

»Herrgott, natürlich. Was soll das? Warum bist du dermaßen leicht reizbar?«

Dafür gab es zig Gründe. Daria verschwieg ihr etwas.

Daria hatte ihr eine gezielte Frage gestellt, auf die es keine befriedigende Antwort gab. In ihrem Rücken und in ihrem Unterleib hatte ein Schmerz eingesetzt.

Sie zuckte mit den Schultern. »Nur so. Ich habe nur manchmal das Gefühl, dass dir die ganze Sache völlig egal ist.«

Daria blinzelte überrascht. »*Was?*«

»Weißt du noch, was du bei Kamran gesagt hast? Du hast gesagt: ›Okay, bringen wir es hinter uns.‹«

»Habe ich? Nun, es war eklig. Es war die *Wichse* meines Bruders, verdammt noch mal.«

»Ja, und die Wichse deines Bruders war unser zukünftiges Kind! Wir wollten ein menschliches Leben zeugen! Ich meine, das ist uns zwar ganz offensichtlich nicht gelungen, aber das wussten wir damals nicht.«

»Nun, es tut mir sehr leid, dass ich nicht die Emily genehme Ehrerbietung an den Tag gelegt habe. Wenn wir das nächste Mal in der Klinik sind, werde ich rückwärts rausgehen.« Emily öffnete den Mund, um zu widersprechen. »Ich meine, *wenn* es ein nächstes Mal gibt«, fügte Daria schnell hinzu.

Emily schüttelte den Kopf. »Du freust dich gar nicht.«

»Doch!«

»Ich weiß nicht, was mich mehr beunruhigt«, sagte Emily leise. »Die Tatsache, dass du etwas vor mir verheimlichst, oder dass du denkst, ich würde es nicht bemerken.«

Auf Darias Gesicht erschien ein ängstlicher Ausdruck. »Ich weiß nicht, was du meinst.«

»Ach, nein?«

Daria schwieg eine ganze Zeit lang. Emily wartete, und

während sie wartete, spürte sie, wie sich in ihrem Slip eine feuchte Wärme ausbreitete.

»Hör zu, Em«, sagte Daria und schwieg dann erneut. Emily hatte plötzlich Schwierigkeiten, sich zu konzentrieren. Die Zeit war knapp. Sie trug immer noch ihre Arbeitskleidung, und die Küchenstühle waren mit Stoff bezogen.

»Es ist so, ich habe ...«

Emily hob die Hand. »Merk dir, was du sagen wolltest, okay?«, sagte sie. »Ich bin gleich wieder da. Ich möchte es unbedingt hören.«

Sie ging nach oben ins Bad und entfernte die Blutspuren aus ihrem Slip, dann ging sie zurück in die Küche und ließ sich schwer auf den Stuhl fallen.

»Ist alles okay?«, fragte Daria.

Emily sah sie über den Tisch hinweg an, und hielt die Tränen nicht länger zurück.

»Oh, Babe. Oh nein«, sagte Daria, die sofort verstand, und in ihrer Stimme lag so viel Traurigkeit und Mitgefühl, dass Emily ihre Anschuldigungen sofort bereute. Sie wollte nicht mehr hören, was Daria hatte sagen wollen. Stattdessen nagte die Enttäuschung an ihr. Ihr Herzschlag pochte in ihren Ohren, und ihre Kehle war wie zugeschnürt.

»Ich dachte wirklich, das war's«, sagte sie.

Daria stand auf und stellte sich hinter sie. Sie legte ihre Arme um Emilys Schultern und kuschelte sich an ihren Hals.

»Es tut mir leid, dass ich so doof war«, sagte Emily.

»Du warst nicht doof. Na ja, nur ein kleines bisschen.«

»Es tut mir leid, dass ich gesagt habe, du freust dich gar nicht.«

»Es ist okay, Süße.«

»Ich fühle mich beschissen.«

»Ich weiß.«

Daria ließ nicht zu, dass sie abwusch, also rollte sie sich auf dem Sofa zusammen und nahm ein Kissen in den Arm. Ein kurzer Blick auf ihr Telefon verriet ihr, dass Hannah Fox auf ihre Nachricht geantwortet hatte – eine schwatzhafte Antwort, wie es schien, mit Ausrufezeichen und Emojis – aber es würde noch eine Weile dauern, bis sie sich trauen würde, sie zu lesen.

15

Immer, wenn sie an Miles' Ausstellung dachte, hatte Hazel ein flaues Gefühl im Bauch. Zunächst erklärte sie es sich mit der peinlichen Szene von Roisin, aber mit der Zeit veränderte sich das Gefühl. Hätte sie dem genauer nachgespürt, hätte sie es vielleicht als Scham erkannt. Und hätte sie diese Scham zugelassen, hätte sie vielleicht gesehen, dass Roisin recht gehabt hatte und dass sie für ihre kluge Argumentation nur taub gewesen war, weil Roisin so extrem reagiert hatte. Aber Hazel spürte dem Gefühl nicht genauer nach und ließ es schon gar nicht zu. Es war leicht, es zu verdrängen: Sie brauchte nur die Konturen von Miles' Gesicht zu betrachten, sei es in natura oder auf einem Foto. Sofort wunderte sie sich, dass jemand so schön sein konnte, und mehr noch, dass jemand, der so schön war, *sie* begehren konnte.

Sie waren häufig in seiner Wohnung und seinem Viertel, weil es dort so viel schöner war als bei ihr. Das Viertel war ruhig und doch lebendig, gemütlich und doch ausgefallen. Die Wohnung war mit nichts zu vergleichen, was Hazel je im wirklichen Leben gesehen hatte: Teil eines umgebauten Lagerhauses mit nackten Backsteinwänden, polierten Betonböden und riesigen Fenstern auf zwei Seiten. Miles hatte auch mit zu ihr kommen wollen, aber bislang hatte sie das verhindert, weil sie an die veraltete Einrichtung und den Schimmel im Bad dachte, an ihr quietschendes schmales Bett und die würdelosen Geräusche, die dorthin vordrangen, wo sie nicht willkommen waren. Auch an Alfie. Es gab keinen wirklichen Grund, ihn Miles vorzustellen, also warum sich die Mühe machen? Jedenfalls machte es Spaß, so zu tun, als wäre man reich.

Am Abend der Ausstellung hatte sie Miles' Wohnung zum ersten Mal gesehen. Dort fand die After-Party statt, und er hatte ihr eine Menge seriöser Leute vorgestellt, deren Namen sie größtenteils nicht behalten hatte. Sie erklärten Miles und seine Mitaussteller ausnahmslos zu »wirklich talentierten Typen« oder »wirklich interessanten Typen« oder »wirklich tollen Typen«.

»Aber was war das für ein Krawall am Ende?«, sagten die Leute.

»Oh mein Gott, *so* unpassend«, sagten andere.

»Wer *war* das?«, wollten viele von ihnen wissen, und Hazel starrte in ihr Getränk und hoffte, dass keiner von ihnen gesehen hatte, wie sie mit Roisin gesprochen hatte.

Zu ihrer Erleichterung schien niemand eine Verbindung zu ihr herzustellen, und wenn doch, dann sagten sie es nicht. Sie erzählte allen, dass sie Illustratorin sei, und fand das ein bisschen aufregend. Sie spürte, wie sie eine gewisse Bedeutung erlangte und dass man sie anders wahrnahm. Halb rechnete sie damit, entlarvt zu werden, weil jemand sie aus dem Café wiedererkannte, aber das verlieh dem Ganzen eine zusätzliche Spannung. Mehrere Leute folgten ihr sogleich auf Instagram und lachten vielversprechend über das, was sie sahen.

Miles und sie hatten erst einen Moment für sich, als die meisten schon gegangen waren. Zu dem Zeitpunkt hatten sich die verbliebenen Gäste auf den Sofas ausgestreckt und unterhielten sich entspannt. Ein Plattenspieler in der Ecke spielte leise Musik. Miles schenkte ihr ein Glas Whisky ein und führte sie an eines der großen Fenster.

»Also, ich muss sagen, ich bin ziemlich zufrieden mit dem Abend«, sagte er und blickte auf die Lichter in der Ferne.

Das hast du nicht mir zu verdanken, dachte Hazel schuldbewusst. Sie machte sich bereit und sagte die Wahrheit.

»Miles, ich muss mich entschuldigen«, hob sie an, und er sah sie fragend an. »Es ist mir wirklich peinlich. Meine Freundin Roisin war die Frau bei der Fragerunde.«

»Ach, die!«, sagte Miles, als wäre Roisin eine ferne Erinnerung. Er lachte. »Ich dachte noch, dass sie mir bekannt vorkam! Sie arbeitet in deinem Café, stimmt's?«

»Ja. Mist. Es tut mir so leid. Ich weiß nicht, was ich mir dabei gedacht habe, sie mitzubringen.«

»Du bist süß, Hazel. Du brauchst dich nicht zu entschuldigen. Du kannst doch nichts dafür, wenn deine Freunde sich schlecht benehmen. Außerdem kann eine kleine Diskussion niemals schaden. Das ist *gesund.*«

»Okay«, sagte Hazel. »Puh.« Es folgte eine Pause. Sie sahen sich an und dann wieder weg. Hazel wandte sich dem Fenster zu, das auf den River Lea und den Olympiapark hinausging. Miles stand neben ihr, und sie nippten schweigend an ihrem Whisky. Dann sagte Miles: »Hazel«, und sie drehte sich wieder zu ihm um. »Ich würde dich wirklich gerne küssen.« Er trat einen Schritt näher. »Wie fändest du das?«

Den Rest des Abends hielten sie für alle deutlich sichtbar Händchen in der Hoffnung, dass die Gäste den Wink verstehen und gehen würden. Hazel betrachtete der Reihe nach jedes Möbelstück und fragte sich, auf welchem von ihnen sie Sex haben würden. Da war der Küchentisch mit den Metallbeinen, der Holzplatte und den Bänken auf beiden Seiten. Vermutlich war das Holz irgendwie bearbeitet, damit es nicht splitterte. Die Arbeitsplatten aus Granit wären eine Option, wenn sie die richtige Höhe hätten, obwohl sie zu dieser Jahreszeit kühl sein würden. Die Seegrasmatte im Wohnbereich war zu rau, aber das eine oder andere Sofa würde sich wahrscheinlich sehr gut eignen.

Schließlich führte Miles sie jedoch die Treppe hinauf in sein Schlafzimmer, in dem überall Kameras, Stative und Bildschirme herumstanden. An einer Wand befand sich ein riesiger Spiegel, der die Größe des Raumes verdoppelte. Gegenüber stand das Bett – eine Matratze auf zwei Paletten –, sodass Hazel sich selbst immer wieder in verschiedenen Posen und mehr oder weniger entkleidet sah. Die Wirkung war seltsam, aber nicht ganz unangenehm.

Anfangs war der Sex gut. Sie saß rittlings auf ihm, hatte die Kontrolle und genoss es. Dann fand er vielleicht, dass das nun lange genug gedauert hatte, drehte sie ohne Vorwarnung auf den Rücken und stieß kräftig zu. Sie bemühte sich, nicht verärgert zu wirken, doch dann bemerkte sie, dass er gar nicht sie ansah, sondern die Wand über ihrem Kopf. Sein Kiefer war angespannt, als würde er darum ringen, das Unvermeidliche hinauszuschieben. Als er es nicht länger hinauszögern konnte, hielt er zitternd inne und ließ sich neben ihr in die Kissen fallen. Dann drehte er sich auf die Seite mit dem Gesicht zu ihr und strich ihr mit dem Finger über die Wange.

»Hey«, sagte er leise und hielt ihren Blick fest. Er nahm ihre Hand, führte sie zu seinem Mund und küsste ihre Handfläche. »Wie war das für dich?«

»Es war toll!«

»Bist du gekommen?«

»Nicht ganz, aber …«

»Ach, Mann«, sagte Miles ernst und strich ihr übers Haar. Sofort wünschte sie, sie hätte gelogen. »Soll ich das nachholen?«, fragte er.

»Das ist ein nettes Angebot«, sagte Hazel, »aber es ist schon okay.« Der Moment war vorbei, es gab keine Möglichkeit mehr, ihn wiederaufleben zu lassen.

»Man hat mir gesagt, dass ich auf diesem Gebiet ziemlich gut bin.«

»Wirklich, ich …«

»Das macht mir nichts aus«, sagte Miles, stützte sich auf einen Ellbogen und küsste ihren Hals.

»Miles …«, begann sie, aber er strich bereits mit seinen Lippen über ihre Brüste und ihren Bauch, dann fand sein Kopf routiniert und unausweichlich seinen Platz zwischen ihren Beinen, wo er volle fünfzehn Minuten lang etwas lahme akrobatische Verrenkungen mit seiner Zunge vollführte. Es fühlte sich an, als würde er sie mit einem nassen Schwamm kitzeln. Sie stöhnte ab und an kurz auf und hoffte, dass Miles bald müde wurde. Es war fast drei Uhr morgens, stellte sie fest, als sie ihren Kopf geistesabwesend zum Nachttisch drehte. Aber ihr Orgasmus war für ihn offensichtlich eine Frage des persönlichen Stolzes, und er hatte nicht die Absicht, sich von einem steifen Nacken oder einer schmerzenden Zunge unterkriegen zu lassen. Sie überlegte, ob sie ihn bitten sollte, damit aufzuhören, doch sie wollte nicht die Stimmung verderben, indem sie ihn kränkte. Schließlich keuchte sie, drückte ihren Rücken durch, trat ein bisschen mit den Beinen und gab ein letztes, abschließendes Stöhnen von sich.

16

Emily war nicht die Einzige, die Miles' Foto von Hazel bemerkt hatte. Alfie war es ebenfalls aufgefallen. Er hatte überlegt, ob er sie nach Einzelheiten fragen sollte, und sogar vor dem Badezimmerspiegel verschiedene Varianten geprobt, die da lauteten: »Wer ist denn dieser Miles?« und »Du hast jetzt wohl einen Freund?« und »Wann ist denn die Hochzeit?« In jeder klang er wie ein äußerst unangenehmer Typ. Es war ohnehin sinnlos zu fragen, wenn die Antwort offensichtlich war. Immer mehr Bilder tauchten auf, und wenn Alfie nachts aufstand, um zu pinkeln, stand Hazels Tür häufig offen, und das Bett war leer.

Im Geiste ließ er ihre Gespräche Revue passieren und versuchte, den Moment auszumachen, ab dem alles schiefgelaufen war. Immer wieder stolperte er über die Situationen, in denen er seine Ex-Freundinnen erwähnt hatte. Vielleicht hatte der zweite Vorfall den Schaden, den der erste angerichtet hatte, doch nicht ausgleichen können. Aber Hazel hatte schließlich selbst Ex-Freunde. Sie hatte einen von ihnen erwähnt, und außerdem war er sich sicher, dass es eine Person wie sie – weltgewandt, erfahren, interessant – eher abschreckte, wenn er *keine* Ex-Freundinnen hätte. Was ihn zu der Frage führte, ob er sich die Energie zwischen ihnen nur eingebildet hatte. Wenn nicht, hatte sie ihn absichtlich getäuscht? Er wollte weder das eine noch das andere glauben. Am Ende ließen seine Überlegungen nur einen Schluss zu, der ihm das Herz brach und doch in seiner Einfachheit fast angenehm war: Sie mochte ihn, aber Miles Newman gefiel ihr besser.

Alfie verbrachte mehrere masochistische Stunden damit, Miles' Online-Profile zu durchforsten – nicht nur die üblichen, sondern auch hireanartist.com, artistprofile.de, milesnewman.co.uk. Es war eine lehrreiche Erfahrung, nach der er das Gefühl hatte, genau zu wissen, was für ein Mensch Miles war. Auf milesnewman.co.uk fand er eine Serie von Schwarz-Weiß-Fotografien mit dem Titel »hibernus«: kahle Bäume und vereistes Gras, ein stimmungsvoller Himmel über weiten Feldern, so etwas in der Art. Als Einleitung hatte Miles geschrieben:

winter. n. // eine art tod. melancholie / zufriedenheit. spürbare stille. harter boden, knirschen unter den schuhen. durchdringende kälte & begrabene Gegenstände.

aufgenommen mit einer leica M4-P 50 mm. abzüge im shop erhältlich.

Später pürierte Alfie die Kartoffeln zum Abendessen mit einer Wut, als ob er Miles' Kopf zerquetschen würde. »Durchdringende Kälte *Et-Zeichen* begrabene Gegenstände«. Warum konnte er nicht einfach *»und« schreiben*?

Alfie hätte sich in den Gedanken flüchten können, dass Hazel töricht war, ihr eigenes Verlangen nicht erkannte und zur Vernunft kommen würde, wenn er sie bei den Schultern packte, ihr in die Augen sah und ihr sagte: Aber du liebst *mich*! Leider war dies ein Hirngespinst, dem vernünftig denkende Männer nicht aufsitzen durften. Nur Hazel wusste, was Hazel wollte. Wenn sie Miles Newman wollte, war es nicht an Alfie, sie vom Gegenteil zu überzeugen.

Es war einsam ohne sie. Wenn die Haustür ging, spitzte er die Ohren, aber es schien immer nur Tony zu sein. Er lungerte in der Küche herum in der Hoffnung, sie würde hereinkommen, aber wenn sie tatsächlich kam, eilte er wortlos davon. Er konnte sicher sein, dass keiner von ihnen Miles erwähnen würde. Doch er wusste, dass Miles existierte, und sie vermutete sicher, dass er von ihm wusste, und all diese unausgesprochenen Vermutungen würden das Gespräch verderben. Es war besser zu sagen: »Ich geh dann mal« und sich zu entfernen.

Alfies Augenzucken war inzwischen verschwunden, aber an seine Stelle war ein hartnäckiger Husten getreten, von dem er befürchtete, dass es sich um Lungenkrebs handeln könnte. Er rauchte nicht, aber die Luft in London war dank all der Leute, die ohne jede Berechtigung Auto fuhren, voll von Karzinogenen. In der Zeitung *Metro* hatte er einmal eine Schlagzeile gelesen, die besagte, dass das Leben in London dem Rauchen von zwanzig Zigaretten pro Tag entsprach.

Um sich abzulenken, schrieb er Jasmine eine Nachricht und fragte sie, ob sie am Wochenende etwas trinken gehen wolle. Sie sagte ihm, sie treffe sich mit Freunden, aber er könne sich ihnen gerne anschließen, also sagte er: »Okay, das wäre schön.« Sie trafen sich in einem Viertel, in dem Alfie früher häufig gewesen war und das er jetzt nach Möglichkeit mied. In dem Pub wurde keine Musik gespielt, aber es war laut. Es gab Tische und Stühle, aber dort saß niemand. Die Leute legten ihre Mäntel auf die Stühle und stellten ihre leeren Gläser auf den Tischen ab, standen in kleinen Gruppen daneben und schrien sich gegenseitig an. Jasmines Freundinnen trugen ihre Haare lang und tranken durch Strohhalme. Ihre männlichen Freunde kippten Bier und legten ihre Arme um die Frauen. Die Gespräche, die Alfie hören konnte, bestanden hauptsächlich aus Anekdoten über andere Abende wie diesen. Die Frau neben ihm erzählte von einem Lokal, das so vornehm war, dass einer von ihnen den Drang verspürt hatte, die Handcreme aus den Waschräumen zu stehlen. Daraufhin wurde gekreischt und schallend gelacht, und man schlug sich die Hand vor den Mund.

»Und dann haben wir sie gegoogelt«, fuhr sie fort, »und sie kostete tatsächlich vierzig Pfund! Die Handcreme! *Vierzig* Pfund!«

Alfie überlegte gerade, ob er auf die Toilette gehen und nicht wiederkommen sollte, als er Jasmines Hand auf seinem Rücken spürte. Sie bewegte sie nach unten, schob sie unter den Saum seines T-Shirts und ließ sie darunter nach oben gleiten. Sie hatte schon zwei Drinks intus oder vielleicht drei.

»Lasst uns hier verschwinden«, forderte sie die Gruppe auf. »Ich will tanzen.« Sie kippten ihre Getränke hinunter und suchten nach ihren Jacken. Draußen auf der Straße ließen sich Alfie und Jasmine zurückfallen, und als die anderen in Richtung irgendeines Clubs wankten, nahm sie seine Hand und zog ihn in den Eingang eines Pret a Manger, wo sie ihn ausgiebig küsste und ihre Hüften an seine drängte.

»Ich dachte, du wolltest tanzen«, sagte Alfie.

»Ich würde lieber ficken«, antwortete sie. Sie bewegte ihre Hand zum Knopf seiner Jeans, als wollte sie gleich hier in diesem Türeingang vögeln.

Alfie bestellte ein Uber und nahm sie mit in die Wohnung. Sie küsste ihn auf jedem Treppenabsatz, ein paarmal auf der Treppe und dann wieder, als sich die Wohnungstür hinter ihnen schloss. Dort wurde er kurz abgelenkt, weil unter Hazels Tür Licht hervorschien und in ihrem Zimmer Stimmen zu hören waren, doch er schob eine Hand in Jasmines Jacke und konzentrierte sich wieder auf die bevorstehende Aufgabe.

Jasmine war so laut wie beim letzten Mal. Zuerst machte sie die ganze Arbeit, während Alfie sich zurücklehnte und auf ihre Brüste schaute. Dann fragte sie ihn, ob er sie von hinten nehmen wolle.

»Klar«, sagte er.

»Aber ich meine, *hinten.*«

»Oh, okay!« Er lachte überrascht. »Okay.« Er hatte das schon einmal mit Rachel gemacht, nur einmal. Sie hatte schnell jeden weiteren Versuch abgelehnt und gesagt, dass das Vergnügen durch das unheimliche Gefühl verdrängt werde, sich rückwärts in die Hose zu scheißen. Jasmine legte sich jedoch auf den Bauch, spreizte ihre Pobacken für ihn und wartete geduldig, während er außerhalb seines Wohlfühlbereichs herumfummelte.

Er dachte, lauter könnte sie nicht mehr werden, aber da hatte er sie stark unterschätzt. Das hohe Stöhnen, an das er gewöhnt war, war nichts im Vergleich zu den Geräuschen, die sie jetzt von sich gab: Sie wimmerte und brüllte und wand sich unter ihm wie ein gequältes Tier. Er hielt inne, weil er sicher war, dass er ihr wehtat, doch sie forderte ihn keuchend auf weiterzumachen. Durch die Wand hörte er die Musik aus einem von Tonys Videospielen, er hatte deutlich die Lautstärke aufgedreht. Hazel hörte das alles auch, ebenso wie alle, die mit ihr im Zimmer waren. Sie *wollte* es, dachte er, als könnte er ihnen diese Nachricht irgendwie telepathisch übermitteln. Es gefällt ihr. Bitte glaubt nicht, dass ihr euch um ihr Wohlergehen sorgen müsst.

Später, als Alfie vor seine Zimmertür trat, hörte er ein rhythmisches Quietschen aus Hazels Zimmer. Wenn er aufmerksam lauschte, auch ein paar leise Seufzer. Einen Moment lang blieb er ganz still stehen. Dann wurde ihm klar, was er da tat, und er eilte schuldbewusst ins Badezimmer. Wenigstens hatten die Geräusche, die Jasmine und er zusammen gemacht hatten, sie nicht völlig abgetörnt, dachte er, während er sich die Zähne putzte. Wenigstens hatte sie ihren Spaß. Er wollte ja, dass sie sich amüsierte. Er versuchte, sich die Zunge zu putzen, und würgte.

Am Morgen wachte Alfie mit einem tauben Arm auf. Er nahm das Gefühl irgendwo im Schlaf wahr und wachte von einem bedrohlichen Gefühl auf, das sich stetig in seinem

Bauch ausbreitete. Als er zu sich kam, spürte er Jasmines Kopf warm auf seiner Schulter, und ihn durchströmte eine so wunderbare Erleichterung, dass er sie aus Dankbarkeit auf den Scheitel küsste.

Er stand auf und ging in die Küche, um Kaffee zu kochen. Während er darauf wartete, dass der Kessel kochte, massierte er sich den Arm. Dann registrierte er genervt, dass er einen Hustenreiz verspürte. Konnte er nicht einmal fünf Minuten ohne irgendein Symptom sein? Als der Hustenanfall einsetzte, neigte er den Kopf und steckte ihn unter sein T-Shirt, wobei sein Atem die nackte Haut auf seiner Brust befeuchtete. Als der Hustenanfall gerade nachließ, schoss ein Schleimkügelchen aus seinem Mund und landete zwischen seinen Brustwarzen.

»Das hört sich aber nicht gut an«, sagte Hazel hinter ihm. Er drehte sich um und wischte sich mit dem Unterarm den Mund ab. Sie zog sich einen Stuhl heraus – verschlafen und wunderschön.

»Ja«, sagte er. »Sorry. Bin gleich wieder da.« Er ging an ihr vorbei zum Bad, aber das war besetzt. Daraufhin suchte er in den Küchenschränken nach Papiertüchern, fand aber keine. Der Schleim schlängelte sich seinen Oberkörper hinunter, aber er versuchte, es zu ignorieren, schüttete heißes Wasser über den Kaffeesatz und griff nach den Bechern.

Die Toilettenspülung ging, eine Tür wurde geöffnet und wieder geschlossen, dann erschien Miles Newman in der Küchentür. Er war groß, wenn auch vielleicht nicht ganz so groß wie Alfie. Sein Haar war zerzaust und reichte ihm bis auf die Schultern.

»Das ist Miles«, sagte Hazel. »Miles, das ist Alfie.«

»Hey, Mann«, sagte Miles, reichte Alfie die Hand und klopfte ihm freundschaftlich auf die Schulter. »Freut mich, dich kennenzulernen.«

»Dito«, sagte Alfie und hasste ihn. Der Schleim musste inzwischen mit dem Stoff seines T-Shirts in Berührung gekommen sein. Er wagte nicht hinzusehen.

»Können wir uns deine Kaffeekanne ausleihen?«, fragte Hazel.

»Klar«, antwortete Alfie. Er wollte die Intimität der beiden zwar auf keinen Fall fördern, aber es wäre unnötig schroff gewesen, ihr diese Bitte abzuschlagen. Er schenkte je einen Becher Kaffee für Jasmine und sich ein und schob ihnen die Cafetière über den Tresen zu. »Könnt ihr haben«, sagte er.

»Danke, Mann«, sagte Miles. »Du bist unsere Rettung. Unglaublich, dass eine Barista im Raum ist, die nicht einmal eine Kaffeekanne besitzt.«

»Ich bekomme den Kaffee bei der Arbeit umsonst«, sagte Hazel achselzuckend. Miles grinste und wuselte ihr durchs Haar.

Alfie war gerade auf dem Weg ins Bad, als die Wohnungstür zugeschlagen wurde. Alle hatten es gehört. Auf halbem Weg durch die Küche zögerte er.

»Shit, Mann!«, sagte Miles. »War das deine Flamme?«

Hazel sah ihn an. »*Flamme*?«

»Was?«, fragte Miles überrascht.

»Wahrscheinlich nur Tony«, sagte Alfie, bevor Hazel ihren Einwand erklären konnte. »Er arbeitet sonntags.« Das stimmte zwar, aber sowohl er als auch Hazel wussten, dass es viel zu spät für ihn war. Hazel drehte sich zu Alfie um, und er spürte, wie er unter ihrem Blick zusammenschrumpfte. Ihr Blick glitt zu den beiden Kaffeebechern auf dem Tresen, dann zurück zu seinem Gesicht, dann zu einer undefinierbaren Stelle in der Nähe seines Bauches, vermutlich dem feuchten Fleck, der inzwischen die Vorderseite seines T-Shirts zieren musste. Sie sagte nichts.

Er kehrte zurück, um den Kaffee zu holen, und ging direkt in sein Zimmer. Es war leer. Der einzige Hinweis darauf, dass Jasmine jemals dort gewesen war, war der Abdruck ihres Kopfes auf dem Kissen.

»Nett«, murmelte Alfie vor sich hin. »Toll. Wirklich toll.« Er zog sein T-Shirt aus, wischte sich damit ab, warf es auf den Wäscheberg und legte sich wieder ins Bett. Dort blieb er, bis Hazel und Miles die Wohnung verließen, und trank beide Kaffees selbst aus.

17

Es überraschte Hazel, dass sie sich mehrere Wochen nach ihrer ersten Begegnung immer noch mit Miles traf. Sie betrachtete sie zwar nicht unbedingt als Paar, doch anscheinend taten das alle anderen, was sie irgendwie … zu einem machte. Die Zahl ihrer Orgasmen war inzwischen auf eins gestiegen, wobei Miles glaubte, dass die Gesamtzahl deutlich höher lag. Die Täuschung schuf einen ungesunden Präzedenzfall, sorgte aber auch für ein gewisses Gleichgewicht. Ohne sie wäre er enttäuscht von sich, was in Wirklichkeit bedeutete, dass er enttäuscht von ihr wäre. Ihm die Wertschätzung vorzuenthalten, die ihm angesichts seiner geübten Sexualtechnik zustand, würde ihre Beziehung auf vielfältige Weise belasten, was sie vielleicht nicht aushielte.

Hazel mied es, zu sehr über Miles nachzudenken. Sie fühlte sich körperlich und beruflich stark genug zu ihm hingezogen, um über seine Schwächen und Fehltritte hinwegzusehen. Etwa darüber, dass er ungeheuer reich war und Kunstwerke schuf, die aus dem Leid der weniger Wohlhabenden Kapital schlugen, oder über den Versuch, in der Küche mit Alfie auf Männersolidarität zu machen. Der Sex war nicht ideal, aber er würde vielleicht noch besser werden.

In der Woche nach ihrer Begegnung mit Alfie lud Miles sie zum Abendessen ein.

Heeey-zel :) In der Nähe vom Vicky Park hat gerade ein neuer Curryladen eröffnet, falls du Lust auf einen scharfen Freitag- oder Samstagabend mit mir hast?? ;) ;) Vegan + glutenfrei, 5 bei TimeOut?*

Sie antwortete mit einem Daumen-hoch-Emoji und schlug Freitag vor. Diese gehörte zu den Schwächen von Miles, über die sie vorerst hinwegzusehen bereit war: Er folgte jedem Trend. Er war ein Mitläufer, der ein Lokal zum Beispiel danach beurteilte, ob es dort veganes und glutenfreies Essen gab, obwohl er selbst weder Veganer war noch eine Gluten-Unverträglichkeit hatte. Außerdem machte er Yoga, sammelte Saftpflanzen, trank Hafermilch, schrieb in ein Moleskine, trug einen wiederverwendbaren Kaffeebecher bei sich, kaufte Vinylplatten, unterstützte lokale Kleinbrauereien, mied Brot, es sei denn, es war aus Sauerteig, und hatte ein Fahrrad mit Klapplenker in seinem Wohnzimmer stehen. Dass einige dieser Dinge auch auf Hazel zutrafen, änderte nichts an ihrem Verdacht, dass sie bei ihm einen Panzer bildeten, um eine Leere zu verbergen.

Miles war in Indien gewesen und hielt sich für einen Kenner der indischen Küche. Bei ihrem Date übernahm er darum die Führung und orderte Gerichte, die sie sich teilten, wobei er Hazel nur gelegentlich mit einbezog. »Du magst doch Jackfruit, oder?«, fragte er, und: »Kichererbsen, ja oder nein?«, und: »Wie scharf darf es sein?« Er ging davon aus, dass sie etwas, aber nicht zu scharf antworten würde. Doch sie sagte ihm, sie wolle die schärfsten Gerichte, die mit den vier Chili-Symbolen; nicht weil sie das wirklich wollte, sondern weil sie das überwältigende Bedürfnis verspürte, seine Grenzen zu testen.

»Babe, glaub mir, ich halte das nicht für eine gute Idee«, sagte er und wiederholte es dann noch ein paarmal in unterschiedlichen Varianten, bis sie nicht weiter insistierte, weil die reale Gefahr bestand, dass er nachgab. Als das Essen kam, musste sie zugeben, dass er gut gewählt hatte. Sie aßen mit großem Appetit und teilten anschließend die Rechnung wie immer ordentlich auf – fifty-fifty. An dieses Grundprinzip des Feminismus hielt Miles sich strikt, auch wenn er reich war und sie relativ wenig Geld besaß und obwohl er das gesamte Essen ausgesucht hatte.

An jenem Abend weigerte sie sich, bei ihm zu übernachten, weil das Curry für Aufruhr in ihrem Magen sorgte. Sie erzählte ihm, dass sie ihre Tage bekäme, und er sagte: »Ach, du Arme«, und bestand darauf, sie in ein Uber zu setzen, obwohl sie genauso gut den Bus hätte nehmen können. Sie schaute auf East London, das an ihrem Fenster vorbeizog, spielte mit dem Gedanken, mit ihm Schluss zu machen, und stellte sich das Gespräch vor, das sie am nächsten Tag mit Nish führen würde.

»Ich überlege, mit Miles Schluss zu machen«, würde sie beginnen.

»Wie kommt's?«, würde Nish fragen, und sie würde antworten: »Er besteht meinen Furztest nicht.«

»Deinen *was*?«

»Meinen Furztest. Den habe ich gerade erfunden. Sagen wir, ein durchschnittliches Paar braucht sechs Monate, bis es entspannt genug ist, in Gegenwart des anderen zu furzen …«

Wenn Roisin sich nicht immer noch weigerte, mit ihr zu sprechen, hätte sie sich an dieser Stelle vielleicht eingeschaltet.

»Sechs Monate?«, würden sie erstaunt sagen, denn Nish brauchte wahrscheinlich eher sechs Tage, und Roisin hatte wahrscheinlich noch nie vor irgendjemandem gefurzt, niemals.

»Nun, wie lange auch immer«, würde Hazel fortfahren. »Was ich meine, ist, die meisten Beziehungen durchlaufen eine furzfreie Phase, die im Durchschnitt sechs Monate dauert, vielleicht mehr, vielleicht weniger. Wie auch immer, das ist der Test: Ist das Vergnügen, das man mit der Person hat, das unangenehme Gefühl im Bauch wert? Ich meine, sie zurückzuhalten?«

»Niemals«, würde Nish wahrscheinlich erklären, und Roisin würde eine Augenbraue hochziehen und sagen: »Hört sich für mich so an, als müsstet ihr beide mal zum Arzt.«

Bei dem Gedanken daran grinste sie vor sich hin. Die Idee war zu gut, um sie zu verschwenden. Als sie nach Hause kam, schlug sie ihren Zeichenblock auf und wollte nur ein paar Ideen skizzieren, doch als sie den Stift weglegte, hatte sie bereits einen ganzen Comic fertiggestellt, der getuscht und auf Instagram veröffentlicht werden konnte. Darin diskutierten zwei Frauen über einen Freund.

»Magst du ihn?«, fragte die eine.

»Ja«, sagte die andere. »Ich meine, ich glaube schon.«

»Besteht er den Furztest?«, fragte die erste und erklärte

das Konzept genau so, wie Hazel es im Geiste Nish und Roisin erklärt hatte. Im letzten Bild kam die zweite Frau zu dem Schluss: »Ich glaub, ich muss mit ihm Schluss machen, oder?«

Sie schlief glücklich ein, wachte aber kaum fünf Stunden nach dem Zubettgehen unglücklich wieder auf. Mehrmals drückte sie auf die Schlummertaste ihres Weckers. Schließlich schleppte sie sich aus dem Bett und in die Küche, um zu frühstücken. Dort stellte sie fest, dass jemand ungefragt ihre Milch benutzt und unnötigerweise einen kleinen Rest in der Flasche gelassen hatte, sodass sie es erst merkte, als sie sie über ihr Müsli schütten wollte. Im Bad brauchte sie länger als sonst – wegen des blöden Currys und weil der Wasserdruck in der Dusche immer wieder abfiel. Dann musste der Vorderreifen ihres Fahrrads aufgepumpt werden. Als sie mit einer Viertelstunde Verspätung bei der Arbeit ankam, war Roisin dabei, den Laden allein zu öffnen.

»Sorry«, sagte Hazel und wollte schon zu einer Erklärung ansetzen, als sie sich gerade noch rechtzeitig daran erinnerte, dass sie nur das Allernötigste miteinander sprachen. Sie war bereit, Roisin die Szene auf der Ausstellung zu verzeihen, sobald diese sich entschuldigte, aber Roisin schien nicht die geringste Absicht zu hegen, sich zu entschuldigen.

»Nish ist krankgeschrieben«, sagte sie jetzt, ohne ihr in die Augen zu sehen.

»Na, toll«, sagte Hazel, denn es war Samstag, und sie brauchten ihn.

Der Tag wurde nicht besser. Roisin und sie waren ununterbrochen beschäftigt und unfreundlich zueinander. Die Kunden waren ungeduldig und unsympathisch. Die Wartezeiten seien inakzeptabel, sagten sie. Mehr als einer drohte damit, eine schlechte Bewertung auf TripAdvisor zu hinterlassen. Ein Mann ließ seinen Koffer halb im Weg stehen und schimpfte dann auf Hazel, als sie darüber stolperte und sich heißen Kaffee auf Hand und Unterarm schüttete. Als sie einen neuen Becher zubereitete, sah sie, wie er den Koffer genauestens auf Schäden untersuchte. Dann reichte sie den Kaffee einer Frau mit großen Ohrringen, die sagte: »*Na, endlich, Gott sei Dank, ihr raubt einem hier echt den letzten Nerv.*«

Um die Mittagszeit fühlte sich Hazel zermürbt und schwach; sie war wütend darüber, wie beschissen alles war. Wo war Irma, fragte sie sich, oder der nette alte Mann mit dem Minidackel? Beide waren seit Tagen nicht mehr hier gewesen. Sie schickte Nachrichten an Nish, Alfie und Emily und hoffte verzweifelt auf ein freundliches Wort, aber keiner von ihnen antwortete. Nish war wahrscheinlich gar nicht krank, dachte sie verärgert. »Krank« konnte genauso gut »geil« bedeuten. Wahrscheinlich lag er mit einer neuen Eroberung unter der Bettdecke. Emily war sicher mit etwas Erwachsenem beschäftigt, zum Beispiel damit, ihr Auto zu waschen, eine Katze zu kaufen oder schwanger zu werden. Alfie war vermutlich von etwas oder jemandem abgelenkt, das oder der wichtiger war als sie – Zensuren oder Unterrichtsplanung oder einer seiner »Nummern«, wie Miles es so charmant ausgedrückt hatte.

Später, als es ruhiger geworden war, kam Miles vorbei.

Er fing von der anderen Seite des Cafés ihren Blick auf und lächelte sie an, woraufhin sie zu ihm hinüberging und ihn mitten im Raum umarmte. »Was für eine Begrüßung«, sagte er und küsste sie aufs Haar. Es war eine Erleichterung, von einem Menschen umarmt zu werden, der sie schätzte, auch wenn dieser Mensch nach einer todsicheren, von ihr selbst erfundenen Metrik geprüft und für mangelhaft befunden worden war.

»Ich schaue nur vorbei«, sagte Miles, »um zu fragen, ob du später vorbeikommen willst. Einfach ein bisschen chillen, Musik hören und Wein trinken. Ich koche.«

»Das hört sich wunderbar an«, sagte sie, ihr Gesicht immer noch an seiner Brust. »Soll ich etwas mitbringen?«

»Nein«, antwortete er. »Nur deine Schönheit.« Er nahm ihr Kinn zwischen Daumen und Zeigefinger, hob ihr Gesicht zu seinem und küsste sie.

Als sie in seiner Wohnung eintraf, duftete es nach gebackenem Hähnchen. Er schenkte ihr ein Glas Wein ein und legte Ella Fitzgerald auf dem Plattenspieler auf. Sie erzählte ihm von ihrem Tag, und er war an den richtigen Stellen empört. Das Hähnchen war saftig und schmackhaft, und zum Nachtisch gab es Tiramisu aus einer Biopatisserie in Stoke Newington, zu der er extra gefahren war. Danach tranken sie losen Blatttee und sahen sich einen langsamen untertitelten Film mit Isabelle Huppert in der Hauptrolle an, bei dem Hazel angenehm eindöste. Als der Film zu Ende war, führte Miles sie nach oben, gab ihr eines seiner T-Shirts zum Schlafen und kuschelte sich an sie, während sie schnell wieder einschlief.

Als sie am nächsten Tag nach Hause kam, erinnerte sie sich an ihren Comic. Sie öffnete ihren Zeichenblock und betrachtete ihn eine Weile. Sie überlegte, ob sie ihn einfärben sollte, aber er kam ihr nicht mehr ganz so genial vor und auch nicht mehr so wahrheitsgetreu. Sie war sich nicht mehr so sicher, ob Miles bei dem Test durchgefallen war. Außerdem konnte sie keinen Comic veröffentlichen, der von dem Gedanken inspiriert war, mit ihm Schluss zu machen, wenn sie nicht tatsächlich mit ihm Schluss machte. Sie klappte den Block zu. Sie würde ihn aufheben müssen.

18

Irgendwann kam unweigerlich Weihnachten. Alfie verbrachte die Feiertage dieses Jahr allein mit seinem Vater in Northampton. Normalerweise hätten sie die Familie seines Vaters besucht – Tante Yvonne und Onkel Dave, sowie Alfies Cousin Tom und seine Cousine Jess –, aber die waren alle außer Landes. Jess studierte ein Jahr lang in Sydney, und die anderen waren bei ihr zu Besuch. Ehrlich gesagt, war Alfie froh, sie los zu sein. Er mochte seine Tante und auch Tom und Jess, aber sein Onkel stellte jedes Jahr eine Herausforderung dar. Er fing früh an zu trinken, und wenn Alfie und sein Vater kamen, regte er sich über die Weltlage auf, was er mit zweifelhaften Theorien aus dunklen Ecken des Internets untermauerte. Er sprach von Schwarzen als Alfies »Brüdern« und von Yvonne als »SIE-der-man-gehorchen-muss«, und man konnte sich darauf verlassen, dass er im Laufe des Nachmittags jemandem auf den Rücken klopfte und ihm befahl »Trink aus, du elender Kretin«. Seine politischen Tiraden führten häufig dazu, dass Tom und Jess sich verlegen über ihre Teller beugten und Alfie tiefe Kerben in den Handflächen hatte, weil er unter dem Tisch die Fäuste ballte und sich die Fingernägel in die Haut bohrte.

Alfie stellte sich gerne vor, wie sich diese Situationen in einem Paralleluniversum abspielen würden, in dem seine

Mutter noch lebte: Sie würden sich über den Tisch hinweg ansehen, in ihrer eigenen Sprache mit Augenbrauenzucken und langsamem Blinzeln kommunizieren und in einer stummen Partie Onkel-Dave-Bingo die Beleidigungen zählen. Doch wahrscheinlich würden sie dann gar nicht erst dorthin fahren, weil seine Mutter es nicht zulassen würde. Alfie selbst hatte vorgeschlagen, mit der Tradition zu brechen, weil Dave eindeutig zu Rassismus neigte, was er in Alfies Gegenwart nur mit Mühe verbergen konnte. Sein Vater sagte, ja, Dave sei ein Rassist, aber er sei auch ein Alles-andere-Ist, und er selbst habe es nicht so gern, als »Weichei« bezeichnet zu werden, weil er kein viertes Bier wolle. Das Beste sei, die Zähne zusammenzubeißen und den Kopf einzuziehen. Sie seien doch Yvonne, Tom und Jess zuliebe dort, oder? Und es sei nicht richtig, sie zu bestrafen, oder?

»Mum hätte uns nicht gezwungen hinzufahren«, murmelte Alfie, und sein Vater stieß zur Antwort einen kurzen, aber schweren Seufzer aus, der am Ende in ein Knurren überging.

»Lass *bitte* deine Mutter aus dem Spiel«, sagte er.

Alfie hätte sich weiter widersetzen können, aber seit über zehn Jahren nutzte er die Tatsache, dass sein Vater ihn zu Weihnachten »brauchte«, unbewusst als Ausrede, den anderen Zweig seiner Familie nicht zu besuchen. Dieser bestand aus seinem Großvater mütterlicherseits, Sam, und Doreen, seiner zweiten Frau, und all den verschiedenen Stieftanten, -onkels und -cousins, die Alfie durch ihre Verbindung bekommen hatte. Er hatte lange keinen von ihnen mehr gesehen. Seine Großmutter war gestorben, als er sieben Jahre alt war, und die Heirat von Sam und Doreen war für den Geschmack von Alfies Mutter viel zu schnell nach ihrem Tod erfolgt. So schnell, dass es *verdammt respektlos* war, eine *Beleidigung* und ein *Schlag ins Gesicht.* Alfie konnte sich daran erinnern, wie sie diese Worte wütend zu seinem Vater gesagt und Alfie nicht gewusst hatte, was sie bedeuteten. Er erinnerte sich, verstanden zu haben, dass es irgendwo außer Hörweite zu einem heftigen Streit gekommen war, dass es Szenen gegeben hatte, Gefühle verletzt und Dinge gesagt worden waren, die man nicht vergessen konnte, und dass er seinen Großvater deshalb nicht mehr sah. Einige Jahre später führte die Krankheit seiner Mutter zu einem Waffenstillstand, und Grandpa Sam tauchte wieder in seinem Leben auf. Dann lehnte seine Mutter eine letzte Chemotherapie ab, die den Tod hinauszögern sollte, und Alfies Großvater geriet mit seinem Vater darüber in Streit, ob man ihre Entscheidung respektieren oder versuchen sollte, sie umzustimmen. Sein Vater vertrat den Standpunkt, dass es ihr Leben sei, niemand habe das Recht, sie zu zwingen, es gegen ihren Willen zu verlängern. Sam war der Meinung, dass sie ihrem Sohn gegenüber die Pflicht habe, so lange wie möglich am Leben zu bleiben. Seit der Beerdigung hatten sie nicht mehr miteinander gesprochen.

Einmal, bevor es Tradition wurde, zu Yvonne und Dave zu fahren, hatte Alfie ein unangenehmes Weihnachten bei Grandpa Sam verbracht. Er war achtzehn gewesen und seine Mutter seit eineinhalb Jahren tot. Seine Stieffamilie tat ihr Bestes, damit er sich willkommen fühlte, aber damals gehörte sie schon fast ein Jahrzehnt zu Sams Leben. Alfie war der Einzige, der nicht alle Codes, Rituale und Insiderwitze kannte. Seine Mutter erwähnten sie nicht ein einziges Mal, wahrscheinlich weil sie ihn nicht aufwühlen wollten. Damals erschien es ihm jedoch ein Zeichen dafür zu sein, wie wenig sie ihnen bedeutet hatte, wie unberührt sie von ihrer Abwesenheit waren. Auch zwischen Alfie und seinem Großvater war eine Kluft entstanden, die ihre gemeinsame Trauer nicht überwinden konnte. Sam fühlte sich mit seinen Stiefenkeln sichtlich wohler als mit Alfie, wobei Alfie das im Nachhinein darauf zurückführte, dass er so mürrisch und wortkarg gewesen war. Er erinnerte sich gut an die Weihnachtsfeste seiner Kindheit und war voller Verbitterung, dass sich Fremde in diesem Haus eingenistet hatten, ohne einen Gedanken an die Menschen zu verschwenden, die sie ersetzt hatten.

Im folgenden Jahr und im Jahr darauf erteilte er ihnen eine Absage. Im darauffolgenden Jahr wurde die Einladung allgemeiner formuliert. Er sei immer willkommen, sagten sie, eine Versicherung, die sie in immer größeren Abständen wiederholten, bis sie schließlich gar nicht mehr erfolgte. Die Distanz zwischen ihnen war nun einfach normal geworden.

Die diesjährige Variante war wahrscheinlich die beste von allen, dachte Alfie: nur er und sein Vater. Sie tranken Bier, wärmten sich Essen in Aluschalen auf, zwischen ihnen eine Packung Cracker. Es gab ein Truthahngericht für zwei Personen von Tesco mit Fertigsoße und gekochten Möhren. Anschließend schauten sie *Paddington*, was sie zum Lachen brachte, und *Mrs. Brown's Boys*, worüber sie nicht lachen konnten. Natürlich tauchten Bilder von größeren und besseren Weihnachten auf Instagram auf. Die Menschen öffneten Geschenke im Pyjama und in festlichen Strickwaren und bereiteten in ihren großen Küchen köstliche Gerichte zu. Sie drapierten sich auf ihren Möbeln, spielten Scharade vor dem Kamin, versammelten sich um Puzzles, Monopoly und neuartige Kartenspiele, die nie wieder das Licht der Welt erblicken würden. Alfies Stiefcousins- und cousinen hatten die Feierlichkeiten bei Sam und Doreen dokumentiert. Daher wusste Alfie, dass Sam den größten Teil des Tages in seinem Lieblingssessel verbracht hatte, in dem sonst niemand sitzen durfte; dass ihm jemand ein Exemplar von *Sapiens* geschenkt hatte und dass er, die Hände über dem Bauch gefaltet und mit einer Papierkrone über den Augen, eingeschlafen war.

Alfie hatte inzwischen eine eigene Tradition entwickelt, sich wegen ihrer Entfremdung zu grämen. In diesem Jahr widmete er sich dieser am Abend des zweiten Weihnachtsfeiertags. Es lief immer nach demselben Muster ab. Zuerst machte er sich Vorwürfe, weil er an dem Weihnachtsfest – das nun schon über zehn Jahre zurücklag – so abweisend gewesen war. Dann machte er Sam und Doreen Vorwürfe, weil sie nichts gegen dagegen unternommen hatten, als er sich immer mehr zurückzog. Sie waren schließlich die Erwachsenen, sie hätten darauf bestehen müssen, dass er im nächsten Jahr wiederkam. Dann ging er noch weiter zurück und machte seinem Vater und Sam Vorwürfe, weil sie sich gestritten hatten. Seiner Stieffamilie, weil sie überhaupt existierte, und seiner Mutter, weil sie wegen ihrer Existenz so ungnädig gewesen war. Hätte sie sie akzeptiert, wären sie dann nicht alle eine große glückliche Familie gewesen, als sie starb? Dann war er wütend auf sie, weil sie gestorben war, ebenso wie seine Großmutter, und dann befiel ihn krankhafte Angst, dass er einen ähnlichen Tod erleiden würde wie sie.

Eigentlich sollte Silvester einen Ausgleich für Weihnachten schaffen. Alfie hatte sich mit ein paar Studienfreunden in einem AirBnB in Edinburgh eingemietet. Einer von ihnen hatte zu seinem dreißigsten Geburtstag eine Art Abonnement für Craft-Bier erhalten und schickte allen ständig Bilder von seinem neuen Lieblingsbier. Doch am Silvestermorgen, als Alfie etwas planlos in letzter Minute packte, griff er in einen Rucksack, in dem sich ein offenes Rasiermesser befand, und schnitt sich zwei Fingerkuppen auf. Den Rest des Tages verbrachte er in der Notaufnahme, spürte, wie seine Finger pochten und stellte sich vor, dass er sich eine Blutvergiftung zugezogen hatte. Die Abfahrtszeit seines Zuges rückte näher und verging. Vom Wartezimmer aus beteiligte er sich an dem verrückten WhatsApp-Austausch vor der Reise, schickte grausige Bilder von seinen Fingern und ironische Bemerkungen über die anderen Patienten. Er führte Videotelefonate mit mitfühlenden enttäuschten Freunden, die im Zug saßen oder über die Autobahn fuhren. Schließlich trafen alle in Edinburgh ein, sein Telefon verstummte, und um fünf Uhr nachmittags kehrte er mit genähten und dick verbundenen Fingern in seine Wohnung zurück.

Dort saßen Hazel, Emily und Daria am Küchentisch und tranken Rotwein. Emily und Daria hatten sich in letzter Minute selbst eingeladen, weil sie es versäumt hatten, irgendetwas für Silvester zu planen. Sie hatten ihre gesamte Energie darauf verwandt, eines der perfekten Weihnachtsfeste zu organisieren, die Alfie neidisch auf Instagram verfolgt hatte. Sie fragten ihn nach seinen Plänen, und er erklärte ihnen, dass er keine habe, da sie durch diese Sache (er hielt seine Finger hoch) über den Haufen geworfen worden seien. Er erzählte ihnen die Geschichte gespickt mit selbstironischem Humor, und sie waren erfreulich schockiert. *Oh nein*, riefen sie, *oh Mist*. Sie drängten ihm Getränke auf und sagten, sie überlegten, auf den Primrose Hill zu gehen, um einen Blick auf das Feuerwerk zu erhaschen, falls das als Plan B infrage käme. Alfie bejahte, und Emily hob ihr Weinglas und sagte: »Ja, die London Crew!«, was ihm ein warmes Gefühl gab, das seine Verletzung fast wert zu sein schien.

Den ersten Teil des Abends spielten sie Scrabble, aber eine besonders raue Variante, bei der man etwas trinken musste, wenn man länger als zwei Minuten zum Auslegen der Buchstaben brauchte. Nach dem zweiten Drink war Alfie sicher, dass er genauso viel Spaß hatte wie in Edinburgh, vielleicht sogar mehr. Doch dann, in einer kurzen Pause, schaute Hazel auf ihr Telefon und sagte: »Oh. Hat jemand was dagegen, wenn Miles vorbeikommt?«

Es folgte Stille, während sie über diese scheinbar beiläufige Frage nachdachten, die in Wirklichkeit folgenschwer war.

»Klar«, sagte Alfie, was (wie er im Nachhinein feststellte) clever von ihm war. So sagte er zwar, dass er etwas dagegen hatte, es klang aber so, als würde es ihm nichts ausmachen.

»Wir wollen ihn unbedingt kennenlernen«, sagte Emily, und Daria nickte.

»Er sollte eigentlich in Berlin sein«, erklärte Hazel. »Aber er hatte eine furchtbare Erkältung, deshalb konnte er nicht fahren. Er sagt, es ginge ihm jetzt besser. Gut genug, um das neue Jahr zu begrüßen.«

Na, toll, dachte Alfie. Gerade als es wieder aufwärts zu gehen schien. Jetzt kam Miles, um alles zu ruinieren, und brachte auch noch Bazillen mit. Er grinste und sagte: »Berlins Verlust ist unser Gewinn!« Er dachte, er würde aufrichtig klingen, aber Hazel warf ihm einen scharfen Blick zu und lächelte nicht.

Miles kam, bevor das Spiel zu Ende war. Er hatte eine rote Nase und eine heisere Stimme, was seinem guten Aussehen leider nicht den geringsten Abbruch tat. Er schüttelte Emily die Hand, dann Daria. Alfie wollte nicht unbedingt jemandem die Hand schütteln, der erkältet war, aber Miles streckte sie ihm bereits hin.

»Hallo, Alfie, wie geht's?«, sagte er jovial, ergriff Alfies Hand und klopfte ihm auf die Schulter. Dann setzte er sich neben Hazel, küsste sie und sah sich ihre Buchstaben an. Sie berieten sich leise und lächelten sich an. Später, als Hazel den Sieg für sich beanspruchte, stieß Miles eine Faust in die Luft und legte seinen Arm um sie. Emily und Daria tauschten bedeutungsvolle Blicke und mussten sich beherrschen – so schien es Alfie –, nicht zu grinsen. Es war kaum ein fairer Sieg, wenn man bedachte, dass sie Hilfe bekommen hatte, aber Alfie wollte nicht derjenige sein, der darauf hinwies.

Nach dem Scrabble-Spiel öffneten sie eine weitere Flasche Wein. Miles saß auf dem Boden vor Hazels Sessel, die langen Beine vor sich ausgestreckt, und stellte Emily und Daria alle möglichen sehr persönlichen Fragen. Zum Beispiel, wie lange sie schon verheiratet waren, ob ihre Familien sie unterstützt hatten und ob er ihre Hochzeitsfotos sehen könnte. Alfie war entsetzt, aber Emily und Daria antworteten ihm aufrichtig und schienen nichts dagegen zu haben. Emily reichte ihm ihr Smartphone, damit er sich die Fotos ansehen konnte. Miles machte anerkennende Geräusche und sagte: »Oh ja. Schön. Wunderschön. Das ist alles so kreativ. Die Tischkarten sind ja toll!«

»Gefallen sie dir?«, fragte Daria. »Die habe ich gemacht.«

»Du? Dieses Design?«

»Yep.«

Miles drehte sich zu Hazel um. »Du bist also nicht die einzige Künstlerin in der Familie.«

»Das habe ich nie behauptet«, antwortete Hazel.

»Du könntest dich selbstständig machen«, sagte Miles und wandte sich wieder Daria zu.

»Pff, nein!« Daria winkte ab, aber sie lächelte.

»Oh ja«, sagte Miles und sah sich weiter die Bilder an. »Wow!« Er zoomte ein Foto heran und hielt es hoch, um es besser sehen zu können. Dann blickte er wieder zu Hazel und nickte. »Heiß.«

»Sei still«, sagte sie und stieß ihn sanft mit dem Fuß an, aber auch sie lächelte.

Die Haustür schlug zu, und jemand schlurfte durch den Flur. »Hallo, Tony«, rief Hazel, eindeutig in wohlwollender Stimmung. »Schönes Silvester.«

Tony erschien an der Wohnzimmertür. Er trug seine Arbeitsuniform: eine schwarze Hose und ein Sweatshirt vom Games Workshop. Darüber trug er eine schwarze Lederjacke, die sogar knarrte, wenn er sich nicht bewegte. »Danke«, sagte er unsicher. »Euch auch.«

»Willst du was trinken?«, fragte Emily und hielt die Flasche hoch.

»Oh«, sagte Tony und errötete. »Na ja. Okay. Klar.«

Emily rückte auf dem Sofa, um Platz für ihn zu machen, und er setzte sich, wobei er sich an die Armlehne drückte, damit er sie nicht versehentlich berührte. Er nippte an seinem Wein und sagte nichts. Gelegentlich streckte er die Hand aus, um die Wedel von Alfies Bambuspalme wegzuschieben, die aus der ihr zugewiesenen Ecke hervorlugte. Das Gespräch wurde von Miles, Emily und Daria bestritten, die immer noch über die Hochzeit sprachen, auch über die Hochzeit von Miles' Bruder, bei der er Trauzeuge gewesen war; und über Hochzeiten im Allgemeinen, über die Kosten, den politischen Kleinkram und die harte Arbeit. Hazel warf gelegentlich eine Anekdote ein. Tony starrte in sein Glas, wobei sein Haar nach vorne fiel, um sie alle abzuschirmen. Offensichtlich hatte er nichts beizutragen. Alfie übrigens auch nicht.

Als es an der Zeit war, die Wohnung zu verlassen, schien es unhöflich, wenn sie Tony nicht einluden, sie zu begleiten. Er nahm an, was alle überraschte, bis auf Alfie, der beobachtet hatte, wie er Emily durch seinen Haarvorhang subtil von der Seite gemustert hatte. Auf dem Weg zur U-Bahn teilte sich die Gruppe natürlich in Paare auf. Hazel ging mit Daria,

Emily mit Miles, Alfie und Tony bildeten die Nachhut. Diese Formation setzte sich fort, als sie in Primrose Hill ankamen, als wäre im Voraus vereinbart worden, dass Alfie als Babysitter einspringen sollte. Aber einem solchen Opfer hatte er nie zugestimmt. Sie nahmen doch wohl kaum an, dass er zu seinem Vergnügen mit Tony spazieren ging. Hatten sie ihn also vergessen, oder beachteten sie ihn absichtlich nicht? Er war sich nicht sicher, was schlimmer war.

Tony und er wohnten nun schon seit einigen Monaten zusammen und wussten gegen ihren Willen einige sehr persönliche Dinge voneinander. Sie hatten die Essensreste des anderen aus nächster Nähe gesehen – verkrustet, mit Haut überzogen und zähflüssig. Sie hatten die Spuren des anderen in der Toilettenschüssel gesehen, und ihre körperlichen Absonderungen verbanden sich im Staubsaugerbeutel und in den Mülleimern zu einer üblen Mischung. Aber trotz alledem waren sie sich so gut wie fremd. Dies hätte die Gelegenheit sein können, etwas voneinander zu erfahren. Tony war jedoch nicht sehr gesprächig, und wenn sie miteinander redeten, dann nur Small Talk, der ebenso mühsam wie belanglos war.

Kurz bevor sie in den Park einbogen, blieb Tony stehen, um seinen Schnürsenkel zu binden. Die anderen bemerkten es nicht und gingen weiter. Alfie wartete ungeduldig auf ihn, weil er fürchtete, sie im Strom der Nachtschwärmer zu verlieren, der den Hügel erklomm. Tony band den Schnürsenkel und machte dann noch einen Knoten. Er wollte aufstehen, überlegte es sich dann jedoch anders und widmete seine Aufmerksamkeit dem anderen Schnürsenkel, den er mit der gleichen Sorgfalt wie den ersten band.

»Wir sollten vielleicht …«, hob Alfie an und deutete auf den Park. Schließlich stand Tony auf, und sie setzten ihren Weg fort, auf dem es jetzt frustrierend langsam voranging.

»Alfie«, wagte sich Tony vor.

»Ja?«

»Die beiden.« Er nickte auf den Rest der Gruppe, die gerade noch in der Menge zu sehen war.

»Welche zwei?«

»Die beiden Frauen.«

»Ah. Emily und Daria. Ja?« Alfie fragte sich, ob das Schuhzubinden ein Trick gewesen war, damit sie ungestört reden konnten.

»Die sind doch zusammen, oder?«

»Ja.«

»Wie ein Paar?«

»Ja.«

»Cool«, sagte Tony.

Alfie wartete darauf, dass er das weiter ausführte, doch das tat er nicht.

Schließlich holten sie die anderen ein, aber niemand drehte sich nach ihnen um, niemand schien ihr Fehlen überhaupt bemerkt zu haben. Sie kamen oben auf dem Hügel an und schlängelten sich im Gänsemarsch durch die Menschengruppen, die sich dort bereits postiert hatten. Schließlich fanden sie einen Platz, der groß genug für ihre Gruppe war. Die anderen standen eng umschlungen mit ihren Partnern, und Alfie stand daneben, unsicher, wo er ins Bild passte. Er warf einen Seitenblick auf Hazel, die am nächsten bei ihm stand.

Er hätte nach ihrer Hand greifen, sie an sich ziehen und sie auf die Mütze küssen können. Aber Miles hatte einen Arm um ihre Schultern gelegt und schottete sie ab, und sie lehnte an ihm, eine Hand in der Gesäßtasche seiner Jeans.

Unter ihnen waren dunkle Bäume zu sehen, dann die Lichter der Londoner Innenstadt. Der BT Tower, der aussah wie ein Überschallschraubendreher. Auf der Linken The Shard, das aus dieser Entfernung winzig aussah. Der Bogen des London Eye, das grün, blau und rot leuchtete.

»Verdammt«, sagte Miles. »London, Mann. Was für eine verdammte Schönheit.«

Alfie hatte versucht, das ehrfurchtsvolle Gefühl aufzubringen, das dieser Anblick verdiente. Diese Bemerkung und das zustimmende Gemurmel der anderen machten ihn jedoch nicht nur wütend auf Miles, sondern auch auf London. Von hier aus mochte es ja hübsch aus, aber das Verhältnis von Trotteln zu Nichttrotteln war hier höher als irgendwo sonst im Land, vielleicht sogar als auf der ganzen Welt.

Nach ungefähr einer Minute bemerkte Alfie, dass Tony nicht mehr neben ihm war. Er drehte sich um und sah, dass er sich ein Stück abseits hingestellt hatte, hinter die anderen, wahrscheinlich um unbemerkt die Silhouetten von Emily und Daria beobachten zu können. Alfie rollte mit den Augen und drehte sich wieder zurück. Als das Feuerwerk begann, stellte er fest, dass ihn die Explosionen nicht an Hoffnung und einen verheißungsvollen Neuanfang denken ließen, sondern an Tony, der zweifellos heftig masturbieren würde, sobald er in die Sicherheit seines Schlafzimmers zurückkehrte.

19

Später in der Wohnung, als sich alle in ihre Zimmer zurückgezogen hatten, wartete Emily, während Daria sich die Zähne putzte. Um nicht einzuschlafen, scrollte sie durch Social Media. Ihre Feeds waren von fröhlichen und selbstgefälligen Posts überschwemmt – allesamt drehten sich irgendwie um das Thema Heiraten und Babys. Es gab Verlobungsringe und Sektgläser, ein #GlasBioOrangensaft, das über einen Babybauch gehalten wurde, und eine Collage aus Urlaubs- und Hochzeitsfotos mit der Unterschrift »Das beste Jahr überhaupt«. Es gab ein neues Bild von Hannah Fox, die mit ihrer Frau auf dem Sofa saß und mit ihrem Baby kuschelte. Emily wusste jetzt, dass Hannah das Kind ausgetragen hatte, nachdem ihr dreimal Sperma injiziert worden war, das ihr ein Freund aus Kindertagen gespendet hatte. Die Geburt war »verdammt heftig«, hatte Hannah geschrieben, aber die Befruchtungen wären »eigentlich ganz lustig« gewesen. Darüber wollte Emily jetzt nicht weiter nachdenken, nachdem sie schon vier hinter sich hatte, die alle bestenfalls erträglich gewesen waren.

Sie scrollte weiter, bis sie auf das Foto von einem neugeborenen Baby stieß. Es stammte von ihrer alten Mitbewohnerin an der Uni, Martha, und sie likte den Beitrag und wünschte ihr in einem Kommentar alles Gute. Es war

Marthas zweites Kind, was interessant war, weil sie und ihr Mann Schwierigkeiten gehabt hatten, das erste zu zeugen. Das wusste Emily, weil sie nach der Geburt des Babys auf Social Media das Drama dokumentiert hatten, das seiner Ankunft vorausgegangen war – die enttäuschte Hoffnung, die Fehlgeburten, die erfolglosen künstlichen Befruchtungen. Vermutlich würde Martha jetzt aufhören, Reden zu schwingen, dachte Emily böse, und ihren Posten als selbst ernannte Sprecherin der Unfruchtbaren aufgeben.

Daria kam wieder herein, roch nach Zahnpasta und Gesichtswasser und kroch unter die Bettdecke. Emily ging ihrerseits ins Bad und dachte immer noch an Martha und ihre schnell wachsende Familie. Das erste Baby konnte nicht viel älter als ein Jahr sein. Wie hatte sie so schnell ein zweites Kind bekommen? War es üblich, mit der Fruchtbarkeitsbehandlung fortzufahren, während man ein Neugeborenes stillte? Oder vielleicht war das zweite Kind ein Unfall gewesen. Vielleicht hatten sie sich nicht um Verhütung gekümmert, weil sie dachten, dass sie ohne Hilfe nicht schwanger werden könnte. Und dann, schwupp! – als hätte die erste Schwangerschaft die zweite hervorgebracht, als hätten ihre Körper das Glück belohnt, indem sie es ihnen noch einmal gönnten. War es möglich, fragte sich Emily, dass die Ängste und Sorgen der vergangenen Jahre nicht nur eine Folge ihrer Probleme waren, sondern in gewisser Weise auch deren Ursache?

Kann Stress Fruchtbarkeit beeinträchtigen, fragte sie Google, als sie auf der Toilette saß, und Google bot ihr ein breites Spektrum an Antworten. Einige Websites sagten:

Nein, nicht Stress an sich, aber womöglich bestimmte stressbedingte Verhaltensweisen. Andere sagten, es sei noch unklar, andere behaupteten, ja, wahrscheinlich, es könne sein. Sie war zu müde und zu betrunken, um sich ernsthaft mit den wissenschaftlichen Belegen der einzelnen Websites zu befassen. Stattdessen erinnerte sie sich an ihre Inseminationsbehandlungen und versuchte, sich an eine zu erinnern, bei der sie sich entspannt gefühlt hatte. Sie musste jedoch zugeben, dass sie bei allen angespannt und nervös gewesen war – und zwar in zunehmendem Maße, denn mit der Zahl der Versuche stieg auch der Einsatz. Sie hatte gelernt, ihre Periode mit erzwungener Ruhe zu begrüßen, aber sie würde nicht mehr lange weitermachen können, ohne zu verzweifeln.

Sie stand von der Toilette auf und kehrte ins Wohnzimmer zurück in der Hoffnung, mit Daria darüber reden zu können. Aber Daria war nach dem ganzen Alkohol in tiefen Schlaf gesunken. Emily legte sich neben sie ins Bett und starrte hellwach an die Decke. In gewisser Weise tröstete sie das. Vielleicht ließ sich das Problem ihrer Nichtschwangerschaft (oder war es zu früh, von einem Problem zu sprechen?) doch noch leicht lösen. Die Kehrseite der Medaille war allerdings, dass der Stress nicht einfach verschwand, wenn man es ihm sagte. Im Moment wies alles darauf hin, dass er eher zunahm. Was, wenn ihre Fähigkeit, schwanger zu werden, in dem Maße abnahm, in dem ihre Angst zunahm? Wenn das der Fall wäre, hätte jeder weitere Versuch geringere Erfolgschancen als der vorherige.

Sie drehte und wendete diesen Gedanken in ihrem Kopf,

bis sie es satthatte, die Decke und die von der Straßenlaterne orange angestrahlte Jalousie anzusehen, aufstand und in die Küche ging. Sie stellte sich an die Spüle, schaute auf die Dächer der Häuser unter ihr und fragte sich, wie viele Menschen dort Sex hatten. Vielleicht würden sich ihre Chancen auf eine Empfängnis verbessern, wenn sie sich entspannen und es wie alle anderen genießen könnte – so wie es Hannah Fox offenbar gelungen war. Wie viele Babys wurden aus Versehen gezeugt, weil ihre Eltern sich sorglos und spontan amüsiert hatten? Vermutlich Millionen.

Vielleicht stimmte es, dass das Gras nicht schneller wuchs, wenn man daran zog. Erst jetzt fiel ihr auf, wie ungerecht das war. Denn wie sollte sie *aufhören* zu ziehen? Wie konnte sie sich jemals entspannen und genießen, wenn sie sich frühmorgens vor der Arbeit in eine Klinik schleppen und sich von einer Fremden mit Einweghandschuhen etikettiertes, noch nicht lange aufgetautes Sperma verabreichen lassen musste?

In diesem Moment hörte sie hinter sich eine Stimme und fuhr vor Überraschung heftig zusammen. »Herrgott, meine Güte«, flüsterte sie laut und schlug sich eine Hand aufs Herz.

»Mist«, flüsterte derjenige daraufhin. »Sorry, ich wollte dich nicht erschrecken.« Die Person bewegte sich lautlos zu einem Schrank, holte etwas heraus und trat in den Lichtkegel der Straßenlaterne. Es war Alfie, der ein Glas in der Hand hielt. »Ich habe Durst«, sagte er.

Sie trat von der Spüle zurück, damit er das Glas am Wasserhahn füllen konnte. Er leerte es in einem Zug, füllte es erneut und trank dann langsamer. »Ist alles okay?«, fragte er. »Wie spät ist es?«

»Keine Ahnung«, sagte sie. »Spät. Ich kann nicht schlafen.«

»Das nervt. Hattest du wenigstens einen schönen Abend?«

»Ja, schon, danke. Und du?« Sie erinnerte sich schuldbewusst daran, dass er den ganzen Abend Tony an der Backe gehabt hatte, und warf ein, bevor er antworten konnte: »Danke übrigens. Du hast dich quasi für die Gemeinschaft geopfert.«

»Habe ich?«

Sie deutete mit dem Kopf auf Tonys Zimmertür.

»Oh!«, flüsterte Alfie. »Ach. Na ja. Kein Problem. Hab ich gern getan.«

»Gehen wir doch morgen zusammen brunchen, wenn irgendetwas geöffnet hat. Wir schulden dir was.«

»Das wäre schön. Ich bin sicher, es wird sich was finden.« Er füllte sein Glas ein letztes Mal und machte dann einen Schritt in Richtung Tür.

»Nacht«, sagte er. »Ich hoffe, du kannst noch ein bisschen schlafen.«

»Nacht«, antwortete Emily und lächelte seiner Silhouette hinterher, die im Flur verschwand. Ihr wurde klar, wie gern sie ihn mochte. Wie nett es von ihm gewesen war, den ganzen Abend bei Tony zu bleiben und dafür zu sorgen, dass er einbezogen und unterhalten wurde. Morgen würden sie ihn großzügig entschädigen, das hatte er sich verdient.

20

Alfies Entschädigung fand am nächsten Tag um zwei Uhr nachmittags statt. Die Wolken hingen schwer am Himmel und kündigten eine frühe Dämmerung an. Schon seit einer Stunde warteten Daria, Emily und Alfie auf Hazel und Miles, aber Hazels Tür blieb fest verschlossen, und dahinter schien sich niemand zu rühren. Emily fand, dass sie lange genug gewartet hatten, und so fuhren die drei mit dem Bus nach Hackney Central, um dort zu brunchen. Das Viertel hatten sie wegen der hohen Dichte an geeigneten Cafés ausgewählt, aber selbst dort waren die meisten geschlossen. Sie entschieden sich für ein Lokal in der Mitte der Mare Street, in dem eine Frau sie bediente, die ganz offensichtlich einen Kater hatte. Sie begrüßte sie verschlafen hinter dem Tresen und verteilte Spinat auf etwas Gelbem, Eiartigem.

Als sie sich gesetzt und Kaffee bestellt hatten, sagte Emily: »Können wir bitte über Miles sprechen?« Es folgte bedeutungsvolles Schweigen. Sie sahen sich an, und jeder hoffte, dass ein anderer zuerst das Wort ergreifen würde.

»Alfie kennt ihn besser als wir«, sagte Daria.

»Eigentlich nicht«, widersprach Alfie schnell. »Ich bin ihm auch nur einmal begegnet.«

»Wie war er im Vergleich? Beim zweiten Mal?«

»Nun, beim ersten Mal habe ich ihn kaum gesehen. Ich

habe nur Hallo gesagt und ihm die Hand geschüttelt. Also eigentlich kein Vergleich.«

»Hm«, machte Daria unzufrieden. »Dann fange ich mal an. Er ist nicht gerade zurückhaltend.«

Die beiden anderen kicherten zustimmend. »Ich würde sogar sagen, dass er ein ziemlicher Angeber ist«, bestätigte Emily.

»Er hat eine ziemlich hohe Meinung von sich selbst«, räumte Alfie ein.

»Und er ist ein Mansplainer«, sagte Daria. Gemeinsam berichteten sie und Emily von der Fahrt nach Primrose Hill, auf der Miles ausführlich über die Grausamkeiten gesprochen hatte, die an Nutztieren begangen wurden, und über die zahlreichen Netflix-Dokumentationen, die das aufdeckten. Er hatte so leidenschaftlich über das Thema gesprochen – wie beschissen das alles sei, wie sadistisch, wie moralisch verwerflich –, dass sie überrascht waren, dass er Fleisch aß, wobei er gerade seinen dritten Veganuar begann.

»Wir sagten: Hey, wir sind Veganerinnen«, erzählte Emily. »Wir leben schon seit sieben Jahren vegan. Glaubst du, wir wüssten das alles nicht? Du bist nur neugierig auf vegan!«

»Ja, und glaub nicht, dass du dich von allen Verfehlungen freisprichst, nur weil du nur einmal in der Woche Fleisch kaufst und es biologisch sein muss«, sagte Daria. »Hallo? *Es ist immer noch Fleisch.*«

»Genau!«, fuhr Emily fort. »Irgendetwas musste immer noch für deine Geschmacksnerven sterben, Süßer.«

»Im Grunde ist er also ein Heuchler«, stellte Alfie fest, der froh war, Klartext zu reden, und Emily und Daria johlten vor Freude.

Die verkatert wirkende Kellnerin erschien mit einem Tablett mit Kaffee. »Toll, danke,« schleimte Daria, die den herben Ton in ihrer Stimme hörte. »Sucht euch aus, was ihr wollt, Leute, schnell.«

Sie überflogen die Speisekarten und entschieden sich für Tofu-Rührei – alle drei, sogar Alfie. Aber der Tofu war ausgegangen, wie die Kellnerin ihnen mitteilte. Es gab nichts anderes Veganes auf der Speisekarte, also bestellten Emily und Daria üppiges Frühstück ohne Fleisch und Eier.

»Nur Bohnen, Champignons, Tomaten, Kartoffelpuffer und Toast?«, fragte die Kellnerin.

»Ja, aber keine Butter auf dem Toast«, sagte Emily. »Es sei denn, du hast veganen Brotaufstrich.«

»Ich sehe nach«, seufzte die Kellnerin und wandte sich an Alfie.

»Ich nehme das Gleiche«, sagte er.

»Oh, hey«, sagte Emily, besorgt, dass sie ihm Schuldgefühle gemacht und er sich deshalb für einen Brunch entschieden hatte, den sie lieber mochten als er. »Du kannst immer noch … wir meinten nicht … du musst nicht …«

»Schon okay!«, sagte Alfie. »Vielleicht mache ich auch einen Veganuar.« Er nickte der Kellnerin zu, die ungeduldig auf eine Bestätigung wartete.

Als sie gegangen war, kamen sie schnell wieder auf das Thema Miles zurück. Emily berührte Darias Unterarm und legte ihre Stirn in Falten. »Du bist also lesbisch?«, fragte sie liebevoll. »Was sagt deine Familie dazu?«

»Oh mein Gott, das fand ich etwas daneben!«, rief Alfie. »Aber für euch schien das ganz okay zu sein!«

»Wirklich?«, sagte Daria. »Meine Güte!« Sie wandte sich mit einem verärgerten Blick an Emily.

»Was sind wir nur für Schwächlinge«, sagte Emily. »Wir gehen viel zu nachsichtig mit unangemessenen Fragen um.«

»Apropos unangemessen«, sagte Alfie, machte dann jedoch einen Rückzieher und schien den Satz doch lieber nicht beenden zu wollen. Sie verlangten, er solle fortfahren, er winkte ab, aber sie drängten weiter, bis er schließlich nachgab. »Okay, was soll's«, sagte er. »Ich erzähle es euch, aber verurteilt mich nicht.«

»Das tun wir nicht«, sagte Daria.

»Das erste Mal, als ich Miles begegnet bin, waren wir alle in der Wohnung. Ich hatte eine Art One-Night-Stand. Und die Frau – das glaubt ihr nicht. Ich bin aufgestanden, um Kaffee zu kochen, und währenddessen hat sie mich sitzenlassen.«

Sie sahen ihn mit hochgezogenen Augenbrauen und offenen Mündern an. Emily entfuhr ein Laut der Empörung.

»Ja, sie ist einfach aufgestanden und gegangen. Jedenfalls war ich in der Küche und habe Kaffee gekocht, sie ist noch in meinem Zimmer. Miles und Hazel sind mit mir in der Küche, dann schlägt die Wohnungstür zu. Und ich denke: Moment mal. War das …? Hat sie gerade …? Und Miles sieht mich an und sagt …«, Alfie macht auf hipstermäßig zurückhaltend und sagt mit gedämpfter Stimme: »Shit, Mann! War das deine Flamme?«

»*Flamme*?«, wiederholten Daria und Emily.

»Flamme«, bestätigt Alfie und lacht. »Ich glaube, er war wirklich besorgt. Ich meine, armer Kerl. Er hat da wirklich mit mir gefühlt. Und dann macht er den Mund auf, und *das* kommt heraus.«

Nach dem Essen ging Alfie auf die Toilette, und Emily sah ihm hinterher. »Gott«, sagte sie wehmütig. »Er ist *so* viel netter als Miles. Ich hätte wissen müssen, dass Hazel sich nie auf jemanden einlässt, der so perfekt zu ihr passt.«

»Aber du hast doch gehört, was er gesagt hat«, antwortete Daria. »Er hatte einen One-Night-Stand. Das hört sich nicht so an, als würde er ihr nachtrauern, oder? Vielleicht wollen sie ja wirklich nichts voneinander.«

Emily seufzte und schmollte. »Wahrscheinlich. Ich schätze, wir haben das alles falsch interpretiert.«

»Wunschdenken?«, sagte Daria, lächelte ironisch und nahm ihre Hand.

»Vermutlich. Hey.« Plötzlich schlich sich ein Grinsen in Emilys niedergeschlagenes Gesicht, sie beugte sich über den Tisch und flüsterte vernehmlich: »Meinst du nicht, dass er ein guter Samenspender wäre?«

»Alfie?«, fragte Daria und hob amüsiert die Augenbrauen. »Mit so einem Satz habe ich jetzt *nicht* gerechnet.«

»Denk doch mal nach«, begann Emily, aber Daria unterbrach sie.

»Pst. Er kommt zurück.«

Sie taten so, als seien sie mit ihren Telefonen beschäftigt, während Alfie durch das Café auf sie zukam. Er war hocherfreut, dass er sich bestätigt sah und er – anders als vermutet – zudem nicht aus der Gunst von Emily und Daria verdrängt worden war.

»Also«, sagte er, als er sich wieder hinsetzte, »ich habe überlegt, dass die Pubs bald öffnen. Am Broadway Market gibt es einen, der Brettspiele hat. Ich mein ja nur.«

Daria und Emily nickten. Sie hatten nichts anderes vor. »Warum nicht?«, sagte Daria.

Unterwegs überlegten sie, wie sie Hazel dazu bringen konnten, ohne Miles zu ihnen zu stoßen, und kamen zu dem Schluss, dass sie ihr nur eine Nachricht schicken und das Beste hoffen konnten. Schließlich antwortete Hazel jedoch, dass sie leider zu spät kämen, sie und Miles hätten sich schon mit ein paar von seinen Freunden woanders verabredet, vielleicht könnten sie sich später treffen.

In dem Pub kauften Daria und Emily Bier und Chips und für Alfie – nur für den Fall, dass sie ihm den Eindruck vermittelt hatten, dass sie ihn in irgendeiner Weise verurteilten – eine Packung Schweinekrusten. Sie beurteilten Alfie und Miles nicht nach den gleichen Maßstäben, weil Alfie nicht vorgab, moralischer zu sein, als er es tatsächlich war.

»Ach so, danke!«, sagte er. »So viel zum Veganuar!«

Sie spielten *Zug um Zug*, dann *Die Siedler von Catan* und dann eine Runde *Würdest du lieber …*, aber Daria war nicht ganz bei der Sache. Ihre Gedanken wanderten immer wieder zu Emilys Bemerkung im Café. *Er würde einen guten Samenspender abgeben*. Hatte sie das ernst gemeint? Es war ein radikaler Positionswechsel, aber nicht völlig abwegig. Ihre derzeitige Art des Kindermachens war ganz und gar nicht nach Emilys Geschmack. »Es ist so klinisch«, hatte sie mehr als einmal gesagt. »Und sag nicht, das läge daran, dass es eine Klinik ist. Du weißt, was ich meine.«

Daria mochte die Klinik auch nicht, allerdings aus anderen Gründen. Es war nicht nur die pochende Angst, die sich allmählich wie ein Hintergrundgeräusch anfühlte, sondern etwas anderes, etwas Überraschenderes. Es war Ärger, wie ihr klar geworden war. Sie ärgerte sich darüber, dass sie zusehen musste, wie jemand anders ihre Frau besamte. Dass sie nicht mehr als eine Handlangerin war, jemand, der ermutigende Worte von sich gab. Sie ärgerte sich darüber, dass ihre Anwesenheit keinerlei Einfluss darauf hatte, ob Emily am Ende schwanger wurde oder nicht. Das war irrational, gestand sie Janet, denn einmal hatte sie es selbst getan, ohne es im Geringsten zu genießen. Vielmehr hatte sie gewollt, dass es schnell vorbeiging. Aber Janet sagte, nein, es sei völlig logisch. Es sei ganz natürlich, dass man sich seinem eigenen kleinen Kompetenzbereich verbunden fühlte, wenn alles andere außerhalb der eigenen Kontrolle lag.

»Versuchen Sie, sich die Krankenschwester als Teil eines Systems vorzustellen«, sagte sie. »Ein Rädchen im Getriebe. Sie ist nicht Teil Ihrer Ehe, sie dient ihr.«

»Ja,« sagte Daria, »das weiß ich.« In einem langen Durcheinander aus unvollständigen Sätzen erklärte sie, dass sie ihren Ärger nicht wirklich *überwinden* wollte. Er war gewissermaßen ein Erfolg. Das Gefühl war so richtig und so angemessen, so passend in ihrer Situation, dass sie unwillkürlich zufrieden darüber war.

»Es ist wie mit dem Ich und dem Über-Ich, wissen Sie?«, sagte sie und schämte sich, in Gegenwart einer Psychologin auf Freud zu verweisen. Auf der einen Ebene fühle ich es, und auf einer anderen beobachte ich, wie ich es fühle. Und freue mich. So war es auch mit der Enttäuschung, die sich immer dann einstellte, wenn Emilys Periode kam. Irgendwo über dem Gefühl selbst schwebte ein Auge, das diese Enttäuschung anerkennend zur Kenntnis nahm und das Scheinwerferlicht auf sie richtete, als würde sie dadurch wachsen.

Was wäre, wenn sie nicht mehr in die Klinik gingen, fragte sie sich jetzt – wenn sie einen Samenspender finden und es selbst tun würden? Würde sie sich freuen, die Kontrolle zurückzubekommen, die sie aufgegeben hatte? Sie entschuldigte sich, ging auf die Toilette, schloss die Augen und versuchte, sich das Ganze vorzustellen. Der Topf mit dem weißen Zeug, das sich warm anfühlte, vielleicht ein wenig klebrig. Emilys angewinkelte Knie. Sie, Daria, die Zeremonienmeisterin, die Vermittlerin von Emilys künftigem Schmerz.

Sie könnte es besser machen als beim letzten Mal. Es wäre anders, weil sie anders war. Sie hatte immer noch Angst, aber sie lernte, damit umzugehen. Sie musste sich nur auf das Endziel konzentrieren: ein Kind mit der Frau, die sie liebte, ein Spender, dem sie etwas bedeuteten. Der liebenswerte Alfie, ein Außenposten ihrer Familie.

Sie hatten ihn bislang nicht in Betracht gezogen. Sie waren alle Männer durchgegangen, die sie kannten, aber keiner von ihnen war geeignet gewesen. Sie hatten andere Verpflichtungen oder lebten im Ausland, oder sie hatten eine Vasektomie machen lassen oder beides. Alfie hatte damals zu sehr in Hazels Welt gehört, um so unwiderruflich in ihre gezogen zu werden. Aber jetzt war er auch ihr Freund. Und wenn Hazel nun doch keinen Anspruch auf ihn stellte? Wenn sie wirklich nur Mitbewohner waren und sonst nichts?

Als sie an den Tisch zurückkehrte, nahm Alfie eine Getränkebestellung auf und verschwand in Richtung Bar. »Em«, sagte Daria eindringlich und setzte sich, »hast du das ernst gemeint, was du vorhin gesagt hast? Über Alfie?«

Emily warf einen Blick über ihre Schulter, um sich zu vergewissern, dass er nicht in Hörweite war, und lehnte sich dann nah zu ihr. »Ich hatte es nicht wirklich durchdacht. Aber irgendwie schon, ja. Warum, was meinst du?«

»Ich bin nicht dagegen.«

Emily grinste. »Nein?«

»Ich meine, es gibt eine Menge zu besprechen. Und vielleicht will er es ja auch nicht.«

»Richtig. Aber theoretisch?«

»Theoretisch, denke ich – ja, es könnte funktionieren, oder?«

»Ich habe ein gutes Gefühl dabei. Er ist so nett, weißt du? So anständig.«

»Und er ist Grundschullehrer.«

»Oh ja, natürlich! Er kann also gut mit Kindern umgehen.«

»Und wenn er und Hazel nicht zusammen sind …«

»Er ist Freiwild.« Sie kicherten schuldbewusst. »Ich habe nachgedacht«, fuhr Emily fort. »Ich möchte sehen, ob ich die Behandlungen nicht genießen kann. Ich habe das Gefühl, dass das meine Chancen verbessern könnte. Es sollte nicht stressig sein. Stress ist schädlich. Das könnte ein Teufelskreis sein.«

»Wie meinst du das?«

»Nun, sagen wir, Stress beeinflusst die Fähigkeit des Körpers, schwanger zu werden. Hör mir zu«, sagte sie, als Daria sie ungläubig ansah. »Das ist durchaus möglich. Stress hat starke Auswirkungen. Er kann Herzinfarkte auslösen, um Himmels willen.«

»Ja, aber in Kombination mit anderen Dingen.«

»Aber nehmen wir einmal an, dass sich Stress negativ auf die Fruchtbarkeit auswirkt«, beharrte Emily. »Und je mehr man sich bemüht, desto mehr Stress hat man. Je länger man es versucht, desto geringer ist die Wahrscheinlichkeit, schwanger zu werden. Verstehst du?«

»Verstehe.«

»Warum also nicht versuchen, es zu genießen? Es reinpumpen und dann Sex haben? Zum Beispiel.«

»Ich weiß, worauf du hinauswillst.«

»In der Klinik können wir es *niemals* genießen, Daria. Das ist einfach nicht möglich.«

»Da stimme ich dir zu.«

»Aber wenn Alfie unser Spender wäre, könnten wir uns ein AirBnB mieten und den Tag freinehmen. Daraus eine Art Kurzurlaub machen.«

»Nun, das hängt von meinem Unterricht ab. Ich kann nicht einfach einen Tag im Semester freinehmen.«

Emily seufzte. »*Details*. Verstehst du, was ich sagen will?«

»Ja. Ja, warum nicht? Es würde sicher nicht schaden.«

»Und auf diese Weise haben wir einen Spender, den wir kennen, und das Kind weiß, woher es kommt, und Alfie wird ein wirklich süßer Patenonkel, Onkel oder was auch immer …«

»Pad. Patenonkel und Dad.«

»Pad! Ja!« Emily kicherte, ihre Wangen waren gerötet, sie war euphorisch.

»Pst«, sagte Daria. »Er kommt zurück.«

Emily holte tief Luft, um sich zu beruhigen. Daria beobachtete, wie Alfie langsam mit drei Bieren in der Hand auf sie zukam. Wie seltsam, wie Ideen manchmal entstanden und sich dann alles fügte, wie Nut und Feder.

TEIL II

21

Der Kleinkrieg zwischen Hazel und Roisin setzte sich bis in den Januar fort. Nish hatte es satt und sagte dies Hazel an einem von Roisins freien Tagen. Hazel hob abwehrend die Hände und erwiderte, sie sei durchaus bereit, die Sache zu vergessen, Roisin müsse sich nur für ihren Auftritt bei Miles Ausstellung entschuldigen.

»Ja«, sagte Nish, »aber das wird sie niemals tun.«

»Warum nicht? Das war völlig daneben! Und das weiß sie!«

»Sie sagt, sie sei für ihre Prinzipien eingetreten.«

»Sie hat sich wie eine Idiotin benommen.«

»Sie sagt, dir sei die Höflichkeit auf einmal wichtiger, und das sei enttäuschend.«

»Enttäuschend? Also, bitte. Bin ich nicht die Person, für die sie mich gehalten hat?«

Nish zuckte mit den Schultern. »Ich weiß nicht, Hazel. Wenn du die Sache klären willst, musst du vielleicht der Vernünftige sein. Die Vernünftige, meine ich.«

»Warum sollte ich? Sie hat angefangen!«

»Das heißt es doch, die Vernünftige zu sein, oder?«

»Sie ist einfach so verdammt stur«, sagte Hazel.

»Nun, ja«, erwiderte Nish. »Du aber auch.«

Hazel schlug die Kanne mit der geschäumten Milch mit

mehr Kraft als üblich auf die Arbeitsplatte und verschüttete etwas. Nish reichte ihr wortlos einen Lappen. Nachdem sie den Kaffee abgeliefert hatte, wechselte er etwas bemüht das Thema.

»Wie läuft's mit dem Zeichnen? Du hast in letzter Zeit nicht viel gepostet.«

»Erinnere mich nicht daran«, brummte Hazel. »Mir fehlt die Inspiration. Ich habe seit Wochen nichts mehr gezeichnet.«

Seit sie den Furztest-Comic verworfen hatte, waren ihr die Ideen ausgegangen. Oder zumindest Ideen, die sie ohne Folgen umsetzen konnte. In ihrem Zeichenblock schlummerte noch ein weiterer Comic, den sie nur veröffentlichen konnte, wenn sie vorher mit Miles Schluss machte. Darin lag eine Frau nackt und mit leerer Miene auf dem Bett, während sich ein Mann mit dem Kopf zwischen ihren gespreizten Beinen abarbeitete. Ein zweites Panel zeigte die obere Gesichtshälfte des Mannes – seine gerunzelte Stirn, umrahmt von Oberschenkeln; in Sprechblasen standen Grunz- und Schmatzlaute. Die Frau blickte auf die Uhr, dann wieder an die Decke, grinste und rief, es kitzele. Der Mann ließ nicht locker, bis sie »oh« und »ohh« und »ohhhhhhh« machte, aber ihr Blick blieb distanziert und gleichgültig. Dann holte er mit glänzendem Kinn Luft. »Das gefällt dir, stimmt's, du kleines Luder?«, sagte er, und die Frau grinste ihn an und hielt beide Daumen hoch.

Der Mann in dem Comic sah Miles kein bisschen ähnlich. Aber selbst wenn Miles davon überzeugt werden könnte, dass es nicht um ihn ging, würde er sich fragen, warum sie

Comics von einem anderen Mann zeichnete, der sie mit Cunnilingus stimulierte. Sie hatte gespürt, wie es ihn aufbrachte, als sie einen Satz mit den Worten »mein Ex« begann, und obwohl sie den Satz mit »hatte diese wirklich nervige Angewohnheit« fortsetzte, schien er sich nicht zu entspannen. Es war immer dasselbe mit den Männern, dachte sie. Sie wollten Kolumbus sein, wollten ihre Fahnenmasten aufstellen und keinesfalls daran erinnert werden, dass das betreffende Land bereits auf der Karte verzeichnet war.

Wie Nish war auch Miles aufgefallen, dass sie ihr Instagram-Profil nur selten aktualisierte. Sie erzählte ihm, dass sie eine kleine Zeichenblockade habe, und er machte ein ernstes Gesicht.

»Es ist interessant, dass du das sagst. Ich habe mich gefragt, ob es für dich nicht an der Zeit ist, etwas Neues zu machen.«

»Wie meinst du das?«

»Also, was du machst, ist wirklich großartig, aber – versteh mich nicht falsch – es ist auch irgendwie … nun ja, einseitig. Es geht nur um die Erfahrung, eine weiße Frau im einundzwanzigsten Jahrhundert zu sein.«

»Ähm … okay«, sagte Hazel und runzelte die Stirn. »Aber ich glaube nicht, dass ich Comics von den Erfahrungen einer farbigen Frau im einundzwanzigsten Jahrhundert zeichnen kann.«

»Das wollte ich damit nicht sagen. Ich schlage vor, dass du deinen Horizont weit über das Erfahrbare hinaus erweitern könntest. Die Welt ist groß, Hazel! Es gibt so viele Dinge, über die du Comics zeichnen könntest.«

»Aber das ist es, was ich mache. Das bin ich. Ich bin eine Frau im einundzwanzigsten Jahrhundert, und ich zeichne alberne Comics darüber. Über die lustigen und die schwierigen Erlebnisse. Und die peinlichen. Was ist daran falsch?«

»Ach, Hazel, hey, daran ist nichts auszusetzen. Ich sage nur, dass du vielleicht neue Wege erforschen könntest. Vielleicht könntest du etwas politischer werden?«

»Man könnte sagen, dass das, was ich mache, bereits politisch ist. Denn das Persönliche ist politisch.«

»Hm, ja, aber ich meine *wirklich* politisch. Was ist mit dem Klimawandel? Hast du jemals einen Comic über den Klimawandel gezeichnet? Oder die Flüchtlingskrise oder die Kinderarmut?«

»Nein, denn nichts von alledem ist lustig.«

»Was ist so gut an lustig? Warum muss alles lustig sein? Sorry, aber ein riesiges Haarbüschel zwischen den Arschbacken herauszuholen, wenn man mit dem Shampoonieren fertig ist? Nichts für ungut, das ist auch nicht lustig, Hazel. Das ist sogar ziemlich eklig.«

Hazel öffnete den Mund, um zu antworten, aber es kam nichts heraus. »Es sollte eklig sein«, stammelte sie schließlich. »Das war der Sinn der Sache.«

»Okay, aber was soll ich daraus schließen? Menschen sind eklig? Toll, jetzt fühle ich mich viel besser!«

»Was willst du damit sagen? Ich dachte, du magst meine Comics. Du hast zweihundertfünfzig Pfund für einen Comic von mir bezahlt.« Als sie das sagte, fiel ihr auf, dass er ihn nie an die Wand gehängt hatte.

»Ich mag deine Comics, Hazel. Ich versuche nur, dich

herauszufordern. Verdammt, du bist so talentiert! Du könntest dein Talent wirklich für etwas Gutes nutzen, weißt du?«

»Ich war mir nicht bewusst, dass ich es für etwas Schlechtes nutze.«

Miles nahm ihre Hände in seine. »Babe, das tust du doch auch nicht. Absolut nicht. Es ist nur so, dass du so unglaublich bist. Du bist eine ernst zu nehmende Größe. Du könntest die Welt verändern, wenn du wolltest. Ich meine es ernst. Du musst nur groß denken.«

Vielleicht hatte er recht, dachte sie später, während sie auf ein leeres Zeichenblatt starrte. Beim Zeichnen hatte sie nie wirklich über die Welt im Großen und Ganzen nachgedacht. Vielleicht war das unverantwortlich von ihr. Sie hatte eine Bühne zur Verfügung, die sie besser nutzen konnte. Es gab so vieles, über das man sich ärgern, vor dem man sich fürchten konnte. Die steigende Intoleranz, das Scheitern der Demokratie, die beunruhigenden Wetterveränderungen. Niemals zuvor hatte die Menschheit eine derart lange Liste von Problemen zu bewältigen. Wenn man darüber nachdachte – wirklich darüber nachdachte –, musste man sich unwillkürlich fragen, wie es sein konnte, dass alle noch da waren. Sie waren wie Surfer, die versuchten, sich auf ihren Brettern aufrecht zu halten, während ein anschwellender Strom von Chaos die Oberfläche unter ihnen aufwühlte.

Und da war es! Das war ihr Bild. Sie begann zu zeichnen: nur ein einzelnes Panel, eine Strandszene – Menschen, die auf dem kabbeligen Meer surften. Einige standen aufrecht, andere paddelten auf dem Bauch, wieder andere waren ins

Wasser gefallen. Wenn man genau hinsah, erkannte man, dass die Wellen, Strudel und Strömungen Dinge wie »wieder die Kontrolle übernehmen« und »das 1,5-Grad-Ziel« und »Klimaangst« sagten. Hinter den Surfern war eine gigantische Welle, die sie zu verschlingen drohte, wie bei Hokusai, und aus der Gischt auf dem Scheitel lugten die Worte »das Meer« heraus.

Sie machte ein Foto davon und schickte es an Miles. Fünf Minuten später rief er an.

»Ja, ja, verdammt, ja!«, rief er.

»Dann gefällt es dir also?«

»Hazel, das ist brillant! Das ist genau das, was ich gemeint habe!«

Sie grinste. »Danke für die aufmunternden Worte. Das hat irgendwie meine Blockade gelöst.« Du bist ein mentales Abführmittel, hätte sie fast gesagt, verkniff es sich jedoch.

»Ich habe nur einen Vorschlag.«

»Sag.«

»Eine Haifischflosse. Aber geformt, um den Namen eines kapitalistischen Superschurken zu buchstabieren. Vielleicht Mark Zuckerberg? Oder ist das zu lang? Nein, warte! Jeff Bezos!«

»Hm«, sagte Hazel. »Okay. Vielleicht.«

»Ich verspreche es dir, Hazel. Füge es einfach noch ein. Das ist genial. Der letzte Schliff. Du wirst sehen.«

Hazel legte auf und wollte noch einmal darüber nachdenken. Doch sofort fiel ihr das Symbol für die Mailbox in der linken oberen Ecke des Bildschirms auf. Sie hasste Sprachnachrichten. Niemand hinterließ ihr eine Sprachnachricht, es sei denn, er wollte über etwas Ernstes sprechen.

Sie wählte sich ein und hörte die Nachricht ab. Sie war von Emily. »Hallo, Hazel«, sagte sie. »Kannst du mich zurückrufen? Mach dir keine Sorgen, es ist nichts passiert. Ich muss nur dringend etwas mit dir besprechen.«

22

Hallo, begann die coolste, seltsamste und folgenreichste E-Mail, die Alfie je in seinem Leben erhalten hatte.

Wir möchten dir einen Vorschlag machen; er ist etwas unkonventionell, also liest du ihn vielleicht im Sitzen.

Alfie strich sich stirnrunzelnd übers Haar und setzte sich gehorsam auf die Bettkante.

In den letzten vier Monaten haben wir versucht, schwanger zu werden. Ursprünglich war geplant, das von Darias Bruder gespendete Sperma zu verwenden (Emily ist übrigens diejenige, die es austragen wird). Wir haben es geschafft, auf diese Weise eine Befruchtung durchzuführen, aber dann ist er nach Bangladesch gezogen, um in einem Flüchtlingslager der Rohingya zu arbeiten, dieser egoistische Mistkerl. Seitdem gehen wir in eine Kinderwunschklinik, aber wir sind nicht besonders scharf darauf, auf diese Weise schwanger zu werden. Wir möchten den Spender eigentlich lieber kennen. Es sollte jemand sein, den wir respektieren, und wenn es nicht jemand aus der Familie sein kann, wäre ein Freund die nächstbeste Lösung.

Alfies Herz begann in seinen Ohren zu pochen. Er las so schnell weiter, dass er mehrere Sätze übersprang und von vorne anfangen musste.

Wir haben nicht vor, uns auf ein supermodernes Co-Elternschaftssystem einzulassen. Wir sind die Eltern, ganz einfach. Aber wir sind der Meinung, je mehr Menschen im Leben eines Kindes sind und es lieben, umso besser. Idealerweise ist unser Spender also jemand, der sich für die Entwicklung des Kindes interessiert, Geburtstags- und Weihnachtsgeschenke schickt, gelegentlich babysittet und generell als eine Art Patenonkel oder, wenn du so willst, als Pad (eine Mischung aus Pate und Dad) fungiert.

Jetzt kommen wir zum springenden Punkt. Alfie. Wir kennen dich noch nicht lange, aber es fühlt sich an, als wärst du ein alter Freund. Wir respektieren dich und vertrauen dir, und es wäre uns eine Ehre, wenn du dich als Spender zur Verfügung stellen würdest. In diesem Stadium würde die Verpflichtung bedeuten:

Du müsstest dich umfassend auf Geschlechtskrankheiten untersuchen lassen und uns mitteilen, ob es in deiner Familie irgendwelche medizinischen Probleme gibt, die Anlass zur Sorge geben könnten.

Du müsstest einmal im Monat zur Verfügung stehen, um uns mit dem – ähem – notwendigen Stoff zu versorgen. Die genauen Termine hängen davon ab, wann Emily ihren Eisprung hat, daher wäre eine gewisse Flexibilität erforderlich (natürlich in angemessenem Rahmen).

Und das war's!

Wir können nicht genug betonen, dass es absolut KEINEN Druck gibt, und wenn du irgendwelche Zweifel oder Bedenken hast, wäre es uns lieber, wenn du uns jetzt oder später absagst. Wenn du dich angesprochen fühlst, melde dich, dann können wir weiter darüber reden. Du kannst uns aber auch gerne sagen, dass wir uns verpissen sollen. Übrigens haben wir mit Hazel darüber gesprochen, weil du ja zuerst ihr Freund warst, und sie hat uns ihren Segen gegeben.

Liebe Grüße,
E&D
xxx

Alfie saß lange Zeit auf der Bettkante, er war zu überrascht, um sich zu bewegen. Dann stand er auf und ging hinaus in den Flur. »Hazel?«, rief er.

Hazel saß in ihrem Zimmer und zeichnete an einem Comic. Sie hatte in letzter Zeit viel Nachrichten gelesen, und das forderte seinen Tribut: In der Nacht zuvor hatte sie geträumt, dass jeder, der sich in Großbritannien aufhielt, einen neuen, auf Punkten basierenden Test machen musste, um festzustellen, ob er sich dort aufhalten durfte. Alfie, Daria und Nish waren alle durchgefallen, weil man fünfzig Punkte abgezogen bekam, wenn man nicht »indigen« war. Der Traum hatte sie den ganzen Morgen über etwas bedrückt, und jetzt versuchte sie, ihn zu nutzen. Aber der Comic war irgendwie aufgeblasen und frömmelnd, und sie war kurz davor aufzugeben.

Sie stand auf und ging zur Tür, dankbar für die Ablenkung. Alfie ging draußen auf und ab. Er blieb stehen und sah sie an. »Ich – ich habe diese E-Mail bekommen«, sagte er.

»Ah«, sagte sie, öffnete ihre Tür ganz und lehnte sich an den Rahmen. »Ich glaube, ich weiß, worum es geht.«

»Okay. Ich meine. Wow. Was hältst du davon?«

»Die Frage ist ...«, sagte Hazel, »... was hältst *du* davon.«

»Ich weiß es nicht! Ich bin sprachlos!«

»Auf eine gute oder eine schlechte Art sprachlos?«

»Einfach ... sprachlos. Keine Ahnung! Ich weiß nicht, was ich denken soll.«

Es folgte eine Pause. Sie standen sich gegenüber und sahen sich an. »Warum setzt du dich nicht?«, schlug Hazel vor. »Und ich mache uns einen Tee.«

Alfie gehorchte, und als Hazel ein paar Minuten später zu ihm ins Wohnzimmer kam, saß er in seinem Lieblingssessel und starrte konzentriert auf die Wand.

»Hier ist Tee«, sagte sie und hielt ihm den Becher hin, woraufhin er blinzelte, als würde er aus einer Trance erwachen. Sie setzte sich aufs Sofa und zog die Füße unter sich. »Woran denkst du?«

»Okay«, sagte er entschlossen, setzte sich in seinem Sessel nach vorne und stützte die Ellbogen auf die Knie. »Also, es schockiert mich nicht. Ich lehne es nicht eindeutig ab.

Ganz sicher nicht. Aber es ist auch nicht gerade das, was ich mir für meine Dreißiger vorgestellt habe. Nun, nicht nur für meine Dreißiger. Für mein Leben. Es ist einfach nicht das, was ich mir vorgestellt habe. Punkt. Aber das heißt ja nicht unbedingt, dass es eine schlechte Idee ist, oder?«

»Nicht unbedingt.«

»Und überhaupt, was *habe* ich mir vorgestellt? Es ist ja nicht so, dass ich einen Lebensplan hätte.«

»Ich weiß es nicht. Wolltest du eines Tages eine Partnerin finden? Eigene Kinder haben?«

Er blinzelte. »Warum, denkst du … das könnte ich dann nicht mehr tun? *Wenn* ich es täte?«

»Das sage ich nicht. Das macht es nur komplizierter.«

»Ich glaube nicht, dass ich mit jemandem zusammen sein möchte, der damit nicht umgehen kann«, sagte er nachdenklich. »Wenn sich eine Frau deshalb anstellt, wüsste ich, dass sie nicht zu mir passt. Das wäre ein guter Test.«

»Okay.«

»Und ich kann nicht sagen, dass ich mich nicht freue, gefragt worden zu sein«, fuhr er fort. »Ich fühle mich auf jeden Fall geschmeichelt. Ich mag Emily und Daria sehr. Es ist schön zu spüren, dass sie mich schätzen. Und was sie vorschlagen, klingt eigentlich ziemlich cool. Ich glaube, ich würde es genießen, zu einer Konstellation zu gehören. Du weißt schon, ein bisschen Babysitting, ein bisschen abhängen, ein paar Gutenachtgeschichten. Onkel Alfie. Ich kann mir mich als Onkel Alfie vorstellen.«

»Du meinst Pad Alfie«, sagte Hazel. »Daria hat das erfunden. Sie ist sehr stolz darauf.«

»Ich glaube, Alf Pad passt besser«, antwortete er. Hazel starrte ihn an. »Du weißt schon, wie iPad.«

»Ohhh«, sagte sie und nickte. Sie lächelte verschmitzt. »Netter Dad-Witz.«

»Ha«, sagte Alfie. »Unter diesen Umständen ist es vermutlich nicht ganz politisch korrekt, es so zu nennen.«

»Wahrscheinlich nicht.« Sie grinsten sich an. »Klingt so, als würde sich alles fügen«, fuhr Hazel fort und trank einen Schluck von ihrem Tee. »Als ob du vielleicht Ja sagen willst.«

»Oha«, sagte Alfie, legte die Arme um sich selbst und sah erschrocken aus. »Vielleicht? Ich meine, ja, der Gedanke reizt mich. Ich bin Einzelkind, also habe ich nie damit gerechnet, Onkel zu werden. Und jetzt, wo es zur Sprache kommt, denke ich, weißt du, das könnte wirklich schön sein. Es ist nur ... Ah, ich weiß nicht.« Auf seinem Gesicht erschien ein besorgter Ausdruck.

»Was?«, fragte Hazel.

Er schwieg eine Weile, als ob er nach den richtigen Worten suchte, dann sagte er: »Es geht darum, dass sie gesagt haben, ich solle alle medizinischen Probleme in meiner Familie offenlegen. Dinge, die von Belang sein könnten.«

»Aha?«

»Nun, es gibt etwas in meiner Familie. Etwas ziemlich Bedeutendes. Es könnte mich tatsächlich ausschließen. Denn meine Mutter und meine Großmutter sind beide an Brustkrebs gestorben. Und meine Mutter hat diesen Test gemacht, als sie krank war, eine Art Gentest, und es stellte sich heraus, dass sie ein fehlerhaftes Gen in sich trug. Ein Krebsgen. Ich habe vergessen, wie es heißt. Sie hat den Test meinetwegen gemacht, damit ich herausfinden kann, ob ich es auch in mir trage, wenn ich will. Aber ich wollte mich dem nie stellen.«

»Oh«, sagte Hazel. »Mist.«

»Ja.«

»Das ist ziemlich heftig.«

»Sieht so aus.«

»Du wärst aber doch gesund, wenn du es hättest, oder? Männer können doch keinen Brustkrebs bekommen.«

»Doch,« sagte Alfie. »Das kommt natürlich selten vor. Aber ich denke, dass ich generell ein erhöhtes Krebsrisiko habe. Vielleicht ist mein Risiko höher, an Prostatakrebs zu erkranken. Ich kann mich nicht erinnern. Ich habe das einmal recherchiert, aber die Informationen nicht richtig gelesen, es hat mich zu sehr verunsichert. Wie auch immer, der Punkt ist, wenn ich es hätte und Emily ein kleines Mädchen bekäme, und *sie* hätte es dann ...«

»Ja«, sagte Hazel. »Stimmt. Verstehe.«

»Ich müsste wohl einfach den Test machen«, sagte er mit leerem Blick. »Vielleicht sollte ich ihn sowieso machen.«

Hazel nagte an ihrer Lippe. »Ich hätte gedacht, es wäre besser, es zu wissen«, sagte sie. »So oder so?«

Er zuckte mit den Schultern. »Vielleicht.«

Sie nippten an ihrem Tee und starrten beide in die Ferne.

»Angenommen, es wäre alles in Ordnung«, sagte Alfie. »Angenommen, ich würde herausfinden, dass ich es nicht in mir trage. Was würdest du davon halten, wenn ich ihr Spender wäre?«

Hazel seufzte. »Ich will nur, dass meine Schwester glücklich ist«, sagte sie. Das stimmte nicht ganz, es war nicht das Einzige, es gab noch andere Dinge.

»Und das würde sie glücklich machen? Du meinst, du würdest wollen, dass ich es tue?« Er fragte sich plötzlich, ob er Emily absagen könnte, ohne Hazel zu enttäuschen.

Sie zuckte mit den Schultern, sie war hin- und hergerissen. Die Vorstellung, dass Alfie sich biologisch an ihre Familie binden würde, bereitete ihr Unbehagen. Das konnte sie ihm aber unmöglich sagen, ohne Gefühle zuzugeben, die sie mit allen Mitteln zu verbergen suchte. »Ich glaube, du musst dich entscheiden«, sagte sie.

Alfie starrte eine Weile auf den Couchtisch, dann hob er den Blick und sah ihr in die Augen. »Aber es ist kompliziert, oder?«, wagte er zu sagen. »Auch ohne den ganzen Krebskram kommt es mir … nun ja, kompliziert vor.«

Hazel begriff, dass dieses Geständnis besonders wichtig war. Seine Stimme zitterte leicht, und er machte ein fast ängstliches Gesicht. Sie hielt seinem Blick stand, und spürte, wie sie von Adrenalin durchströmt wurde. Natürlich war es kompliziert. Sie hatten noch etwas zu klären, und die Tatsache, dass sie kurz davor waren, sich das einzugestehen, schien sofort alles wieder ins Lot zu bringen. Wie er seine Ex zur Sprache gebracht hatte. Wie sie sich darüber aufgeregt hatte und aus Rache zu Tinder gegangen war. Plötzlich schien es möglich, dass er es genauso beiläufig und ohne tiefere Bedeutung gesagt hatte, wie sie, als sie Miles gegenüber ihren Ex erwähnt hatte. Ein Lächeln umspielte ihre Mundwinkel, und sie hatte Mühe, es zu unterdrücken. Ihre Hände zitterten, also setzte sie sich auf sie.

»Wie meinst du das?«, fragte sie und bemühte sich, ruhig zu bleiben. Sie musste erst sicher sein, dass sie ihn richtig verstanden hatte, bevor sie sich verriet.

Sie sahen sich mehrere Sekunden lang in die Augen. Alfies Herz klopfte derart heftig, dass er sich sicher war, sie könne es hören. Aber bei ihr konnte er keine Anzeichen von Aufregung entdecken. Sie wirkte völlig gelassen und sah ihn gespielt ahnungslos an, was er als Mitleid interpretierte. Sie lächelte sogar ein wenig, aber ob aus Spott oder Verlegenheit, konnte er nicht sagen. Er wandte den Blick ab. »Nun«, murmelte er, »für dich vielleicht nicht.«

»Ich bin verwirrt«, sagte sie mit einem leichten Lachen, und Alfie dachte: Natürlich bist du verwirrt, denn für dich ist es ganz einfach – du willst nicht mit mir zusammen sein. Das wolltest du nie. Es ist dir egal, dass es damit zwischen uns aus ist, es ist dir egal, ob du mich nie wieder küsst oder berührst oder mit mir schläfst.

Er schüttelte den Kopf. »Vergiss es«, sagte er und stand auf. »Ich muss in Ruhe nachdenken. Hast du ausgetrunken?«

»Noch nicht ganz«, sagte Hazel verblüfft. Er wollte doch nicht ernsthaft jetzt *gehen*?

Doch, das tat er. An der Tür drehte er sich um und fragte: »Kochst du heute Abend?«

»Ich habe Reste von der Arbeit mitgebracht«, sagte sie, ohne ihn anzuschauen. »Ich werde wahrscheinlich nur ein bisschen Netflix schauen.«

»Cool.« Er ging, und Hazel blieb noch eine Weile sitzen und starrte auf den Platz, auf dem er gesessen hatte.

23

Emily war ein nervöses Wrack. Sie hatten die E-Mail am Samstagnachmittag verschickt, und am Sonntagmorgen war immer noch keine Antwort da. Beim Frühstück blickte sie so oft auf ihr Handy, dass Daria es konfiszierte.

»Trink deinen Kaffee«, sagte sie bestimmt. »Und lass uns ein Gespräch führen.«

»Warum hat Alfie uns nicht geantwortet?«, jammerte Emily.

»Das wird er, Süße. Gib ihm eine Chance. Das ist alles neu für ihn. Er hat nicht wochenlang darüber nachgedacht, so wie wir.«

Die Antwort kam erst am Abend, und auch dann war es keine richtige Antwort. Alfie zeigte sich sehr erfreut und gleichzeitig äußerst überrascht. Er fühle sich geschmeichelt und sei hocherfreut, dass man ihm eine solche Verantwortung übertragen wolle. Dennoch brauche er ein paar Tage Bedenkzeit, ob er sie annehmen könne oder nicht. Er sei nicht abgeneigt, aber so etwas dürfe man nicht überstürzen. Es täte ihm leid, sie im Ungewissen zu lassen, aber er sei sich sicher, dass sie es verstehen würden.

»Es tut ihm leid, dass er uns im Ungewissen lässt«, rief Emily. »Er hat ja keine Ahnung!«

»Das ist aber gut«, sagte Daria. »Wir wollen doch nicht, dass er es überstürzt, oder?«

»Nein«, sagte Emily und rollte mit den Augen über Darias unerschütterliche Vernunft. »Aber *trotzdem.*«

Während sie warteten, suchte Alfie Rat bei vertrauten Freunden, von denen er – wie er jetzt feststellte – nicht viele hatte. Im Geiste ging er die Liste mit allen durch, die ihm während der Rachel-Geschichte ihr Ohr geschenkt hatten, und stellte zu seiner Überraschung fest, dass er sich ihnen diesmal nicht unbedingt anvertrauen wollte. Es war alles zu intim, zu beunruhigend. Schließlich erzählte er es zwei Leuten: Hector, seinem ältesten Schulfreund, der jetzt in Neuseeland lebte und nur zu unpassenden Zeiten reden konnte, und Jamie, seinem Mitbewohner von der Uni. Letzterer hatte sich schon in den ersten Tagen ihres Zusammenlebens als Seelenverwandter erwiesen, als er Alfie in Panik gestand, dass er Blut in seinem Stuhl gefunden hatte. (Am Ende war es eine geplatzte Hämorrhoide gewesen.)

Alfie wurde immer klarer, dass er der Spender sein wollte. Zum einen weil er sich wünschte, er könnte es einfach tun, ohne sich um all die anderen Probleme kümmern zu müssen. Zum anderen weil er es nicht ertragen konnte, wenn seine Freunde Argumente gegen die Idee vorbrachten. Er wurde unverhältnismäßig wütend, als Hector ihn fragte, ob er sicher sei, dass er sich an diese »Zufallsbekanntschaften« binden wolle. Was ihn zögern ließ, war nicht der Gedanke, sich auf eine ernsthafte, unumkehrbare Bindung mit Menschen einzulassen, die er noch nicht lange kannte. Oder die offen gesagt bizarre Vorstellung, einen lebendigen atmenden Ableger in die Welt zu setzen. Es war der Gedanke, sich auf das testen zu lassen, was er für das »Krebsgen« hielt. Wäre es besser, es zu wissen, wie Hazel gesagt hatte? Hector sagte, das wäre es nicht, auf keinen Fall, nicht in einer Million Jahren. Was, wenn er dieses Gen tatsächlich hätte? Würde ihn die Angst nicht in den Wahnsinn treiben? Und es stimmte: Zu wissen, dass er es hatte, wäre etwas ganz anderes als der Verdacht, dass er es haben könnte. Aber was, wenn er es gar nicht hätte!

»Stell dir vor, du findest heraus, dass du es nicht hast!«, sagte Jamie. »Mensch, was für eine Erleichterung!«

Das war sehr verführerisch. Alfie unterbrach seine unangenehmen Gedanken mit kleinen Fantasien von dem Idealbild, das auf die Angst folgen und gleich hinter dem Horizont auf ihn warten könnte. Das brachte ihn schließlich dazu, die medizinischen Unterlagen, die seine Mutter ihm hinterlassen hatte, herauszusuchen und einen Telefontermin mit seiner Hausärztin zu vereinbaren. Sie sagte, sie könne ihn an die Abteilung für Gentests in einem Krankenhaus im Zentrum Londons überweisen, und er solle warten, bis er per Post den Termin erhalten habe.

Eineinhalb Wochen nach seiner ersten Nachricht schickte er Daria und Emily erneut eine E-Mail. Daria war oben und korrigierte Hausarbeiten, Emily lag auf dem Sofa und scrollte nach einem Tag im Homeoffice durch die Schlagzeilen. Als die Nachricht erschien, setzte sie sich abrupt auf. Ihr Daumen schwebte eine halbe Sekunde lang zitternd über der Nachricht. Dann öffnete sie sie, überflog sie, sprang auf und rannte zur Treppe.

»Daria!«, rief sie und nahm zwei Stufen auf einmal. Sie stürmte ins Gästezimmer, das jetzt auch als Arbeitszimmer diente, und Daria starrte sie erschrocken an.

»Was ist los?«, fragte sie. »Ist alles okay?«

»Sieh auf dein Handy!«, rief Emily.

»Oh, verdammt.« Daria stellte sich auf ihren Stuhl und griff in das oberste Regalbrett, in dem sie ihr Telefon verstaut hatte, damit sie nicht abgelenkt wurde. »Von Alfie?«

»Und ob die von Alfie ist«, sagte Emily.

Daria las die Nachricht im Stehen auf dem Stuhl. Sie war kurz, aber auf den Punkt. Er habe sehr intensiv darüber nachgedacht, sagte er, und es tue ihm leid, dass er so lange gebraucht habe, eine E-Mail zu schreiben. Er sei der Meinung, dass sie die Angelegenheit gründlich besprechen sollten, bevor sie eine endgültige Entscheidung treffen, aber im Prinzip gefiele ihm die Idee sehr gut. Es gebe nur eine Hürde, die sich vielleicht gar nicht als solche herausstellen würde, da sei er sich nicht sicher – aber er werde ihnen alles darüber erzählen, wenn sie miteinander sprachen.

»Ich hatte immer ein etwas zwiespältiges Verhältnis zum Vaterwerden«, las Daria, »aber beim Pad-Werden habe ich ein sehr gutes Gefühl! Übrigens ein tolles Wort!« Vor Freude sprach sie lauter, und auf ihrem Gesicht erschien ein selbstzufriedenes Lächeln. Emily schüttelte liebevoll den Kopf, griff nach Darias Hand und zog sie vom Stuhl herunter, um sie zu küssen.

»Das klingt vielversprechend, oder?«, sagte sie.

»Ja, ich würde sagen, wir sind einen Schritt weiter«, stimmte Daria ihr zu.

»Ich frage mich, was die Hürde ist?«, sagte Emily, und Daria zuckte mit den Schultern und sagte, es gebe nur einen Weg, das herauszufinden.

Nach dem Abendessen telefonierten sie per WhatsApp mit Alfie. Zuerst waren sie alle nervös und unsicher, wie sie sich in den neu erfundenen Rollen verhalten oder was sie sagen sollten.

»Ich weiß gar nicht, wo ich anfangen soll«, sagte Alfie und hob fröhlich die Hände, als sei er überfordert.

»Sollen wir dir eine Art Überblick geben?«, schlug Daria vor und schaltete in den Modus der Universitätsdozentin, um die rechtlichen Aspekte zu erklären. Wenn Alfie »an Bord« käme, sagte sie, hätte er als biologischer Vater keine Bedeutung, er wäre kein Erziehungsberechtigter. Er würde nicht auf der Geburtsurkunde stehen und hätte auch keine finanzielle Verantwortung. Daria, obwohl nicht biologisch mit dem Kind verwandt, wäre automatisch der zweite Elternteil, da sie und Emily verheiratet waren.

Und dann waren da noch die Details ihrer eigenen Vereinbarung. »Wir haben uns darüber informiert«, sagte Daria, »und man rät uns, eine Art Vertrag aufzusetzen, in dem wir unsere Erwartungen formulieren und den wir dann alle unterschreiben. Er wäre nicht rechtsverbindlich, sondern nur ein Ausdruck unserer Absichten. Sollte es später zu Meinungsverschiedenheiten kommen, könnten wir uns auf dieses Dokument berufen, oder ein Richter könnte …«

»Ein *Richter*?«, warf Alfie ein. »Welche Art von Meinungsverschiedenheiten erwartet ihr denn?«

Daria lachte und sagte, er solle sich keine Sorgen machen,

es sei eine reine Vorsichtsmaßnahme, aber es sei das Beste, vorbereitet zu sein, denn das Leben gehe manchmal seltsame Wege. So wie sie es verstanden hatte, kam es zu vielen Unstimmigkeiten, weil der Spender mehr oder möglicherweise weniger in die Erziehung des Kindes einbezogen werden wollte, als die Eltern es für angemessen hielten. Aber der Vertrag sei eine Möglichkeit, sich davor zu schützen, betonte Emily. Wenn von Anfang an klar sei, wie sie die Dinge handhaben wollten, sei es viel unwahrscheinlicher, dass es zu Unstimmigkeiten komme.

»Wir müssen das Wort ›Onkel‹ definieren«, sagte Daria, und jeder für sich begriff, dass das Auslassen ihres Lieblingswortes ein Zeichen dafür war, wie ernst die Sache war. »Damit wir uns sicher sind, dass wir auf derselben Seite stehen.«

Alfie lachte kurz auf und sagte: »Nun, *mein* Onkel ist ein Arschloch. Wenn ich ihn sehe, wünsche ich mir meistens nur, dass er die Klappe hält. Aber das ist natürlich nicht die Art von Onkel, über die wir hier reden.«

»Was hast du dir denn vorgestellt?«, fragte Emily. »Wie soll das funktionieren? Welche Art von Beziehung willst du zu dem Kind haben?«

»Nun«, sagte Alfie, »natürlich würde ich Geburtstags- und Weihnachtsgeschenke schicken. Vielleicht könnte ich sogar an Geburtstagen dabei sein, wenn ihr das möchtet. Wenn es älter wird, könnte es vielleicht auch mal das Wochenende bei mir verbringen. Hoffentlich habe ich bis dahin eine bessere Wohnung. Und wir könnten zu McDonald's und in den Zoo gehen und – oder, eigentlich, vielleicht würden wir mehr vegane Dinge tun. Das Wissenschaftsmuseum, zum Beispiel. Sorry.«

Er war verlegen. Die ganze Zeit hatte er darüber nachgedacht, und es war ihm nicht einmal in den Sinn gekommen, dass er nicht vorschlagen sollte, zu McDonald's oder in den Zoo zu gehen. Zum Glück lächelten Daria und Emily und schüttelten den Kopf, als wollten sie sagen: »Mach dir keine Sorgen.«

Er fuhr stotternd fort. »Und ich denke – ich denke, ich könnte versuchen, eine Art Mentor zu sein, in den schwierigen Teenagerjahren. Wenn es ein Junge wäre, könnte ich ihm Ratschläge geben über – ihr wisst schon – Jungenkram. Und es wäre zu einem Viertel jamaikanisch, also könnte ich mit ihm über seine Herkunft und solche Dinge sprechen.«

Emily und Daria nickten und murmelten aufmunternd, als ob sie genau das zu hören gehofft hatten. »Willst du es deinen Leuten vorstellen?«, fragte Daria.

»Nun, meiner Mutter nicht, denn die ist tot«, sagte Alfie, und Daria verzog das Gesicht.

»Das tut mir leid«, sagte sie. »Das wusste ich nicht.«

»Schon in Ordnung!«, sagte Alfie zu fröhlich. Er meinte, dass es in Ordnung war, dass Daria »Leute« sagte, nicht, dass seine Mutter tot war, aber er beschloss, das nicht zu erklären. »Aber meinem Vater«, fuhr er nachdenklich fort. Ich würde ihm davon erzählen, denke ich. Wenn er es kennenlernen wollte, ließe sich das sicher arrangieren. Und dem Rest meiner Familie … Das ist schwierig. Ich weiß nicht. Darüber müsste ich nachdenken.«

»Völlig in Ordnung«, sagte Emily. »Das liegt ganz bei dir.«

»Was wäre, wenn du selbst Kinder hättest?«, fragte Daria.

»Oh. Ähm. Ich weiß nicht. Das steht im Moment nicht zur Debatte.«

»Im Moment nicht, aber vielleicht in ein paar Jahren. Man weiß ja nie.«

»Ich … hoffe, dass sie Freunde sein werden. Wie Cousins und Cousinen.«

»Nehmen wir an, unser Kind wäre ein paar Jahre lang das einzige Kind in deinem Leben. Und dann erfährst du, dass du bald ein eigenes Kind haben wirst. Wie würdest du dafür sorgen, dass sich unser Kind nicht ausgegrenzt fühlt?«

Alfie stammelte. »Ich … ich … also …«

»Tut mir leid, dass ich dich in Verlegenheit bringe«, sagte Emily. »Du musst nicht antworten.«

»Nein, ist schon okay. Ich würde wohl dafür sorgen, dass ich noch Zeit mit ihm verbringe, nur wir beide. Und ich denke, ich würde es mit einbeziehen – es das Baby halten lassen, ich meine, es vielleicht sogar füttern lassen. Damit es sich wichtig fühlt, versteht ihr? Damit es keinen Raum für Zweifel gibt. Dass ich ihm vertraue, meine ich. Dass ich es liebe. Dass wir alle eine Familie sind.«

Daria und Emily sahen sich beeindruckt an. »Du weißt wirklich, wie man mit Kindern umgeht«, stellte Emily fest. »Du weißt, wie sie ticken. Das merkt man.«

»Oh«, sagte Alfie und lächelte bescheiden. »Nun. Danke. Ich tue mein Bestes.«

»Um ehrlich zu sein, klingt es so, als würdest du das perfekt machen«, sagte Daria. »Aber es gibt etwas, bei dem du dir nicht sicher bist? Eine Art Hürde, hast du geschrieben?«

»Oh«, sagte Alfie. »Ja. Das.« Er seufzte tief. Das Wunschkind hatte ihre Unterhaltung so sehr beherrscht, dass er fast vergessen hatte, dass dem noch etwas im Weg stand. »Es ist nicht etwa so, dass ich mir unsicher bin, ob ich es tun will«, fuhr er fort. »Ich bin mir sicher. Ich will es. Es geht darum, was ihr über die medizinische Vorgeschichte meiner Familie geschrieben habt. Ob es irgendetwas gibt, das Anlass zur Sorge sein könnte.« Sie runzelten besorgt die Stirn, und er litt, weil seine nächsten Worte sie in keiner Weise beruhigen würden.

Er fasste Mut und sagte: »Es besteht die Möglichkeit, dass ich ein gefährliches Gen in mir trage. BRCA1 heißt es. Meine Mutter hatte es, und sie ist an Brustkrebs gestorben. Meine Großmutter auch, das heißt, sie trug es wahrscheinlich auch in sich.«

»Oh Gott«, sagte Daria.

»Ja.« Alfie nickte langsam. »Also, es könnte sein, dass ich etwas habe, das ich nicht weitergeben möchte. Das macht die Sache schwierig.«

»Mist«, sagte Emily.

»Kann man das irgendwie ausschließen?«, fragte Daria. »Gibt es eine Art Test?«

»Ja, zufällig gibt es den«, sagte Alfie. »Und ich habe schon mit meiner Ärztin darüber gesprochen. Sie hat mich überwiesen. Heute habe ich den Termin bekommen. Der Test ist nächste Woche, das Ergebnis bekomme ich zwei Wochen später.«

»Oh!«, sagte Daria. »Wow. Okay. Nun, das ist dann wohl gut!«

»Ich glaube schon.«

»Wir müssen also einfach abwarten, und wenn der Befund positiv ist, werden wir … ich weiß nicht.«

»Darüber denken wir nach, wenn es so weit ist«, sagte Emily fest. »Wir legen einfach alles für eine Weile auf Eis und beschließen nichts, bis wir es wissen.«

»Und du bist dir sicher, dass du den Test machen willst, Alfie?«, fragte Daria. »Ein positives Ergebnis wäre doch eine ziemliche Belastung, oder? Vermutlich hättest du selbst ein erhöhtes Krebsrisiko?«

»Ja. Aber ich will den Test machen. Ich habe deshalb schon viel Angst gehabt. Im Grunde mein ganzes Leben als Erwachsener, nicht nur diese Woche. Aber jetzt habe ich mich entschieden. Ich will es wissen. Wenn ich es habe, kann ich daran arbeiten, das Risiko zu minimieren. Und wenn nicht, na ja … das wäre verdammt geil.«

Sie lächelten, aber er merkte, dass die Nachricht sie beunruhigt hatte. Sie hatte die Stimmung beeinträchtigt, wie dunkle Farbschlieren, die durch eine Flüssigkeit wabern. Sie schienen nicht zu wissen, was sie sagen sollten.

»Ich hätte da noch eine Frage«, sagte er, um das Thema zu wechseln. »Etwas anderes.« Sie nickten aufmunternd, und er fuhr fort: »Angenommen, es ist alles in Ordnung und wir beschließen, das durchzuziehen. Was würde passieren, wenn dein Bruder zurückkäme? Wäre ich dann immer noch der Spender, oder wäre er es?«

Das traf sie überraschend. Kamrans Vertrag war um weitere sechs Monate verlängert worden, und er hatte nicht die Absicht geäußert, in nächster Zeit zurückzukommen. Seinen letzten Urlaub hatte er in Indien verbracht. Sie hatten sich inzwischen so sehr daran gewöhnt, dass er nicht da war, dass ihnen diese Möglichkeit abstrakt und fern erschien.

»Ich glaube nicht, dass wir uns darüber zu viele Gedanken machen müssen«, sagte Daria.

Emily sah sie an. »Aber er hat recht«, sagte sie. »Darüber sollten wir nachdenken, wenn wir schon über alle Eventualitäten sprechen.«

»Ich verstehe vollkommen, wenn du lieber ihn nehmen willst«, sagte Alfie. »Das ist ganz natürlich. Er gehört zur Familie. Er war immer deine erste Wahl, stimmt's?«

»Ja«, sagte Daria, »aber ...«

»Du brauchst keine Angst zu haben, dass du meine Gefühle verletzt«, fuhr er fort. Das zu sagen, schien ihm dringend angezeigt. »Ich verstehe das vollkommen.«

»Das ist sehr erwachsen von dir«, bemerkte Emily.

»So bin ich eben«, sagte Alfie und grinste.

»Ich nehme an, sollte es dazu kommen, würden wir ihn wohl vorziehen«, sagte Daria. »Wegen der biologischen Verbindung. Nicht nur meinetwegen, sondern auch wegen meiner Eltern. Nicht dass die Biologie am Ende des Tages so wichtig wäre. Aber wenn wir die Wahl hätten, biologische Verbindung oder keine biologische Verbindung ...«

»Oh ja. Vollkommen. Das verstehe ich.«

»Aber wie gesagt, das ist nicht sehr wahrscheinlich«, sagte Daria hastig.

»Nun«, sagte Alfie, »das beantwortet jedenfalls meine Frage.«

Danach gab es nicht mehr viel zu besprechen. Es war

sinnvoll, dass sie ihre Haltung zu Kamran festgelegt hatten, aber die Situation, in der sie eine solche Entscheidung treffen mussten, fühlte sich sehr weit entfernt an. Alfies ernüchternde Erinnerung an die menschliche Sterblichkeit und das Unglück hingen wie eine schwere Wolke über dem Gespräch, und es tat ihm leid, die Atmosphäre getrübt zu haben. Doch dass er der Überbringer und nicht der Empfänger der Nachricht war, verschaffte ihm die Illusion, die Kontrolle zu haben, und er fühlte sich ruhiger als die ganze Woche über. Er würde diesen verdammten Test machen, dachte er mit neuer Entschlossenheit. Und danach würde er sein Leben genießen, ganz gleich, wie das Ergebnis ausfiel.

24

Bei dieser Haltung zu bleiben, fiel ihm zunehmend schwerer, je länger er wartete – zuerst auf den Termin und dann auf das Ergebnis. Der Test selbst war schnell erledigt, aber dennoch eine ziemlich Tortur, da er in einer medizinischen Einrichtung durchgeführt wurde und Alfie medizinische Einrichtungen hasste. Ihr Geruch war für ihn unweigerlich mit schlechten Nachrichten verbunden. Er musste nicht durch Broschüren daran erinnert werden, dass er eines Tages Schmerzen in der Brust oder Blut im Urin haben konnte oder Knoten in den Hoden ertasten. Er wusste, dass Dinge verrotteten, verkümmerten und verödeten. Ihm war klar, dass sich seine inneren Organe gegen ihn wenden könnten, deshalb betrachtete er sie stets mit Skepsis, wie Fremde in seinem Haus. Diese medizinische Einrichtung war noch schlimmer als andere, da sich die Broschüren überwiegend mit genetisch bedingten Erkrankungen mit beängstigenden Namen befasste, von denen er noch nie etwas gehört hatte, geschweige denn, sich über sie Gedanken machen wollte. Als er den Laden verließ, war er wie so oft beunruhigt, weil er überhaupt einen Körper hatte.

In den folgenden Wochen aß er unregelmäßig und schlief weit weniger, als gesund gewesen wäre. Hazel hatte von Emily von dem Test erfahren und fragte ihn über WhatsApp, wie er sich dabei fühle. Daraufhin schickte Alfie ihr ein Bild von einem Mann, der in eine Papiertüte atmet, und schrieb dazu: »Ungefähr so.« Tagsüber beanspruchte die Arbeit seine ganze Energie und Aufmerksamkeit, sodass er stundenlang nicht darüber nachdenken konnte, was auf ihn zukommen könnte. Doch sobald die Schulglocke läutete, zog sich sein Magen zusammen, weil er wusste, dass er bald mit seinen Gedanken allein sein würde. Noch nie hatte er seine Klasse so ungern gehen lassen, noch nie war er so dankbar gewesen, wenn Eltern im Flur warteten, um kurz etwas mit ihm zu besprechen. Abends zögerte er das Zubettgehen hinaus, weil ihn die Vorstellung abschreckte, nicht schlafen zu können und über den Test nachzugrübeln. Vielleicht lag er schon mit einem Etikett versehen in einem Labor oder das Ergebnis wurde gerade in einem offiziellen Brief zusammengefasst, der bald durch seine Tür geschoben wurde. Stattdessen blieb er bis spät in die Nacht auf und arbeitete oder sah auf seinem Laptop fern. Manchmal schlief er mit offenem Laptop ein und wachte noch vollständig bekleidet und mit steifem Nacken auf.

Jeden Tag verließ er das Haus, bevor die Post eintraf, und so ging er jeden Abend beklommen die Treppe hinauf und den Flur entlang in die Wohnung. Jeden Tag öffnete er mit angehaltenem Atem die Tür, in der Erwartung, dass auf der Fußmatte ein Umschlag auf ihn wartete. Mehr als einmal riss er mit zitternden Händen ein amtlich aussehendes Schreiben auf, fand dann jedoch einen Steuer- oder Rentenbescheid vor. Auch wenn keine Post auf der Fußmatte lag, hielt sich seine Unruhe, bis er den Küchentisch und sein

Zimmer überprüft hatte, falls jemand etwas unter seiner Tür durchgeschoben hatte.

Und dann, eines Abends, etwa drei Wochen nach dem Test, war es da. Es war nicht zu übersehen. Das Logo des staatlichen Gesundheitsdienstes stand in der Ecke, die Worte »privat und vertraulich« am unteren Rand. Er bückte sich und hob es auf. Es war sehr dünn; offensichtlich befand sich nur ein einziges Stück Papier darin. Das war doch ein gutes Zeichen, oder? Die Umschläge mit den schlechten Nachrichten enthielten vermutlich diverse Faltblätter, die den Patienten unterstützen sollten. Er steckte einen Finger unter die Klappe und riss den Umschlag auf. *Lieber Alfie,* las er, als er das Schreiben aufklappte, und einen Moment lang schien alles stillzustehen. Durch die offene Wohnzimmertür hörte er, wie die Busse an der Haltestelle vor der Tür vorfuhren, und aus der Küche das Klappern von Besteck auf Geschirr. Er war ganz ruhig. *Das ist der Moment, auf den wir alle gewartet haben,* würde die Off-Stimme sagen, wenn dies eine Reality-Sendung im Fernsehen wäre, *der Moment, in dem Alfie die Nachricht erhält, die über den Verlauf seines weiteren Lebens entscheidet.* Dann klappte er den Rest der Seite auf, und das Urteil lag vor ihm. Er las kein einziges Wort, außer den Teil, in dem stand: »erfreut, Sie zu informieren« und »negativ«.

Später war es ihm peinlich, wie er reagiert hatte: Er rannte in die Küche und zog Tony – Tony! – in eine Umarmung, berichtete ihm alles in kurzen abgehackten Sätzen und stieß dabei eine Faust in die Luft. Er ließ sich auf den Boden sinken und machte Liegestütze, sprang auf und kletterte auf die Arbeitsplatte, um gleich wieder hinunterzuspringen. Er werde Bier kaufen gehen, erklärte er, es müsse Bier her, würde Tony mit ihm ein Bier trinken? Tony war sichtlich erstaunt, stimmte aber zu, und als Alfie mit zwei Viererpacks Corona in die Wohnung zurückkehrte, saß er am Küchentisch und wartete auf ihn. Alfie war inzwischen ruhiger geworden und entschuldigte sich, dass er sich so verrückt aufgeführt hatte, aber Tony war sehr nachsichtig.

»Schon in Ordnung«, sagte er. »Du darfst ruhig durchdrehen. Du hast eine gute Ausrede.«

»Das ist einfach die *Erleichterung*«, sagte Alfie. »Ich kann es gar nicht beschreiben. Nach all der Zeit.«

»Der Teufelskreis ist durchbrochen«, sagte Tony.

»Genau! Das stimmt! Der Teufelskreis ist durchbrochen!«, rief Alfie, der überrascht war, dass seine ungeordneten Gedanken so auf den Punkt gebracht wurden, und das auch noch von Tony.

Sie öffneten ihre Biere und tranken sie. Lange Zeit sagte keiner von ihnen etwas. Früher hätte Alfie das Schweigen vielleicht beunruhigt, aber nicht heute. Das Adrenalin verließ seinen Körper, und er war angenehm müde. Alles fühlte sich luxuriös an.

»Mein Vater ist an Krebs gestorben«, sagte Tony dann sehr sachlich. »Ich glaube aber nicht, dass es erblich bedingt war. Ich glaube, er hatte einfach Pech.«

Alfie richtete sich auf. »Verdammt«, sagte er. »Das tut mir leid, Mann. Das wusste ich nicht. Erst vor Kurzem?«

»Nein, das ist schon lange her«, sagte Tony. »Ich war fünfzehn.«

»Du machst Witze«, sagte Alfie. »Ich war sechzehn.«

Tony nickte weise und trank einen Schluck Bier. »Lustige Zeit«, sagte er, und Alfie lachte überrascht auf.

Danach war es wieder still. Dann fragte Tony Alfie, ob er Lust hätte, eine Pizza zu bestellen, und Alfie sagte, er halte das für eine ausgezeichnete Idee. Er war sich nicht sicher, ob Tony noch mehr Informationen über seinen Vater oder überhaupt über irgendetwas preisgeben würde. Aber das war eigentlich auch egal. Sie konnten einfach dasitzen und ihre Pizza essen, zwei schweigende Halbwaisen, und das war völlig in Ordnung.

25

Emily und Daria waren euphorisch, als sie Alfies gute Nachricht hörten, und noch euphorischer, als einige Tage später auch die Testergebnisse zu den Geschlechtskrankheiten, die er im Newham Hospital hatte machen lassen, eintrafen. Inzwischen hatten sie den Vertrag aufgesetzt, den er unterschreiben sollte, und ihn sogar von einem befreundeten Anwalt prüfen lassen. Alfie war erstaunt, wie detailliert der Vertrag war. Er hatte das ungute Gefühl, dass sie es nicht wirklich ernst gemeint hatten, als sie sagten, sie wollten ihn in die Erziehung des Kindes einbeziehen – dass er am Ende unbeholfen am Rande stehen würde. Anscheinend war das allgemein der Platz, der in Familien für ihn bestimmt war, dachte er bitter. Doch laut der Vereinbarung war seine Rolle klar definiert: am Rande, ja, aber nicht unbeholfen, und natürlich gehörte er nicht zur Familie, aber er sollte auch kein Außenseiter sein. Das Kind würde ihn »Onkel Alfie« oder einfach »Alfie« nennen. Er würde etwa einmal im Monat persönlichen Kontakt mit der Familie haben und sich bemühen, an »Aktivitäten familiärer Art teilzunehmen, einschließlich, aber nicht beschränkt auf die Teilnahme an Geburtstagsfeiern, Restaurantbesuchen, Spielen, Vorlesen von Gute-Nacht-Geschichten usw.«. Er änderte nichts und stellte nichts infrage.

Sie kamen überein, sich in Colchester zu treffen und das Dokument zu unterzeichnen, was etwa auf halbem Weg zwischen Norwich und London lag. Hazel sollte als Zeugin fungieren, und sie war sowohl im Zug als auch bei der Ankunft so ruhig, dass Alfie sich fragte, was mit ihr los war. Sie schien sich eher als Zuschauerin denn als Teilnehmerin zu betrachten, selbst bei Dingen, die nichts mit dem Baby zu tun hatten. Die vier schlenderten durch die Stadt und sahen sich die Sehenswürdigkeiten an. Emily fand, die Stadt sei eine seltsame Mischung aus alt und neu, elegant und hässlich, und Daria stimmte ihr zu: Ja, trotz der Kaufmannshäuser und der Reste aus der römischen Zeit sei sie nicht ganz die Summe ihrer Teile. Alfie sagte, sie hätten recht, genau so sei es. Hazel machte ein mürrisches Gesicht und schwieg.

Zum Mittagessen gingen sie in einen Pub, und sobald die Getränke da waren, holte Daria eine Mappe aus ihrem Rucksack, die drei Kopien der Vereinbarung enthielt. »Bevor wir zu betrunken werden«, erklärte sie und reichte sie herum. Sie unterschrieben und datierten die Verträge an den dafür vorgesehenen Stellen, dann erhoben sie ihre Gläser »auf das Baby«.

Danach mussten sie nur noch einen Termin für die erste Spende festlegen. In drei Wochen würde Emily ihren nächsten Eisprung haben, sagten sie. Der ideale Termin, soweit man das im Voraus sagen konnte, war der 20. Februar. Sie würden irgendwo im Osten Londons wohnen und könnten die Spende abholen, wann immer es für Alfie am günstigsten sei. Emily würde sich von der Arbeit freinehmen. Zufälligerweise hatte Daria an diesem Tag keinen Unterricht, musste allerdings am folgenden Nachmittag wieder in Norwich sein, um einen Vortrag bei einem Forschungsseminar zu halten.

Alfie schaute auf den Kalender seines Handys und sah, dass am 20. Elternabend war.

»Oh Mist«, sagte Daria.

Emily wirkte niedergeschlagen. »Dann vielleicht am 21.?«, sagte sie zweifelnd zu Daria. »Ich könnte es irgendwie allein machen?«

Daria zuckte mit den Schultern. »Ja, vielleicht.«

»Ist schon okay«, sagte Alfie. »Ich kann es am 20. machen.«

»Aber … »

»Wir können es nach dem Elternabend machen. Oder eigentlich sogar vorher. Der Unterricht endet um Viertel nach drei. Normalerweise sind die Kinder innerhalb einer halben Stunde weg. Und der Elternabend beginnt nicht vor fünf. Ihr müsstet nur in der Schule vorbeikommen und es davor abholen.«

»Wirklich?«, fragte Emily. »Ist das nicht ein bisschen eng?«

»Das schaff ich schon.«

»Bist du dir sicher?«, fragte Daria. »Das ist doch nicht ideal, oder?«

»Ehrlich,« sagte Alfie, »ich werde voraussichtlich eine Stunde Zeit haben. Das ist genug.«

»Okay,« sagte Emily. »Wenn es dir wirklich nichts ausmacht.«

Er sagte, nein, wirklich nicht, und sie bedankten sich herzlich und trugen den 20. in ihren Terminkalender ein. Hazel, die diesen Austausch mit verschränkten Armen und einer hochgezogenen Augenbraue verfolgt hatte, beugte sich nun vor und sagte: »Also – entschuldige, nur damit ich das richtig verstehe – du willst das in einer *Grundschule* machen?«

Alle blickten von ihren Kalendern auf. »Nun – ja«, sagte Alfie.

»Okay«, sagte Hazel und grinste. Sie hob ihr Glas und trank lässig einen Schluck.

»Es sind keine Kinder in der Nähe, du Dummi«, sagte Emily.

»Es muss doch eine Behindertentoilette geben, oder?«, fragte Daria.

»Natürlich«, sagte Alfie und blickte Hazel an. »Das geht schon.«

Die Sonne schien, und so machten sie nach dem Mittagessen einen Spaziergang am Fluss entlang zu einem Pub, den Emily im Internet gefunden hatte. Alfie und Daria liefen voraus, Emily und Hazel hinterher. Die beiden Letzteren gingen so langsam und hielten so oft an, damit Emily Fotos von Booten, Wolken und Schneeglöckchen machen konnte, dass Alfie und Daria bald weit voraus waren. Es war schwieriger als sonst, ein Gespräch zu führen. Im Vergleich zu den bedeutsamen Ereignissen, die bevorstanden, erschien alles trivial.

Schließlich sagte Daria: »Und? Genießt du immer noch die Freude über dein Testergebnis? Das muss ein ziemlich gutes Gefühl sein?

»Ziemlich gut, ja«, bestätigte er und lächelte. »Mir war

gar nicht bewusst, wie sehr ich mir darüber Sorgen gemacht habe. Aber es war wohl irgendwie immer in meinem Hinterkopf, auch wenn ich nicht bewusst darüber nachgedacht habe.«

»Das wundert mich nicht«, sagte Daria. »Das kann ich mir schon sehr belastend vorstellen.«

»Ich meine, ich hätte es haben können, und es wäre mir trotzdem gut gegangen«, fügte er hinzu. »Ich wäre nicht in die höchste Risikokategorie eingestuft worden, da ich weder Brüste noch Eierstöcke habe. Aber ich glaube, mein Krebsrisiko wäre generell höher als beim Durchschnitt gewesen. Das hätte mir schon genügt. Ich bin ein ziemlicher Hypochonder.«

»Ach ja? Das wusste ich gar nicht.«

»Oh ja, ein ziemlich heftiger sogar. Auch nicht nur wegen Krebs, sondern wegen allem. Du klingst überrascht.«

»Das bin ich auch. Ich weiß allerdings nicht, warum. In Anbetracht der Situation ist das auch nicht verwunderlich. Du wirkst nur einfach immer ziemlich entspannt.«

»Ha«, sagte Alfie. »Also das bin ich nicht. Ich bin ein verrückter Neurotiker. Allein im letzten Jahr hatte ich Multiple Sklerose, die Motoneuron-Krankheit und etwa fünf Arten von Krebs.«

Er klang fröhlich, aber Daria vermutete, dass das nur Fassade war: ein Versuch, sich selbst davon zu überzeugen, dass seine Ängste völlig unbegründet waren, oder um sich vor dem Spott anderer zu schützen. »Glaubst du, dass das jetzt besser wird?«, fragte sie. »Jetzt, wo du weißt, dass du diesen zusätzlichen Risikofaktor nicht hast?«

Alfie seufzte. »Das würde ich gerne glauben«, sagte er. »Aber realistisch gesehen, bezweifle ich das. Im Moment bin ich noch ein bisschen high von dem Ergebnis, aber das wird irgendwann nachlassen, und dann werde ich mir wahrscheinlich wieder Sorgen machen. Denn auch ohne dieses Gen gibt es noch reichlich Krankheiten, die ich bekommen könnte. Und vermutlich ist die Chance, dass ich eine davon bekomme, gering, aber wenn man sie alle zusammenzählt und sich vor Augen führt, auf wie viele schreckliche Arten man sterben kann, denkt man: Wann bin ich dran? Ich kann Krankheiten nicht ewig meiden. Wie habe ich es überhaupt so weit geschafft? Wie kann mein Körper noch funktionieren? *Funktioniert* mein Körper noch, oder läuft in diesem Moment etwas schief? Und das, ohne dass man Luftverschmutzung, Pestizide, Mikroplastik und all die anderen Dinge berücksichtigt, die wahrscheinlich unser aller Leben verkürzen. Man wartet also nur ab. Und wenn dann ein Symptom auftritt, denkt man: Ja, gut. Das muss es sein.«

Einen Moment lang herrschte Stille, während Daria diese Information verarbeitete. Schließlich sagte sie: »Alfie, hör zu. Ich weiß nicht, ob es in Ordnung ist, wenn ich dich das frage. Aber hast du jemals daran gedacht, eine Therapie zu machen?«

Alfie blinzelte überrascht. »Oh«, sagte er. »Hmm. Nicht wirklich. Nach dem Tod meiner Mutter bin ich ungefähr ein Jahr lang zur Therapie gegangen. Aber seitdem nicht mehr. Warum, denkst du, ich sollte?«

»Ich frage nur«, sagte sie und drehte sich um, um sich zu vergewissern, dass Emily und Hazel außer Hörweite waren,

»weil ich gerade selbst eine Therapie mache. Mir hat es sehr geholfen.«

»Ach? Weswegen? Wenn ich das fragen darf.«

»Gegen meine Phobie vor der Schwangerschaft.«

»Wow«, sagte Alfie. »Moment … was?«

»Ja, ich weiß. Ich habe eine Phobie vor Schwangerschaft und Geburt. Aber eine wirklich schwere. Eine, die Panikattacken auslöst.«

»Shit.« Alfie fühlte sich plötzlich, als hätte er eine entscheidende Information übersehen. »Aber – bist du … ich dachte … ist Emily nicht diejenige, die das Baby austrägt?«

»Ja«, sagte Daria. »Man sollte meinen, das hilft, oder?«

»Es ist also die gleiche Angst, auch wenn man es nicht selbst erlebt?«

»Yep.«

»Wow«, sagte Alfie. »Weiß Emily davon?«

»Nope.«

»Oh.« Er hielt sich zurück, weil er nicht wusste, wie weit er gehen durfte, aber Daria fuhr von sich aus fort.

»Ich werde es ihr sagen. Aber ich warte, bis sie tatsächlich schwanger ist. Vorher möchte ich sie nicht damit belasten. Sie ist jetzt schon gestresst. Wenn sie schwanger ist, wird sie so glücklich sein, dass sie es leichter verarbeiten kann. Ich habe das mit meiner Therapeutin besprochen«, fügte sie hinzu, als ob Alfie ihre Argumentation anzweifeln könnte.

Alfies erster Gedanke, für den er sich später schämte, war, dass es doch ganz schön war, sich vor etwas zu fürchten, das einem nicht wirklich körperlich schaden konnte. Wie angenehm es sein musste, nur mit irrationalen Ängsten belastet zu sein, die man wegdiskutieren konnte, im Gegensatz zu rationalen Ängsten wie seinen, die einen auf die Wahrheit vorbereiteten. Er würde seine Phobien sofort gegen Darias tauschen.

Doch als Daria weitersprach, hörte er die Anspannung in ihrer Stimme. Sie klang wie jemand, der mit aller Kraft dagegen ankämpft, nicht von seiner Panik überwältigt zu werden. Sie erzählte ihm von dem Traum, den sie ein- oder zweimal gehabt hatte, in dem das Baby auf dem Weg nach draußen steckenblieb. Die Ärzte steckten scharfe Instrumente in Emily, um es Stück für Stück herauszuholen, wie ein Flaschenschiff, nur andersherum. Aus Mitgefühl empfand er selbst Angst und schließlich Mitleid. Angst war Angst. Sie hatten beide Angst vor Schmerz und Tod und vor Dingen, die langsam im Dunkeln wuchsen.

»Weißt du, woher das kommt?«, fragte er.

»Oh ja«, sagte Daria. »Das ist einfach. Meine Mutter wäre bei der Geburt meines Bruders fast gestorben. Präeklampsie. Deshalb habe ich lange gebraucht, um eine Bindung zu ihm aufzubauen.«

»Das genügt«, sagte Alfie.

»Und als wir dann im Sexualkundeunterricht ein Video über Geburten gesehen haben, war ich so entsetzt, dass ich in Ohnmacht fiel. Und als Teenager habe ich viele klassische Romane gelesen, die mir den Eindruck vermittelt haben, dass mehr Frauen bei der Geburt sterben, als es tatsächlich der Fall ist. Ein Bestätigungsfehler. Meine Therapeutin hat mir geholfen, das zu ändern.«

»Ah. Klug.«

»Ich weiß«, sagte sie lächelnd. »Ich war ziemlich zufrieden mit mir.«

Sie gingen in geselligem Schweigen weiter, und in der Ferne tauchte der Pub auf.

»Die Therapie lässt die Angst also verschwinden?«, fragte Alfie nach einer Weile.

»Das würde ich nicht unbedingt sagen. Aber es hilft mir, sie zu verstehen und besser damit umzugehen.«

»Was wirst du tun, wenn das Baby kommt?«

Daria zuckte mit den Schultern. »Meine Atemübungen machen. Notfalls Medikamente nehmen. Meine Therapeutin sagt, es sollte noch eine weitere Person bei der Geburt dabei sein, um den Druck von mir zu nehmen. Das wird vermutlich Hazel sein. Und ich habe Glück, denn es gibt einen Endpunkt. Das hilft mir. Wenn das Baby erst einmal auf der Welt ist, muss ich mich mit alldem nicht mehr beschäftigen.«

»Stattdessen musst du dich nur darum kümmern, einen kleinen Menschen am Leben zu erhalten«, sagte Alfie, und Daria lachte.

»Richtig«, sagte sie. »Keine große Sache.«

»Aber im Ernst, wenn du mal reden musst,« sagte er. »Du hast meine Nummer.«

»Gleichfalls«, sagte Daria. »Und denk noch mal über eine Therapie nach.« Sie atmete die nach Fluss riechende Luft ein und stieß sie zufrieden wieder aus. »Danke, dass du mir zugehört hast. Es hat gutgetan, es jemandem zu erzählen.« Und das stimmte. Sie fühlte sich so ruhig wie seit Tagen nicht mehr. Es kam ihr vor, als würde sich in ihr etwas legen wie Ablagerungen, die sich in einem Flussbett absetzten.

26

Hazel war den Großteil des Tages gereizt gewesen und hatte sich alle Mühe gegeben, es zu verbergen. Ihre Frage nach dem Masturbieren in der Grundschule hatte sie erfolgreich als Sarkasmus getarnt, aber auf dem Spaziergang am Fluss hatte sie mehr Mühe, sich zurückzuhalten.

»Deine Comics sind in letzter Zeit sehr ernst geworden«, stellte Emily fest.

»Und?«, fragte Hazel. Nish hatte das auch schon bemerkt, ebenso wie einige ihrer Follower. Es zeichnete sich ab, dass die neuen Comics etwa halb so viele Likes erhielten wie die alten. Kein Wunder, sagte Miles – sie seien tiefgründiger und anspruchsvoller. Sie wären nicht jedermanns Sache.

»Und nichts!«, sagte Emily. »Es war nur eine Feststellung.«

»Ich probiere nur etwas Neues aus, das ist alles.«

»Wessen Idee war das?«

»Meine natürlich!«, blaffte Hazel.

»Okay.« Emily zuckte mit den Schultern.

»Ich meine, ich habe es mit Miles besprochen«, gab Hazel zu. »Ihm gefiel die Idee, dass ich etwas politischer werde.«

»Okay.«

»*Was*?«, rief Hazel, die aus ihrem Ton Kritik herauszuhören meinte.

»Nichts! Gott, bist du empfindlich!«

Emily bückte sich, um etwas zu fotografieren – mehr, um das Gespräch zu beenden, vermutete Hazel, als wegen des Motivs. Hazel wartete und schwieg. Sie wollte weder etwas Negatives über Miles hören, noch die Möglichkeit in Betracht ziehen, dass es ein Fehler gewesen war, seinem Rat zu folgen. Ihr Respekt vor ihm war eine empfindliche Angelegenheit, und sie mied Gedanken, die ihn gefährden konnten. Sie wollte mit Miles glücklich sein, denn das bedeutete, dass sie auch ohne Alfie glücklich war.

Natürlich war sie froh, dass Alfie das Krebsgen nicht in sich trug. Sie war schließlich kein Monster. Nichtsdestotrotz war ihr bewusst gewesen, was für ein enormes Hindernis es darstellte, und sie hatte sich einfach nicht vorstellen können, dass es überwunden werden könnte. Alfie, der Samenspender ihrer Schwester! Sie war sich sehr sicher gewesen, dass es niemals dazu kommen würde. Und dann war es *doch* passiert, und Hazel hatte sich ungefähr so gefühlt wie nach dem Brexit-Votum oder der Wahl von Donald Trump. Der Vergleich war unpassend, das war ihr klar – es war ein *abstoßender* Vergleich, denn die Leitmotive dieses Ereignisses waren Freude, Offenheit und Liebe. Dennoch war es für sie wie ein Erdbeben: Es verschob die Beziehungen, stellte den Status quo auf den Kopf. Nichts würde mehr so sein wie zuvor.

Alfie, das war ihr jetzt klar, war nicht an ihr interessiert. Wenn sie an das Gespräch im Wohnzimmer zurückdachte, war sie peinlich berührt. Sie hatte die Lage völlig falsch eingeschätzt und war froh, dass sie wenigstens nicht zu erkennen gegeben hatte, wie sehr sie sich getäuscht hatte. Als er gesagt hatte, dass es »kompliziert« sei, hatte er ganz offensichtlich auf die rechtlichen Aspekte angespielt, ganz zu schweigen von der Vorstellung, ein Kind zu zeugen und zu lieben und gleichzeitig nicht dessen Vater zu sein. Mit Schaudern erinnerte sie sich an ihre Antworten. Wie naiv sie ihm vorgekommen sein musste.

Er wirkte jetzt irgendwie etwas erhaben, der Glanz der Nächstenliebe machte ihn weniger nahbar. Emily und Daria hatten ihm eine Aufgabe mit tiefem Sinn angeboten, und indem er sie annahm, hatte er sich von seiner irdischen Ebene auf eine höhere begeben, die Hazel mit einigem Abstand beobachtete. Der neue altruistische Alfie ejakulierte nicht zu seiner eigenen unmittelbaren Befriedigung, sondern um das künftige Glück anderer zu sichern. Hätte sie selbst etwas von ihm gewollt – was nicht der Fall war –, wäre ihr das im Vergleich dazu unwürdig erschienen.

Als sie den Pub erreichten, gab Hazel die erste Runde aus, was zwar demokratisch, aber dennoch ungerecht war, da sie nur den Mindestlohn verdiente und nur mit dabei war, um den anderen einen Gefallen zu tun. Emily hätte für sie bezahlen sollen. Zurück am Tisch beobachtete sie, wie die anderen sich unterhielten, und stellte sie sich als Figuren in einem Comic vor, den sie niemals zeichnen, geschweige denn veröffentlichen würde. In dem Comic würden Emily und Daria Alfie mit der Verehrung von Jüngern betrachten, und Alfie würde sich bei näherer Betrachtung gar nicht als Mann, sondern als Engel entpuppen.

Draußen setzte die Dämmerung ein. Sie überlegten, ob sie aufbrechen und am Fluss zurücklaufen sollten, beschlossen aber, dass es bereits zu dunkel war. Sie würden zum Abendessen bleiben und dann mit einem Uber zurück zum Bahnhof fahren. Vor den Fenstern wurde es dunkel, bis sie den Fluss draußen nicht mehr sehen konnten. Sie bestellten weitere Getränke, und jemand besorgte Speisekarten. Bei Emily und Daria war die Entscheidung schnell gefallen, denn es gab nur zwei vegane Optionen. Hazel überlegte eine Zeit lang schweigend, ob sie das nehmen sollte, was sie wirklich wollte – es kostete viel Geld und würde möglicherweise Anstoß erregen. Oder sollte sie etwas Bescheideneres wählen, das weniger kontrovers war?

Als der Kellner kam, um ihre Bestellung aufzunehmen, entschied sie sich und sagte: »Für mich das Steak, bitte.« Emily beobachtete sie lächelnd und stirnrunzelnd zugleich, als sie es medium gebraten mit Knoblauchbutter bestellte. »Was ist?«, fragte Hazel abwehrend, als der Kellner gegangen war.

Emily verdrehte die Augen. »Nichts!«, rief sie. »Was ist denn heute mit dir los?«

»Ich finde es einfach nicht gut, dass du dich über meine Essensauswahl aufregst.«

Emily öffnete empört den Mund und sah Hilfe suchend zu Daria. Daria hob die Hände und sagte: »Sieh mich nicht an.«

»Ich habe doch gar nichts gesagt«, wandte sich Emily wieder an Hazel.

»Das brauchtest du auch nicht«, entgegnete Hazel.

»Warum? Weil du meine Gedanken liest?«

»Nein«, sagte Hazel, »dein Gesicht sagt alles.«

Emily schüttelte den Kopf und trank einen Schluck Wein. »Du bildest dir etwas ein.«

»Nettes Gaslighting, danke.«

»Ach, Herrgott noch mal.«

»Na, dann komm schon«, sagte Hazel. »Sieh mir in die Augen und sag mir, dass du es nicht missbilligst. Nur zu, mach schon.«

»Es ist mir scheißegal, was du isst«, sagte Emily, und Daria berührte ihre Hand, als wollte sie sie beschwichtigen.

Es folgte eine kurze Pause. Daria blickte müde über den Tisch zu Alfie, der eine Grimasse zog und ansetzte, das Thema zu wechseln. Aber Emily, die das Schweigen mehr ärgerte als das Reden, kam ihm zuvor. »Du willst dieses Gespräch also wirklich führen, oder?«, sagte sie und kniff die Augen zusammen. Hazel faltete ihre Hände unter dem Kinn, als wollte sie sagen: »Na dann los!«

»Gut«, sagte Emily. »Ich gebe zu, ich bin neugierig, warum du all diese ernsthaften Comics über den Klimawandel veröffentlichst, wenn du im nächsten Moment ein Steak isst.«

Das sind nicht meine Comics, dachte Hazel. Sie versuchte, es nicht zu denken, aber sie dachte es trotzdem. Ich tue nur, was man mir sagt, weil ich ein Schwächling und eine lausige Feministin bin. Laut sagte sie: »Verstehe. Du hältst mich für eine Heuchlerin.«

»Das habe ich nicht gesagt.«

»Ich persönlich,« fuhr Hazel fort, »denke, da ich wahrscheinlich nie Kinder haben werde, kann ich so viel Steak essen, wie ich will.«

Emily öffnete den Mund, aber es kam kein Laut heraus.

»Ich meine, wie groß ist der CO_2-Fußabdruck, den ein Kind in den Industrieländern hinterlässt? Achtundfünfzig Tonnen pro Jahr? Neunundfünfzig?«

»Okay«, warf Daria scharf ein. »Können wir das jetzt lassen?«

Emily war wütend, aber sie hatte kein Gegenargument, keine Statistiken zur Hand, die sie entlasteten. Sie entschuldigte sich und verließ den Tisch. Danach wusste niemand mehr so recht, was er sagen sollte. Daria starrte an die Decke, Alfie auf seinen Teller, und Hazel, die aus dem Tunnelblick erwachte, mit dem sie den Streit geführt hatte, schämte sich plötzlich zutiefst.

»Tut mir leid«, murmelte sie, ohne sie anzusehen.

»Geh und versöhn dich mit Emily«, sagte Daria steif. »Dann ist der Abend vielleicht noch zu retten.«

Hazel stand auf und begab sich auf die Suche nach ihrer Schwester. Sie saß draußen auf einer Bierbank, die Ellbogen auf die Knie gestützt, und starrte auf den ruhigen dunklen Fluss.

»Em?«, sagte sie, und Emily sah ohne zu lächeln zu ihr hoch und blickte dann wieder aufs Wasser. Hazel setzte sich neben sie.

»Es tut mir leid«, sagte sie. »Ich war eine Idiotin.«

»Stimmt. Geht es um heute? Hattest du bewusst vor, alles zu verderben, oder war es ein Versehen?«

»Ein Versehen«, gab Hazel leise zu.

Es war still, bis auf das Plätschern des Wassers vor der Tür und die gedämpften Stimmen aus dem Pub hinter ihnen. »Ich hätte vermutlich einfach darüber hinweggehen sollen«, sagte Emily nach einer Weile. »Ich war auch ein bisschen gemein. Aber ich habe meine gerechte Strafe bekommen, stimmt's?«

»Wie meinst du das?«

»Du hast recht. Ein Kind zu bekommen bedeutet einen irren Co_2-Fußabdruck. Das weiß ich. Ich habe mich nur entschieden, es zu ignorieren.«

»Em, nimm dir das nicht so zu Herzen«, sagte Hazel, wütend auf sich selbst. »Ich habe nur um mich geschlagen. Es liegt am PMS. Ich hab das alles nicht so gemeint.«

Aber das schien Emily nicht zu trösten, denn sie starrte weiterhin stirnrunzelnd auf das Wasser hinaus.

Schließlich schaute sie hinter sich und sagte: »Wir gehen besser zurück. Das Essen kommt bald.«

Wie sich herausstellte, war das Steak bereits da. Hazel starrte es an. Sie glaubte zu spüren, wie alle anderen es ebenfalls anstarrten, und fühlte sich, als hätte man sie selbst auf einem Teller serviert.

»Fang an, Hazel, es wird kalt«, sagte Daria, und Alfie schloss sich ihr an, sodass sie gezwungen war, ihr Steakmesser in die Hand zu nehmen und hörbar an dem rosa Fleisch zu sägen.

Als Alfies Essen kam, spürte Hazel, wie sie wieder einmal von Schamgefühlen übermannt wurde. Er hatte einen Portobello-Champignon-Burger bestellt. Sie hatten sich einmal über Veganismus unterhalten und waren sich einig, dass sie wahrscheinlich nie versuchen würden, vegan zu leben, weil sie einfach als Menschen nicht gut genug waren. Ich wünschte, es würde mich ekeln, Fleisch zu essen, hatte sie gesagt. Objektiv betrachtet ist es ekelhaft, warum muss es gleichzeitig lecker sein? Amen! hatte er ausgerufen und sich ausgeschüttet vor Lachen. Jetzt schien es, als wollte er sich doch noch bessern.

Endlich kam auch Emilys und Darias Essen, und die Aufmerksamkeit wurde von Alfies anständiger Mahlzeit abgelenkt, neben der ihr eigenes Essen abstoßend wirkte. Dennoch herrschte eine gewisse Unruhe. Sie unterhielten sich, aber das Gespräch kam nicht in Schwung.

Schließlich war es Alfie, der sie mit seiner Weisheit aus der Situation herausholte. »Also«, sagte er, »wer hat *Fleabag* gesehen?« Es funktionierte sofort. Mit vollen Mündern riefen sie, um sich gegenseitig zu übertönen, als hätte er einen Bann gebrochen – oder sie vielleicht mit einem belegt.

27

Emily ärgerte sich noch tagelang über das Gespräch. Sie wusste, dass Hazel keinen wunden Punkt hatte treffen wollen. Trotzdem hatte sie genau das getan.

Es bestand ein Widerspruch zwischen dem, was Emily glaubte, und dem, was sie wollte; dessen war sie sich schon lange bewusst. Aber sie habe es nicht wirklich als Heuchelei empfunden, erklärte sie Daria, bis sie Hazel auf ihre Heuchelei hingewiesen und diese ihr daraufhin ihre eigene vor Augen geführt habe. Ich würde mir keine Gedanken darüber machen, entgegnete Daria. Es ist unmöglich, sich um den Planeten zu kümmern, ohne ein Heuchler zu sein. Der Planet wird durch unsere bloße Existenz geschädigt. Die einzige Möglichkeit, als Umweltschützer keine Heuchelei zu betreiben, besteht darin, sich selbst zu töten. Aber was ist mit den Menschen, denen das egal ist, die Fleisch essen und Kinder bekommen, ohne jemals über die Folgen nachzudenken? Theoretisch gesehen sind sie keine Heuchler, aber das bedeutet nicht, dass sie die besseren Menschen sind.

Das hieße aber nicht, dass man sich nicht bemühen sollte, Heuchelei weitestgehend zu vermeiden, argumentierte Emily. Wir sollten das Auto abschaffen!, rief sie eines Abends beim Essen. Daria legte verärgert die Gabel weg. Wie sollen wir dann jemals an die Küste kommen?, fragte sie. Wie sollen wir nach Holkham oder Blakeney kommen, um die Robben zu sehen? Wie sollen wir die Welt schätzen, wenn wir uns selbst den Zugang zu ihr verwehren? Es ist wie mit dem Fliegen, sagte sie: Das Reisen fügt dem Planeten irreparablen Schaden zu, das stehe außer Frage. Aber wenn die Menschen nie gereist wären, hätten sie den Planeten dann jemals verstanden, oder wie wichtig es ist, ihn zu retten? Um den Klimawandel aufzuhalten, müssten sich alle Menschen in ihren Häusern einschließen und sich nie weiter als bis zu einem Fuß- oder Fahrradweg entfernen. Und das wird nie passieren, weil wir unsere Welt zu sehr lieben, um die notwendigen Opfer zu bringen, um sie zu erhalten. Das sei die ironische brutale Wahrheit.

»Dann stimmst du mir also zu«, sagte Emily. »Dass es von hier an nur noch bergab geht.«

Daria zuckte mit den Schultern und wusste nicht, was sie sagen sollte.

Warum machten sie das?, wollte Emily nun wissen. Warum zeugten sie einen neuen Menschen, der allein durch seine Existenz den Grundstein für sein späteres Leiden legte? Darauf antwortete Daria, dass sie immer für eine Adoption gewesen sei.

Eine Zeit lang sah es anschließend so aus, als wäre Emily bereit, ihre Hoffnungen auf eine Schwangerschaft aufzugeben. Schließlich ging es ihr darum, Mutter zu sein, und es gab andere Möglichkeiten, dieses Ziel zu erreichen. Sieh dich an, sagte sie – du wirst mit unserem Baby überhaupt nicht verwandt sein, aber das macht dich nicht weniger zu einem Elternteil. Eigentlich sollte ich von der ganzen Sache abgestoßen sein. Es ist objektiv gesehen seltsam, was eine Schwangerschaft mit dem Körper anstellt. Warum will ich mir das unbedingt antun?

Da sie nun aber unersättlich Artikel und TED-Talks über die moralischen Auswirkungen der Fortpflanzung im Zeitalter der Ausrottung konsumierte, fand sie schließlich ein Argument, das ihr Gewissen beruhigte. Dieses Argument lautete, der Klimawandel werde hauptsächlich von Unternehmen und Regierungen vorangetrieben. Darum sei es weder fair noch realistisch, von Einzelpersonen zu erwarten, dass sie den Klimawandel abschwächten, sei es durch kleine Entscheidungen in ihrem Alltag wie Recycling oder durch große wie den Verzicht auf Kinder. Die Menschen zu ermutigen, auf Kinder zu verzichten, war vielmehr eine heikle Angelegenheit, die in Ökofaschismus und möglicherweise in Ökoeugenik enden könnte. Außerdem lenkte es vom eigentlichen Problem ab, nämlich der Ausbeutung der endlichen natürlichen Ressourcen durch das Streben nach Profit. Der Gedanke, dass man zur Lösung des Problems beitragen könne, indem man sich für bestimmte Verhaltensweisen entscheide und andere ablehne, sei sicherlich verlockend, aber letztlich lenkte er nur von den wahren Schuldigen ab.

»Wusstest du«, sagte Emily eines Abends im Bett zu Daria, »dass es Unternehmen für fossile Brennstoffe waren, die das Konzept des persönlichen CO_2-Fußabdrucks populär gemacht haben?«

»Im Ernst?«, fragte Daria und blickte von ihrem Buch auf. »Das ist ein genialer Dreh.«

»Ich weiß! Und es hat traumhaft funktioniert!«

»Uns davon zu überzeugen, dass es *unsere* Aufgabe sei, den Klimawandel zu stoppen, nicht *ihre.*«

»Verstehst du, was das bedeutet?«, fragte Emily aufgeregt, und Daria sah sie über ihre Brille hinweg an. »Wenn wir den Gedanken hinnehmen, dass wir kein Baby haben sollten, weil unser CO_2-Fußabdruck durch die Decke ginge, tanzen wir eigentlich nur nach ihrer Pfeife! Wir sprechen sie von ihrer Verantwortung frei! Wir bringen persönliche Opfer, obwohl wir einen Systemwandel fordern sollten!«

»Ja, das verstehe ich«, sagte Daria, legte ihr Buch weg und verschränkte die Hände hinter dem Kopf. »Da stimme ich dir vollkommen zu. Aber das andere Problem ist damit noch nicht gelöst, oder?«

»Welches?«

»Nun, das moralische Dilemma, neues Leben in die Welt zu bringen, wenn die Zukunft so düster aussieht.«

»Darüber habe ich auch nachgedacht«, sagte Emily, »und ich glaube, ich weiß die Antwort.«

»Was du nicht sagst.«

»Wir müssen aktiv werden und unseren Teil dazu beitragen, dass die Regierung handelt. Wir müssen kämpfen.«

»Wie kämpfen?«

Emily drehte ihr Smartphone so, dass Daria das Display sehen konnte. Im Browser war eine Website mit einem grünen Band am oberen Rand und einer Sanduhr in der Ecke geöffnet. Darunter standen in großen Buchstaben die Worte »JOIN US«.

»Extinction Rebellion?«, sagte Daria. »Du willst wohl verhaftet werden?«

»Eigentlich nicht. Aber wenn das nötig ist … Ich weiß nicht. Vielleicht.«

»Aber ist es nicht auch eine persönliche Angelegenheit, sich verhaften zu lassen? Wie bewegst du damit mehr als damit, vegan zu leben? Du bist doch nur ein kleiner Mensch.«

»Das sind zwei verschiedene Dinge, Daria. Bei dem einen geht es darum, aus einem System *auszusteigen,* von dem wir wissen, dass es schädlich ist. Bei dem anderen geht es darum, zu fordern, dass sich das System *ändert*. Bei dem einen geht es darum, nach einem Moralkodex zu leben. Bei dem anderen darum, sich auf die Straße zu legen und zu sagen, dass wir die ganze verdammte *Stadt* lahmlegen werden, bis ihr auf uns hört.« Emilys Augen funkelten vor Leidenschaft, ihre Wangen waren gerötet.

»Ja«, sagte Daria unsicher. Theoretisch stimmte sie ihr zu. Sie hatte jedoch seit ihrer frühen Kindheit eine tiefe Abneigung dagegen, in Schwierigkeiten zu geraten, was sich in einem fast krankhaften Respekt vor Regeln und Vorschriften äußerte. Sie konnte sich kein Szenario vorstellen, in dem sie sich bereitwillig einer Verhaftung aussetzen würde. »Meinst du, dass das produktiv ist?«, fragte sie. »Sich selbst zur Nervensäge zu machen? Verärgert man damit die Leute nicht nur, sondern bringt sie auch gegen die Sache auf?«

»Die Suffragetten haben die Leute auch verärgert«, sagte Emily. »Die Bürgerrechtsbewegung hat die Leute verärgert. Wie auch immer, welche Wahl haben wir? Die Menschen haben versucht, höflich zu sein. Sie haben es mit Demonstrationen und Petitionen und Briefen an die Abgeordneten versucht. Und hat sich irgendetwas verbessert? Einen Dreck hat es!«

Daria schwieg.

»Du bist nicht überzeugt«, stellte Emily fest.

»Ich bin nicht komplett anderer Meinung«, sagte Daria. »Mir gefällt nur der Gedanke nicht, dass eine von uns verhaftet wird.«

»Das muss doch vielleicht auch gar nicht passieren«, sagte Emily. »Ich bin sicher, es gibt andere Möglichkeiten, wie wir helfen können. Ich werde etwas recherchieren. Eine alte Freundin von mir macht dort mit. Ich rufe sie mal an und mach mich schlau. Erinnerst du dich an Hannah? Meine allererste Freundin?«

»Die, deren Bruder sich zu einem Date mit Hazel getroffen hat?«

»Ja, genau die. Sie ist wirklich nett. Du würdest sie mögen.«

Daria nahm ihre Brille ab und klappte ihr Buch zu. Sie drehte sich auf die Seite, stützte sich auf einem Ellbogen ab und strich mit einem Finger leicht über Emilys Arm. »Du legst dich also mit deiner Ex-Freundin auf die Straße und lässt dir Handschellen anlegen?«, sagte sie mit hochgezogenen Augenbrauen. »Klingt verdächtig.«

Emily schnaubte und legte ihr Telefon auf den Nachttisch. Nur für jemanden, der misstrauisch ist«, sagte sie.

»Das ist der Stoff, aus dem die Fantasien sind«, sagte Daria.

»Ich stehe nicht für eine außereheliche Affäre zur Verfügung, Süße.«

Daria machte Welpenaugen und sagte: »Weil ich die Liebe deines Lebens bin?«

»Das weißt du doch.« Emily grinste.

»Dein Ein und Alles?« Daria rückte näher.

Emily kicherte. »Natürlich.«

»Dein ...«

»Mein einziges Verlangen?«, schlug Emily vor, als Daria sie auf die Schulter küsste.

»Deine Angebetete«, raunte Daria lüstern.

»Meine Geliebte«, sagte Emily mit alberner Stimme und schob ihre Hände unter Darias T-Shirt, und sie dachten sich immer absurdere Wörter aus, bis sie sich all ihrer Kleidung entledigt hatten.

28

Am 20. Februar läutete um Viertel nach drei die Glocke in der Abney Road Primary School, und Alfie verfolgte mit einer Mischung aus Erleichterung und Bedauern, wie seine Klasse den Raum verließ. Er hatte seit drei Tagen nicht mehr masturbiert und freute sich, von dem unangenehmen Gefühl der Schwere erlöst zu werden, das ihn nervös machte und in einer Grundschule völlig fehl am Platz war. Andererseits beunruhigte ihn die große Verantwortung, die auf seinen Schultern lastete – dass Emily und Daria extra herkamen. Deshalb musste er in der Lage sein, ihre Bedürfnisse in einem sehr kurzen Zeitfenster zu befriedigen, in dem ihn alles Mögliche davon abhalten konnte.

Er musste es richtig timen. Wenn er zu früh anfing, mussten Emily und Daria einen Wettlauf mit der Zeit starten, um es rechtzeitig zum AirBnB zu schaffen, bevor die Spermien abstarben. Wenn er zu spät anfing, würde der drohende Elternabend seine Bemühungen unweigerlich zunichtemachen.

Die Tür zum Klassenzimmer ging auf, und eine Frau trat ein. »Mr. Berghan? Leihen Sie mir für fünf Minuten Ihr Ohr?«

Alfie sank das Herz in die Hose. Es war die Mutter von Freema Hermann, sie war im Kollegium berüchtigt. Mrs.

Hermann wollte regelmäßig Alfies »Ohr leihen«, und zwar immer für fünf ihrer ganz speziellen Minuten, die deutlich länger waren als die von anderen.

»Ich bin heute Nachmittag etwas beschäftigt«, sagte Alfie. Das hätte vielleicht die gewünschte Wirkung gehabt, wenn er die Betonung nicht auf »etwas«, sondern auf »beschäftigt« gelegt hätte. So verstand Mrs. Hermann ihn so, dass er zwar beschäftigt war, aber nicht so beschäftigt, dass er keine fünf Minuten Zeit hatte, ihr zuzuhören.

Als sie alle Punkte auf ihrer Tagesordnung abgearbeitet hatte, war es bereits fünf nach vier. Alfie beförderte sie eilig aus dem Klassenzimmer und überprüfte sein Handy. Er hatte eine Nachricht von Daria, die drei Minuten zuvor abgeschickt worden war. Darin stand, dass sie gerade an ihrem AirBnB losgefahren seien und in etwa zwanzig Minuten an der Schule einträfen. Alfie antwortete, dass es um die Ecke einen Greggs gäbe. Dort könnten sie warten. Oder auch beim Subway, wenn ihnen das lieber wäre. Er bat sie, ihm eine Nachricht zu schicken, wenn sie aus der U-Bahn kämen.

Während er auf ihre Antwort wartete, versuchte er, sich zu beschäftigten, schlug ein Heft auf und tat, als würde er korrigieren. Alle dreißig Sekunden blickte er auf sein Handy, obwohl es vibrierte, sobald es etwas zu sehen gab. Als die Nachricht eintraf, sprang er auf, schnappte sich seine Tasche und lief den Korridor in Richtung Behindertentoilette hinunter.

Als er um die Ecke bog, stieß er fast mit Akin Reid zusammen, einem achtjährigen Wunderkind, das sich seiner Einzigartigkeit voll bewusst war.

»Hallo, Mr. Berghan«, sagte Akin.

»Hallo, Akin«, sagte Alfie, wich ihm aus und ging weiter.

»Mr. Berghan, darf ich Ihnen meine Leiterplatte zeigen?«, rief Akin ihm nach. »Ich arbeite in der Hausaufgaben-AG daran. Sie basiert auf den Schaltkreisen, die wir letzte Woche im Unterricht gemacht haben, aber habe ich sie noch mit ein paar zusätzlichen Funktionen ausgestattet.«

»Ich habe es ein bisschen eilig, Akin«, sagte Alfie und entfernte sich rückwärts von ihm. »Morgen in der Pause?«

»Oh«, sagte Akin und sah enttäuscht aus, aber Alfie hatte keine Zeit, deshalb ein schlechtes Gewissen zu haben.

Er eilte weiter und schaute sich auf dem Weg zur Behindertentoilette verstohlen um. Als er das andere Ende des Korridors erreichte, konnte er immer noch Akin sehen, der mit der Hand an der Wand entlangstrich. Kurz vor dem Ende bogen zwei Sechstklässlerinnen um die Ecke und schritten selbstbewusst in Alfies Richtung. Alfie wich der Behindertentoilette aus und ging weiter.

»Hallo, Mädels«, sagte er, als er an ihnen vorbeiging.

»Hallo, Mr. Berghan«, riefen sie im Chor und warfen ihre Haare zurück.

Kaum war er um die Ecke, begann Alfie zu joggen – zum Ausgang auf den hinteren Schulhof, um das Schulgebäude herum, durch das Haupttor hinaus und auf die Straße. Was hatte er sich nur dabei gedacht? In der Schule konnte er nicht masturbieren. Immer, wenn er sich den Moment ausgemalt hatte, war das Gebäude praktisch leer gewesen, aber in Wirklichkeit trieben sich dort immer ein paar Kinder herum, die auf dem Weg zu oder von der Nachmittagsbetreuung waren oder vom Sport kamen. Ein paar Straßen weiter gab es einen Starbucks. Besser, er ging dorthin, obwohl es in der entgegengesetzten Richtung zu Greggs und Subway lag. Er begann zu rennen.

Die Starbucks-Toilette war nicht besetzt, aber sie musste gereinigt werden. Auf dem Waschbecken stand ein Pappbecher, und jemand hatte, wie es aussah, eine ganze Rolle Toilettenpapier abgerollt und in einer Ecke gestapelt, wo sie nach und nach die umliegenden Pfützen aufsaugte. Der Raum selbst war düster und wenig einladend: weiße Keramik, dunkle Kacheln an den Wänden, kastanienbraunes Linoleum mit glänzenden Stellen. Die Atmosphäre war amourösen Gedanken nicht im Geringsten zuträglich, es sei denn, man war enorm unter Druck. Genau das hatte er geglaubt zu sein, nur jetzt, wo er hier war, fühlte er sich wie ein Dampfkochtopf, dem man den Saft abgestellt hatte.

Es gab nirgendwo Haken, also stellte er seine Tasche neben der Tür ab, so weit wie möglich von den Pfützen entfernt. Er nahm eine Plastikdose aus ihrer Verpackung und stellte sie auf die dem Kaffeebecher gegenüberliegenden Seite des Waschbeckens, damit er sie im entscheidenden Moment greifen konnte. Er trat neben seine Tasche und öffnete Gürtel und Schnürsenkel. Dann zog er einen Schuh aus, schlüpfte mit demselben Bein aus der Hose und schob den Fuß wieder halb in den Schuh zurück. Mit einer Hand hielt er die Hose weg vom Boden, mit der anderen versuchte er, den Schuh wieder richtig anzuziehen, ohne umzufallen. Dann wiederholte er den Vorgang auf der anderen Seite. Als er die Hose los war, faltete er sie zusammen und brachte sie in seinem Rucksack in Sicherheit, dann überlegte er, wie er am besten vorgehen sollte.

Drei Positionen standen zur Auswahl: breitbeinig im Raum stehen, an der Wand hocken oder auf der Toilette sitzen. Die letzte Option verwarf er sofort, probierte die beiden anderen aus und entschied sich für die erste. Seine Boxershorts störten, also begann er die heikle Prozedur, sich auszuziehen, aufs Neue und schaffte es schließlich, sich zu befreien. Er sah sich nach seinem Telefon um, stellte fest, dass es in der Hosentasche verstaut war, kramte in der Tasche danach, streifte dabei mit den Boxershorts den Boden und riss sie fluchend wieder hoch. Schließlich richtete er sich mit dem Telefon in der Hand auf, öffnete den Ordner mit den pornografischen Screenshots, die er im Voraus erstellt hatte, um den Internetfilter der Schule zu umgehen, und machte sich an die Arbeit.

Es dauerte eine Weile, bis die Dinge in Gang kamen. Es war schwierig, sich zu konzentrieren. Das Telefon schaltete sich immer wieder aus, was bedeutete, dass er jedes Mal mit dem linken Daumen den Code wieder eingeben musste, und dann erschien eine Nachricht von Daria am oberen Rand des Bildschirms – »Bei Greggs! Vegane Donuts 👍« – und verdeckte teilweise die nackte Frau, deren Nippel er sich gerade zu lecken vorzustellen versuchte.

Schließlich, als er gerade Fortschritte zu machen begann, löste sich eine Männerstimme aus dem allgemeinen Stimmengewirr draußen im Laden und kam näher. Der Mann erklärte, er habe genug, man schulde ihm fünftausend, und er würde keine weiteren Aufträge annehmen, bis der Kunde einen ordentlichen Zahlungsplan aufstelle. Was er eigentlich von dem Kunden habe? Materiell gesehen? Wie viel Betriebsmittel er sie koste. Die Stimme war jetzt laut, der Mann stand direkt vor der Tür. Alfies Erektion schmolz in seiner Hand dahin.

Er legte das Telefon weg, schloss die Augen und versuchte, die Panik zu unterdrücken, die in seiner Kehle aufstieg. Er stellte sich vor, dass die Stimme sehr weit weg war, draußen auf der Straße, und dass die Worte nichts bedeuteten, dass er die Sprache des Mannes nicht verstand. Er stellte sich vor, dass er sich in einem schwach beleuchteten Raum befand, in dem ein Bett stand oder ein Sofa oder in dem zumindest ein paar Kissen lagen. Dass er nur stand, weil er so ungeheuer geil war, dass er nicht einmal die Millisekunde abwarten konnte, die es dauern würde, sich zu setzen. Aber es war unausweichlich, alles: die Stimme des Mannes, die dreckige Umgebung, die Tatsache, dass sein Penis – abgesehen von dem durchnässten Toilettenpapier – das einzig Weiche im Raum war. Wieder nahm er das Telefon in die Hand. Der Elternabend begann in fünfzehn Minuten.

Er hatte keine Zeit, panisch zu werden, er musste sich konzentrieren. Er fuhr sich mit den Händen durch die Haare, hockte sich mit dem Rücken an die Wand, schloss wieder die Augen und atmete einige Male tief und langsam ein und aus. In seinem Kopf ging er eine Auswahl möglicher Fantasien durch und entschied sich nach einigem Überlegen für die Erinnerung an Jasmines Brüste: wie sie sie beim Küssen an ihn drückte, wie er die Hände um sie schloss und sie über ihm hin und her schwangen. Er stellte sich ihre kurvigen Hüften vor, den Schweißfilm auf ihrem Hals, wie sie gestöhnt und sich die Hand auf die Stirn gepresst hatte …

Das funktionierte. Er hätte sich die Mühe mit den pornografischen Screenshots sparen sollen. Es funktionierte so gut, dass seine Erektion selbst dann nicht nachließ, als der Mann draußen seinem Gesprächspartner mitteilte, dass er sich gleich auf den Weg mache, aber vorher noch pinkeln müsse und jemand ewig die Toilette besetze. Jetzt verschönerte Alfie die Erinnerung, indem er einen weiteren weiblichen Körper ins Spiel brachte, der seine Brüste von hinten an ihm rieb. Daraufhin näherte sich die Sache ihrem natürlichen Ende, als die zweite Frau in sein Blickfeld geriet und er zu seiner Überraschung feststellte, dass es Hazel war. Hazel mit hochgesteckten Haaren, so wie sie aus der Dusche kam; Hazel mit erigierten Brustwarzen und einer Hand zwischen ihren Beinen; Hazel, die sich nach vorne beugte, um Jasmines rechte Brust in den Mund zu nehmen.

Erschrocken riss er die Augen auf, aber jetzt war es zu spät: Er spürte, wie sein Körper auf vertraute Weise bebte und griff gerade noch rechtzeitig nach der Plastikdose. Ein einzelner Tropfen lief an der Seite herunter und fiel auf das Linoleum. Er wischte ihn mit einem angefeuchteten Papierhandtuch auf. Dann säuberte er sich und zog Boxershorts und Hose wieder an, wobei er inzwischen darin geübt war, das Gleichgewicht zu halten, ohne dass etwas den Boden streifte. Er sprühte sich Deo unter die Arme, richtete seine Krawatte und steckte das Spermatöpfchen in die Tasche. Einen kurzen Moment lang betrachtete er sich im Spiegel und fragte sich, wie unangemessen seine Fantasie gewesen war, auf einer Skala von eins bis zehn, wobei eins völlig normal und zehn höchst entwürdigend war. Als er an dem wartenden Mann vorbeieilte, genau sieben Minuten, bevor der Elternabend begann, dachte er an Emily. Vielleicht würde sie von diesem Sperma schwanger werden, das durch Gedanken an ihre Schwester entstanden war, die unaussprechliche Dinge tat. Es war abgefuckt, dachte er bei sich – praktisch Inzest. Wenn sie das wüsste, würde sie nichts mehr mit ihm zu tun haben wollen. Er lief aus der Tür, rannte mit Hochgeschwindigkeit in Richtung Greggs und spürte, wie sich unter seinen Armen Schweißflecken bildeten.

29

Miles schlug Hazel vor, sich nach der Arbeit mit ihm zu treffen, um eine Bar auszuprobieren, die gerade in Dalston eröffnet hatte. Hazel, die unbedingt ihrer eigenen Wohnung und somit Alfie entkommen wollte, vor dem sie sich schon zweimal blamiert hatte, stimmte zu. Sie trafen sich vor dem Bahnhof, wo ein rothaariger Mann mit Schorf im Gesicht und einem über die Schultern drapierten Schlafsack zu den Passanten schlurfte und ihnen einen abgenutzten Pappbecher hinhielt. Der Geruch, der von ihm ausging, drängte die Leute mit fast physischer Kraft zurück. Als Hazel und Miles vorbeikamen, hielt er seinen Becher in ihre Richtung, und Miles legte schützend einen Arm um ihre Schultern. Hazel sah den Mann entschuldigend an und schüttelte den Kopf.

»Verdammte Cracksüchtige«, murmelte Miles.

In der Bar verkündete Hazel, dass sie etwas zu sagen habe. Miles hob leicht besorgt die Augenbrauen, und sie erzählte ihm, dass die Zahl ihrer Follower seit ihrer Umstellung auf ernsthafte politische Comics stagniere. Seit dieser Woche sei sie sogar rückläufig. Sie kenne auch den Grund: Sie sei für diese Art von Themen einfach nicht geschaffen. Sie könne dem nicht gerecht werden. Miles nahm ihre Hände und sagte, nein, er sei absolut nicht ihrer Meinung.

»Ich meine es ernst«, sagte sie und zog eine Hand weg,

um ihr Getränk zu nehmen. »Ich kriege das einfach nicht hin. Sie wirken schwerfällig und künstlich.«

»Das sehe ich wirklich nicht.«

»Nun, ich glaube, da bist du der Einzige. Keiner sonst scheint sie zu mögen.«

An diesem Tag hatte Nish sie bei der Arbeit gefragt, ob alles in Ordnung sei. Verwirrt hatte sie es ihm bestätigt, und er sagte: »Ro hat sich nur Sorgen gemacht.«

»*Ro* hat sich Sorgen gemacht?«, hatte sie wiederholt. »Woher weiß Ro genug über mein Leben, um sich Sorgen zu machen?«

Nish schien verlegen und sagte, es sei nur so, dass sie Hazels jüngste Comics ein bisschen – nun ja – *daneben finde.* Hazel war ziemlich beleidigt und fragte ihn, ob er mit »daneben« sagen wolle, dass sie »Mist« seien. Nein, sagte er, Roisin sei nicht besorgt, dass sie per se Mist seien, sondern dass sie einfach nicht zu Hazel passten. Auf eine Sache habe sie besonders hingewiesen: die Haifischflosse von Jeff Bezos in dem Comic mit den Surfern. Das sei ein zu bemühter, zu bewusster Versuch, ein Statement abzugeben. Hazels Arbeit habe immer so geschmeidig und mühelos gewirkt …

»Hat sie das gesagt?«

»Ja, aber diese Haifischflosse – versteh das bitte nicht falsch, Hazel. Wir sind ehrlich, weil du uns wichtig bist. Roisin meinte, diese Haifischflosse sei so aufgeblasen, die Idee müsste von jemand anderem gewesen sein.« Er verzog das Gesicht.

Hazel biss die Zähne zusammen. »Und wessen Idee soll das gewesen sein?«

»Sag du es mir.«

Es folgte eine lange Pause. »Weißt du, was ich denke?«, fragte Hazel. »Ich glaube, Roisin hat Miles nie gemocht, und jetzt hat sie sich in den Kopf gesetzt, dass er mich zwingt, Cartoons zu zeichnen, die ich nicht zeichnen nicht will.«

Nish nickte langsam. »Ja«, sagte er. »Ziemlich genau so.« Hazel sah ihn ungläubig an. »Ro sagt, wenn du zulässt, dass sich ein Mann in deine Kunst einmischt, bist du im Grunde seine Gefangene«, fuhr er fort. »Wenn du zulässt, dass er deinen kreativen Prozess beeinflusst, verschenkst du im Grunde deine Seele. Das hat sie gesagt.«

Hazel rollte mit den Augen. »Sie übertreibt total. Außerdem, warum bist du ihr Bote? Ro sagt, Ro sagt. Warum sagst du mir nicht, was *du* denkst?«

»Was ich denke?«, fragte Nish überrascht. »Also, bis ich mit ihr gesprochen habe, habe ich gar nicht viel gedacht. Nur, dass sie nicht mehr so lustig sind.«

»Was ist so toll an lustig?«, rief Hazel. »Warum muss alles lustig sein?«

»Es hat mich nur ein bisschen traurig gemacht, das ist alles.«

»Traurig? Warum?«

»Weil es sich anfühlt, als würdest du deinen Sinn für Humor verlieren«, sagte Nish. »Und das ist nicht die Hazel, die ich kenne.«

Jetzt sah Hazel Miles an und sagte: »Ich habe eine Entscheidung getroffen. Ich werde wieder das Zeug machen, das ich vorher gezeichnet habe. Du weißt schon, die albernen

Sachen. Die ekligen. Es war gut, etwas anderes auszuprobieren. Aber ich glaube, ich sollte bei dem bleiben, was ich am besten kann.«

Miles zuckte mit den Schultern. »Okay«, sagte er. »Wenn du meinst. Man sagt ja, man soll über das schreiben, was man kennt. Oder in diesem Fall zeichnen.« Eine Zeit lang sagte er nichts. Er drehte sein leeres Glas in der Hand und runzelte leicht die Stirn. Dann sah er zu ihr hoch. »Hast du Lust auf einen Döner?«

Als sie mit den Dönern in der Hand zum Bahnhof kamen, sahen sie den rothaarigen Mann, der immer noch mit seinem Becher zu den Leuten schlurfte. »Haben Sie ein paar Pfund, damit ich mir etwas zu essen kaufen kann, Sir?«, flehte er, und als Miles ihn ignorierte, wandte er sich an Hazel. »Madam, ein paar Pfund, damit ich mir etwas zu essen kaufen kann?« Wieder packte Miles sie fester an der Schulter, wieder sah sie den Mann an und schüttelte entschuldigend den Kopf. »Na klar, geht nur!«, rief er ihnen hinterher. »Ihr seid doch alle gleich. Keiner schert sich um mich! Niemand schert sich einen Dreck darum, ob ich lebe oder sterbe!«

»Weil du ein Schwachkopf bist, Kumpel«, sagte Miles über seine Schulter und lenkte Hazel in die Bahnhofshalle.

***

»Netter Comic«, sagte Roisin ein paar Tage später. Sie stand in der Tür, als Hazel gerade mit einem Tablett gebrauchter Kaffeebecher in die Küche wollte. »Eingewachsene Haare. Typisch Phillips.«

Hazel lächelte schwach, und Roisin trat zur Seite, um sie passieren zu lassen. Sie stellte die Becher in die Spülmaschine und ging dann zurück ins Café. Roisin lehnte an der Theke und wartete auf sie.

»Nish hat mir von eurem Gespräch erzählt«, sagte sie. »Es tut mir leid, Hazel. Ich wollte es dir selbst sagen, ich schwöre. Ich wusste nicht, dass er die Sache in die Hand nehmen würde.«

Hazel zuckte mit den Schultern. »Das musste ich wohl hören, ob so oder so.«

»Wahrscheinlich hat er es taktvoller ausgedrückt als ich.«

»Wahrscheinlich«, stimmte Hazel ihr zu, und Roisin grinste zurückhaltend.

»Hör zu, es tut mir wirklich leid wegen der Ausstellung«, sagte sie. »Ich war völlig neben der Spur.«

»Irgendwie schon«, sagte Hazel. »Ich meine, du hattest recht. Aber du warst daneben. Aber ich habe auch überreagiert. Also.«

»Ich hätte mich schon vor langer Zeit entschuldigen sollen.«

Hazel winkte ab. »Jetzt hast du dich ja entschuldigt. Außerdem hättest du dich nicht zu entschuldigen brauchen, wenn ich nicht so eine große Sache daraus gemacht hätte.«

»Und?«, fragte Roisin. »Wieder Freundinnen?«

»Klar«, sagte Hazel, und Roisin zog sie in eine Umarmung.

Später, als sie wieder warm miteinander geworden waren, fragte Roisin: »Du bist also noch mit Miles zusammen?«

»Fürs Erste«, antwortete Hazel und warf ihr einen Blick

zu. »Ich treffe ihn später. Wir gehen auf diesen großen roten Turm im Olympiapark.« Das hatte er vorgeschlagen, nachdem sie in der Bar gewesen waren. Sie hatte von seinem Wohnzimmerfenster aus darauf gezeigt und ihn gefragt, ob er schon einmal da oben gewesen sei, und er hatte gesagt: »Ach, auf dem Anish Kapoor? Nein, noch nie. Wollen wir das mal machen, Hazel?«

»Auf das hässliche Ding?«, sagte Roisin jetzt. »Die Aussicht ist bestimmt gut. Gibt es da nicht eine Rutsche oder so?«

»Yep.«

»Nimmst du die?«

»Klar.«

»Lieber du als ich«, sagte Roisin. »Pass auf dich auf.«

Der Eintritt für das Turm- und Rutschenerlebnis war unverschämt hoch, aber sie zahlten trotzdem und fuhren mit dem Aufzug zur Aussichtsplattform. Dort standen sie nebeneinander vor der großen Glasscheibe und blickten auf die dunkler werdende Skyline, während in der Stadt die Lichter angingen. Miles atmete hörbar durch die Nase ein und atmete das Wort »wow« aus. Von hier aus konnten sie bis zum Stadion sehen und dahinter die Wolkenkratzer von Canary Wharf, ganz in der Ferne schimmerte sogar der Fluss. Mehrere Minuten lang betrachteten sie schweigend die Aussicht.

Nach einer Weile spürte Hazel, dass Miles sich umdrehte und sie ansah. »Hazel«, sagte er, und sie schaute ihn an. »eigentlich wollte ich mit dir etwas besprechen.«

»Oh«, sagte Hazel, plötzlich nervös. »Okay.«

Miles seufzte tief und blickte wieder auf die Aussicht. »Du bist ein wirklich erstaunlicher Mensch, Hazel. Ich hoffe, das weißt du.«

Sie lachte. »Ich denke, ich bin ziemlich gewöhnlich.«

Er drehte sich wieder zu ihr um. »Verstehst du, das ...«, sagte er und deutete mit der Hand auf sie, »... das meine ich.«

»Ach so ...«, sagte sie verlegen. Sie versuchte, sich auf die Skyline zu konzentrieren, sah aber nur ihr Spiegelbild.

»Und genau das macht es so schwierig«, fuhr Miles fort. Sie fuhr zu ihm herum. Er hob die Hände, um sie daran zu hindern, etwas zu sagen. »Hör mir einfach zu, Hazel, bitte.« Er holte tief Luft und fuhr fort: »Meine Ex-Freundin hat sich vor ein paar Tagen gemeldet. Sie ist letztes Jahr um diese Zeit nach New York gezogen. Endgültig, dachten wir. Deshalb haben wir uns getrennt. Aber es hat sich herausgestellt, dass sie dort unglücklich ist. Sie kommt nächsten Monat zurück.«

»Oh«, sagte Hazel. »Verstehe.«

»Ich war mir nicht sicher, was ich tun sollte«, sagte er. »Ich war ziemlich aufgewühlt. Aber jetzt habe ich das Gefühl, dass ich klarer sehe. Das liegt an dieser Aussicht. Sie wirkt erhellend. Mir wird klar, Hazel, dass ich, seit ich diese Nachricht erhalten habe, quasi auch von oben auf mein Leben geblickt habe. Und in dieser Lebenslandschaft, wenn du so willst, habe ich dich als tollen Teich gesehen. Hazel – du bist ein kühler, tiefer, erfrischender Teich, und ich bin darin wundervoll geschwommen. Aber in einem Teich kann man nicht unendlich weit schwimmen, stimmt's?«

Er schien eine Antwort zu erwarten, also stammelte Hazel ein Ja.

»Siehst du«, fuhr er fort, »Cassia ist eher ein Fluss. Sie hat eine Strömung, ein Ziel. Und das brauche ich, Hazel. Es tut mir leid, Hazel. Ich brauche sie. Ich muss mit ihr zusammen sein. Bis wir das Meer erreichen.«

Hazel stieß den Atem aus, den sie angehalten hatte. »Gut«, sagte sie. »Okay. Na gut, in Ordnung.«

»Es tut mir so leid.«

»Ist schon okay. Vermutlich hätte Cassia nie einen Comic über ihre eingewachsenen Beinhaare gezeichnet.«

»Was? Das hat doch nichts damit zu tun. Ich meine, du hast recht, das würde sie nicht tun, aber das hat wirklich nichts damit zu tun.« Hazel nickte und lächelte gelassen. »Sollen wir wieder runtergehen und richtig darüber reden?«, fragte Miles. »Ich könnte einen Drink gebrauchen.«

»Wenn du willst«, sagte sie. Die ganze Sache machte ihr erstaunlicherweise ziemlich wenig aus. Vielleicht stand sie unter Schock, vielleicht stellte sich die Traurigkeit später ein.

Sie entfernten sich von der Scheibe. Hazel stellte sich in die Warteschlange für die Rutsche, während Miles weiter in Richtung der Aufzüge ging.

»Miles«, rief sie ihm hinterher.

Er drehte sich um und kam mit hochgezogenen Augenbrauen wieder auf sie zu. »Willst du immer noch die Rutsche nehmen?«

»Dafür habe ich fünfundzwanzig Pfund bezahlt.«

»Stimmt«, sagte er sichtlich verwirrt.

»Du kannst ja den Aufzug nehmen, wenn du willst«, sagte sie, aber er stellte sich trotzdem zu ihr in die Warteschlange. Hazel schwieg, während sie warteten, aber Miles redete für sie beide. Er schwadronierte, was für ein großartiger Mensch sie sei und wie sehr er ihre gemeinsame Zeit geschätzt habe. Allmählich wurde Hazel gereizt, doch das merkte er nicht. Schließlich rettete sie einer der Angestellten, der sie nach vorne rief, um sie in ihre Sicherheitsausrüstung zu stecken.

»Wenn ich es mir recht überlege, Miles«, sagte sie, während sie darauf wartete, in die Rutsche zu steigen, »glaube ich, ich muss nicht mehr darüber reden. Ich glaube, ich gehe jetzt einfach.«

»Was?«

Sie deutete mit dem Kopf auf das Loch in der Wand und die dahinter verschwindende Rutsche. »Ich denke, ich gehe einfach.«

»Okay«, sagte er unsicher. »Also, wir sehen uns dann unten.« Ihr Gesichtsausdruck ließ offenbar etwas anderes vermuten, denn plötzlich sah er wütend aus. »Moment mal«, sagte er. »Du meinst doch nicht etwa … Mach dich nicht lächerlich, Hazel. Lass uns das richtig besprechen.«

Aber der Platz am oberen Ende der Rutsche war jetzt frei, und der Angestellte winkte sie zu sich heran. Als sie zu ihm ging, packte Miles sie am Arm, aber sie riss sich los und setzte sich auf eine Matte, an deren Ende sich eine Art Beutel für ihre Füße befand. Daran war ein Seil für ihre Hände befestigt. »Lehn dich zurück und halte den Kopf hoch«, sagte der Angestellte.

Sie drehte sich nach Miles um, dessen Helm gerade unter

seinem Kinn geschlossen wurde. »Hazel, komm schon«, sagte er. »Warte unten auf mich.«

Der Angestellte fragte sie, ob sie bereit sei, und sie bestätigte. »Ich wünsche dir ein schönes Leben«, sagte sie zu Miles.

»Du willst mich ernsthaft nicht einmal zum Abschied umarmen!«, stieß er wütend und irgendwie würdelos hervor, doch bevor sie etwas erwidern konnte, wurde sie schon in die Metallröhre geschoben und sauste los. Teilweise ging es steil nach unten, dann wieder schoss sie durch scharfe Kurven, und hinter Plexiglas blitzten die Lichter der Stadt auf. Es ging immer weiter nach unten, bis die Rutsche sie am Boden ausspuckte und sie in Richtung Stadion rannte, wo ihr Fahrrad auf sie wartete.

30

Emily schrieb sich nun regelmäßig mit Hannah Fox wegen Extinction Rebellion. Hannah freute sich, dass sie sich engagieren wollte, schickte ihr Links und meldete sie für Newsletter an. Sie informierte Emily darüber, dass im Frühjahr eine große Demonstration stattfinden sollte – und mit groß, sagte sie, sei riesig gemeint. Zuletzt hatte man gehört, dass Extinction Rebellion Brücken über die Themse blockiert hatte, aber diese Aktion sollte deutlich größer, revolutionärer sein. Weite Teile Londons würden stillgelegt, Hunderte verhaftet werden. Politiker und Presse würden die Aktion nicht ignorieren können. Die Botschaft wäre laut und deutlich zu hören. Wir werden das nicht länger hinnehmen!, schrieb Hannah. Wir werden nicht zulassen, dass sie die Zukunft unserer Kinder versauen! Genug ist genug!

Es sei wahrscheinlich am besten, wenn Emily und Daria ihrer Ortsgruppe beiträten, sagte Hannah, denn so könnten sie bei den Vorbereitungen für die Aktion helfen. Sie könnten an Gesprächsgruppen teilnehmen und ihre Fähigkeiten für die Sache einsetzen. Sie müssten nicht einmal nach London kommen und demonstrieren, wenn sie das nicht wollten, sie könnten auch auf andere Weise einen Beitrag leisten. Doch auch wenn sie Daria etwas anderes gesagt hatte, sträubte sich Emily gegen diese Idee. Ihr wurde klar, dass sie noch nie etwas für Komitees oder Kollektive übrig gehabt hatte – die Treffen nach Feierabend in den Aulen von Schulen, die Aufteilung in Diskussionsgruppen, die Verpflichtung, seine Hausaufgaben zu machen und nächste Woche wieder zu erscheinen. Ich würde lieber gleich zur Sache kommen, schrieb sie an Hannah. Sie wollen, dass die Leute rebellieren, also rebellieren wir. In diesem Fall, antwortete Hannah, bleibst du besser bei uns. Wir nehmen uns die Woche frei, wir werden jeden Tag da sein.

Emily erzählte Daria, dass sie vorhabe, nach London zu fahren, um dort zu demonstrieren. Nicht für eine ganze Woche, sagte sie, aber zumindest für ein paar Tage. Sie sagte absichtlich »*Ich*« und nicht »*Wir*«, weil sie glaubte, Daria würde eher mitkommen, wenn sie wüsste, dass Emily in jedem Fall führe.

»Dann willst du das also tatsächlich durchziehen?«, erwiderte Daria. »Willst du verhaftet werden?«

Aber diese Reaktion war so vorhersehbar und so leicht zu entkräften, dass Emily fröhlich lachte. »Man wird nicht unbedingt verhaftet«, sagte sie triumphierend. »Man kann selbst entscheiden, ob man bereit ist, sich verhaften zu lassen oder nicht.« Sie erklärte, wenn man sich nicht verhaften lassen wolle, bewege man sich einfach, wenn die Polizei einen dazu auffordere. Nur Personen, die bereit waren, sich verhaften zu lassen, blieben und warteten darauf, gewaltsam entfernt zu werden. Hannahs Frau war zum Beispiel dazu bereit, aber Hannah, die noch stillte, war es nicht.

Daria war sich nicht sicher, ob das so einfach war. Man konnte von sich zwar sagen, dass man nicht verhaftet werden wollte, aber wenn die Polizei beschloss, einen zu verhaften, wurde man genauso mitgenommen wie jeder andere auch.

»Stell dir vor«, sagte sie spöttisch, »du wirst zu einem Polizeiwagen getragen und schreist: Lasst mich runter! Ich bin nicht bereit, mich verhaften zu lassen!«, und die Polizei sagt: »Oh, bitte entschuldigen Sie den Irrtum, Madam, bitte gehen Sie.«

»Sie können dich nicht verhaften, wenn du tust, was sie sagen«, entgegnete Emily. »Sie müssen dich dreimal auffordern, das Gelände zu räumen.«

»Okay, dann räumst du also das Gelände. Und dann?«

»Man wartet, bis die Luft rein ist, und setzt sich dann wieder auf seinen Platz.«

»Ich weiß nicht«, sagte Daria. »Ich finde, das hört sich nicht gut an. »Es hört sich an wie ... ich weiß nicht, als würde man in ein Wespennest stechen oder so. Das haben sich vermutlich alles Weiße ausgedacht, oder?«

Das überraschte Emily. »Oh«, sagte sie. »Nun. Wahrscheinlich, ja.«

»Dachte ich mir«, sagte Daria. »Nichts für ungut. Es klingt nur so, als würde der Urheber der Aktion darauf vertrauen, dass die Polizei sich vernünftig verhält.«

»Oh«, sagte Emily wieder und schien beunruhigt. »Daran habe ich nicht gedacht. Es ist mir gar nicht in den Sinn gekommen.«

»Ist schon in Ordnung. Ich will damit nur sagen, dass nicht jeder diesen Luxus hat.«

»Ja, das verstehe ich. Ich hätte daran denken sollen. Nun, vielleicht solltest du dann nicht mitkommen. Ich will nicht, dass du dich unsicher fühlst. Vielleicht sollte ich auch nicht hingehen.«

»Warum solltest *du* nicht hingehen?«

»Nun, ich wollte hingehen, weil es eine *noble* Sache ist. Eine Möglichkeit, auf der richtigen Seite der Geschichte zu stehen, verstehst du? Aber wenn dort nur Weiße sitzen und sich in ihrem Privileg sonnen ...«

»Pass auf, Süße«, sagte Daria, »wenn du dein weißes Privileg nutzen willst, öffentlich für Ärger zu sorgen, um den Planeten zu retten – nun, es gibt schlimmere Möglichkeiten, wie du es nutzen könntest, um es mal so auszudrücken. Und außerdem habe ich nicht gesagt, dass ich auf keinen Fall mitkomme. Lass mich einfach darüber nachdenken, okay?«

Vor lauter Arbeit und Gedanken an die Aktion von Extinction Rebellion hatte Emily fast vergessen, dass ihre Periode fällig war. Erst an dem Tag, an dem sie kommen sollte, stellte sie fest, dass sie nicht gekommen war. Sie sagte sich, dass das wahrscheinlich nichts zu bedeuten hatte. Wahrscheinlich würde sie morgen kommen.

Aber sie kam nicht, auch nicht am nächsten Tag. Am übernächsten Tag erlaubte sich Emily, einen Schwangerschaftstest zu kaufen, allerdings befürchtete sie, dass die Verspätung psychosomatische Ursachen hatte. Dass ihre Periode ausblieb, weil ihr Wunsch nach einem Kind so stark war. Sie arbeitete den Nachmittag über und wollte noch keine Klarheit gewinnen. Solange der Test in der Verpackung blieb, bestand die Möglichkeit, dass sie schwanger war. Gelegentlich öffnete sie ihre Tasche und schaute hinein, wo der Test zwischen ihrem Portemonnaie und ihrem Telefon lag, das Zentrum seines eigenen pochenden Kraftfeldes.

Abends saß sie auf dem Badewannenrand und wartete auf das Urteil. Daria saß auf dem Boden, mit dem Rücken an der Wand, die Ellbogen auf den Knien. Beide sprachen kein Wort. Nach einer gefühlten Ewigkeit ertönte der Alarm auf Darias Telefon, und Emily nahm mit zitternder Hand den Test in die Hand. In dem kleinen Plastikfenster waren zwei rote Linien zu sehen.

Ihr fiel die Kinnlade herunter. Sprachlos fuchtelte sie mit dem Test in der Luft herum, woraufhin Daria aufsprang und ihn ihr wegschnappte.

»Oh mein Gott«, hauchte sie, und dann fand Emily ihre Stimme wieder und sagte: »Es hat funktioniert! Es hat verdammt noch mal funktioniert! Was habe ich dir gesagt?«

Die Nacht in London war genau so verlaufen, wie sie es gehofft hatte. Die Befruchtung war reibungslos verlaufen, und danach hatte sie dank Daria einen Orgasmus gehabt. Anschließend hatte sie sich mit den Beinen an der Wand abgestützt und verkehrt herum ferngesehen, während Daria ein Bad nahm. Dann hatte sie selbst ein Bad genommen, und sie bestellten sich einen Imbiss und gingen ins Bett. Morgens kehrten sie zu einer zivilisierten Uhrzeit nach Norwich zurück, und während Daria bei ihrem Forschungsseminar war, hatte Emily ein Kräuterset für die Fensterbank gepflanzt und ein Blech Bananenmuffins gebacken.

»Ich kann nicht glauben, dass es funktioniert hat«, sagte sie jetzt wie benommen. »Es wird sich zeigen! Meinst du nicht auch, Daria?!«

Aber sie kam nicht mehr dazu, ihr zu sagen, was genau sich zeigen würde, denn Daria war mit dem Rücken gegen die Wand getaumelt, glitt an ihr hinunter, ließ den Schwangerschaftstest fallen und steckte den Kopf zwischen die Beine. Ihre Hände zitterten heftig – und nicht nur ihre Hände: Ein Zittern hatte ihren gesamten Körper erfasst, und in dem Bemühen, es zu kontrollieren, atmete sie rhythmisch durch die Nase ein und durch den Mund wieder aus. Die Atmung war dennoch ungleichmäßig, und in Abständen öffnete sie weit den Mund und rang nach Luft.

»Daria«, sagte Emily eindringlich, und Daria blickte zu ihr hoch. Tränen liefen ihr über die Wangen, aber aus ihrem Gesicht sprach auch Freude. Sie lächelte, schluckte und jaulte jetzt auf eine seltsame Weise, die weder Schluchzen noch Lachen war, aber irgendwie auch beides zugleich.

»Daria!«, sagte Emily und kauerte sich neben sie. Sie legte ihre Arme um Daria und drückte sie fest an sich, als ob sie auf diese Weise ihren zitternden Körper beruhigen könnte. Sie stützte ihr Kinn auf Darias Kopf und spürte, wie das Zähneklappern in ihrem eigenen Schädel widerhallte. »Atme so«, sagte sie, atmete viermal ein und fünfmal aus, und Daria machte es ihr nach, und mehrere Minuten lang kontrollierte Emily ihre Atmung, bis das Zittern schließlich nachließ und Daria stattdessen leise schluchzte.

»Es ist okay«, flüsterte sie schließlich, »mir geht es gut.« Emily lockerte ihren Griff und setzte sich vor ihr auf den Boden. Sie nahm Darias Hände und drückte sie.

»Ich muss dir etwas sagen«, hob Daria an und presste die Handballen auf ihr geschwollenes Gesicht.

Sie saßen auf dem Sofa, in den Händen große Teebecher, und Daria erzählte Emily alles. Als sie geendet hatte, fragte Emily: »Aber warum hast du mir das nicht schon früher erzählt?«

»Ich wollte dich nicht beunruhigen«, antwortete Daria völlig erschöpft. »Ich dachte, es wäre das Beste, wenn ich es allein überwinde und du es nie erfahren müsstest.«

»Aber *warum*? Warum dachtest du, ich würde es nicht wissen wollen?«

Daria zuckte mit den Schultern, als wäre sie sich nicht mehr ganz sicher. »Ich habe mich wohl dafür geschämt. Du stehst vor einer der schmerzhaftesten und anstrengendsten Situationen deines Lebens, und ich bin diejenige, die deswegen ausflippt. Das ist nicht richtig. Ich bin nicht diejenige, um die man sich kümmern muss.«

»Wir müssen *beide* auf uns aufpassen, du Dummerchen. Wir kümmern uns *gegenseitig* umeinander.«

»Ja, aber du warst so gestresst, weil du schwanger werden wolltest. Ich wollte dich nicht auch noch mit meinen Problemen belasten.«

»Süße, ich bin ein großes Mädchen. Ich denke, ich hätte das schon verkraftet.« Während sie das sagte, erinnerte sich Emily an ihre Theorie, dass sich Stress negativ auf die Fruchtbarkeit auswirken könnte. Hatte sie Daria damit unwissentlich davon abgehalten, es ihr zu erzählen?

»Ich habe mir Sorgen gemacht, was du sagen würdest«, sagte Daria. »Ich habe mir Sorgen gemacht, du könntest dich verraten fühlen.«

»Warum sollte ich mich verraten fühlen?«

»Nun ja …«, Darias Unterlippe zitterte, »… weil ich beim ersten Mal nicht wollte, dass es funktioniert. Als wir bei Kamran waren. Nicht weil ich kein Baby wollte, sondern weil ich nicht wusste, wie ich mit einer Schwangerschaft umgehen sollte. Zu dem Zeitpunkt hatte ich noch nicht mit der Therapie angefangen. Aber ich schwöre dir, Em«, fügte sie eindringlich hinzu, »ich wünsche mir, dass wir Kinder haben. Mehr als alles andere.«

Emily strich ihr über das Haar. »Ich will nicht so tun, als hätte ich mich nicht gewundert«, sagte sie.

»Gewundert?«, fragte Daria. »Worüber?«

»Erinnerst du dich an den Streit, den wir vor Weihnachten hatten? Als ich mittendrin meine Tage bekommen habe?«

»Oh Gott, ja.«

»Ich dachte, dein großes Geheimnis sei, dass du eigentlich gar kein Baby wolltest. Ich hatte schon Angst, ich hätte dich überredet und du würdest dich fragen, worauf du dich da eigentlich eingelassen hast.«

Daria standen die Tränen in den Augen. »Es bricht mir das Herz, dass du das gedacht hast.«

»Es bricht mir das Herz, dass du ganz allein gelitten hast und ich nur damit beschäftigt war, was *ich* will. So etwas darfst du mir nie wieder verheimlichen, Daria.«

Daria nahm sie in den Arm, und sie schmiegten sich aneinander, als ob sich die Grenzen zwischen ihnen auflösen könnten. Auf dem Couchtisch surrte Emilys Telefon mit einer Nachricht.

»Ich wollte keine Geheimnisse vor dir haben«, sagte Daria an Emilys Hals. »Ich wollte es dir nur sagen, wenn die

Zeit reif ist. Ich wollte es dir immer sagen, wenn du schwanger bist. Ich habe zwar nicht damit gerechnet, dass ich dir gleich eine richtige Vorstellung biete, aber ich hätte es dir so oder so gesagt.«

»Aber was, wenn ich nicht schwanger gewesen wäre?«, sagte Emily. Ihr Telefon surrte wieder, zweimal. »Was, wenn wir eine künstliche Befruchtung gebraucht hätten? Was, wenn es Jahre gedauert hätte? Hattest du vor, es die ganze Zeit über für dich zu behalten?«

»So weit hatte ich gar nicht gedacht«, sagte Daria, als Emilys Telefon ein viertes und fünftes Mal klingelte.

»Herrgott«, sagte Emily und beugte sich vor, um es zu nehmen. »Es ist nur Hannah«, verkündete sie. »Noch mehr Rebellionszeug. Ich antworte später.«

»Willst du immer noch hingehen?«, fragte Daria.

»Ja«, sagte Emily. »Warum nicht?«

»Ist das denn vernünftig im ersten Trimester?«

Emily lächelte und strich über Darias Bein. Sie würde in den kommenden Monaten besonders geduldig sein müssen. Es galt eine Menge unnötiger Ängste zu lindern. »Ich werde einfach den ganzen Tag auf meinem Hintern sitzen, wie bei der Arbeit«, sagte sie sanft. »Das Baby wird den Unterschied gar nicht bemerken.«

31

»Du bist in letzter Zeit viel hier«, sagte Alfie eines Abends in der Küche. Er war gerade dabei, den Abwasch zu machen, und Hazel kam herein, um sich einen Becher Tee zu machen.

»Tut mir leid«, sagte Hazel. »Soll ich mich lieber rarmachen?«

»Nein! So war das nicht gemeint. Ich habe dich nur schon lange nicht mehr so oft gesehen.«

Hazel seufzte. »Ja«, sagte sie. »Das liegt daran, dass ich mit Miles Schluss gemacht habe. Oder besser gesagt, er mit mir.«

»Verdammt, wirklich? Das tut mir leid. Das ist ja Mist.«

»Nein«, sagte Hazel. »Ist es nicht.«

Alfie drehte sich nach ihr um. Sie lehnte an der Arbeitsplatte und nippte an ihrem Tee. Sie schien das ernst gemeint zu haben. Er lachte zögernd. »Okay«, sagte er.

»Natürlich ärgere ich mich, dass er mir zuvorgekommen ist«, fuhr Hazel fort. »Aber ich bin froh, dass es vorbei ist. Ich hätte es schon vor Ewigkeiten beenden sollen.«

»Verstehe«, sagte er. »Mir war nicht klar, dass du so empfindest.«

»Oh, ich wusste, dass er ein Arsch ist«, sagte Hazel. Alfie sollte auf keinen Fall schlecht über sie denken, weil sie eine »schlechte Menschenkenntnis« hatte. »Ich habe es einfach nur … verdrängt.«

»Du meinst, du … du hast ihn nie wirklich gemocht?«, stammelte Alfie.

Hazel sah nachdenklich aus. »Ich weiß nicht«, sagte sie. »Es ist kompliziert. Es ist nicht so, dass ich ihn *nicht* gemocht habe. Ich bin keine Masochistin. Ich fand ihn ziemlich attraktiv. Ich glaube, ich fühlte mich geschmeichelt. Denn er ist attraktiv, das siehst man doch, oder?«

»Ja.«

»Und wenn so jemand auf mich steht«, sagte sie, »dann ist das ein schönes Gefühl, verstehst du?«

Alfie hatte nicht gewusst, dass sie so leicht zu beeinflussen war. Dass ein so derart uninteressanter Typ sie für sich gewinnen konnte, nur weil er sich dazu herabließ, sie zu mögen! Hätte *Alfie* sie auch für sich gewinnen können, wenn er nur überzeugender gewesen wäre?

Hazel öffnete ihren Schrank und holte eine Packung Schokoladenkekse heraus. Sie hielt sie ihm hin, er nahm einen, und sie setzten sich beide an den Tisch. Den Mund voller Kekse sagte Hazel: »Kennst du das, dass man manchmal mit jemandem zusammenbleibt, weil man Angst hat, einsam zu sein?«

Alfie lachte traurig und dachte an Rachel. »Deshalb habe ich ein ganzes Jahr meines Lebens vergeudet«, antwortete er. »Aber ich hätte nicht gedacht, dass du dir über so etwas Gedanken machst.«

»Ich habe mich im Herbst ziemlich heftig mit meiner Freundin Roisin gestritten. Wir haben monatelang nicht miteinander gesprochen. Das war wirklich dumm. Rückblickend betrachtet war ich wohl ziemlich traurig darüber.« Sie war auch traurig wegen Alfie, aber das sagte sie ihm nicht. »Außerdem werde ich bald neunundzwanzig und habe keinen richtigen Beruf. Ich verdiene nur den Mindestlohn und kann mir kein Zimmer leisten, in dem ich alle meine Klamotten unterbringen kann. Und meine Beziehungen funktionieren *nie*. Ich glaube, ich habe irgendwie gedacht: Wenn ich mit Miles Schluss mache, stehe ich wieder am Anfang. Und ich habe das Gefühl, dass ich im Grunde mein ganzes verdammtes Leben lang am Anfang gestanden habe.«

Alfie hatte sie noch nie so offen sprechen hören. Sie beklagte sich nicht, sondern sprach lediglich aus, was sie für Tatsachen hielt. Er fühlte einen Anflug von warmer Zuneigung für sie. »Es geht aber nicht *zurück* auf Feld eins, oder?«, fragte er. »Du rückst *vor* auf Feld eins. Es hält einen auf, wenn man mit der falschen Person zusammen ist. Es ist eher wie Feld null.«

Hazel sah ihn an. »Interessant«, sagte sie, und ein Lächeln umspielte ihre Lippen. »So habe ich das noch nie gesehen.« Und dann, mit mehr Entschlossenheit: »Ich glaube, das gefällt mir. Danke.«

Sie lächelten sich an. Alfie beugte sich vor und legte eine Hand auf den Kessel. Er war noch warm, also stand er auf, um sich einen Becher zu holen.

»Die andere Sache mit Miles«, sagte Hazel zögernd, »ist, dass ich – das hört sich jetzt schrecklich an – aber ich dachte einfach, er könnte mir vielleicht helfen. Karrieremäßig, meine ich. Weil er Leute kennt. Ich dachte, er könnte mich mit Leuten zusammenbringen, die Illustratoren brauchen. Bist du jetzt entsetzt?«

»Warum sollte ich entsetzt sein?«, fragte Alfie ehrlich verblüfft. Im Gegenteil, er war hocherfreut, auch wenn er das für sich behielt. Ihre Beziehung zu Miles war eine *strategische Entscheidung* gewesen! Das war eine hervorragende Nachricht.

»Na ja, das ist nicht sehr feministisch, oder? Mit jemandem zu schlafen, weil man glaubt, dass man dadurch weiterkommt. Das war zwar nicht der *einzige* Grund, aber trotzdem.«

»Es war einer von mehreren sehr legitimen Gründen, die alle miteinander verbunden sind«, sagte Alfie entschlossen. »Mach dich deswegen nicht fertig. Hat er dir denn geholfen? Nur so interessehalber.«

»Nein. Er sagte, er würde es tun, aber am Ende bestand seine Vorstellung von Hilfe eher darin, mir zu sagen, was ich zeichnen soll und was nicht.« Hazel schüttelte den Kopf und wunderte sich, dass sie es so lange mit ihm ausgehalten hatte. »Aber er hat mich zu ein paar Comics inspiriert«, sagte sie. »Das war wohl alles.«

Nach diesem Austausch verfielen Alfie und Hazel übergangslos in ihre alten Gewohnheiten. Sie trafen sich oft zufällig in der Küche oder im Wohnzimmer und unterhielten sich dort ein paar Minuten, aus denen Stunden wurden. Um diese Begegnungen zu verlängern, kochten sie gelegentlich einen Tee oder öffneten eine Flasche Wein. Einmal, nach zwei Gläsern, erzählte sie ihm, dass Miles beim Sex nicht annähernd so gut gewesen sei wie er, woraufhin er sofort eine Erektion bekam und sich im Badezimmer verstecken musste. Dort dachte er an seinen Onkel Dave, um wieder runterzukommen. Aber diese Offenheit war jetzt alltäglich. Sie schienen über alles Mögliche reden zu können, worüber sie sich früher nicht zu reden getraut hatten – nur nicht über die ungewisse Zukunft, in der Alfie der Vater von Hazels Nichte oder Neffen sein würde.

Eines Abends fragte Hazel ihn um Rat wegen der Miles-Comics. Nish und Roisin hatten sie ermutigt, sie zu veröffentlichen. Sie sollte sich nie wieder von einem Mann, der sie nicht richtig schätzte, in ihrem kreativen Prozess behindern lassen. Inzwischen gab es einige Comics, nicht nur den über den Furztest oder den Cunnilingus; sie machte sich über alles Mögliche lustig, womit er sie genervt hatte. Einige hatte sie gezeichnet, als sie noch zusammen gewesen waren, andere, nachdem sie sich getrennt hatten. Sie hatte sich große Mühe gegeben, damit die Männer in den Comics nicht im Entferntesten wie Miles aussahen, und hatte sicherheitshalber auch ganz unterschiedliche Typen gezeichnet. Wenn er sie jedoch sah, würde er sofort begreifen, wer sie dazu inspiriert hatte; selbst wenn er ein weniger ausgeprägtes Selbstbewusstsein hätte.

Hazel zeigte Alfie ihren Laptop, auf dem die Comics vorbereitet waren, und verschwand dann in ihrem Zimmer, während er sie ansah. Nach einer Weile rief er, dass er fertig sei, und sie schlich ängstlich zurück ins Wohnzimmer.

»Die sind lustig, Hazel!«, sagte Alfie. »Sie sollten sich nicht auf deinem Laptop verstecken!«

Hazel war erleichtert und fühlte sich durch seine Bestätigung so ermutigt, dass sie noch am selben Abend den ersten Comic veröffentlichte.

Allmählich begannen die neuen Comics, den Schaden wiedergutzumachen, den der Ausflug in die Politik bei ihren Followern angerichtet hatte. Mit jedem Beitrag wuchs die Zahl der Likes und der positiven Kommentare. Ihre treuesten Follower schickten ihr Nachrichten und teilten ihr ihre Freude mit. Emily schrieb ihr, dass sie »wieder in Form« sei. Das Beste von allem war, dass sich bei ihr ein feministischer Podcast namens »Buschmesser« meldete und sie um ein Interview später im Jahr bat. Und an dem Tag, an dem sie ihren bisher offensten Comic veröffentlichte, in dem ein Mann mit einem Irokesenschnitt einer Frau mit einem Zeichenblock mitteilte, dass ihre Kunst »eng« sei und sie »groß denken« müsse, schickte Miles ihr eine WhatsApp-Nachricht, um ihr zu sagen, dass sie eine verdammte Schlampe sei.

Sie war in der Küche und unterhielt sich mit Alfie über irgendetwas Belangloses. Als ihr Telefon vibrierte, warf sie nur einen kurzen Blick darauf, doch als sie Miles' Namen las, nahm sie es in die Hand. Die Nachricht war so anders als alles, was sie ihm zugetraut hatte, dass sie es zunächst für einen Scherz hielt. Sein Telefon sei gestohlen oder gehackt worden, und alle in seiner Kontaktliste erhielten die gleiche gnadenlose Tirade. Als sie die Nachricht noch einmal las, wurde ihr jedoch klar, dass sie tatsächlich von Miles stammte und persönlich für sie bestimmt war.

»Was ist los?«, fragte Alfie. Wortlos reichte sie ihm ihr Telefon. Als er die Nachricht las, schien eine Wolke über sein Gesicht zu ziehen. Ein Muskel pochte langsam in seinem Kiefer. Er sah sie mit finsterer Miene an. »Das ist ja unglaublich«, sagte er.

Doch als er das sagte, fiel ihm ein, dass er eine Mitverantwortung trug. Er hatte sie überhaupt erst dazu ermutigt, die Comics zu veröffentlichen, weil er ihr Talent bewunderte. Außerdem freute er sich, dass eine Person vorgeführt wurde, die er ohnehin nie gemocht hatte. Er hätte es besser wissen müssen. Männer, die harmlos wirkten, wenn sie ihren Willen bekamen, konnten schlagartig ihr wahres Gesicht zeigen, wenn ihnen dieser verweigert wurde. Je stärker die Kränkung, desto bösartiger wurden sie. Selbst friedfertige Männer konnten sich verwandeln, wie er selbst wusste, nachdem er einmal auf einer Party einen Mann geschlagen und ihn dann auf die Straße hinausgezerrt hatte. Im Nachhinein glaubte er, dass er im Recht gewesen war – der Mann hatte schreckliche Dinge gesagt, *rassistische* Dinge, und Rachel wie auch ihn beleidigt. Dennoch war es ein Schock gewesen, von einer bis dahin nicht gekannten Kraft angetrieben worden zu sein; zu wissen, dass er sich in jemanden Grässliches verwandeln konnte. Hazel, die nicht von extremen Testosteronausbrüchen geplagt war, hatte die Gefahr, in der sie sich befand, nicht erkannt.

»Hazel«, begann er, aber ihre Schultern bebten, und sie hielt den Kopf gesenkt, um ihre Tränen so gut wie möglich zu verbergen. »Hey, komm her«, sagte er, und sie stand auf und stolperte in seine Arme. Er konnte ihr Shampoo riechen, sie sein Waschpulver. Sie umklammerte hinter seinem Rücken ihr eigenes Handgelenk, ließ ihre Tränen in sein T-Shirt sickern und bewegte sich lange Zeit nicht vom Fleck.

Sie saßen im Wohnzimmer und besprachen den nächsten Schritt. Sie waren sich einig, dass sie so cool, so sarkastisch und doch so eindeutig höflich antworten sollte, dass er sich vor Scham verkriechen würde, wenn er nicht vorher vor Wut explodierte. Sie probierten mehrere solcher Antworten aus und einigten sich auf: »Danke, es ist immer eine Freude, ein so differenziertes Feedback zu erhalten.«

»Bist du dir sicher?«, fragte sie. »Es ist sehr kurz.«

»Es ist perfekt, Hazel«, versicherte er ihr. »Du zeigst ihm, dass er dir nichts anhaben kann. Es macht dir so wenig aus, dass du sogar über ihn lachst. Du hältst ihn für einen Idioten, aber es ist unter deiner Würde, es auszusprechen.«

»Wenn du meinst«, sagte sie und schickte die Nachricht ab.

Alfie fragte, ob sie noch weitere Comics in petto habe, die Miles' Zorn erregen könnten. Sie sagte, dass sie so gut wie alle gepostet habe, bis auf ein paar. Und bis auf den, den sie unweigerlich über den Vorfall von heute Abend zeichnen würde.

»Du willst sie also immer noch veröffentlichen?«

Hazel zögerte und fragte sich: Was würde Roisin tun? »Scheiß drauf«, sagte sie. »Ich werde sie posten. Er hat mir nicht zu diktieren, was ich auf meinen Instagram-Account stellen darf und was nicht. Ich habe nichts falsch gemacht. Er ist nicht zu erkennen.«

Alfie bewunderte zwar ihren Mut, fühlte sich aber unwohl. Er hätte sie gern gefragt, ob es irgendwelches kompromittierendes Material gab, das Miles gegen sie verwenden könnte, aber er fand nicht die richtigen Worte.

»Dann sorg dafür, dass du seinen Account blockierst«, sagte er stattdessen. »Männer sind Mistkerle. Vergiss das nie.«

»Sprichst du aus Erfahrung?«, fragte sie. Sie ließ den Kopf gegen die Sofakissen sinken und wandte ihm lächelnd ihr Gesicht zu.

»Oh ja, ich bin ein totaler Mistkerl«, sagte er und erwiderte ihr Lächeln. Sie grinste und drehte sich mit dem ganzen Körper zu ihm, und er tat gerade dasselbe, als ihr Telefon klingelte. Sie stöhnte und überlegte, ob sie es ignorieren sollte, aber im letzten Moment riss sie sich zusammen, um dranzugehen. Es war Emily.

»Hi! Schönen Freitag!«, rief Emily, und Hazel blinzelte, als würde sie plötzlich aus einem Traum erwachen.

»Hi, Emily! Oh ja, richtig«, sagte sie. »Ich meine, ich muss morgen den ganzen Tag arbeiten, aber ja, schönen Freitag.«

»Bist du mit Alfie zusammen?«, fragte Emily.

»Woher weißt du das?«

»Ihr wohnt doch zusammen, da ist das nicht ungewöhnlich. Ist er gerade da? Kannst du mich auf Lautsprecher stellen?«

»Okay«, sagte Hazel und legte das Telefon auf den Couchtisch.

»Hi Alfie!«, drang Emilys Stimme blechern aus dem Lautsprecher, und dann kam Darias Stimme dazu, und es folgte ein Chor von guten Wünschen.

»Was ist los?«, fragte Alfie.

»Es gibt Neuigkeiten«, sagte Emily.

Hazel und Alfie sahen sich nervös an.

»Erzählt.«

»Also, es hat sich herausgestellt, dass wir dich nächsten Monat nicht mehr brauchen, Alfie«, sagte Emily, und Alfie dachte einen Moment lang, dass Darias Bruder zurückgekommen sei, wo auch immer er sich aufhielt. Dann wurde ihm klar, dass Emily in diesem Fall zumindest etwas Reue gezeigt hätte.

»Warum?«, fragte er halb erfreut, halb ängstlich.

»Es hat geklappt! Ich bin schwanger!«

»*Was*?«, kreischte Hazel. »*Schon*?«

Sie erfuhren, dass Emily an dem Tag die Bestätigung vom Arzt erhalten hatte. Da es noch sehr früh war, sollte diese Information strikt auf sie und ihre Eltern beschränkt bleiben. Sie mussten alle realistisch sein, es konnte immer noch zu einer Fehlgeburt kommen. Sie sollten versuchen, sich nicht zu sehr zu freuen, bevor die ersten drei Monate vorbei waren. Aber trotzdem, sagte Emily. Sie kreischte vor Freude.

Als das Gespräch zu Ende war, starrten sich Hazel und Alfie an.

»Na, dann«, sagte Hazel.

»Ja«, sagte Alfie.

»Verdammte Scheiße, du hast ein Kind gezeugt! Wie fühlt sich das an?«

»Ich bin mir nicht ganz sicher«, sagte er. »Ich kann es mir nicht so richtig vorstellen. Eigentlich könnte ich … Macht es dir etwas aus, wenn ich …« Er deutete auf die Tür.

»Nein, klar, natürlich.«

»Ich glaube, ich brauche einen Moment, um das zu verarbeiten.«

»Ich offen gestanden auch«, sagte Hazel.

Alfie stand auf, berührte sie kurz an der Schulter und ging. Sein Zimmer lag gegenüber dem Wohnzimmer, und als er die Tür schloss, warf er einen kurzen Blick auf sie. Sie saß immer noch auf dem Sofa und starrte vor sich hin. Sie sah nicht besonders glücklich aus. Wenn man ihn gefragt hätte, hätte er vielleicht gesagt, dass sie eher traurig aussah.

32

Hannah Fox und ihre Frau Becky empfingen Emily und Daria in London wie alte Freunde. Daria fühlte sich sofort wohl bei ihnen. Sie waren authentisch und locker, versorgten Emily und sie reichlich mit Essen und sagten ihnen, sie sollten sich wie zu Hause fühlen. In der Wohnung gab es jede Menge Bücher und Bilder, und es herrschte die sympathische Unordnung, die von einem Kind im Haus zeugte.

Hannah und Becky entdeckten Emilys »Baby an Bord«-Aufkleber und waren begeistert. Sie hatten viel zu diesem Thema zu sagen und stellten eine Menge aufmerksamer Fragen. Im Laufe des Gesprächs erwähnte Emily vorsichtig, dass Daria einige »Probleme« mit der Schwangerschaft habe, und Daria stellte fest, dass sie mit den beiden ganz offen über ihre Ängste sprechen konnte. Becky gestand, dass sie die gleiche Phobie in abgeschwächter Form habe. Der Gedanke, schwanger zu sein, bereitete ihr Albträume. Der Unterschied bestand darin, dass es ihr nichts ausmachte, Hannah dabei zuzusehen. Alle lachten, und Becky griff nach Hannahs Hand. Sie fand, Darias Angst sei etwas ganz Besonderes, da sie mit Mitgefühl und Liebe verbunden sei. Sie zeuge von einer seltenen Einheit, die sie Emilys Schmerz als ihren eigenen empfinden ließe. So hatte Daria das noch nie gesehen und war fast zu Tränen gerührt.

Am nächsten Tag fuhren sie zu der Aktion auf der Waterloo Bridge, wobei sie Daria versicherten, dass sie beim ersten Anzeichen von Ärger gehen würden. Sie hätte sich nicht vorstellen können, dass es sich so friedlich anfühlen könnte, gegen das Gesetz zu verstoßen. »Straßenblockade« klang gewalttätig und gefährlich, und doch lag sie hier auf einer Decke und blickte durch die Blätter echter Bäume in den Himmel. Die Bäume hatten sie heute Morgen entlang der Leitplanke an ihren Platz geschleppt, die Wurzeln waren in Säcke gewickelt. Sie konnte Fahnen im Wind flattern hören und das Plätschern der Themse unter ihnen. Zu ihrer Linken stillte Hannah, und Becky stützte sich auf die Ellbogen und betrachtete zufrieden die Szene. Ihre Plakate mit der Aufschrift »FOSSILE BRENNSTOFFE = UNTERGANG« und »UNSER HAUS STEHT IN FLAMMEN« hatten sie an den nächstgelegenen Baum gelehnt. Zu ihrer Rechten war Emily in eine angeregte Diskussion über vertikale Landwirtschaft mit einem Mann namens Nathan verwickelt, einem Freund von Becky und Hannah, dem sie als »Erstlingsrebellen aus Norwich« vorgestellt worden waren. So hatte man sie schon vielen Leuten vorgestellt, und sie waren sehr herzlich und freudig aufgenommen worden.

Als es an der Zeit war zu gehen, weil sie allein zurückfahren würde, um am nächsten Tag zu unterrichten, stellte Daria fest, dass sie am liebsten geblieben wäre. Mindestens fünf Leute standen auf, um sie zum Abschied zu umarmen. Sehen wir dich morgen wieder? fragten sie, und es tat ihr aufrichtig leid, ihnen zu sagen, dass dem nicht so war.

***

Emily hatte sich drei Tage freigenommen und war am nächsten Tag mit Hannah, Becky und dem kleinen Noah wieder auf der Brücke. Hazel war herausgerutscht, dass sie den Tag ebenfalls frei hatte, und Emily wollte unbedingt, dass sie sich ihnen anschloss. Hazel schrieb, dass sie nicht verhaftet werden wolle, und Emily antwortete, dass niemand verhaftet werde, es gebe nur ein paar Polizisten hier und da, und die schienen recht freundlich zu sein. Selbst wenn es zu Verhaftungen käme, würden sie rechtzeitig gewarnt. Außerdem, schrieb sie, möchte Hannah dich sehen.

Damit schien sie Erfolg zu haben, Hazel tauchte gegen Mittag auf. »Hätte ich gewusst, dass Yoga gemacht wird, hätte ich mir etwas Bequemeres angezogen«, sagte sie zur Begrüßung und deutete auf den kollektiven Sonnengruß, der weiter unten auf der Brücke auf Wellpappe praktiziert wurde.

»Hazel!«, rief Hannah und sprang auf, um sie zu umarmen. »Wie zum Teufel geht es dir?« Sie hatten sich immer gut verstanden, erinnerte sich Emily, als sie beobachtete, wie sie sich unterhielten. Eigentlich dumm, dass sie zehn Jahre lang keinen Kontakt gehabt hatten. Lächerlich, dass mit dem Ende von Beziehungen auch die damit verbundenen Freundschaften endeten.

»Habe ich dir erzählt, dass Hazel ein Date mit deinem Bruder hatte?«, fragte Emily, und Hannah sagte, das habe sie nicht, wie lustig, wie es denn gewesen sei?

»Er scheint immer noch ein bisschen in Emily verknallt zu sein«, sagte Hazel. »Deshalb war es … etwas peinlich.« Hannah verdrehte die Augen. Er sei unverbesserlich, sie habe aufgegeben, und Hazel, offen gestanden, Glück gehabt.

Der Wind trug Klänge schwermütiger Mundharmonikaklänge zu ihnen herüber, und Hazel schaute hinter sich, um zu sehen, woher sie kamen. Sofort drehte sie sich wieder um, senkte den Kopf und zog ihren Schal über ihr Haar.

»Was ist los?«, fragte Emily.

»Hast du gesehen, wer da drüben ist?«, fragte Hazel. Sie deutete mit dem Kopf hinter sich, und Emily drehte sich in die Richtung.

»Mit dem Rücken zu uns«, sagte Hazel leise. »Mit der Mundharmonika.«

»Oh!«, rief Emily, als ihr Blick schließlich auf den Mann mit dem dunklen Man Bun und der Kamera quer über dem Rücken fiel. »Was macht der denn hier?«

»Anscheinend dasselbe wie du«, sagte Hazel. »Die Welt retten.«

Emily beugte sich in den Kreis vor und zischte: »Hazels Ex-Freund sitzt da drüben.« Hannah und Becky machten überraschte Gesichter und grinsten. »Wer ist das bei ihm?«, fragte Emily.

»Seine Freundin, nehme ich an«, erwiderte Hazel. Sie sah Becky und Hannah an und erklärte: »Die, wegen der er mich verlassen hat.«

Wieder staunten die beiden. »Dieser Wichser«, sagte Becky.

»Er sieht aus wie ein Trottel«, sagte Hannah.

»Aber sie hat es ihm gezeigt«, sagte Emily. »Stimmt's, Hazel? Darf ich es ihnen erzählen?« Hazel, die sich immer noch nach vorne beugte, um sich kleiner zu machen, sagte, das sei okay, und Emily begann unter großem Gejohle die Geschichte vom Turm und der Rutsche zu erzählen.

»Das ist großartig«, bemerkte Becky, als sie fertig war.

»Du bist Kult, Hazel«, meinte Hannah.

»Oder?«, sagte Emily. »Ich wusste nicht, dass sie zu so etwas fähig ist!«

Hazel lächelte und gab sich bescheiden.

»Also, diese Comics, die du gezeichnet hast«, sagte Hannah. »Neulich. Die, in denen es darum ging, dass Heteromänner Arschlöcher sind …«

»Du folgst meinen Comics?«, warf Hazel mit einem breiten Grinsen ein.

»Natürlich! Du hast es nicht bemerkt, weil mein Instagram-Alias nichts mit meinem eigentlichen Namen zu tun.«

»Ach, Hannah«, Hazel setzte sich wieder aufrecht hin und legte eine Hand auf ihr Herz. »Das ist so süß! Nein, wirklich, ich bin gerührt!«

»Aber diese Comics …«

»Oh ja. Sie handelten alle von Miles, ja.«

Emily schien schockiert. »*Alle*?«, fragte sie. »Sie handelten *alle* von ihm?«

Hazel drehte sich zu ihr um. »Was dachtest du, von wem sie handelten?«

»Ich weiß nicht, ich dachte, vielleicht von jemand anderem. Ich dachte, vielleicht hast du sie nur erfunden.«

»Nope«, sagte Hazel.

»Jesus«, sagte Emily. »Was, wenn er sie gesehen hätte?«

»Er hat sie gesehen.«

»Was? Tatsächlich? Was hat er gesagt?«

Seufzend griff Hazel in ihre Gesäßtasche, zog ihr Handy heraus, rief die Nachricht von Miles auf und reichte es Emily.

Als Emily sie las, verfinsterte sich ihr Gesicht. »Was zum Teufel!«, rief sie. »Das ist doch nicht zu fassen! Das sind *Drohungen*!«

Hazel zuckte mit den Schultern. »Na ja. Ist schon gut, ich bin drüber weg.«

»Gut? Das ist nicht *gut*, Hazel. Damit darf er nicht durchkommen!«

»Und was soll ich dagegen tun?«

»*Du* solltest nichts tun«, erwiderte Emily, reichte Hazel das Telefon zurück und stand auf.

»Em«, sagte Hazel. »Was machst du? Setz dich hin.« Aber Emily bahnte sich bereits einen Weg durch die Menge der lagernden Demonstranten zu Miles und seinen Freunden. Hazel sah ihr verzweifelt nach.

»Hi, Miles!«, trällerte Emily, dann ging sie neben ihm in die Hocke, und ihre Stimme war nicht mehr zu hören. Miles war sichtlich überrascht. Er schien sie seiner Freundin vorzustellen. Doch schon bald gestikulierte er wütend, und Emily ebenfalls. Mehrmals deutete Emily mit dem Daumen hinter sich in Hazels Richtung, wahrscheinlich ohne dass es ihr überhaupt bewusst war. Schließlich folgte Miles ihrem Daumen. Sein Blick begegnete dem von Hazel, und Hazel wünschte sich zwar, Emily würde aufhören und weggehen, starrte ihn aber trotzig an.

»Leute«, sagte Becky. Sie blickte in die andere Richtung, zum Südufer. Hazel folgte ihrem Blick und sah eine Ansammlung von Polizisten langsam auf die Mitte der Brücke zukommen. »Es sieht so aus, als würden sie gleich mit der Räumung beginnen«, sagte sie. »Du solltest besser gehen.«

»Okay.« Hannah schnallte Noah in sein Tragetuch. »Wir sind nicht weit weg«, sagte sie zu Becky. »Wir bleiben möglichst in der Nähe.«

Hazel blickte sich nach Emily um und sah, dass sie auf dem Rückweg zu ihnen war. Miles und seine Freundin standen auf und gingen auf den Bürgersteig zu.

»Ich weiß nicht, was zum Teufel du ihm erzählt hast«, sagte Hazel, als Emily wieder bei ihnen war, »aber wir müssen gehen.«

»Ich habe ihm gesagt, er könne froh sein, dass wir nicht die Polizei gerufen hätten. Und wenn er dich noch einmal bedrohen würde, würden wir es tun.«

»Mein Ritter in glänzender Rüstung«, sagte Hazel mit leichtem Sarkasmus in der Stimme. »Komm schon, beeil dich.«

Doch Emily setzte sich wieder auf die Straße. »Ich bleibe hier«, sagte sie und hakte sich bei Becky ein.

»Wenn du bleibst, wirst du verhaftet«, sagte Hazel.

»Ich weiß«, entgegnete Emily. »Ist schon okay, Hazel. Sag Daria nichts. Ich rufe sie an, wenn es vorbei ist.« Sie zeigte auf sie. »Nimm dich vor Miles in Acht. Wenn er dir noch mal so eine Nachricht schickt, mach ich ihn fertig.«

Hannah ergriff Hazels Arm, und sie traten von der Straße auf den Bürgersteig, wo sich eine Gruppe von Leuten, die sich nicht verhaften lassen wollten, langsam aus der Gefahrenzone entfernte. Emily machte mit ihrer Hand ein Telefonzeichen und murmelte: »Bis bald.«

»Ist das ihr Ernst?«, rief Hazel und hob verzweifelt und resigniert die Arme. »Wusstest du, dass sie sich verhaften lassen wollte?«, fragte sie Hannah.

»Ich wusste, dass sie darüber nachgedacht hat«, sagte Hannah.

Sie sahen zu, wie die Polizeibeamten den Bereich einkesselten, in dem Emily und Becky saßen. Einer von ihnen las etwas vor, dann folgte eine Pause, und schließlich nahmen sie die Leute fest. Die ersten Demonstranten wurden von der Straße geholt und weggetragen, ein Polizist pro Arm und Bein. Bei jeder Verhaftung ging ein Jubelschrei durch die Menge.

Es geschah so langsam und methodisch, dass Hazel sich allmählich fragte, ob sie überhaupt bis zu Emily und Becky vordringen, oder ob sie vielleicht müde würden und sie gehen ließen. Sie lehnte sich an die Brüstung, das Kinn auf die Arme gestützt, und beobachtete das Wasser unter ihr, das in der Sonne glitzerte. Neben ihr wippte Hannah mit Noah auf und ab, der in seinem Tragetuch quengelte.

Dann berührte Hannah ihren Arm. »Ich glaube, das sind sie«, sagte sie, und Hazel stand auf und spähte in die Menge. »Das ist Nathan«, sagte Hannah, als weiter unten auf der Brücke ein Mann zum Polizeiwagen getragen wurde, schlaff wie ein Sack Kompost. »Ich nehme an, als Nächstes kommt Becky.« Und tatsächlich, erst wurde Becky, dann Emily unter dem Jubel und Klatschen der Menge auf die gleiche Weise wie die anderen weggetragen.

Hazel jubelte so laut, dass es in ihrer Kehle kratzte. »WIR LIEBEN DICH, EMILY!«, schrie sie. Zu ihrer Überraschung stellte sie fest, dass sie weinte. Sie sah Hannah an, deren Augen gerötet waren, und beide lachten.

»Wie sind wir denn drauf?«, sagte Hannah und legte ihr einen Arm um die Schultern.

»Was passiert jetzt?«, fragte Hazel. »Werfen sie sie ins Gefängnis?«

»Nur in eine Polizeizelle«, erklärte Hannah. »Ihr passiert nichts. Spätestens morgen früh ist sie wieder draußen. Wenn sie die Sache weiterverfolgen, werden sie vermutlich einen Gerichtstermin für den Sommer ansetzen. Sie wird zu einer Geldstrafe oder zu gemeinnütziger Arbeit verurteilt. Aber vielleicht wird die Klage auch einfach abgewiesen.«

»Was, wenn sie sie misshandeln?«

»Hazel«, sagte Hannah, »sie ist weiß, sie gehört zur Mittelschicht, und sie trägt ein Baby-On-Board-Abzeichen. Sie werden sie gut behandeln.«

Hannah versprach, sich gut um Becky und Emily zu kümmern, sobald sie entlassen würden, und dann sagte Hazel, die genug protestiert hatte, sie werde jetzt gehen, wenn das in Ordnung sei. Sie umarmten und küssten sich zum Abschied und versprachen, sich bald wieder zu sehen, und Hazel ging in Richtung Strand und überlegte, was sie mit dem Rest des Nachmittags anfangen sollte. Als sie weiterging, sah sie auf der anderen Straßenseite eine vertraute Gestalt stehen. Er schien allein zu sein. Möglicherweise wartete er auf jemanden, er starrte auf die Menge, als könnte seine Freundin vielleicht gleich daraus hervortreten. Er trug eine Pilotenbrille, abgeschnittene Jeansshorts und Converse-Turnschuhe, ein kariertes Hemd über einem weißen T-Shirt. Hazel ertappte sich bei dem Gedanken, dass er immer noch scharf aussah, und tadelte sich sofort dafür.

TEIL III

33

Emily blickte mit einer Mischung aus Stolz und Unglauben auf den Moment zurück, in dem sie von der Polizei weggetragen worden war. Die Reaktion der Menge hatte ihr das Gefühl gegeben, eine Heldin zu sein, sodass sie kaum gemerkt hatte, wie ihr Rücken über den Asphalt schrammte, wie ihr eigenes Gewicht an ihren Schultergelenken zerrte oder wie die Hände der Polizisten sich in ihre Unterarme krallten. Später am Abend wurde sie entlassen, und am nächsten Tag wachte sie auf Hannahs Sofa auf und fragte sich, ob irgendetwas davon real war. Sie war fast dankbar für die Schmerzen in ihren Schultern und die Striemen auf ihrem Rücken, denn sie bewiesen, dass es so war.

Auch Daria konnte es kaum fassen. »Ich dachte, du wolltest dich nicht verhaften lassen!«, hatte sie gerufen, als sie die Nachricht hörte. Emily hatte darauf hingewiesen, dass sie nicht gesagt hatte, dass *sie* sich nicht verhaften lassen wollte, sondern dass die Möglichkeit bestand, sich dagegen zu entscheiden. Daria hatte sie mit Fragen bombardiert und schien die Konsequenzen von Emilys Regelverstößen so sehr zu fürchten, dass Emily sich sorgte, sie werde ihr das ewig übel nehmen. Aber schließlich war Daria zur Vernunft gekommen – eine Kollegin habe ihr den Kopf gewaschen, berichtete sie, weil sie ihre Überraschung als Enttäuschung missverstanden hatte und ihr sagte, sie solle stolz sein. Sie *sei* stolz, bekräftigte sie, und zwar sehr.

Bei der Arbeit war Emily eine von drei Festgenommenen, die jetzt wie Prominente behandelt wurden. Jemand startete eine Crowdfunding-Aktion für ihre Anwaltskosten, bei der innerhalb weniger Tage eine beträchtliche Summe zusammenkam. In den Leitfaden der Firma wurde eine neue Klausel aufgenommen, die besagte, dass eine »Verhaftung zur Verteidigung des Planeten« kein Grund für Disziplinarmaßnahmen, Kündigung oder Entlassung sei. Emily vermutete, dass einige diese Entwicklung missbilligten, aber wenn, behielten sie ihre Meinung für sich.

Sie wusste noch nicht, ob sie angeklagt wurde, aber falls ja, erwartete sie, dass sich ihre Schwangerschaft zu ihren Gunsten auswirken würde. Auf der Polizeiwache hatte sie eine Erklärung verlesen, die sie im Voraus vorbereitet hatte. Nach dem Gesetz habe ich eine Fürsorgepflicht gegenüber meinem Kind, hatte sie gesagt. Es liegt in meiner Verantwortung, dafür zu sorgen, dass mein Kind zu essen bekommt, dass es sicher ist und ein Zuhause hat. Wegen der Klimakrise kann ich diese Dinge früher oder später nicht mehr garantieren. Daher ist es meine Aufgabe, alles in meiner Macht Stehende zu tun, auch wenn ich dafür meine Freiheit riskiere, um sicherzustellen, dass eine solch düstere Zukunft abgewendet wird. Dies ist Teil meiner Fürsorgepflicht.

In den folgenden Tagen dachte sie viel über diese Worte nach. Es war eine gute Rede gewesen. Sie war sehr zufrieden mit sich und wurde noch zufriedener, je mehr sie im Nachhinein ihre Fähigkeiten als Rednerin aufwertete. Ihre

Stimme hatte gezittert, sie war den Tränen nah gewesen, und doch hatte sie klar und eloquent die Absurdität eines Gesetzes deutlich gemacht, das sie verurteilte, wenn sie die Bedürfnisse ihres Kindes vernachlässigte. Auf der anderen Seite verurteilte es sie aber auch, wenn sie gegen eine Regierung und ein System protestierte, die die Bedürfnisse aller Kinder vernachlässigten. In ihrer Erinnerung war ihr Selbstvertrauen unter den Augen der Polizei gewachsen, weil sie wusste, dass sie Sklaven des Gesetzes waren. Sie mussten es durchsetzen, ob es nun moralisch vertretbar war oder nicht. Wenn sie Rückgrat hatten, würden sie sie um ihre Freiheit beneiden, das Gesetz zu brechen. Wenn sie sich nicht sehr täuschte, hatten die Augen von mindestens einer Beamtin geleuchtet.

***

An einem ganz normalen Mittwochnachmittag, zehn Tage nach der Verhaftung, saß sie in einer Besprechung, als sie zu bluten begann. Sie blieb so lange wie möglich, dann entschuldigte sie sich und stolperte mit Krämpfen und klebrigem Gefühl zwischen den Beinen auf die Toilette.

Es war zu viel Blut, um irgendwelche Zweifel daran zu haben, was los war. Ihre Hose war hellgrau. sie hatte es gerade noch rechtzeitig geschafft, aber ohne Binde konnte sie nirgendwo mehr hingehen. Und sie hatte keine dabei. Sie begann zu weinen. Sie stellte sich vor, wie sie nach Feierabend und bis tief in die Nacht auf dieser Toilette festsaß, den Kopf an die Wand lehnte und schlief – kalt und steif und traurig.

Verwirrt dachte sie noch einmal über ihre Worte bei der Polizei nach. Es dämmerte ihr, dass sie hohl und töricht gewesen waren. Sie war zu weit gegangen, hatte zu eifrig gesprochen. Jetzt schien es ihr, als hätte der Eifer ihrer Ansprache ihren Körper durchdrungen und als hätten seine Schockwellen die Gebärmutter erreicht. Die Gebärmutter hatte die Gefahr gespürt und war in Panik geraten. Vielleicht hatte ihre Gebärmutter gewusst, wie hoffnungslos alles war. Immerhin war dieses Wissen körperlich spürbar gewesen – in ihrem pochenden Herzen, ihrer bebenden Stimme und ihren zitternden Händen. Vielleicht war ihr Körper zu dem Schluss gekommen, dass das ganze Projekt aufgegeben werden sollte – nicht weil der Fötus nicht überlebensfähig war, sondern weil die Welt nicht überlebensfähig war.

Emily hatte sich angewöhnt, Daria mit Einzelheiten ihrer Schwangerschaft zu verschonen für den Fall, dass sie mehr hörte, als sie verkraften konnte, und zitternd auf dem Boden zusammensackte. Sie hatte Daria nur die Dinge mitgeteilt, die sie wissen musste, wie zum Beispiel, welche Lebensmittel sie jetzt meiden sollte oder was sich nicht verbergen ließ, wie ihre unaufhörlichen Blähungen. Stattdessen hatte sie bei Hazel Mitgefühl für ihre morgendliche Übelkeit gesucht, die sie mit größtmöglicher Diskretion ertrug. Sie hatte sich bei Hazel über die Verstopfung, ihre empfindlichen Brüste und die verminderte Kapazität ihrer Blase beklagt. Und auch jetzt wandte sie sich an Hazel.

»Was ist los?«, sagte Hazel, als sie sich nach Emilys drittem Versuch, sie zu erreichen, schließlich meldete. »Geht es dir gut?«

»Nein. Ich blute.«

»Oh, verdammt. Wie? Nur ein paar Tropfen?«

»Nein.«

»Also wie bei der Periode?«

»Stärker. Und es tut weh!« Vor dem Telefonat hatte sie sich zusammengerissen, aber jetzt begann sie wieder zu weinen.

»Oh, Em. Wo bist du?«

»Bei der Arbeit.«

»Du musst ins Krankenhaus«, sagte Hazel.

»Ich kann nicht! Ich habe keine Damenbinden dabei! Ich sitze auf dem Klo fest, Hazel! Ich weiß nicht, was ich tun soll!«

»Okay«, sagte Hazel entschlossen und wollte Emily gerade die eine oder andere Anweisung geben, als Emily sie unterbrach.

»Da kommt jemand«, zischte sie. Die Außentür zu den Toiletten knarrte. »Ich rufe wieder an.« Sie legte auf, als die Innentür geöffnet wurde, stützte das Kinn in die Hände und versuchte, so gut es ging, still zu sein. Nicht sehr erfolgreich. Ihr Schniefen und Schnäuzen ließ auf Tränen und nicht auf eine Erkältung schließen, denn als die andere Frau mit dem Händewaschen fertig war, stand sie vor Emilys Kabine und fragte: »Ist alles in Ordnung? Brauchst du etwas?«

»Oh, das ist nett. Ich brauche dringend eine Damenbinde, wenn du eine hast.«

»Ich habe Tampons?«

»Nein«, sagte Emily, und ihr kamen erneut die Tränen. »Nein, ich glaube, es muss eine Binde sein.«

»Okay«, sagte die Frau. »Ich besorge eine. Warte hier.«

Ihre Schritte entfernten sich, und Emily wartete. Nach fünf Minuten kehrte die Frau zurück, und reichte ihr unter der Tür der Kabine einen Strauß Damenbinden hindurch. Es war eine so freundliche schlichte Geste, dass Emily erneut in Tränen ausbrach.

»Danke«, sagte sie.

»Die Frau stand immer noch vor der Tür. »Ist es eine Fehlgeburt?«, fragte sie leise, und als Emily nicht mit Worten, sondern nur mit leisem Schluchzen antwortete, fuhr sie fort: »Du armes Ding. Ich habe das auch durchgemacht. Wir müssen dich in ein Krankenhaus bringen.«

»Ich darf nicht in die Notaufnahme«, jammerte Emily. »Das darf man doch nicht, oder? Es sei denn, es ist lebensbedrohlich.«

»Es gibt eine Ambulanz«, sagte die Frau. »Mach dich bereit, und ich rufe dir ein Taxi.«

Im Taxi hatte Emily Hazel eine Nachricht geschickt. *Auf dem Weg zur Ambulanz. Eine nette Frau hat mir geholfen.* Hazel antwortete, dass sie sie dort treffen könne, wenn Emily das wolle. Emily wünschte sich das so sehr, dass ihr erneut die Tränen über die Wangen liefen, aber das war wirklich zu viel verlangt, selbst von ihrer Schwester. *Sei nicht albern,* antwortete sie. *Es ist zu weit weg.* Hazel sagte, dass sie den 14:25-Uhr-Zug von King's Cross wahrscheinlich noch schaffen würde, wenn sie jetzt Feierabend machte. Von dort waren es nur fünfzig Minuten bis Cambridge und dann vielleicht noch mal fünfzehn mit dem Taxi zum Krankenhaus? Sie meinte, sie könne es in zwei Stunden schaffen.

Wahrscheinlich würde Emily immer noch auf ihre Untersuchung warten, aber wenn nicht, konnten sie zusammen nach Norwich zurückfahren. Hazel hatte am nächsten Tag frei. *Du musst mir vielleicht eine Unterhose leihen*, schrieb sie.

Emily dachte, dass dies vielleicht das Netteste war, was je jemand für sie getan hatte. Sie schickte Hazel eine Reihe von Herz-Emojis. *Wenn du wirklich meinst, dass das machbar ist*, schrieb sie, und Hazel antwortete: *Bis gleich.*

34

Als Hazel eintraf, saß Emily noch im Wartezimmer – hager und leicht grau im Neonlicht. Als sie ihre Schwester sah, stand sie auf und stolperte in ihre offenen Arme. Sie legte ihren Kopf an Hazels Schulter und hielt sie schwach um die Taille. Hazel war etwas größer, kam sich jetzt aber wie ein Riese vor. Nicht nur Emilys Körper, auch ihre Persönlichkeit schien geschwächt zu sein. Ihre Stimme war leise, und ihre Gesten waren zurückhaltend. Hazel fragte sie, ob sie etwas aus dem Automaten wolle, und sie schüttelte schnell den Kopf, verwirrt von der Frage.

Sie sei noch nicht untersucht worden, sagte sie. Man hatte ihr erklärt, dass sie hohe Priorität habe, aber das bedeutete eine Wartezeit von zwei statt vier Stunden. Es waren zweieinhalb vergangen, sie konnte also jeden Moment aufgerufen werden. Sie kaute auf ihrer Unterlippe und nahm Hazels Hand in ihre eigene feuchte. Ab und zu hob sie die andere Hand zu ihrem Gesicht und legte sie dann wieder auf ihren Schoß, als ob sie gegen den Drang ankämpfen würde, am Daumen zu lutschen. Hazel beobachtete sie bedrückt. Schon als sie noch jünger war als Hazel jetzt, war Emily viel erwachsener gewesen als sie. Doch nachdem das erwachsenste aller Projekte nun leise von ihr ging, schien sie wieder zu einem Kind zu werden.

Schließlich wurde Emily aufgerufen. Hazel drückte ihre Hand und beobachtete, wie sie mit einer Frau, die ein Schlüsselband um den Hals trug, in einem Flur verschwand. Als sie außer Sichtweite war, blätterte Hazel in einer Zeitschrift, ohne sie zu lesen. Dann klingelte das Telefon in ihrer Tasche und ließ sie zusammenzucken. Es war Roisin.

»Hey«, meldete sich Hazel, froh über die Ablenkung. »Wie läuft's bei euch?«

»Gut, danke«, sagte Roisin. Ihre Stimme klang seltsam angestrengt. »Wie geht es deiner Schwester?«

»Nicht gut. Sie wird gerade untersucht.«

»Die Arme. Das ist echt hart. Es tut mir wirklich leid, dass ich dich zu einem solchen Zeitpunkt anrufen muss …«

»Schon okay. Ich sitze hier nur rum und drehe Däumchen.«

»Oh, Hazel«, sagte Roisin, und in ihrer Stimme lag etwas, das Hazel Angst machte. »Es ist etwas passiert. Ich nehme an, du hast es noch nicht gesehen.«

»Nein? Was?«, fragte Hazel und spürte, wie ein kalter Schauer sie überlief. Eine Reihe von Gesichtern blitzte in ihrem Kopf auf: ihre Eltern, Alfie, dann Nish. Roisin zögerte, offensichtlich wusste sie nicht, wie sie fortfahren sollte.

»Was ist los? Du machst mir Angst.«

»Okay, ich war gerade auf Instagram«, begann Roisin, und Hazel entspannte sich etwas. Auf Instagram erfuhr man nicht von vorzeitigen Todesfällen. »Ich habe den Comic gesehen, den du gerade gepostet hast. Ich war in den Kommentaren, weil ich etwas schreiben wollte. Aber bevor ich dazu kam, wurde ein anderer Kommentar gepostet. Da stand: Die Künstlerin bei der Arbeit. Und dann war da ein Link.«

Sie verstummte und schien sich für den Rest zu wappnen. »Und?«, rief Hazel. »Was war es?«

»Ein Video, Hazel.«

»Was für ein Video?«

»Ein *intimes* Video.« Roisin hielt inne, um zu sehen, ob Hazel verstanden hatte, was sie meinte, aber Hazel begriff immer noch nicht. »Von dir«, endete Roisin.

»Von *mir?*«, rief Hazel. »Was? Wie? Ich habe nie ein …« Sie hielt inne und erinnerte sich daran, dass sie sich an einem öffentlichen Ort befand. »Ich habe noch nie bei einem intimen Video mitgemacht«, flüsterte sie.

»Vielleicht wurde es ohne dein Wissen gefilmt oder mit Photoshop bearbeitet, aber das bist du, Hazel. Oder zumindest dein Gesicht. Ich habe es mir natürlich nicht angesehen«, fügte Roisin hastig hinzu. »Ich habe es sofort ausgeschaltet, als ich merkte, was es war.«

»Vielleicht hast du dich ja geirrt. Hättest du etwas länger zugeschaut, hättest du vielleicht gesehen, dass ich es nicht bin.«

»Ich wäre froh, wenn das der Fall wäre, Hazel, aber … es tut mir leid. Es tut mir so leid, dass ich dir das sagen muss, aber daran gibt es keinen Zweifel. Jemand hat ein pornografisches Video von dir ins Internet gestellt, und der Link ist überall auf Instagram und wer weiß, wo sonst noch.«

Hazel fand den Kommentar nicht nur unter dem von Roisin erwähnten Post, sondern auch unter zahlreichen anderen.

Zumindest gab es einen unter jedem der Comics, die sie nach der Trennung von Miles gepostet hatte. Der Kommentator hieß 00_xXx_00, und als sie dem Link zu dem Account folgte, stellte sie fest, dass dort überhaupt nichts gepostet war. Sie traute sich nicht, das Video mitten im Wartezimmer anzuschauen, also begab sie sich auf die Toilette und sah es dort.

Roisin hatte recht. Das war sie. Es war ihr vor Lust verzerrtes Gesicht. Ihr nackter Körper, der zwischen zerwühlten weißen Decken lag. Es waren keine Beweise zu sehen – kein Nachttisch, keine Lampen, keine Bilder an der Wand, nichts, wodurch sich das Bett einer bestimmten Person zuordnen ließ. Und doch wusste sie sofort, dass es Miles' Bett war.

Die Qualität des Videos war gut, der Ausschnitt gut gewählt, und es war gut ausgeleuchtet. Es war eindeutig mit einer professionellen Kamera aufgenommen worden, und Hazel erinnerte sich mit einem Anflug von Übelkeit daran, dass Miles' Schlafzimmer gleichzeitig als Fotostudio diente. Doch wie konnte sie so viel Zeit in seinem Bett verbringen, ohne zu bemerken, dass eine seiner Kameras auf sie gerichtet gewesen war? Er hatte doch nicht etwa Geräte hinter Topfpflanzen und Bücherregalen versteckt? Doch dann flackerte das Bild auf seltsame Weise, als würde das Licht von ihm reflektiert, und plötzlich dämmerte ihr, dass die Kamera gar nicht auf sie gerichtet war, sondern auf den Spiegel gegenüber dem Bett.

Sie stöhnte unwillkürlich auf. An ihren Schläfen und im Nacken brach ihr der kalte Schweiß aus. Der *Spiegel*. Er musste sich Zeit gelassen haben, die Kamera so einzurichten, dass das verräterische Flackern des roten Lichts nicht zu sehen gewesen war. Es war auf seine Art genial. Wie stolz musste er auf die kreative Lösung gewesen sein, die er gefunden hatte, um eine Frau zu schänden. Welche Genugtuung musste es ihm verschafft haben, dass sie so auf ihn hereingefallen war. Wie musste er sich amüsiert haben! Als er vorgegeben hatte, dass ihm ihre sexuelle Befriedigung wichtig sei, als er sich als eine Art Rebell dargestellt hatte, dem der weibliche Orgasmus nicht weniger wichtig sei als der männliche. Jetzt war klar, dass er sich über sie lustig gemacht hatte. Und die ganze Zeit über hatte sie sich im Glanz seiner Bewunderung gesonnt, zu eitel und zu naiv, um ihn so zu sehen, wie er wirklich war.

Das Video lief immer noch. Bei all der Erniedrigung war sie dennoch dankbar, dass es sie nur von der Hüfte aufwärts zeigte. Sie vermutete, dass sich Miles mit seinem Kopf zwischen ihren Beinen knapp außerhalb des Bildes befand. Wenigstens hatte er sich selbst herausgeschnitten und ihr weitere Demütigungen erspart. Während sie sich selbst beinahe teilnahmslos beobachtete, kam es ihr allerdings merkwürdig vor, dass sie bei dieser besonderen Gelegenheit offenbar alles gegeben hatte, um ihm einen Orgasmus vorzuspielen – bis hin zum Zucken der Muskeln in ihren Wangen. Es war eine ganz und gar überzeugende Vorstellung, unheimlich überzeugend. Sie konnte sich nicht daran erinnern, dass Miles' Technik jemals zu einem derartigen Erfolg geführt hätte, wie es ihr Gesicht dort behauptete.

Als sie schlagartig die Wahrheit begriff, lieferte ihr das

Video auch schon die Bestätigung: Es zoomte träge heraus, bis ihr ganzer Körper zu sehen war. Überraschung! schien das Bild zu sagen, als klar wurde, dass Miles nicht da war. Dass sie ganz allein war und das Einzige zwischen ihren Beinen ihre eigene Hand war.

Sie ließ sich schwer auf den Toilettensitz fallen. Miles hatte es sich zur Gewohnheit gemacht, nach dem Sex zu duschen. Bei unzähligen Gelegenheiten hatte sie diese Pause genutzt, um sich selbst zum Höhepunkt zu bringen, von dem er glaubte, dass sie ihn bereits gehabt hätte. Das geschah schnell und heimlich, meist unter der Bettdecke. Offensichtlich war sie dieses eine Mal mutiger gewesen, und genau darauf hatte er sich gestürzt. Er hatte die beschämendste Szene aus all dem demütigenden Filmmaterial, das er von ihr haben musste, herausgegriffen und sie veröffentlicht, gerade weil sie sich allein so sicher gefühlt hatte.

Warum hatte er sie gefilmt? Hatte er es zu seiner eigenen privaten Befriedigung getan, oder hatte er Beweise gesammelt, die er im Bedarfsfall zu seinem Vorteil nutzen konnte? Hätte sie seinen Verrat verhindern können, indem sie die Comics nicht gepostet hätte, wenn sie nicht am Fuße der Rutsche vor ihm weggelaufen wäre, oder wenn sie Emily davon abgehalten hätte, ihn auf der Waterloo Bridge zur Rede zu stellen? Oder wenn sie nie in seinem Bett masturbiert und er nie herausgefunden hätte, dass sie ihre Orgasmen nur vorgetäuscht hatte, hätte er sich dann vielleicht nicht derart gedemütigt gefühlt, dass er sich rächen wollte? Aber sie wusste nicht, ob ihm überhaupt bewusst war, dass er in seinem Bemühen, sie zu befriedigen, versagt hatte. Vielleicht dachte er, sie sei einfach unersättlich und verdiene es, dafür beschämt zu werden.

Diese Fragen beschäftigten sie, bis ihr Telefon klingelte. Als sie es hörte, begann sie zu zittern, aber es war nur Emily, die sich fragte, wo sie war. Sie ging zum Waschbecken und versuchte, ihr gerötetes Gesicht und die verschmierte Schminke in Ordnung zu bringen, aber als sie ins Wartezimmer zurückkehrte, wirkte Emily dennoch erschrocken.

»Hazel?«, sagte sie. »Was ist los?«

»Nichts«, sagte Hazel. »Wie war es?«

Emily zuckte mit den Schultern. »Ich habe ein paar Infoblätter«, sagte sie. »Ich muss Damenbinden kaufen. Und einen Schwangerschaftstest, wenn es vorbei ist. Ich muss es einfach abwarten. Der Arzt war nicht beunruhigt. Eine ganz normale Fehlgeburt.« Sie lachte bitter auf, und Hazel versuchte, ein mitfühlendes Geräusch zu machen, aber es klang kratzig und verschleimt. Emily runzelte die Stirn. »Hazel, im Ernst«, sagte sie. »Was ist los? Warum weinst du?«

Hazel schniefte und schüttelte den Kopf. »Das kann ich nicht sagen.«

»Was? Warum nicht? Ist etwas passiert?«

»Mach dir keine Sorgen, allen geht es gut, Mama und Papa geht es gut …«

»Dir aber eindeutig nicht!«

»Bitte zwing mich nicht, es dir zu erzählen«, sagte Hazel. Sie konnte sich nicht vorstellen zu erzählen, was geschehen war. Sie müsste so viele Worte finden. Und Emilys selbstgerechter Zorn wäre nicht hilfreich. Er würde alles nur noch schlimmer machen, weil er es real werden ließe.

»Okay«, sagte Emily. Mit besorgter Miene drückte sie Hazels Hand.

Vor dem Krankenhaus wartete Hazel ab, während Emily ein tränenreiches Telefonat mit Daria führte, dann nahmen sie ein Taxi zurück zum Bahnhof. »Macht es dir etwas aus, wenn ich nicht mit nach Norwich komme?«, fragte Hazel auf dem Weg.

»Nein, natürlich nicht«, sagte Emily. »Aber wenn du mitkommst, könnten wir uns um dich kümmern.«

»Nein, nein. Du hast schon genug Sorgen.«

»Aber …«

»Ich möchte dich nicht allein lassen, wenn du … du weißt schon«, sagte Hazel. »Aber ich muss wirklich nach Hause.«

»Ich wünschte, du würdest mir sagen, was los ist«, sagte Emily, aber Hazel schüttelte den Kopf, während sich ihr Inneres vor Scham zusammenzog.

35

Daria rief Alfie an, um ihm mitzuteilen, dass er kein werdender Pad mehr sei.

»Oh mein Gott«, sagte er fassungslos. »Es tut mir so leid.«

»Ja«, antwortete sie. »Uns auch.«

Er hatte in seiner Mittagspause Hefte im leeren Klassenzimmer korrigiert. Jetzt ging er zur Tür und schloss sie ab, dann trat er ans Fenster und beobachtete die Kinder auf dem Schulhof, als sehe er sie zum ersten Mal. Was für eine Vorstellung, dass *er* fast ein Kind gezeugt hatte. Einen Miniaturmenschen mit Armen und Beinen und eigenen Gedanken. Es schien ein Wunder zu sein, jetzt, wo es nicht mehr geschah.

»Wie geht es euch beiden?«, fragte er.

»Emily ist in schlimmem Zustand. Sie liegt schon den ganzen Morgen auf dem Sofa. Umarmt Kissen und weint viel. Sie kaut ihre Fingernägel ab. Und ich kann nichts tun. Alles, was ich tun kann, ist, verdammten Tee zu kochen.«

»Was ist mit dir? Wie geht es dir?«

»Ach, weißt du«, sagte Daria. Sie stand am Ende des Gartens und blickte zum Haus zurück. Sie hatte einen Kloß im Hals. Seit sie Emilys zerbrechliche Gestalt am Tag zuvor in der Bahnhofshalle von Norwich in den Armen gehalten hatte, litt sie unter der enormen Last dieses Verlustes. »Mir geht es nicht so toll«, sagte sie. Es gibt nur eine Sache, die schlimmer ist, als der Gedanke, dass ein winzig kleines Lebewesen Emily aussaugt, und das ist der Gedanke, dass es nicht mehr da ist.«

»Oh, Daria.«

»Und die Ironie ist, dass das für mich ein Fortschritt ist! Ich will tatsächlich, *dass* Emily schwanger ist! Vielen Dank, Therapie!« Sie lachte bitter auf, setzte sich auf einen alten Baumstumpf und zupfte an dem Gras neben ihren Füßen. »Vorher war ich immer irgendwie froh, wenn ich Fortschritte gemacht habe. Wenn Emily zum Beispiel ihre Periode bekam, war ich enttäuscht, aber ich war froh, dass ich enttäuscht war. Oder ich ärgerte mich über die Krankenschwester in der Klinik, weil sie die Insemination durchführte, aber ich war froh, dass ich mich ärgerte. Diesmal finde ich nichts, worüber ich froh sein könnte. Es ist einfach nur verdammt traurig.« Es herrschte Schweigen, dann sagte sie: »Wie geht es *dir*? Es ist auch dein Verlust.«

Alfie seufzte tief und sagte: »Ich weiß es gar nicht.« In den letzten Wochen war er überwiegend verwirrt gewesen, wie weitreichend das Projekt war, auf das er sich da eingelassen hatte. Zu Hause suchten er und Hazel nicht mehr den Kontakt zueinander. Dieses unausgesprochene Einverständnis, diese stillschweigende Übereinkunft, dass die Dinge jetzt anders waren und dass sie sich voneinander fernhalten sollten, war das sicherste Zeichen dafür, dass sie genauso für ihn empfand wie er für sie. Wenn es sich nur um eine einfache Freundschaft gehandelt hätte, wäre es nicht nötig gewesen, den Kontakt abzubrechen.

Er hatte erwogen, mit ihr zu reden. Wäre es denn so schlimm, wollte er sie fragen, wenn sie eine Beziehung anfingen, obwohl er das Kind ihrer Schwester gezeugt hatte? Doch das war nicht ratsam, weil etwas schiefgehen konnte. Was, wenn nichts schiefging? Was, wenn alles einfach nur für immer schön wäre?

Was allerdings, wenn etwas schieflief. Wenn es nicht für immer einfach schön wäre. Er dachte an Rachels Cheerleader in der Schule – alles Leute, mit denen er einmal befreundet gewesen war. Die möglichen Verluste wären dieses Mal größer. Es könnte seiner Beziehung zu dem Kind schaden, wenn er und Hazel sich im Bösen trennten und Emily und Daria zwangen, sich für eine Seite zu entscheiden. Wenn er Hazel verlor, konnte er sie alle verlieren. Wenn sie dachten, er hätte ihr unrecht getan, könnten sie ihn ausschließen oder ihn atmosphärisch ausschließen, ohne es wirklich zu wollen. Selbst wenn sie sich neutral verhielten, wären sie in ein Drama verwickelt, das sie nicht selbst verursacht hatten. Es war, wie Daria sagte, das Leben ging manchmal seltsame Wege. Er glaubte nicht, dass sie ihn gebeten hätten, ihr Spender zu sein, wenn sie gewusst hätten, dass das Risiko eines solchen Zerwürfnisses bestünde.

Er wünschte, er hätte das Ganze früher so klar gesehen. Es war leichtsinnig gewesen, diese Entscheidung direkt im Anschluss an den Gentest zu treffen: Er hatte zugelassen, dass dieser sein Urteilsvermögen trübte und alle anderen Überlegungen in den Schatten stellte. Er wünschte sich auch, dass es keinen Miles gegeben hätte, der das Ganze noch verworrener gemacht hatte. Vor allem wünschte er sich, er hätte an jenem Abend im Wohnzimmer, als sie Emily und Darias Vorschlag besprachen, offen mit Hazel gesprochen und ihr gesagt: »Es ist kompliziert, Hazel, weil ich in dich verliebt bin.«

Daria wartete darauf, dass er etwas sagte. »Ich empfinde ganz unterschiedliche Dinge«, sagte er. »Ich weiß nicht, ob ich das im Moment richtig beschreiben kann.« Er blickte auf die Uhr und bemerkte, dass die Kinder in wenigen Minuten zurück sein würden. Es tut mir leid«, sagte er. »Ich muss jetzt Schluss machen. Wir hören uns bald wieder.«

Sie verabschiedeten sich und wollten gerade auflegen, als Daria sagte: »Ach, entschuldige, eine Sache noch. Hast du Hazel gestern Abend gesehen?«

»Hazel? Nein.«

»Würdest du wohl heute Abend nach ihr sehen? Emily macht sich ein bisschen Sorgen um sie.«

»Ach ja?«

»Ja, sie ist den ganzen Weg nach Cambridge gefahren, um bei Emily in der Ambulanz zu sein, und sie wollte sie eigentlich auch nach Norwich begleiten, aber am Ende musste sie weg. Ziemlich abrupt, sagt Emily. Sie war wegen irgendetwas aufgewühlt, aber sie wollte nicht sagen, weshalb.«

»Das ist seltsam«, sagte Alfie. »Ich sehe auf jeden Fall nach ihr.«

»Sag uns Bescheid, ja? Sie antwortet auf keine von Emilys Nachrichten, und auf ihrem Handy geht nur die Mailbox an.«

Darias Bitte beunruhigte Alfie, und so verließ er die Schule, sobald die Glocke am Nachmittag läutete. Als er in die Wohnung kam, war Hazels Tür geschlossen, was normalerweise bedeutete, dass sie zu Hause war. Er klopfte leicht an ihre Tür. »Hazel?«, sagte er. »Bist du da?« Von der anderen Seite ertönte ein Stöhnen. »Hazel?«, wiederholte er beunruhigt.

Er hörte, wie sie sich räusperte. »Komm nicht rein«, sagte sie.

»Ich komme nicht rein. Ich will nur wissen, ob es dir gut geht.«

»Ich habe eine Grippe«, sagte sie. »Ich glaube, die ist ziemlich ansteckend.«

»Oh nein. Brauchst du etwas? Tee? Ibuprofen?«

»Nein, danke.«

»Ich habe vorhin mit Daria gesprochen«, wagte er zu sagen. »Sie hat mir erzählt, was passiert ist.«

»Was?«, fragte Hazel scharf.

»Das mit der Fehlgeburt.«

»Oh ja, das ist wirklich traurig.«

Alfie zögerte und überlegte, ob er noch mehr sagen sollte. »Ich denke, du solltest deiner Schwester eine Nachricht schicken«, sagte er zögernd. »Sie macht sich Sorgen um dich. Sie hat versucht, dich zu erreichen.«

Hazel stöhnte erneut. »Macht es dir etwas aus, das zu übernehmen?«, fragte sie. »Sag ihr, dass ich krank bin. Ich hab Kopfschmerzen. Ich kann jetzt keine Displays ertragen.«

»Natürlich«, sagte er und zog sich in sein Zimmer zurück. Er tippte eine Nachricht an Emily, dann legte er sich zurück und starrte an die Decke. Er hatte seinen Laptop und einen Stapel Klassenarbeiten mit nach Hause gebracht, aber er war nicht in der Stimmung, sich auf die Arbeit zu konzentrieren. Er dachte an Emilys Kind. An *sein* Kind. Erst gestern noch war es in ihr gewachsen, und jetzt existierte es einfach nicht mehr. Die Decke verschwamm vor seinen Augen, eine Träne rann an seinem Gesicht hinunter und lief in sein Ohr. Er empfand keine Erleichterung darüber, von seiner Pflicht befreit worden zu sein – nicht einmal einen Hauch, der ihm ein schlechtes Gewissen bereiten könnte.

Es war ihm nun klar: Er wollte zwei Beziehungen, die sich gegenseitig ausschlossen. Er hatte sich selbst in eine Zwickmühle gebracht, in der alles, was er jetzt gewann, mit einem entsprechenden Verlust einhergehen würde. Er hatte etwas mit Hazel angefangen, und er hatte etwas mit Emily und Daria angefangen, und diese beiden Beziehungen konnten weder nebeneinander existieren, noch rückgängig gemacht werden. Jetzt weinte er richtig, er schluchzte in sein Kissen, und es dauerte eine ganze Weile, bis er aufhören konnte.

Später stand er in der Küche, starrte mit leerem Blick auf eine Tüte Nudeln und überlegte gerade, ob er welche für Hazel mitkochen sollte, als es klingelte. Er ging hinaus in den Flur und nahm den Hörer der Gegensprechanlage ab. »Hallo?«

»Hallo«, sagte eine Frauenstimme. »Das ist doch die Wohnung von Hazel, oder?«

»Ja, das stimmt.«

»Ich bin eine Freundin von ihr. Roisin. Darf ich hochkommen?«

»Sie hat eine Grippe.«

»Einen Scheiß hat sie. Bitte, lass mich hochkommen. Es ist dringend.«

Verwirrt drückte Alfie den Öffner und wartete an der Wohnungstür, eine Minute später erschien eine große Frau mit sehr hellen Haaren. »Danke«, sagte sie, marschierte an ihm vorbei und klopfte an Hazels Zimmertür. »Hazel? Ich bin's, Ro«, sagte sie. »Ich komme jetzt rein, okay?«

Alfie saß allein am Küchentisch und aß seine Nudeln, während im Zimmer nebenan die Stimmen lauter und wieder leiser wurden. Er ertappte sich dabei, wie er zu lauschen versuchte, und fühlte sich schuldig, also stellte er sein Handy vor sich auf und lenkte sich mit YouTube-Videos ab.

Tony kam herein und stöberte in den Schränken und im Kühlschrank herum, dann machte er sich in der Mikrowelle eine Suppe warm. Offensichtlich fühlte er sich wohler als früher, wenn er mit Alfie zusammen die Gemeinschaftsräume benutzte, denn derzeit sahen sie sich ziemlich oft. Alfie hielt sein Video an, und sie unterhielten sich etwa eine Minute lang – freundlich, aber belanglos, weil Alfies Kopf mit anderen Dingen beschäftigt war. Tony wagte es nur dann, nicht nur Small Talk zu reden, wenn Alfie den ersten Schritt tat. Bald nickten sie beide, anstatt Worte zu wechseln, dann nahm Tony seine Suppe und ging.

Alfie sah sich sein Video weiter an. Währenddessen erschien eine LinkedIn-Benachrichtigung, die das Bild verdeckte. Gereizt wischte er sie weg. Auf dem Flur ging Hazels Zimmertür auf, und jemand verließ die Wohnung.

Als das Video zu Ende war, stand er auf und stellte seinen Teller in die Spüle. Anstatt ihn abzuwaschen, starrte er aus dem Fenster. Auf dem Grünstreifen, der das Haus von der

Straße trennte, hatte sich eine Gruppe rauchender Jugendlicher versammelt. Ein Mann schlenderte mit seinem Hund den Bürgersteig entlang, dann blieb er stehen und wartete, während der Hund schnüffelte und pinkelte. Am Wartehäuschen standen ein paar Leute, und die Busse fuhren vor und wieder ab, wobei ihr Innenraum in der Dämmerung leuchtete. Kurzum, draußen lief alles wie immer ab. Aber drinnen stimmte etwas nicht. Er hatte ein ungutes Gefühl. Was war nur los mit Hazel? Warum glaubte Roisin nicht, dass sie eine Grippe hatte?

Geistesabwesend holte er sein Handy heraus, als ob es irgendeinen Hinweis enthalten könnte. Das LinkedIn-Symbol verdeckte die Benachrichtigungsleiste am oberen Rand des Displays, also wischte er es nach unten. Es war eine Nachricht. Zu seinem Erstaunen sah er Hazels Namen in der Betreffzeile, den Absender kannte er nicht. Er öffnete die Nachricht und hätte fast aufgeschrien. Sie enthielt keine Worte, nur drei Fotos. Sie waren von oben aufgenommen und zeigten Hazel in einer so intimen und demütigenden Situation, dass Alfie vor Scham ganz heiß wurde, weil er sie überhaupt gesehen hatte. Er schloss die Nachricht, als wäre sie infiziert.

Er ließ seinen Teller unabgewaschen in der Spüle stehen und ging mit klopfendem Herzen zurück in sein Zimmer. Was sollte er tun? Was wurde von Menschen in solchen Situationen erwartet? Bevor er sich entscheiden konnte, klingelte sein Telefon. Es war Emily.

»Alfie«, sagte sie eindringlich. »Du musst mit Hazel sprechen. Wir haben beide diese E-Mails bekommen ...«

»Oh Gott. Ihr auch?«

»Was? Du meinst, du hast auch eine bekommen? Mit den Fotos?«

»Ja.«

»Oh mein Gott. Oh mein Gott! Wo ist sie? Hast du sie gesehen? Ihr Telefon ist ausgeschaltet, ich kann nicht …«

»Sie ist in ihrem Zimmer«, sagte er leise. »Ihre Freundin Roisin ist bei ihr gewesen. Ich weiß nicht, ob sie mit jemand anderem sprechen wird.«

Emily atmete laut aus. »Sie hat also keine Dummheiten gemacht?«

»Nicht dass ich wüsste«, sagte Alfie, verblüfft über die Wendung, die die Dinge genommen hatten.

»Weißt du, meine Mutter hat angerufen«, sagte Emily. »Mein Vater hat eine geschickt bekommen. Mein *Vater*. Die Betreffzeile lautete ›Wichtige Information über Ihre Tochter Hazel Phillips‹, und dann ein Link zu einem Video …«

»Meine Güte.«

»Es ist abscheulich!«, sagte Emily, außer sich vor Verzweiflung. »Es ist einfach schrecklich!«

Alfie hörte, wie die Haustür aufging, und schaute in den Flur hinaus. Es war Roisin, die zwei Pizzakartons in einer Hand balancierte. Er winkte ihr hektisch zu, und sie trat mit wachsamem Blick in sein Zimmer.

»Ich muss Schluss machen«, sagte Alfie und schloss die Tür hinter sich. »Hazels Freundin ist gerade zurückgekommen. Ich sage ihr, sie soll dich später anrufen, okay?« Er legte auf.

»Was zum Teufel ist denn jetzt passiert?«, fragte Roisin.

Er fasste sich ein Herz. »Es gibt – Nachrichten. E-Mails.

Ich habe eine bekommen. Das war Hazels Schwester. Sie auch. Und ihr Vater …«

»Ihr *Vater*?«, fragte Roisin. Sie schloss die Augen. »Was genau stand in diesen E-Mails?«

»Es waren Fotos angehängt. Von Hazel.«

Roisin nickte. »Eindeutige.«

»Ja.«

Roisin schürzte die Lippen und spannte den Kiefer an. Die Pizzakartons begannen sich unter ihrem Griff zu biegen. Sie stellte sie auf Alfies Schreibtisch ab und ließ sich in den Stuhl sinken. »Ich bin einfach. So. Verdammt. *Wütend*«, sagte sie mit zusammengebissenen Zähnen. »Dieser erbärmliche verlogene *Mistkerl.* Ich werde ihn verdammt noch mal *umbringen.*«

»Sprechen wir hier von Miles?«

»Sprich nicht mal seinen verdammten *Namen* aus«, stieß sie hervor. Sie hielt inne, um sich zu sammeln, dann drehte sie den Kopf und sah ihn an. »Hast du die Nachricht gelöscht?«

Er schüttelte schuldbewusst den Kopf und wünschte, er hätte es getan. Aber Roisin schien zufrieden. »Gut«, sagte sie. »Die werden wir als Beweismittel brauchen.«

»Oh, richtig. Natürlich«, sagte er. »Hör zu, wie ist das – ich weiß nicht – was ist überhaupt …«

»Er hat heimlich Videos von ihr gemacht«, erklärte Roisin. »Er ist Fotograf, stimmt's? Er hat jede Menge Kameras in seinem Schlafzimmer. Ja,« sagte sie, als Alfie der Mund offen stehen blieb. »Der Kerl ist total krank. Gestern hat er eins auf eine Rache-Pornoseite gestellt und die Links überall auf ihrem Instagram-Account gepostet.«

»*Was?*«, sagte Alfie und spürte, wie ihm die Hitze den Nacken hinaufkroch.

»Ja«, sagte Roisin erneut, und ihre Stimme zitterte vor Wut. Sie stand auf. »Hör zu, du musst ihre Schwester zurückrufen. Sag ihr, dass sie nichts löschen darf. Sag ihr, sie soll ihren Eltern sagen, dass sie nichts löschen sollen. Je mehr wir über ihn haben, desto besser.«

»Okay.«

»Den machen wir fertig«, sagte sie, und Alfie nickte entschlossen.

36

Emily war voller Reue und ließ sich nicht davon abbringen. Sie war der Überzeugung, dass sie mit ihrer Entscheidung, in London auf die Demo zu gehen, alles ausgelöst hatte. Für die Fehlgeburt machte sie nicht nur ihre leidenschaftliche Rede vor der Polizei verantwortlich – von der sie immer noch glaubte, dass sie ihre Gebärmutter beeinflusst haben könnte –, sondern auch die Schürfwunden und Prellungen, die sie sich bei der Verhaftung zugezogen hatte. Für das, was ihrer Schwester angetan worden war, fühlte sie sich verantwortlich, weil sie Miles zur Rede gestellt hatte, wodurch sie ihn vor seiner neuen Freundin bloßgestellt und zweifellos eine latente Wut in ihm entfacht hatte.

Daria sagte, das wäre alles so oder so passiert. Sie las die Faltblätter aus dem Krankenhaus und erklärte, dass Fehlgeburten im ersten Trimester in der Regel durch Probleme mit dem Fötus oder der Plazenta verursacht würden, nicht durch eine Schürfwunde oder einen blauen Fleck. Was Miles betraf, so war er selbst für sein Handeln verantwortlich. Indem Emily sich die Schuld gab, ließ sie ihn praktisch vom Haken. Daria ließ sich nicht dazu herab, die Rede vor der Polizei zu kommentieren.

Dennoch rang Emily die Hände und weinte, dass ohne ihre Überheblichkeit vielleicht alles anders gekommen wäre.

Was, wenn eine ihrer Schürfwunden oder blauen Flecken die *Ursache* für ein Problem mit dem Fötus oder der Plazenta gewesen war? Was, wenn ihr Eingreifen bei Miles ihn in den Wahnsinn getrieben hatte? Daria beschwichtigte und beruhigte sie vergeblich, bis sie schließlich die Geduld verlor und ausrastete: »Weißt du, was ich glaube? Ich glaube, du *willst* dir die Schuld geben.«

»Was?«

»Ja! Ich denke, die Vorstellung, dass du für die Fehlgeburt verantwortlich bist, ist leichter zu akzeptieren als die Vorstellung, dass es sich um eine Laune der Natur handelt. Wenn du dieses Mal verantwortlich warst, dann kannst du verhindern, dass es das nächste Mal wieder passiert. Aber das ist nicht wahr, Em.«

Emily öffnete den Mund, um zu widersprechen, aber ihr fehlten die Worte.

»Und so ist es auch mit Miles«, fuhr Daria fort. »Es ist weniger beängstigend, sich vorzustellen, dass du ihn in die Enge getrieben haben könntest, als zuzugeben, dass deine Schwester mit einem verrückten Arsch zusammen war, der allen nur vorgemacht hat, er sei harmlos.«

Es herrschte Schweigen, dann begann Emily leise zu weinen. Manchmal brachte Daria die Dinge direkt auf den Punkt.

»Ach, Süße«, sagte Daria und wünschte, sie hätte weniger unverblümt gesprochen. Sie griff nach einem Taschentuch und tupfte Emily die Tränen weg. »Ich meine nur, dass es schwer sein kann zu akzeptieren, dass sich etwas deiner Kontrolle entzieht. Es tut mir leid, ich wollte dich nicht aufbringen.«

»Ich weiß nicht, was ich tun soll!«, rief Emily. »Ich weiß nicht, wie ich ihr helfen soll! Sie geht nicht ans Telefon!«

Daria schlug vor, zu recherchieren, und so las Emily alles, was sie über Rachepornos, ihre rechtlichen Folgen und die Auswirkungen auf die Opfer finden konnte. Sie stieß so oft auf das Wort »selbstmordgefährdet«, dass sie Alfie anrief, um ihm zu sagen, dass sie nach London kommen würde. Sie musste Hazel sehen.

***

Alfie warnte sie, dass Hazel anscheinend drei Tage lang nicht aus dem Bett gekommen war. Er hatte ihr Essen und Becher mit Tee vor die Tür gestellt, aber Roisin war die einzige Person, die sie von Angesicht zu Angesicht gesehen hatte. Offenbar hielt sich Hazel vom Internet fern, weil sie nicht wissen wollte, wie groß der Schaden war, den Miles angerichtet hatte. Es könnte noch eine Weile dauern, bis sie sich dazu überreden ließ, ihr Telefon einzuschalten.

Die Luft in Hazels Zimmer war abgestanden, und es roch leicht vergammelt, wahrscheinlich nach den Resten von abgestandenem Tee. Die Vorhänge waren halb zugezogen, der Boden mit schmutzigem Geschirr und zusammengeknüllten Taschentüchern übersät. Hazel selbst lag in ihrem Bett und lugte mit verquollenen Augen über die Bettdecke.

Emily bahnte sich einen Weg zu ihr, und Hazel richtete sich auf, sodass Emily sie in die Arme nehmen konnte.

»Es tut mir leid wegen der Fotos«, flüsterte sie. »Das hättest du nicht sehen sollen.«

»Entschuldige dich doch nicht«, warnte Emily. »Das ist nicht deine Schuld.«

»Das sagt Ro auch«, erwiderte Hazel und starrte in ihren Schoß. »Aber ich weiß nicht.«

»Du hättest nicht anders handeln können«, beharrte Emily. »Dieser Typ hat heimlich Videos von dir gemacht, Hazel! Glaubst du, du hättest ihn dazu bringen können, sich wie ein anständiger Mensch zu verhalten?«

Hazel schwieg. Dann sagte sie: »Er hat mich gewarnt, dass ich es bereuen würde, wenn ich noch mehr Comics veröffentliche. Und ich dachte: Was willst du tun? Mich ermorden? Wenn ich ihm geglaubt hätte …«

»*Ich* habe ihn auf der Waterloo Bridge zur Rede gestellt«, warf Emily ein. »*Ich* habe ihn vor seiner neuen Freundin gedemütigt. Ich habe mir auch Vorwürfe gemacht, weil ich dachte, dass es vielleicht meine Schuld ist. Dass ich ihm den Rest gegeben habe.«

Hazel sah zu ihr hoch.

»Aber glaubst du wirklich, dass eine von uns ihn hätte aufhalten können?«, fuhr Emily, von Daria inspiriert, fort. »Hier geht es nicht um dich oder mich und was wir getan oder nicht getan haben. Es geht darum, dass er ein abscheulicher Mensch ist. Es ist nicht an uns, die Verantwortung für seine Entscheidungen zu übernehmen. Es ist unsere Aufgabe, dafür zu sorgen, dass er für seine Entscheidungen bestraft wird.«

Später kaufte Emily zum ersten Mal seit sieben Jahren nichtveganes Essen in der Hoffnung, dass es Hazel aus ihrem Zimmer in die Küche locken würde.

»Sind das Steaks?«, fragte Alfie, der aus seinem Zimmer kam, um sich etwas zum Abendessen zu kochen. Emily, umgeben von Tüten und Gläsern, schnippelte Tomaten für einen Salat. Im Badezimmer kündigte das Summen der elektrischen Dusche Hazels ersten Schritt aus ihrem Versteck an.

»Sind es«, sagte Emily. »Das ist eine ziemliche Abweichung von meinem üblichen Repertoire.«

»Isst *du* eins?«

»Oh Gott, nein. Eigentlich ist eins für dich, wenn du möchtest. Weil du so nett warst.«

»Wirklich? Das ist sehr lieb. Da sage ich nicht Nein.« Alfie setzte sich seitwärts auf einen Stuhl und lehnte sich gegen die Wand. »Es tut mir so leid wegen des Babys«, sagte er.

»Danke.« Mit dem Rücken zu ihm schnippelte sie weiter.

»Wie geht es dir?«, wagte er zu fragen und fügte dann hastig hinzu: »Es ist in Ordnung, wenn du lieber nicht darüber reden willst.«

Sie schnitt langsamer, dann hörte sie ganz auf. »Ich schaffe das schon«, sagte sie. Sie drehte sich um und lehnte sich gegen die Arbeitsplatte, wobei sie mit dem Messer in der Hand vage in der Luft gestikulierte. »Das ist doch nichts verglichen mit der Sache hier, oder?«

»Ich glaube nicht, dass das ein Wettbewerb ist.«

»Nein«, sagte sie, »aber es ist ja nicht so, dass jemand versucht hätte, mir etwas anzutun. Es ist nicht so, als hätte jemand absichtlich versucht, mein Leben zu ruinieren.«

»Und?«, sagte Alfie. »Es ist trotzdem Scheiße. Stinkt immer noch.«

Sie versuchte sich an einem tapferen Grinsen. »Stinkt immer noch, ja«, sagte sie. Ihr Grinsen erstarb, und sie blinzelte, dann blinzelte sie noch mal und noch mal. Alfie schaute auf seine Hände.

»Da ist jetzt einfach diese … Leere«, sagte sie, fast flüsternd. Sie schluckte hörbar, und er wartete, unsicher, ob sie weiter reden oder anfangen würde zu weinen. »*Überall* sind schwangere Frauen«, sagte sie. »Ist dir das auch aufgefallen?«

»Es tut mir schon ein bisschen weh, wenn ich eine sehe«, sagte Alfie, was stimmte, obwohl er nicht sagen konnte, dass es wesentlich mehr Schwangere gab als früher.

»Ja?«, fragte sie. »Wirklich?« Sie legte eine Hand auf ihre Stirn. »Es tut mir so leid, ich habe nicht einmal daran gedacht zu fragen, wie du dich dabei fühlst.« Sie schüttelte den Kopf und ärgerte sich über sich selbst.

»Schon in Ordnung«, sagte er. »Du hast genug um die Ohren. Ich meine, ja, ich bin auch ziemlich traurig, aber das ist nichts im Vergleich zu dem, was du durchmachen musst.«

Zu seiner Überraschung lachte Emily. »In diesem Raum geht ein sehr britisches Leiden vor sich, nicht wahr?«, sagte sie. Sie sprach mit starkem Akzent. »Nein, nein, ignorieren Sie mich, mir geht es gut, mein Schmerz ist nichts im Vergleich zu *Ihrem* Schmerz. Ich hatte nie viel übrig für diese Haltung, keine Gefühle zeigen und so«, fuhr sie mit ihrer normalen Stimme fort. »Aber sieh uns an.«

Da erschien Hazel, ein Handtuch um ihr Haar gewickelt. Emily richtete sich auf und sammelte sichtlich ihre Kräfte.

Sie streckte einen Arm aus und legte ihn um Hazels Schultern.

Es war das erste Mal, dass Alfie sie seit der Veröffentlichung des Videos sah, und er spürte, dass sie sich unwohl fühlte. Sie sah ihm in die Augen, aber nur flüchtig. Er fühlte sich unbehaglich und schämte sich, als hätte er ihr Tagebuch gelesen und sie hätte es herausgefunden. Zum Glück sorgte das Abendessen für sofortige Ablenkung.

»Emily!«, rief Hazel so lebhaft, wie man sie seit Tagen nicht mehr gehört hatte. »Was ist das?«

»Steaks«, sagte Emily und wandte sich wieder dem halb zubereiteten Essen zu. »Wie sehen sie aus?«

»Aber du bist Veganerin!«

»Extreme Zeiten, extreme Maßnahmen.«

Hazel, die für einen Moment sprachlos war, umarmte Emily von hinten, während diese den Herd anstellte und Öl in eine Pfanne goss. »Danke«, sagte sie. Dann drehte sie sich zu Alfie um und dankte auch ihm. »Für die ganzen Abendessen«, sagte sie. »Ich weiß das wirklich zu schätzen.«

»Es tut mir leid, dass es nur Variationen von Nudeln mit Soße waren«, sagte Alfie. Er gab nicht zu, wie besorgt er gewesen war, dass sie sich verlieren würde, oder wie erleichtert er war, dass sie seine Angebote angenommen hatte.

In der Küche roch es nach gebratenem Fleisch. Emily servierte das Essen, und als Alfie sein Messer in die Hand nahm, bemerkten die anderen, dass seine Hand bandagiert war.

»Was ist da passiert?«, fragte Hazel. Er zog eine Grimasse und versteckte die Hand instinktiv unter dem Tisch.

»Du musst es uns erzählen«, sagte Emily.

»Nun«, begann er und suchte nach Worten, die der Wahrheit einen Hauch von Würde verliehen, stellte jedoch fest, dass es keine gab. »Ich habe sozusagen gegen einen Baum geschlagen.«

»Gegen einen *Baum*?«, fragte Hazel.

»Autsch«, sagte Emily.

»Ja, autsch. Es hat wirklich verdammt wehgetan.«

»Warum hast du das getan?«, fragte Hazel.

»Ich wollte Miles verprügeln«, sagte er. »Aber der war nicht da, also musste ich mich anders abreagieren.«

Hazel grinste, und Alfie spürte sofort, dass es sich gelohnt hatte. Er würde sofort wieder gegen einen Baum schlagen, sogar mit derselben Hand, wenn er glaubte, ihr damit ein weiteres Lächeln entlocken zu können.

37

Die Polizeibeamtin sah Hazel von der anderen Seite des Tisches mit undurchdringlicher Miene an. »Er hat also mit einer Kamera Ihr Spiegelbild gefilmt«, sagte sie, »und Sie denken, dass vielleicht noch eine weitere Kamera auf dem Schrank oder dem Bücherregal versteckt war?«

»Ja«, sagte Hazel und schaute auf ihren Schoß hinunter. Die Polizistin sah sie durchdringend an, und das erschöpfte sie. »Es gab auch Fotos«, erklärte sie leise. »Sie wurden aus einem erhöhten Winkel aufgenommen. Ich glaube, er hatte vielleicht eine GoPro da oben versteckt, irgendein kleines Gerät.«

Die Beamtin nickte. »Hatten Sie eine Ahnung, dass Sie gefilmt wurden?«

»Nein.«

»Können Sie sich daran erinnern, jemals mit ihm über die Idee gesprochen zu haben, einen intimen Film zu drehen?«

»Nein.«

»Überhaupt nicht? Nicht einmal kurz?«

»Nein.«

Es folgte eine kleine Pause, als sollte ihr die Möglichkeit gegeben werden, ihre Meinung zu ändern. Schließlich seufzte die Beamtin und sagte: »Okay. Und wie haben Sie herausgefunden, dass dieser Film online ist?«

Hazel erzählte von dem Anruf von Roisin, von den Links,

die überall auf Instagram gepostet worden waren. Sie berichtete, wie Roisin auf ihrer Bettkante gesessen und sie darüber informiert hatte, dass es auch Fotos gebe und dass diese an Hazels Familie und Freunde geschickt worden seien. Die Polizistin fragte nach Namen, und Hazel zählte sie auf: Alfie Berghan, Roisin McIver, Anish Chowdhary. Emily Phillips und Daria Ghasemi. Jim Phillips und infolgedessen Diane Phillips. Die allgemeine E-Mail-Adresse des Robin's Nest Café in Bow.

»Danke, Hazel«, sagte die Beamtin. »Haben Sie zufällig Kopien von diesen Nachrichten?«

»Nein«, sagte Hazel, »aber meine Freundin Roisin hat die Leute gebeten, sie nicht zu löschen.«

»Das ist gut. Könnten Sie sie zusammenstellen und uns zuschicken?«

»Ich?«

»Ja.«

»Oh.« Sie überlegte, wie sie das bewerkstelligen sollte, ohne sich die E-Mails selbst anzusehen. »Ich – ja, vermutlich.«

»Großartig. Ist es in Ordnung, wenn Sie mir diesen Film zeigen?«

»Wie bitte?«

»Ich muss die URL und das Datum herausfinden.«

»Oh«, sagte Hazel wieder. Sie griff in ihrer Tasche nach dem Handy. Sie wusste nicht, wie sie auf die Seite zugreifen konnte, außer über den Link auf Instagram. Aber sie konnte Instagram nicht finden. Verwirrt suchte sie herum. »Es tut mir leid«, sagte sie, »ich weiß nicht, was passiert ist.«

Dann erinnerte sie sich, dass Emily ihr gestern das Telefon abgenommen und die vielen Nachrichten durchgesehen hatte, die sie sich nicht zu lesen überwinden konnte. Sie hatte die Instagram-App gelöscht, damit Hazel nicht in Versuchung kam, sich ihren Account anzusehen, was vermutlich hieß, dass er voller Beleidigungen und aufdringlicher Kommentare war.

Das erklärte sie der Beamtin, und die sagte, das sei in Ordnung, sie sollten den Link auf dem Computer finden können, der zwischen ihnen auf dem Schreibtisch stand. Sie bot Hazel die Tastatur an. Gehorsam öffnete Hazel Google und tippte ihren eigenen Namen ein.

Als die Ergebnisse erschienen, begann ihr Herz in den Ohren zu pochen. Ihr Instagram-Account fand sich darunter, aber davor in der Liste erschienen drei Pornoseiten.

»Ah«, sagte die Polizeibeamtin und schaute auf den Bildschirm. »Ist es eine von diesen?«

Hazel schüttelte den Kopf. Ihre Kehle war wie zugeschnürt, ihr Gesicht brannte. »Ursprünglich stand da nicht mein Name drauf«, sagte sie. »Er muss noch mal gepostet worden sein.«

»Herrje«, sagte die Beamtin und wirkte zum ersten Mal seit Beginn des Gesprächs wirklich mitfühlend. »Ja, das kann passieren. Das Material kann sich ausbreiten, ein bisschen wie ein Virus.«

Hazel starrte vor sich hin. Allmählich dämmerte ihr das ganze Ausmaß dessen, was Miles getan hatte. Er hatte etwas in Bewegung gesetzt, das sich verselbstständigt hatte. Es lag außerhalb jedermanns Kontrolle, sogar außerhalb seiner.

Die Erkenntnis brachte sie zum Schwitzen, erst in den Achselhöhlen, dann am ganzen Körper. Ihr Herz hämmerte dermaßen heftig, dass sie befürchtete, es würde ermüden und ganz aufhören zu schlagen. Ihre Brust fühlte sich wie zugeschnürt an. Ihre Lunge weigerte sich, ihre Arbeit zu tun. Sie sah die Beamtin an und flüsterte: »Ich bekomme keine Luft.«

Sie nahm vage wahr, wie die Polizistin den Hörer abnahm, wie ihr ein Glas Wasser gereicht wurde und wie Emily durch den Raum eilte und vor ihr in die Hocke ging. Hazels Blick war von Tränen verschleiert. »Ich glaube, ich sterbe«, sagte sie.

»Das ist eine Panikattacke, Hazel«, sagte Emily, und bei diesen Worten spürte Hazel, wie ihr Herz noch schneller schlug.

»Nein, ist es nicht!«, widersprach sie und weinte vor Verzweiflung. Wollten sie nur hier sitzen und darauf warten, dass sie umkippte?

»Versuch zu atmen«, sagte Emily. Die hatte leicht reden. Dennoch tat Hazel, was man ihr sagte, und bemühte sich krampfhaft, auf Anweisung ihrer Schwester ein- und auszuatmen. Zu ihrer Überraschung spürte sie schließlich, wie sich ihr Herzschlag zu verlangsamen begann. Als ihr Herz zu seinem normalen Rhythmus zurückfand, wurde sie von einer tiefen Müdigkeit übermannt, wie sie sie noch nie zuvor erlebt hatte. Sie wollte weinen, aber ihr fehlte die Kraft dazu.

Sie kehrte in den Warteraum zurück und ließ Emily mit der Polizeibeamtin sprechen. Im Bus nach Hause kauerte sie auf einem Fensterplatz und versuchte, sich so klein wie möglich zu machen. Sie war sich sicher, dass die Leute sie beobachteten. Jeder von ihnen könnte das Video gesehen haben. Jeder von ihnen könnte bei dem Video masturbiert haben, eine Kopie auf seiner Festplatte gespeichert oder es auf einer anderen Website geteilt haben. Alle Fremden, so wurde ihr klar, waren jetzt verdorben.

Zurück zu Hause legte sie sich sofort ins Bett und konnte sich nicht vorstellen, jemals wieder aufzustehen.

TEIL IV

38

Zur Überraschung aller kündigte Kamran seinen Besuch an. Er wollte drei Wochen bleiben. Die kurzfristige Ankündigung bedauerte er sehr, hoffte aber, niemanden zu verpassen, da er eine Person mitbringen würde, die alle unbedingt kennenlernen sollten.

Es gab kaum Zweifel an der Rolle, die diese Person in Kamrans Leben spielte, aber die Ankündigung sorgte dennoch für eine Menge Spekulationen. Leila wollte, dass sie alle bei seiner Ankunft dabei waren, also nahmen Emily und Daria den Zug nach Heathrow und trafen Darias Eltern in der Ankunftshalle von Terminal fünf. Kamran erschien in Begleitung einer hochgewachsenen Frau, aus deren Pferdeschwanz sich ein paar rotgelockte Strähnen gelöst hatten.

Kamran umarmte alle und trat dann mit nervöser Miene zurück. »Okay«, sagte er und lächelte der Frau verschwörerisch zu. »Leute, das ist Jude. Sie ist meine Frau.«

Erst folgte fassungsloses Schweigen, dann Jubel. »Deine *Frau?*«, rief Leila, fächelte sich Luft zu und blinzelte gegen die Tränen an. »Ach du meine Güte! Oh mein Gott!« Sie zog Jude in eine feste Umarmung und wiegte sie hin und her.

Jude war eine MSF-Ärztin aus Kanada, und sie hatten sich in einem Flüchtlingslager in Bangladesch kennengelernt. Der Grund für die überstürzte Heirat sei, so erklärten sie, dass sie dadurch bessere Chancen hätten, künftig an denselben Orten eingesetzt zu werden. Bei der Nachricht, dass es weitere Einsätze geben würde, machte Leila ein langes Gesicht, was jedoch niemand außer Daria und Ramin bemerkte. Nichtsdestotrotz freute sie sich, dass Kamran auf seinen Abenteuern ins Ungewisse nun eine Partnerin an seiner Seite hatte. »Ich weiß, dass du dafür sorgst, dass er nicht in Schwierigkeiten gerät«, sagte sie mehr als einmal zu Jude. »Lass ihn nur nicht in den Iran gehen.«

Emily und Daria fuhren mit dem Rest der Familie zum Haus von Darias Eltern, wo sie ein Wochenende mit ausgiebigen Mittagessen verbrachten und den National Trust besuchten. Kamran und Jude blieben eine Woche lang und wohnten den zweiten Teil ihrer Reise bei Freunden in Manchester und London. Die letzten paar Tage besuchten sie Emily und Daria in Norwich. Das Wetter war bereits recht sommerlich, und so machten sie Picknicks, saßen in Biergärten und spazierten am Fluss entlang. Emily und Daria fanden Jude entzückend. Sie war scharfsinnig, sensibel und witzig. Sie wirkte überhaupt nicht einschüchternd, obwohl sie vier Sprachen sprach und einen Abschluss von der Harvard Medical School hatte.

Als der Besuch zu Ende war, fuhren sie Jude und Kamran zum Flughafen und verabschiedeten sie unter Tränen an der Sicherheitskontrolle. Auf der Heimfahrt waren sie sich einig, dass Kamran eine ausgezeichnete Entscheidung getroffen hatte. Sie waren ihm dankbar, dass er der Familie einen so großartigen Menschen geschenkt hatte, und das so vollkommen überraschend.

Bankleitzahl, Kartenverfalldatum und -folgenummer, Datum, Uhrzeit, Betrag, Terminalkennung, Standort des Terminals) zum Zweck der Zahlungsabwicklung, zur Kartenprüfung und zur Verhinderung von Kartenmissbrauch.

Wird bei einer Zahlung im Elektronischen Lastschriftverfahren (d.h. mit girocard und Unterschrift) eine Lastschrift von Ihrer Bank nicht eingelöst oder von Ihnen widerrufen (Rücklastschrift), wird dies in eine Sperrdatei eingetragen. Solange ein Sperreintrag besteht, ist eine Zahlung mit girocard und Unterschrift nicht möglich. Der Eintrag in der Sperrdatei wird gelöscht, sobald die Forderung vollständig beglichen wurde oder wenn Sie Rechte aus dem getätigten Kauf geltend machen (z.B. bei Sachmangel oder Rückgabe der Ware).

Wenn eine Zahlung nur mit girocard und Unterschrift nicht möglich ist, wird automatisch auf ein anderes Zahlverfahren - in der Regel girocard mit PIN - umgeschaltet.

SEPA-Lastschriftmandat

Ich ermächtige
das umseitig genannte Unternehmen den heute fälligen, umseitigen Betrag unter umseitiger Mandats-Referenz (M-ID) einmalig von meinem durch die verwendete Karte identifizierten Konto per Lastschrift einzuziehen. Die Frist zur Ankündigung des Lastschrifteinzugs wird auf einen Tag verkürzt. Die Belastung meines Kontos erfolgt an dem Geschäftstag, der dieser Zahlung folgt. Hinweis: Ich kann innerhalb von 8 Wochen, beginnend mit dem Belastungsdatum, die Erstattung des belasteten Betrages verlangen. Es gelten dabei die mit meinem Kreditinstitut vereinbarten Bedingungen.

Ich weise mein Kreditinstitut unwiderruflich an,
die Lastschrift einzulösen und im Falle der Nichteinlösung der Lastschrift dem umseitig genannten Unternehmen oder bei Forderungsabtretung dem jeweiligen Gläubiger oder deren Beauftragten auf Anforderung meinen Namen und meine Anschrift zur Geltendmachung der Forderung mitzuteilen.

....

(Unterschrift des/der Karteninhabers/in)

Datenschutzrechtliche Informationen
Wir erfassen Ihre Zahlungsinformationen (Kontonummer, Bankleitzahl, Kartenverfalldatum und -folgenummer, Datum, Uhrzeit, Betrag, Terminalkennung, Standort des Terminals) zum Zweck der Zahlungsabwicklung, zur Kartenprüfung und zur Verhinderung von Kartenmissbrauch.

Wird bei einer Zahlung im Elektronischen Lastschriftverfahren (d.h. mit girocard und Unterschrift) eine Lastschrift von Ihrer Bank nicht eingelöst oder von Ihnen widerrufen (Rücklastschrift), wird dies in eine Sperrdatei eingetragen. Solange ein Sperreintrag besteht, ist eine Zahlung mit girocard und Unterschrift nicht möglich. Der Eintrag in der Sperrdatei wird gelöscht, sobald die Forderung vollständig beglichen wurde oder wenn Sie Rechte aus dem getätigten Kauf geltend machen (z.B. bei Sachmangel oder Rückgabe der Ware).

Wenn eine Zahlung nur mit girocard und Unterschrift nicht

* * Kundenbeleg * *
Bücher Bartz GmbH
Gottfried-Claren-Str. 3
53225 Bonn-Beuel
0228/476006

Datum: 10.01.2023
Uhrzeit: 13:24:07 Uhr
Beleg-Nr. 7096
Trace-Nr. 039666

Kartenzahlung
Contactless
girocard

Nr.
###############0156 0000
gültig bis 12/25
Genehmigungs-Nr. 743934
Terminal-ID 64059372
Pos-Info 00 075 00
AS-Zeit 10.01. 13:24 Uhr

Weitere Daten 0000000001
/////1F0302//

Betrag EUR 26,00

Zahlung erfolgt

Bitte Beleg aufbewahren

»Ich meine, Lily war gut«, sagte Emily und fragte sich, ob es nicht noch zu früh war, die Loyalitäten so eindeutig zu wechseln. »Lily war großartig.«

»Aber Jude ist besser«, sagte Daria, und Emily lachte schuldbewusst.

Später bemerkten sie, dass niemand Elternschaft, Fehlgeburten oder Alfie erwähnt hatte. »Ich habe das Gefühl, dass wir eine stillschweigende Vereinbarung hatten, es nicht zu erwähnen«, sagte Daria.

»Ich meine, es waren doch so etwas wie ihre Flitterwochen, oder?«, sagte Emily. »Das wäre nicht angemessen gewesen.«

»Stimmt. Aber ich hätte ihn für ein Gespräch unter vier Augen zur Seite nehmen können, wenn wir gewollt hätten. Nur um zu sehen, wo er steht.«

»Hm«, sagte Emily zweifelnd. Eine Weile fuhren sie in nachdenklichem Schweigen, das einzige Geräusch war das Summen der Reifen auf dem Asphalt.

»Was, wenn er allein nach Hause gekommen wäre?«, fragte sich Daria. »Hätten wir das dann mit ihm besprochen?«

»Ich glaube nicht, dass es viel Sinn gehabt hätte, nur *darüber zu reden*, da wir nicht wissen, wann er das nächste Mal im Land sein wird.«

»Okay, hätten wir ihn dann um eine Spende gebeten? Nur eine einmalige, wie beim letzten Mal?«

»Abgesehen von der Tatsache, dass ich letzten Monat eine Fehlgeburt hatte, was ist mit der Untersuchung auf Geschlechtskrankheiten? Scheint riskanter zu sein als beim letzten Mal. Wer weiß, was er in Bangladesch getrieben hat.«

»Also hätten wir es nicht getan.«

»Ich glaube, die Umstände waren einfach nicht zu unseren Gunsten.«

»Angenommen, sie wären es gewesen.«

»Was ist mit dir los? Du bist ja wie ein Hund mit einem Knochen«, sagte Emily, aber Daria hörte nicht auf.

»Angenommen, du wärst nie schwanger gewesen, hättest nie eine Fehlgeburt gehabt, und er hätte sich vor seiner Ankunft zufällig auf Geschlechtskrankheiten untersuchen lassen. Hätten wir ihn gefragt?«

»Ich habe keine Ahnung, wie ich mich fühlen würde, wenn ich nie schwanger gewesen wäre. Wozu diese ganzen Hypothesen?«

»Warum weigerst du dich, eine einfache Frage zu beantworten?«

»Das ist eine komplexe und höchst spekulative Frage, Daria!«

»Ich weiß, wie ich darauf antworten würde.«

»Wie?«

»Ich möchte zuerst deine Antwort hören.«

Emily schnalzte mit der Zunge, lächelte und schüttelte den Kopf. »Du machst mich wütend, weißt du das?«, sagte sie, den Blick auf die Straße gerichtet.

»Tut mir leid«, sagte Daria.

Emily schwieg eine Weile. »Ich habe einfach das Gefühl, dass Alfie jetzt Hoffnungen auf uns setzt«, sagte sie schließlich. »Und wir auf ihn. Nach allem, was passiert ist, könnten wir uns nicht einfach abwenden und sagen: ›Ach, eigentlich wollen wir dich doch nicht …‹ Ich könnte das nicht. Du?«

»Ehrlich? Nein.«

»Dann hättest du Kamran also nicht um eine Spende gebeten.«

»Nope.«

»Auch wenn es keine Jude gäbe?«

»Wenn es keine Jude gäbe, wenn es keine Fehlgeburt gegeben hätte – selbst wenn er ankündigen würde, dass er für immer hierher zurückziehen würde, glaube ich nicht, dass ich ihn fragen würde, es sei denn, Alfie macht von sich aus einen Rückzieher.«

»Ernsthaft?«

»So sehe ich es eben. Alfie ist unser Mann.«

Emily grinste, dann lachte sie überrascht auf. »Ja«, sagte sie. »Das ist er wohl.«

Nachdem sie zu diesem Schluss gekommen waren, konnten sie es kaum erwarten, Alfie dies mitzuteilen. Als sie an diesem Abend nach Hause kamen, riefen sie ihn über WhatsApp an, was bei ihm eine gewisse Nervosität auslöste.

»Also, mein Bruder war zu Besuch«, begann Daria, und Alfie dachte: Das war's dann wohl. Er bemühte sich, eine neutrale Miene zu bewahren. Schließlich hatte er versprochen, nicht böse zu sein, wenn das passierte, aber er fühlte trotzdem einen Stich.

»Okay!«, sagte er fröhlich.

»Wir haben ihn nicht gebeten, für uns zu spenden«, sagte Daria.

»Oh! Moment – was? Ihr habt ihn *nicht* gebeten?«

»Nein. Zum einen weil er seine neue Frau mitgebracht hat, also wäre es vielleicht ein bisschen unangenehm gewesen. Zum anderen weil er auf Dauer bei MSF bleibt, was bedeutet, dass er das Kind wahrscheinlich nur einmal im Jahr sehen würde. Wenn überhaupt.«

»Aber vor allem, weil wir hoffen, es mit dir zu machen«, sagte Emily. »Wir sind schon so weit gekommen. Wir wollen es mit dir zu Ende bringen.«

Alfies Herz klopfte heftig. »Wirklich?«, sagte er. »Wow. Okay. Ich … wow.«

»Natürlich nur, wenn du weiterhin mitmachen willst«, sagte Daria. »Das ist keine Verpflichtung. Das ist ja klar.«

»Ich will!«, rief Alfie, der sich mehr denn je sicher war, dass es das war, was er wollte.

Emily und Daria grinsten. »Wenn das so ist«, sagte Emily, »was hältst du davon, es nächsten Monat wieder zu versuchen?«

»Sehr viel«, sagte er lächelnd, und Emily und Daria johlten und jubelten. Sie zückten ihre Terminkalender und einigten sich auf ein neues Datum, dann wurde es still, und als sie nicht mehr wussten, wie sie ihre Freude ausdrücken sollten, brachen sie alle in Gelächter aus. Danach blieb ihnen nichts anderes übrig, als Wein zu trinken und sich darüber auszulassen, wie dankbar sie alle waren und wie sehr sie sich gegenseitig schätzten. Als sie sich verabschiedet hatten, lag Alfie noch lange auf seinem Bett und dachte nach. Schließlich setzte er sich entschlossen auf und griff nach seinem Telefon. Er musste einen Anruf tätigen.

39

Hazel kehrte Ende Mai, über einen Monat nach Miles' Verrat, zur Arbeit zurück. Nish und Roisin vermittelten zwischen ihr und dem Café-Manager und sorgten dafür, dass sie immer mit einem oder beiden von ihnen zusammenarbeitete. Eigentlich war das gar nicht so schlecht. Sie war froh, etwas zu tun zu haben, und es tat ihr gut, nach so langer Zeit zu Hause mit Nish und Roisin zusammen zu sein. Sie brachten sie zum Lachen, was ein ungewohntes Gefühl war, und es gab Zeiten, in denen sich alles fast normal anfühlte.

Dann, eines Tages, sah sie Miles. Sie kam gerade aus der Pause zurück. Als sie ins Café zurückging und sich die Schürze um die Taille band, war er da: Er saß mit dem Rücken zu ihr an einem der Tische, das dunkle Haar zu einem Knoten gebunden. Sie blieb abrupt stehen, als könnte sie unsichtbar werden, indem sie erstarrte. Sie konnte sich nicht bewegen, nicht einmal um in den Personalraum zurückzukehren. Nach ein paar Sekunden drehte der Mann den Kopf, und sie sah sofort, dass es nicht Miles war, sondern ein völlig Fremder – und eigentlich hätte sie das gleich sehen müssen. Er war zu dick, hatte einen Windows-Laptop und trug die falschen Turnschuhe. Aber da war es schon zu spät. Ihr Herz pochte, ihre Hände zitterten. Ihre Kehle war wie zugeschnürt, und ihr standen Tränen in den Augen. Sie kam wieder zu sich und stolperte zurück in den Personalraum, wo Nish ein Sandwich aß und durch irgendetwas auf seinem Handy scrollte.

»Hazel!«, rief er erschrocken, sprang auf und ging zu ihr. Er setzte sie hin, holte ihr ein Glas Wasser und strich ihr über den Rücken, bis sie sich beruhigt hatte. Dann schickte er sie mit einem Uber nach Hause und verkürzte seine eigene Pause, um für sie einzuspringen.

Daraufhin sprachen er und Roisin erneut mit dem Manager und arrangierten es so, dass Hazel in möglichst ruhigen Schichten eingesetzt werden konnte. Das bedeutete, dass sie nun von montags bis freitags arbeitete und zum ersten Mal, seit sie im Café angefangen hatte, ganze Wochenenden frei hatte. Dadurch sah sie nun Alfie häufiger, der an den Wochenenden größtenteils an seinem Laptop im Wohnzimmer arbeitete. Hazel setzte sich zu ihm und strickte. Das hatte ihre neue Therapeutin ihr empfohlen, um zur Ruhe zu kommen. Also strickte sie trotz des warmen Wetters fleißig und produzierte Schals, die so lang waren, dass man sie sich mehrmals um den Hals wickeln konnte und sie trotzdem noch auf dem Boden schleiften. Wenn Hazel strickte, war sie ganz konzentriert, es gab nichts außer dem Klicken und Klacken der Nadeln, die kreisende Bewegung der Hand, wenn sie das Garn um die Nadel zog, und den warmen weichen Schal, der sich langsam in ihrem Schoß sammelte. Ihre Gefühle reichten von heftiger Wut bis zu lähmender Angst, aber wenn sie strickte, konnte sie das Gleichgewicht irgendwo in der neutralen Mitte halten.

Bei diesen Gelegenheiten beobachtete Alfie sie oft heimlich über den Bildschirm seines Laptops hinweg. Ihr Blick war starr, ihre Miene hoch konzentriert und unbeweglich. Sie schien sich nicht für das Ergebnis ihrer Bemühungen zu interessieren, sondern nur für den Prozess, der eine derart hypnotische Wirkung auf sie ausübte, dass er sie verdächtigte, süchtig danach zu sein.

Sie hatte sich verändert. Ihre Gespräche waren irgendwie steifer, sie hatte ihren schlagfertigen Humor verloren. Manchmal, wenn sie sich unterhielten, blitzte in ihren Augen eine animalische Angst auf. Dann fragte er sich, ob sie aus heiterem Himmel über sie gekommen war, oder ob er sie irgendwie provoziert hatte. Einmal lehnte sie mit geballten Fäusten und angespanntem Kiefer an der Küchentheke und kochte derart vor Wut, dass man die Wut fast riechen konnte.

Von Emily erfuhr Alfie, dass Hazel eine Beratungsstelle angerufen hatte und dass es den Leuten, mit denen sie gesprochen hatte, gelungen war, das Video von allen Websites zu entfernen, auf denen es aufgetaucht war. Soweit man wusste, waren die Fotos nur per E-Mail verschickt und nirgendwo veröffentlicht worden, aber es war nicht auszuschließen, dass sie irgendwann auf irgendeiner Website auftauchen würden. Emily sagte, *ihr* bereitete diese Möglichkeit Albträume, und sie wollte sich gar nicht vorstellen, wie Hazel sich fühlen musste.

Hazel sprach nicht viel darüber, wie sie sich fühlte, oder über Miles oder was er getan hatte – außer vermutlich mit ihrer Therapeutin. In Gesellschaft war sie oft am glücklichsten, wenn sie überhaupt nichts sagte. Alfie hatte sie noch nie so ruhig erlebt, aber er machte auch keine Anstalten, ihr ein Gespräch zu entlocken. Sie verbrachten Stunden zusammen, ohne ein Wort zu reden. Wenn er nicht gerade arbeitete, las er und lauschte dem sanften Takt ihrer Stricknadeln, froh, dass sie da war.

An einem Samstagnachmittag brach sie ihr vertrauliches Schweigen. »Kann ich mit dir über etwas reden?«, fragte sie und klang heiser, weil sie ihre Stimme länger nicht benutzt hatte.

»Natürlich«, sagte er.

Sie räusperte sich. »Ich hatte ein kleines Dilemma«, sagte sie. »Ich war wirklich hin- und hergerissen. Es hat mich nachts wach gehalten. Aber ich glaube, ich habe eine Entscheidung getroffen.«

»Okay.«

»Ich habe beschlossen, meine Aussage gegen Miles zurückzuziehen.«

Er dachte, er habe sich verhört oder sie irgendwie missverstanden. Doch sie sah ihn unbewegt an. »Oh«, sagte er überrascht. »Warum?«

»Ich weiß nicht, wie viel Emily dir darüber erzählt hat. Aber im Grunde habe ich kein Recht auf Anonymität. Wenn es zu einem Prozess kommt, meine ich.«

»Was? Warum nicht?«

»Weil Rachepornos nicht als Sexualverbrechen eingestuft werden, sondern als Kommunikationsverbrechen.«

»Das heißt also – was? Man könnte über dich berichten?«

»Yep. In jedem Bericht in den Medien könnte mein richtiger Name genannt werden.«

»Das ist lächerlich! Das ist doch bescheuert!«

»So ist es nun einmal. Ich würde es trotzdem tun, wenn es sich lohnen würde. Ich würde das Opfer bringen, wenn ich glaubte, dass er angemessen bestraft wird. Aber die Höchststrafe für Rachepornos beträgt zwei Jahre, wusstest du das?«

»Das ist alles?«

»Ja. Zwei Jahre. Und es ist unwahrscheinlich, dass er überhaupt so lange bekommt. Er könnte zu gemeinnütziger Arbeit verurteilt werden oder zu einer Bewährungsstrafe, oder vielleicht würde er auch gar nicht verurteilt. Der Gedanke, im Gerichtssaal zu sitzen, während die Leute all diese Bilder durchgehen und sich das verdammte Video ansehen und dass man in der Zeitung über mich berichtet ... Und alles, damit Miles dazu verdonnert wird, ein paar Blätter zusammenzufegen oder ein paar Zäune zu streichen ... Ich meine, was bringt das? Sie würden ihn nicht einmal in die Kartei für Sexualstraftäter aufnehmen.«

Alfie war verblüfft, zum einen von der Tatsache, dass sie sich ihm so plötzlich und ausführlich öffnete, zum anderen von dem, was sie sagte. Die Ungerechtigkeit war so empörend.

»Was sagt deine Therapeutin dazu?«

»Sie sagt, ich muss tun, was das Beste für mich ist. Es hat keinen Sinn, Gerechtigkeit zu suchen, wenn ich schlimmer bestraft werde als er.«

»Zu Recht!«

»Aber ich denke ständig an all die anderen Frauen, denen er das antun könnte«, sagte sie. »Selbst wenn er nur eine erbärmliche Strafe bekäme, wäre es zumindest in seiner Akte vermerkt. Die Leute könnten ihn googeln und herausfinden, dass er ein fieser Typ ist.«

»Hmm.«

»Aber ich frage mich auch, ob sie ihm überhaupt etwas anhängen können. Alle Accounts, über die er die Bilder verschickt und die Links gepostet hat, waren anonym. Inzwischen wird er sie gelöscht haben. Wahrscheinlich hat er sie mithilfe des ›Dark Web‹ eingerichtet. Wie soll man ihm beweisen, dass er es war? Es wird sein Wort gegen meins stehen. Und ich werde eine ziemliche Tortur durchmachen, ohne *irgendetwas* dafür zu bekommen. Ich werde nicht einmal jemandem geholfen haben.« Stirnrunzelnd hob sie ihren Schal auf und strickte ein paar verzweifelte Maschen.

»Ich bin mir sicher, dass es Möglichkeiten gibt, den Menschen zu helfen, ohne sich das alles anzutun«, sagte Alfie. »Wahrscheinlich könntest du sogar etwas unternehmen, das auf lange Sicht nützlicher ist.«

»Was zum Beispiel?«

»Du könntest dich dafür einsetzen, dass das Gesetz geändert wird.«

Sie schnaubte. »Ich?«

»Warum nicht?«

Sie starrte konzentriert auf ihr Strickzeug und sagte nichts.

»Du könntest ehrenamtlich bei der Beratungsstelle arbeiten, die du angerufen hast. Oder bei einer anderen Institution, die Menschen unterstützt, denen so etwas passiert ist.«

»Hm. Vielleicht.«

»Du könntest eine Graphic Novel schreiben.«

Sie sah zu ihm hoch. »Das hat Ro auch gesagt.«

»Das solltest du tun!«, sagte er. Ihm wurde klar, dass das perfekt wäre. Er sah das Buch bereits vor sich, Seite für Seite mit Hazels lustigen kleinen Zeichnungen, die durch ihren Humor noch viel stärker wirkten. »Auf diese Weise könntest du die Erzählung wieder zu deiner machen, Hazel! Oh, bitte schreibe eine Graphic Novel. Das wäre *toll.*«

Sie zuckte mit den Schultern und war mehr an ihrem Strickzeug interessiert. »Ich habe im Moment einfach keine Lust zu zeichnen«, sagte sie.

***

Der Tag, an dem Emily und Daria nach London kamen, um ihre nächste Dosis Sperma abzuholen, Eiskaffee mitbrachten und Umarmungen verteilten, bevor sie zu ihrem AirBnB eilten, war auch der Tag, an dem Hazel aufhörte, Schals zu stricken. Stattdessen begann sie, eine Mütze zu stricken. Es fühlte sich bedeutsam an. Zum ersten Mal, seit sich ihr Leben verändert hatte, plante sie längerfristig und hatte ein Endziel vor Augen. Sie konnte über den Prozess hinaus auf das Produkt blicken. Die Aufgabe fesselte sie so sehr, dass sie sie bis zum Ende des Wochenendes fertigstellte. Erst als sie die Mütze hochhielt, um sie zu bewundern, wurde ihr bewusst, wie lächerlich sie ausgesehen haben musste – wie sie in Shorts und Unterhemd eine Wintermütze gestrickt hatte, während alle Fenster offen standen und ihr ein Ventilator kühle Luft ins Gesicht blies.

Diese Erkenntnis löste ein kleines freudiges Kribbeln in

ihrem Bauch aus. Es war ein vertrautes und zugleich ein seltsames Gefühl, wie ein lang vermisster Freund. Eine Zeit lang hatte sie es regelmäßig gespürt. Es bedeutete, dass sie eine Idee für einen Comic hatte.

Sie holte ihren Zeichenblock unter dem Bett hervor, wohin sie ihn seit Wochen verbannt hatte. Sie war nervös, ihn zu öffnen, denn sie wusste, was sie sehen würde. Das Letzte, was sie gezeichnet hatte, war einer der Comics über Miles.

Doch als der Block aufgeklappt vor ihr lag, hätte sie fast gelacht. Der Comic war so harmlos. Ebenso wie die vorherigen. In ihrem Kopf hatte sie sie zu abscheulichen Verleumdungen aufgebaut, für die sexuelle Erniedrigung eine angemessene Vergeltung war. Aber sie waren so sanft in ihrem Spott – in gewisser Weise fast zärtlich. Miles war noch nicht einmal zu identifizieren. Um darüber so wütend zu werden, musste man ein überaus zartes Ego haben.

Weiter hinten fand sie die Comics, die sie auf seinen Rat hin gezeichnet hatte. Sie wirkten mürrisch und lustlos, versprühten keinen Geist und keine Vitalität. Sie riss sie heraus, zerfetzte die Seiten und warf sie weg.

Der Comic, den sie dann zeichnete, war nur ein zaghafter Anfang – nur das Bild einer Frau, die strickt und die brütende Hitze nicht wahrnimmt, während alle anderen um sie herum schwitzen. Es gab keine Bildunterschrift, kein zweites Panel, keine Handlung. Trotzdem war es ein Anfang.

40

Zu Nishs dreißigstem Geburtstag gaben er und Roisin in ihrer Wohnung eine Party, und obwohl sie betonten, dass sie dazu nicht verpflichtet war, wollte Hazel unbedingt hingehen. Sie fragte Alfie, ob er sie begleiten würde, und natürlich sagte er Ja.

Nish und Roisin mussten sich um die anderen Gäste kümmern, also setzte sie sich mit Alfie in die Ecke und benutzte ihn als Schutzschild gegen all die Leute, mit denen sie nicht sprechen wollte. Sie teilten sich eine Flasche Wein und saßen einander zugewandt, sodass auch Leute, die in ihre Richtung winkten, verstanden, dass sie nicht aufgefordert waren, sich zu ihnen zu setzen.

Alfie fragte Hazel, ob sie noch weitere Strickprojekte in Arbeit habe, und sie schüttelte den Kopf.

»Ich habe tatsächlich wieder angefangen zu zeichnen«, sagte sie.

Er schien ehrlich erfreut zu sein. »Das ist großartig, Hazel! Es macht mich glücklich, das zu hören.«

»Danke! Es ist gut, wieder damit anzufangen. Ich habe es vermisst.«

»Was hast du denn gezeichnet?«

Sie umarmte ihre Knie und zog die Schultern zu den Ohren hoch. »Das will ich nicht sagen«, antwortete sie schüchtern.

»Los, sag nur ungefähr, wovon es handelt.«

Sie machte ein Geräusch, als ob er ihr etwas entreißen würde, dann sagte sie: »Okay. Ich schätze, es ist eine Art Graphic Novel. Oder vielleicht sind es eher Graphic Memoiren. Ich weiß es noch nicht.«

Er grinste und nickte. Er sah sie an, dann in den Raum, dann wieder zu ihr, nickte und grinste die ganze Zeit. »Das ist wirklich verdammt cool, Hazel«, sagte er. »Ich frage nicht weiter.«

Anschließend sprachen sie über Emilys Gerichtstermin, der nächsten Monat anstand. »Sie wird glimpflich davonkommen«, sagte Hazel. »Es ist keine schwerwiegende Anklage, und sie ist Ersttäterin. Es ist nur eine Schande, dass sie überhaupt vor Gericht muss. Die meisten Verhafteten werden weggeschickt. Sie hat Pech gehabt.«

Die Ungerechtigkeit dieser Situation – dass Emily vor Gericht kam, während Miles ohne jegliche Strafe davonkam – entging ihnen nicht. Sie dachten im Stillen darüber nach und sprachen es nicht laut aus, um den schönen Abend nicht zu verderben.

Dann sagte Hazel: »Ich habe dich letztes Wochenende vermisst. Ich habe mich so daran gewöhnt, den ganzen Tag mit dir im Wohnzimmer zu sitzen.«

»Geht mir auch so«, sagte Alfie. »Das ist so eine Sache. Wahrscheinlich sollten wir beide mehr rausgehen, oder?«

»Du warst doch gerade erst zwei Tage in London«, sagte sie und lächelte. »Wie war es eigentlich? Du hast gar nichts erzählt.«

Alfie atmete ein, blies die Wangen auf und ließ die Luft

langsam entweichen. »Das ist eine lange Geschichte, deshalb«, sagte er. »Ich habe schließlich nicht nur meine Großeltern besucht. Ich meine, das auch. Aber nicht auf die normale Weise. Dazu gibt es eine Geschichte.«

»Ich liebe Geschichten«, sagte Hazel.

»Nun denn«, antwortete Alfie. Die kurze Version sei, dass er seinen Großvater seit über zehn Jahren nicht mehr gesehen hatte – nicht weil sie sich zerstritten hatten, sondern weil alles kompliziert war und alle sehr verletzt waren und niemand wusste, wie man darüber reden sollte. Hazel machte ein mitfühlendes Geräusch und sagte, es tue ihr leid, das habe sie nicht gewusst. Dann fragte er sie, ob sie die lange Version wolle, und sie bejahte natürlich. Also erzählte er ihr die dramatische Geschichte seiner Familie: vom Tod seiner Großmutter, als er sieben Jahre alt war, der erneuten Heirat seines Großvaters und der Wut seiner Mutter. Dann von ihrem Tod, als er sechzehn war, und der Fehde zwischen seinem Vater und seinem Großvater. Schließlich erzählte er ihr von dem schicksalhaften Weihnachtsfest, das, ohne dass sie es damals wussten, das Ende der Beziehung zu seinem Großvater bedeutete, wie er sie bis dato gekannt hatte.

»Mein Gott, Alfie«, sagte Hazel, als er geendet hatte. »Das habe ich ja alles gar nicht gewusst. Ich wusste nur, dass deine Mutter gestorben ist, und deine Großmutter. Das schien mir schon ziemlich heftig.«

»Es war einfach nie der passende Zeitpunkt, es anzusprechen. Es ist alles ein bisschen schwer.«

»Wem sagst du das. Warum hast du dann plötzlich beschlossen, sie jetzt zu besuchen? Wegen der Sache mit dem Baby?«

»Hauptsächlich«, sagte er. »Aber ich wollte sie schon seit einer Weile besuchen. Seit ich das Testergebnis erhalten habe, um genau zu sein. Es hat mich wohl irgendwie … weniger fatalistisch gemacht. Ich fühlte mich auf einmal so *lebendig*. Und ich dachte, na ja, carpe diem, besuche den alten Mann, bevor es zu spät ist. Aber dann war ich so nervös, dass ich ein paar Wochen lang nichts unternommen habe. Aber als wir uns nach der Fehlgeburt entschlossen haben, es noch einmal zu versuchen, da dachte ich mir: Verdammt noch mal, er bekommt ein Urenkelkind, und er ist achtzig – was soll's. Was, wenn er stirbt, bevor ich die Chance habe, es ihm zu sagen? Also habe ich ihn angerufen.«

»Und was hat er gesagt?«

»Nun, Doreen war am Telefon. Ich dachte, sie wäre vielleicht wütend. Dass sie womöglich denkt, sie wären gastfreundlich gewesen, und ich hätte mich wie ein Idiot benommen, und dann hätte ich mich verpisst und wäre nie wiedergekommen. Aber sie war wirklich reizend. Sie fing an zu weinen. Sie sagte, dass sie es immer bedauert hat, dass sie mich haben gehen lassen. Sie hätten deutlicher machen sollen, dass ich jederzeit willkommen sei, wenn ich es wollte. Sie sagte, dass mein Großvater manchmal ganz ruhig wird und nicht gestört werden möchte, und dann weiß sie, dass er an mich und Mum denkt, auch wenn er das nie sagt.

Und als ich dann dort ankam, war er so froh, mich zu

sehen. Er hat mich ganz lange umarmt, und Doreen auch, und wir haben alle geweint. Und wir hatten ein wunderbares gemeinsames Essen, und Doreen hat uns eine Weile allein gelassen. Wir haben viel geredet. Es war einfach richtig, richtig gut.«

»Das ist ja toll«, sagte Hazel und lächelte breit. »Echt cool.«

»Ich habe ihnen erzählt, dass ich Spender für Emily und Daria bin«, sagte Alfie. »Ich hab mir deshalb etwas Sorgen gemacht, weil ich nicht wusste, wie sie darauf reagieren würden. Und ja, zugegeben, sie waren ziemlich überrascht, und es hat ein bisschen gedauert, bis sie verstanden haben, wie das alles funktioniert. Also, dass ich nicht der eigentliche Vater sein werde und so weiter. Aber am Ende waren sie ganz begeistert. Sie möchten das Baby auf jeden Fall kennenlernen. Mein Großvater hat wieder geweint und Doreen auch, und dann hat er ewig lange meine Hand gehalten. Und dann haben wir ein Bier getrunken.«

Alfie verstummte. Hazel lächelte immer noch. »Wow«, sagte sie. »Ich weiß gar nicht, was ich sagen soll. Ich – ja. Das ist großartig. Das ist toll. Wow. Du bist bestimmt sehr froh.«

»Das bin ich«, sagte Alfie und nickte entschieden. »Es ist ein bisschen so, als hätte ich die ganze Zeit einen kleinen Stein im Schuh gehabt, an den ich mich so sehr gewöhnt hatte, dass ich ihn fast nicht mehr bemerkt hätte. Aber jetzt habe ich ihn herausgenommen, und es ist wie – ja, es fühlt sich gut an!«

Hazel lachte. »Na, darauf stoßen wir an«, sagte sie und

erhob ihr Glas, und Alfie erhob seins. Als sie miteinander anstießen, trafen sich ihre Blicke.

»Ich glaube, was mich wirklich überrascht hat, war, dass ich nicht wütend war«, sagte Alfie nachdenklich, nachdem er einen Schluck Wein getrunken hatte. »Nicht dass ich erwartet hätte, wütend zu sein. Es war nur so, dass das Gefühl, *nicht* wütend zu sein, mir irgendwie bewusst gemacht hat, dass ich die ganze Zeit *davor* wütend gewesen bin, ohne mir dessen bewusst zu sein. Ich glaube, ein kleiner Teil von mir hatte das Gefühl, mein Großvater hätte uns ersetzt, weil … nun ja, weil wir *fehlerhaft* waren. Als wären wir darauf programmiert, krank zu werden. Und so habe ich um meine Mutter getrauert und darauf gewartet, selbst krank zu werden, weil ich dachte, dass ich wahrscheinlich ihr krebserregendes Gen geerbt hätte. Derweil war er einfach in den Sonnenuntergang geritten mit seiner schönen, gesunden neuen Familie.«

Alfie starrte in sein Glas, dann kippte er den restlichen Wein hinunter und griff nach der Flasche. Hazel wusste nicht, was sie sagen sollte.

»Das ist natürlich total lächerlich«, fuhr er fort, »und vielleicht hätte ich es als lächerlich empfunden, wenn ich es früher so hätte formulieren können. Denn er hat uns nicht ersetzt, und er hat eindeutig getrauert. Das tut er immer noch. Er hat sein einziges Kind verloren. Und er hat sich auch die ganze Zeit über Sorgen um mich gemacht. Ich habe ihm von dem Testergebnis erzählt, und er war so glücklich. Ich wünschte nur, ich hätte den Test früher gemacht, denn dann hätte ich mich vielleicht früher mit ihm in Verbindung gesetzt.«

»So darfst du nicht denken«, sagte Hazel. »Jetzt hast du wieder Kontakt zu ihm.«

»Ja«, stimmte Alfie mit einem Seufzer zu. »Ja, du hast recht.«

Dann war es still, oder zumindest fühlte es sich so an. Irgendwo in der Ferne ging die Party weiter.

»Ich habe das Gefühl, dass ich in den letzten zehn Minuten mehr über dein Leben erfahren habe als in jedem anderen Moment des letzten Jahres«, sagte Hazel. »Oder wie lang es auch immer gewesen sein mag.«

»Und? Bist du entsetzt?«

»Nein«, sagte sie. »Ganz und gar nicht. Aber ich habe mich gefragt ...« Sie überlegte einen Moment, ob sie fortfahren sollte, und Alfie legte neugierig den Kopf schief. »Ich habe mich gefragt, ob du jemals daran gedacht hast, eine Therapie zu machen.«

Zu ihrer Überraschung brach Alfie in Lachen aus. »Genau dieselbe Frage hat Daria mir vor ein paar Wochen gestellt. Vielleicht sollte ich den Hinweis aufgreifen. Aber weißt du was, Hazel, ich glaube, das ist genau die Therapie, die ich brauche. Einfach hier zu sitzen und mit dir zu reden.«

Daraufhin lachte sie ein wenig traurig, und ihre Augen glänzten. »Du bringst mich zum Weinen«, sagte sie. Sie schniefte und holte tief Luft, um sich zu beruhigen. »Nun ja. Ich finde, du hast etwas wirklich Großartiges getan, indem du dich mit deinem Großvater versöhnt hast. Für euch beide, aber auch für das Baby. Es wird so viele Menschen haben, die es lieben.«

»Das ist die Idee.«

»Und du könntest nächstes Jahr Vater werden! Ist das nicht verrückt? Wie fühlt sich das an?«

»Beschreie es lieber nicht«, sagte er. »Emily ist noch nicht schwanger. Du darfst das Schicksal nicht herausfordern.«

»Sorry.«

»Nun, ich werde kein *Vater* sein.«

»Wie auch immer«, sagte sie und machte eine wegwerfende Handbewegung.

»Aber es ist aufregend«, sagte er. »Es ist etwas Neues. Ich meine, ich habe schreckliche Angst. Aber die eigentliche Arbeit muss ich nicht machen, also weiß ich nicht genau, warum ich Angst habe.«

»Natürlich hast du Angst«, sagte sie. »Du machst dich verletzlich. Wenn man ein Baby hat, setzt man sich allem möglichen Leid aus. Deshalb werde ich auch nie eines bekommen.«

Er lächelte sie an. Eine Zeit lang sagte keiner von ihnen etwas, obwohl sich beide der Anwesenheit des anderen überaus bewusst waren. Dann stellte Alfie, der durch den Wein und nachdem er ihr sein Herz ausgeschüttet hatte, mutiger geworden war, Hazel eine persönliche Frage.

»Wie fühlt es sich an, auf einer Party zu sein?«, fragte er sanft. »Mit all diesen Leuten?«

»Es ist schön«, sagte sie. »Solange ich hier bei dir sitzen kann.«

»Wärst du auch ohne mich gekommen?«

»Das würde ich gerne annehmen«, sagte sie. »Ich glaube, ich hätte mich gezwungen. Aber es wäre schwieriger gewesen, mit allen zu reden. Ich hätte mich … entblößt gefühlt.«

»Weil du befürchtest, dass sie das Video gesehen haben könnten?«

»Ja, oder die Fotos. Ich kenne eine ganze Menge dieser Leute. Er könnte sie in meinen Social-Media-Accounts gefunden und ihnen alles Mögliche geschickt haben. Es ist der Gedanke, dass jemand etwas erhalten haben könnte, ohne es mir zu sagen.« Sie schauderte. »Dass es sich jemand nur angeschaut und nichts gesagt haben könnte. Das macht mir eine Gänsehaut.« Sie hielt inne und fummelte an ihren Schnürsenkeln herum. »Da möchte ich am liebsten entfliehen.«

»Entfliehen?«, sagte Alfie mit einem ängstlichen Kribbeln. »Wie meinst du das?«

Sie zuckte mit den Schultern. »Einfach irgendwo anders hingehen. Es geht nicht nur um die Vorstellung, dass jemand das Video gesehen haben könnte. Sondern auch, dass ich Miles begegnen könnte. Neulich dachte ich, ich hätte ihn gesehen, ich glaube, das habe ich dir gar nicht erzählt. Am Ende war er es nicht, aber es war schrecklich.«

»Ach, verdammt.«

»Und es gibt so viele Männer wie ihn. Sie sind überall. Sie kommen ins Café mit ihren MacBooks und ihren Man Buns, genau wie Miles früher, und sie sind mir irgendwie zuwider. Und das ganz ohne ihr Zutun. Wahrscheinlich sind das alles ganz nette Männer, die nie jemandem etwas zuleide tun würden. Aber wenn ich einen sehe, denke ich: Was für ein schrecklicher sadistischer Mistkerl bist du eigentlich? Sie essen veganen Kuchen und nehmen Pflanzenmilch in ihren Kaffee, und ich denke, du verdammter Heuchler, tust so, als würdest du keiner Seele etwas zuleide tun. Das ist nicht gesund, Alfie. Ich kann so nicht weitermachen. Ich brauche eine Pause davon.«

»Okay«, sagte er. »Ja, das verstehe ich. Also, willst du wegziehen …?«

»Ich habe überlegt, dass ich vielleicht eine Reise machen könnte. Nicht so weit weg. Vielleicht nach Italien oder Spanien oder so. Oder nach Osteuropa. Ich meine, nicht für immer. Nur für ein paar Monate vielleicht.«

»Okay, cool«, sagte er etwas erleichtert. Trotzdem – ein paar Monate! In der ganzen Zeit, in der sie sich kannten, hatte er sie nie länger als eine Woche nicht gesehen.

»Wusstest du, dass es ganz viele Projekte gibt, bei denen man ehrenamtlich für Kost und Logis mitarbeiten kann?«, fuhr Hazel fort. »Bauernhöfe, Kleinbauernhöfe, so etwas in der Art? Ich habe gedacht, das könnte ich vielleicht machen. Dann könnte ich es mir sogar leisten. Ich müsste natürlich noch eine Weile zu meinen Eltern ziehen. In einer Kneipe arbeiten oder so, damit ich ein paar Ersparnisse hätte.«

Alfie sah sie an. »Du meinst es also wirklich ernst.«

Sie zuckte mit den Schultern. »Es ist nur so eine Idee. Aber ich glaube, es würde mir guttun. Es hätte mir schon vorher gutgetan, aber jetzt erst recht. Einfach mal etwas Neues sehen. Etwas anderes tun. Es ist ja nicht so, als hätte ich eine Karriere oder eine – eine Beziehung oder so. Sie sah auf und begegnete seinem Blick. »Was hält mich hier?«

Ich, dachte Alfie. *Ich bin hier*. Er dachte es, hielt ihren Blick eine Sekunde länger als sonst und wollte, dass sie verstand. Aber er durfte es nicht aussprechen. Er durfte sie nicht aufhalten. Das wäre nicht fair. Stattdessen sagte er: »Was ist mit Emily und Daria? Willst du nicht bei der Geburt dabei sein und so?«

Sie kaute auf ihrer Lippe. »Doch«, sagte sie. »Natürlich. Das ist eine Frage des Timings. Ich weiß nicht so recht. Darüber werde ich später nachdenken.«

»Ich würde dich vermissen.«

»Ich dich auch.«

»Aber ich würde dich *wirklich* vermissen«, sagte er, ohne darüber nachzudenken.

Ihre Blicke trafen sich erneut. »Ich dich auch«, sagte Hazel. »Aber ich würde zurückkommen. Und wenn ich zurückkomme, geht es mir vielleicht besser.« Dann richtete sie ihre Aufmerksamkeit auf den Teppich und stocherte mit dem Ende ihres Schnürsenkels darin herum.

***

Später gab es Geburtstagskuchen, und dann drehte jemand die Musik auf, und die Leute begannen zu tanzen. Alfie fragte Hazel, ob sie mitmachen wolle, und sie lächelte und sagte: »Warum nicht?«

Zunächst tanzten sie etwas unbeholfen, fanden aber bald ihren Rhythmus, bewegten sich aufeinander zu und umeinander herum und wieder voneinander weg mit einer Leichtigkeit, die irgendwo in der Grauzone zwischen Freundschaft und Flirt lag.

»Hazel!«, rief eine Stimme irgendwann während des zweiten oder dritten Songs. »Ich habe dich kaum gesehen!«

Es war Nish, der betrunken auf sie zusprang. Er zog sie in eine Umarmung. »Danke, dass du gekommen bist«, flüsterte er. »Ich bin stolz auf dich.« Er fasste sie an den Schultern und drückte ihr einen Kuss auf die Wange. Dann erblickte er hinter ihrer Schulter Alfie.

»Oh, mein Gott, es tut mir so leid, dass ich störe«, sagte er so laut, dass Alfie es hören konnte. »Hab dich lieb!«, rief er und hüpfte wieder davon.

Sie schüttelte entschuldigend den Kopf, und Alfie hielt ihr die Hand hin. Sie nahm sie, und er wirbelte sie herum, bis sie schwindelig gegen ihn stolperte. Als das erste langsame Stück erklang, zog er sie zu sich heran, und sie legte ihre Arme um seine Taille und ihren Kopf an seine Brust.

»Wollen wir gehen?«, fragte sie, als das Stück zu Ende war. Für Alfie war unklar, ob sie den Verlauf, den der Abend nahm, beschleunigen oder ihm ein Ende setzen wollte.

Im Bus schwiegen sie. Draußen in der kalten Abendluft unterhielten sie sich zwar, waren aber plötzlich irgendwie befangen. Doch als sie sich der Wohnung näherten, wurde Alfie langsamer, weil er befürchtete, dass das, was zwischen ihnen in der Luft lag, sich auflösen würde, sobald sie über die Schwelle traten.

»Hazel«, sagte er und zog sanft an ihrem Arm, woraufhin sie sich ohne zu zögern zu ihm umdrehte und ihn küsste.

41

Es war seltsam, wieder in seinem Schlafzimmer zu sein, jetzt, wo alles anders war. Es war nichts Verwegenes an dieser Begegnung, nicht wie beim letzten Mal. Sie kniete nicht vor ihm und stützte sich mit der Stirn auf ihren Unterarm neben der Strukturtapete, und er befriedigte sie nicht mit der Hand. Sie lachten auch nicht, flüsterten sich keine Witze zu und fuchtelten nicht betrunken herum. Sie lag auf dem Rücken, hielt ihn fest und sah ihm tief in die Augen. Die Intensität seines Blicks machte sie glücklich und traurig zugleich. Sie lächelten einander an, aber hinter ihrem Lächeln war ihr schwer ums Herz, und in ihrer Brust breitete sich eine Wärme aus, die überzuschwappen drohte.

Zuerst bewegte er sich langsam. Und auch, als sich die Dinge beschleunigten, hatte die Art, wie er sie hielt und ansah, etwas Zärtliches an sich. Die Wärme in ihrer Brust weitete sich auf ihren Hals und ihren Bauch aus. Sie traute sich nicht zu, den Blickkontakt aufrechtzuerhalten, also legte sie ihre Stirn in seine Halsbeuge. Sie atmete seinen Duft ein, die Feuchtigkeit des Raums zwischen ihren Körpern. Sie küsste sein Schlüsselbein und schlang ihre Beine um seine.

In ihr schien es keine Stelle mehr zu geben, die nicht von dem glücklich-traurigen Gefühl erfüllt war. Es fühlte sich an wie Liebe, aber auch ein wenig wie Schmerz. Wie Verlangen, aber auch wie Verzweiflung. Dann, als die Sache ihrem natürlichen Ende entgegenstrebte, brach das Gefühl sich Bahn, was auch immer es bisher zurückgehalten hatte. Erst lief eine Träne, dann eine weitere aus ihrem Augenwinkel auf das Kissen, dann begann sie, rückhaltlos zu schluchzen, und ihr Oberkörper wurde erschüttert, als würde er ausgewrungen.

»Hazel!«, rief Alfie und zog sich aus ihr zurück. Er saß und hatte ein Knie aufgestellt, um den Anblick seines schrumpfenden Penis zu verbergen, der von faltigem Latex umhüllt war. Er fühlte sich gedemütigt. Soweit er wusste, war noch keine andere Frau, mit der er geschlafen hatte, bei diesem Erlebnis in Tränen ausgebrochen.

Hazel drehte sich auf die Seite, damit er ihr Gesicht nicht sehen konnte, und er legte sich hinter sie und schloss sie in die Arme.

»Es tut mir leid«, weinte sie, und er flüsterte, dass es okay sei, und diese Sätze wiederholten sie immer und immer wieder, bis das Schluchzen schließlich verstummte. Eine gefühlte Ewigkeit lang lagen sie schweigend da, dann drehte Hazel sich um und sah ihn an. Ihr Gesicht war gerötet und von schwarzen Rinnsalen durchzogen.

»Es hat nichts mit dir zu tun«, sagte sie. »Du hast mich nicht so aufgewühlt.«

»Ich weiß«, sagte er. »Es war alles andere.«

Sie nickte. »Es ist alles beschissen«, sagte sie. »Ich bin am Arsch.«

»Du brauchst einfach Zeit«, sagte Alfie und streichelte ihr Haar. »Es ist noch nicht lange her.«

»Ich weiß nicht. Ich habe das Gefühl, dass vieles davon bleiben wird.«

Er ließ sie mit dem Kopf an seiner Schulter einschlafen und rollte sie sanft zurück auf das Kissen, als sein Arm zu kribbeln begann. Bis in die frühen Morgenstunden lag er wach und dachte nach, und die gleichen Gedanken weckten ihn lange vor ihr auf. Er stand auf, ging in die Küche und kochte eine Kanne Kaffee.

»Oh, du bist süß«, sagte sie, als sie blinzelnd die Augen aufschlug und ihn mit einem Kaffeebecher für sie auf der Bettkante sitzen sah. Er legte sich wieder neben sie ins Bett, und sie lehnten sich gegen die Kissen und nippten an ihrem Kaffee.

»Weißt du, Alfie«, sagte sie nach einer Weile. »Das mit dem Weinen. Es kommt mir so vor, als wollte mich das Universum daran erinnern, dass es eine schlechte Idee ist, mit dem Samenspender meiner Schwester zu schlafen.«

»Darüber habe ich auch schon nachgedacht«, sagte er und drehte sich zu ihr um. »Hör zu, ich sage ihnen, dass ich nicht mehr ihr Spender sein kann.«

»Was? Warum?«

»Weil ich dich sehr, *sehr* gern habe, Hazel«, sagte er. »Ich möchte, dass wir dem, was zwischen uns ist, eine Chance geben können.«

»Ich dachte, du wolltest ihr Spender sein.«

»Das stimmt. Aber dich will ich noch mehr.«

»Aber du hast es doch gerade deinen Großeltern erzählt!«

Er biss sich auf die Lippe. »Ich weiß. Sie werden natürlich enttäuscht sein, aber sie werden es verstehen. Wir haben jetzt wieder Kontakt, das ist die Hauptsache. Das Baby war sozusagen ein Bonus.«

»Oh, Alfie. Ich finde es wundervoll, dass du das für mich tun willst«, sagte sie, und er spürte das »aber« schon, bevor es aus ihrem Mund kam. »Aber«, begann sie, und er sah wieder auf die Bettdecke hinunter, und sein Blick verschwamm. »Dafür ist es jetzt zu spät. Emily ist vielleicht schon schwanger.«

»Ich weiß«, sagte er. »Aber wenn sie es nicht ist ...«

»Ich glaube trotzdem, dass es zu spät ist.«

»Warum?«

»Weil sie sich das mehr als *alles andere* wünscht. Und sie hat schon so viel durchgemacht mit der Fehlgeburt und allem, und jetzt muss sie auch noch an diesen blöden Gerichtstermin denken. Wir können ihr das nicht auch noch zumuten. Ich will nicht der Grund dafür sein, dass ihre Pläne scheitern. Nicht, wenn sie sich ein Bein ausreißt, um mir zu helfen.«

Alfie starrte in seinen Becher, unfähig zu widersprechen. Er dachte daran, dass Emily und Daria ihm vor drei Wochen angeboten hatten, auszusteigen. Das wäre der Moment gewesen, den Kurs zu ändern.

»Du bekommst ein Baby, Alfie«, fuhr Hazel fort. »Das ist riesig. Es ist für *immer*. Glaubst du wirklich, du würdest es nicht bereuen, wenn du aussteigst? Sagen wir, es hat nicht geklappt mit uns, aus welchem Grund auch immer, aber bis dahin hätten Emily und Daria ein Baby mit jemand anderem. Kannst du wirklich sagen, dass du es nicht bereuen würdest?«

Das konnte Alfie nicht sagen, also schwieg er.

»Und die Sache ist die«, fuhr sie fort, »ich weiß nicht einmal, ob ich im Moment eine Beziehung führen kann. Ich bin unberechenbar. Ich kenne mich selbst nicht mehr. Um ehrlich zu sein, *traue* ich mir selbst nicht mehr. Ich habe Angst, dich zu verarschen.«

»Das Risiko würde ich eingehen«, sagte er und sah sie an, aber sie schüttelte den Kopf.

»Wäre da nicht der ganze andere Ballast, würde ich sagen, was soll's, probieren wir's«, sagte sie. »Aber jetzt steht zu viel auf dem Spiel. Wenn ich das versaue, versaue ich eine ganze Familie. Mit diesem Druck kann ich nicht umgehen.«

Er seufzte und nickte. »Ja«, sagte er ausdruckslos. »Ja, das verstehe ich.«

Hazel kroch unter die Bettdecke. Sie wollte sein Bett nur ungern verlassen, denn sie wusste, dass sie nicht zurückkommen würde. Alfie ging es genauso, und so kuschelten sie sich aneinander.

»Die Ironie ist, dass ich am Anfang versucht habe, dich nicht zu mögen«, sagte Hazel, »weil ich dachte, dass damals zu viel auf dem Spiel stand. Wegen des Zusammenwohnens. Wenn ich das nur gewusst hätte! Das war doch gar nichts!«

Alfie runzelte die Stirn. »Wie meinst du das, du hast versuchst, mich nicht zu mögen?«

»Na, ich hab dich immer *gemocht*«, sagte sie, als wäre das selbstverständlich. »Schon als du hier eingezogen bist.«

»Im Ernst? Die ganze Zeit?«

»Die ganze Zeit.«

»Wie bist du dann bei Miles gelandet?«

Sie zuckte mit den Schultern. »Ich dachte, du magst mich nicht mehr.«

»Wie bist du darauf gekommen?«

»Na ja, ich habe gehört, dass du ein paarmal mit einer anderen Sex hattest, und du hast immer wieder von deiner Ex gesprochen, also habe ich zwei und zwei zusammengezählt und ...«

»Und hast verdammte fünfhundert daraus gemacht!«, rief er und richtete sich auf. »Ist das dein Ernst? Ist das der Grund?« Er schlug sich eine Hand an die Stirn. »Oh mein Gott«, sagte er. Seine Augen brannten, und er presste seine Handballen dagegen, bis er Sterne sah. Die Tränen kamen trotzdem.

»Alfie?«, sagte Hazel, als seine Schultern bebten. »Oh, Alfie!« Sie setzte sich auf, legte ihren Kopf auf seine Schulter und verschränkte ihre Finger mit seinen.

»Es ist so frustrierend!«, rief er. »Hätten wir doch nur *miteinander geredet*! Wären wir einfach ehrlich zueinander gewesen! Alles hätte ganz anders sein können!«

»Ich weiß«, sagte sie. »Aber ich darf so nicht denken. Das ist gefährlich. Wenn ich so denke, bedeutet das, dass ich die Begegnung mit Miles hätte vermeiden können.«

Alfie schniefte und wischte sich über die Augen. »So wirst du verrückt«, sagte er zittrig.

»Genau. Wie auch immer, wenn du ein Kind hast, wirst du froh sein, dass alles so gekommen ist.«

Schließlich riss sich Hazel los und ging in den Supermarkt, um Brötchen zu kaufen. Ihr wurde klar, dass sie nicht wusste, welche Sorte Alfie am liebsten mochte, also nahm sie von jedem ein Stück. Sie waren noch warm. Während sie auf das Bezahlen wartete, schaute sie aus dem Fenster auf die Bäume, die den gegenüberliegenden Bürgersteig säumten, und fragte sich, ob der Baum darunter war, gegen den er geschlagen hatte.

Als sie zurückkam, hatte er sich ein T-Shirt und eine Pyjamahose angezogen und war im Wohnzimmer. Auf dem Tisch stand eine frische Kanne Kaffee, der Stempel war noch oben. Sie holte einen Teller aus der Küche und legte die Brötchen darauf. Alfie nahm eines für sich und steckte ein anderes zurück in die Tüte.

»Heben wir das für Tony auf«, sagte er.

Sie setzte sich neben ihn aufs Sofa und merkte dann, dass sie sich eigentlich in den Sessel hätte setzen sollen. Das Sofa hing in der Mitte durch, und sie mussten sich nach außen lehnen, um nicht aufeinander zu rutschen.

Jetzt, wo sie aus dem Bett aufgestanden waren, fühlte sich alles anders an. Wahrheiten, die am Morgen noch ganz klar gewesen waren, schienen nun wieder verdeckt zu sein, als wäre kurz die Sonne herausgekommen und dann hinter einer Wolke verschwunden. Hazel fasste sich ein Herz und sprach trotzdem. »Ich hatte eine Idee«, sagte sie mit einem Anflug von Nervosität.

»Ach ja?«

»Sie ist unkonventionell«, warnte sie ihn.

»Das klingt, als würde es ganz zu uns passen.«

»Ich dachte, dass wir vielleicht eine Art Kompromiss schließen könnten.« Sie verzog das Gesicht. Es klang lächerlich, jetzt wo sie es aussprach. »Vielleicht«, fuhr sie schwach fort, »könnten wir die Dinge sozusagen … auf Eis legen?«

»Wie meinst du das?«

»Ich meine, sie später wieder aufnehmen. In, sagen wir, zwei Jahren. Wir machen ein bisschen mit unserem Leben weiter, und dann sehen wir … wie es ist.«

»Dann sehen wir, ob wir uns noch mögen?«

In seiner Stimme lag ein Lächeln, und sie war sich sicher, dass er sich über sie lustig machte. Es klang so kindisch.

»Wir müssen das nicht machen«, sagte sie. »Ich habe mir das nur gerade in der Schlange bei Tesco ausgedacht. Wahrscheinlich ist es eine dumme Idee.«

»Nein, ist es nicht«, antwortete er. »Es ist eine gute Idee.«

»Wirklich?«, fragte sie und drehte sich um, um ihm in die Augen zu sehen. Seine Miene zeigte, dass er es ernst meinte, und sie sackte vor Erleichterung zusammen. Sie ließ sich an ihn sinken, und er legte einen Arm um sie. Kurz fragte sie sich, wie die Dinge wohl verlaufen wären, wenn sie immer so tapfer gewesen wäre.

»Mir ist einfach klar geworden«, fuhr sie fort, »wenn wir bis dahin immer noch das gleiche Gefühl haben, können wir es wahrscheinlich wagen, oder?«

»Ich würde sagen, ja«, sagte Alfie. »Ich habe nur eine Bedingung.«

»Welche?«

»Wir müssen uns versprechen, dass wir tatsächlich darüber reden«, sagte er. »Was auch immer bis dahin passiert sein mag. Auch wenn du auf einem Bauernhof in Bulgarien arbeitest. Auch wenn einer von uns mit jemand anderem zusammen ist. Schluss mit der Annahme, wir wüssten, was der andere denkt.«

Sie lächelte. »Einverstanden. Wir können ein Datum festlegen. Welches Datum haben wir heute?«

»Den Sechzehnten.«

»Okay, also am sechzehnten Juli 2021 gehen wir einen Kaffee trinken oder spazieren oder so, oder wir skypen, wenn es sein muss, und … na ja, wir werden sehen.«

Sie rückten voneinander ab und sahen sich an. Im Raum war Vorfreude und Verlangen zu spüren.

»Geben wir uns darauf die Hand«, sagte Alfie. Und das taten sie.

Epilog

Zwei Jahre später

Es ist ein warmer Abend. Hazel legt im Garten das Besteck aus und zündet Kerzen mit Zitronenöl an, dann setzt sie sich und blickt in den Himmel. Sie sind so weit von der Stadt entfernt, dass sie die Sterne sehen kann. Das ist eines der vielen Dinge, die sie an diesem Haus mag. Kinder, denkt sie, sollten mit dem Wissen aufwachsen, wie die Sterne aussehen. Sie sollte ihre Kenntnisse über Sternbilder auffrischen, damit sie sie eines Tages unterrichten kann. Auch über Baumarten. Und Vögel. Für eine Person, die Stunden ihres Lebens mit Social Media verbringt, sind ihre Ansichten über die Kindheit erstaunlich erdverbunden.

Jim, Diane, Leila und Ramin sitzen Wein trinkend auf den Bänken am Ende des Gartens, lachen und stören den Frieden. Emily und Daria sind im Obergeschoss und bringen Mina und Roxie ins Bett. Mina und Roxie sind diese Woche sechs Monate alt geworden. Sie feiern, weil sie feiern dürfen, weil es in letzter Zeit wenig Grund zum Feiern gab und niemand sicher sein kann, wie die Welt aussehen wird, wenn die Zwillinge ein Jahr alt werden.

Alfie erscheint an der Küchentür, stößt sie mit dem Fuß auf und kommt mit einer Schüssel in jeder Hand über die Terrasse auf Hazel zu.

»Nicht anfassen, das ist heiß«, sagt er, stellt sie auf den Tisch neben das Geschirr, das Leila und Diane bereits aufgebaut haben, und macht sich wieder auf den Weg in die Küche. Er geht noch ein paarmal hin und her, bis der Tisch so voll mit Essen ist, dass kaum noch Platz für die Teller bleibt.

»Das ist toll«, sagt Hazel und begutachtet die Auswahl. Sie zeigt auf die Speisen, die Alfie beigesteuert hat. »Sind das alles Rezepte, die Doreen dir beigebracht hat?«

»Überwiegend«, sagte er. »Oder ich habe sie aus dem Internet, und dann hat sie mir kleine Tricks verraten und mir gezeigt, wie sie die Rezepte abwandelt.«

Doreen hat ihm über Zoom das Kochen beigebracht. Er möchte, dass die Zwillinge sinnliche Erinnerungen an ihn haben, wie er sie an seine Mutter und Großmutter hat, und Doreen sagt, es sei ihr eine Ehre, ihm das beizubringen, was er nicht kann. Er hätte sich gewünscht, dass sie dieses Wochenende hier wäre, aber es ist ein weiter Weg für sie. Sie hat in letzter Zeit viel durchgemacht, und das merkt man an ihrem Gang und ihrem Verhalten. Sie ist erschöpft von der Sorge um ihren Sohn, dem in den letzten Jahren zu Unrecht die Abschiebung drohte. Der nicht arbeiten durfte und fast obdachlos geworden wäre. Er führte einen kafkaesken Kampf mit dem Innenministerium, um zu beweisen, dass er das Recht hat, im Land zu bleiben, und schließlich wurde bei ihm eine PTBS diagnostiziert. Durch die Pandemie war Doreen zudem monatelang von allen Menschen getrennt, die ihr wichtig sind – von ihren Kindern, ihren Enkeln, ihrer Kirche. Jetzt ist auch noch Sam weg. Er starb Ende Januar, eine Woche bevor er geimpft werden sollte. Die Beerdigung mit den vorgeschriebenen fünfzehn Gästen fand in der Woche vor der Geburt von Mina und Roxie statt. Alfie weiß, dass diese Ungerechtigkeit noch lange nachwirken wird.

Jetzt ist der Mond aufgegangen. Das Haus ist größtenteils dunkel, bis auf das Flurfenster und den Schein des Nachtlichts im Zimmer der Zwillinge. Aus den benachbarten Gärten hört man Gespräche und das Klirren von Besteck auf Porzellan. Alfie setzt sich neben Hazel und fächelt sich mit dem Geschirrtuch Luft zu.

»Gott, ist das schön hier«, sagt er.

Es fühlt sich langsam wie ein zweites Zuhause an. Seit der letzte Lockdown aufgehoben wurde, kommt er an drei von vier Wochenenden her. In der Vereinbarung, die sie alle unterschrieben haben, stand, dass er einmal im Monat kommen würde. Doch die Welt, in der sie den Vertrag unterschrieben haben, gehört einer anderen Zeit an. Sie hätten sich niemals ein Leben vorstellen können, das von Masken, Social Distancing und der ständigen Bedrohung durch Krankheit geprägt ist: Daria wurde aus der Entbindungsstation gescheucht, als die Zwillinge eine halbe Stunde alt waren. Emily wurde mit ihnen allein gelassen und hatte Mühe, sie zu stillen. Alfie saß die ersten zwei Monate ihres Lebens in London fest. Sie haben gelernt, ihre Freiheiten nicht als selbstverständlich anzusehen. Auf jeden Fall sind Emily und Daria erschöpft trotz Hazels Hilfe. Emily weint viel, und Daria hat viele graue Haare bekommen. Wenn er hier ist, macht sich Alfie nützlich: Er hat gelernt, Windeln zu wechseln, Muttermilch aufzutauen und ein Baby über seiner Schulter Bäuerchen machen zu lassen, während jemand anders sich um das andere kümmert. Das alte Sprichwort, dass man ein Dorf braucht, um ein Kind großzuziehen – nun, das hier ist ihr Dorf.

Hazel ist seit September hier. Sie hat darauf gewartet, dass ihr Leben wieder in Gang kommt, und es gibt Anzeichen dafür, dass das Warten bald ein Ende hat. Sie ist jetzt Autorin einer Graphic Novel mit dem Titel »Rache«, die ihre Instagram-Follower anscheinend zu einer Art Kult erhoben haben. Die erste Auflage war klein, aber sie wird bereits nachgedruckt. Die Beratungsstelle, bei der sie vor Monaten angerufen hat, listet das Buch jetzt in ihren Broschüren unter der Rubrik »Empfohlene Lektüre« auf, und letzte Woche wurde sie in einem Artikel in *Vice* erwähnt. Sie bekommt immer häufiger Anfragen für Illustrationsaufträge. Vielleicht kann sie es sich sogar leisten, bald auszuziehen, vorausgesetzt, sie findet irgendwo einen Teilzeitjob, um ihr Einkommen aufzustocken.

Das Buch zu schreiben, war eine Art Therapie, sie hat es nicht getan, um ihre Karriere voranzutreiben, und der Erfolg hat sie überrascht. Zunächst wollte sie dadurch verarbeiten, was Miles ihr angetan hatte. Dann entwickelte es sich zu einem Mittel, während des ersten Lockdowns, den sie im Haus ihrer Eltern verbrachte, nicht den Verstand zu verlieren. Sie war auf unbestimmte Zeit von dem Pub beurlaubt, in dem sie gearbeitet hatte, und trauerte um ihre Reise, die sie hatte absagen müssen. Das Datum ihres Fluges nach Italien verstrich, während Italien unter der Belastung durch das

Virus ächzte und die Krankenhäuser überfüllt waren. Die Frage, ob sie im nächsten Jahr dorthin fahren oder die ganze Sache aufgeben sollte, beschäftigt sie schon seit einiger Zeit.

»Darf ich dich etwas fragen?«, sagt sie jetzt zu Alfie.

»Natürlich«, antwortet er.

»Ich habe über die Zukunft nachgedacht, darüber, was ich mit meinem Leben anfangen will und so weiter«, sagt sie.

»Okay.«

»Und ich denke, wenn ich es mit der Kunst ernst meine und davon leben will, wäre es gut, meine Fähigkeiten ein wenig zu erweitern. Dann könnte man mich nicht nur für das Zeichnen, sondern auch für Design und Schriftzüge und solche Sachen buchen. Ich meine, etwas davon kann ich schon, aber das ist nicht wirklich mein Ding. Ich könnte viel mehr machen, wenn ich mich besser mit Photoshop und InDesign auskennen würde.«

»Okay«, sagt Alfie. »Klingt vernünftig.«

»Also, zufällig gibt es an der Norwich University of the Arts einen Diplomstudiengang in Grafikdesign und Typografie.«

»Wirklich? Das ist perfekt! Wirst du dich bewerben?«

»Vielleicht. Ich könnte. Ich kann es mir leisten. Ich habe ja jetzt etwas gespart.«

»Ah«, sagt Alfie. »Richtig. Aha, ich verstehe. Du meinst das Geld, das du für deine Reise gespart hast?«

»Ja.«

»Du denkst also, dass du die Reise doch nicht antreten wirst?«

»Nun, das ist die Frage. Ich kann nicht beides machen.

Das Diplom scheint eine wirklich gute Idee zu sein. Aber ich war *so* enttäuscht, als ich die Reise abblasen musste. Ich dachte eigentlich, ich hole sie nach, wenn alles wieder normal ist. Und jetzt drehe ich mich im Kreis. Ich weiß nicht, was ich tun soll.«

»Also«, sagt Alfie nachdenklich, »vielleicht solltest du dich nicht sofort entscheiden? Vielleicht bewirbst du dich einfach für diesen Studiengang und triffst dann eine Entscheidung, wenn du einen Platz bekommst. Ich denke, wenn du einen Platz bekommst und sicher weißt, dass du es schaffen kannst, wird dir dein Bauchgefühl sagen, was du willst. Wenn du einen Platz bekommst und enttäuscht bist, dann ist das vielleicht ein Zeichen dafür, dass du stattdessen auf die Reise gehen solltest. Verstehst du?«

»Ja.«

»Es ist einfacher herauszufinden, was man im Leben braucht, wenn man weiß, was tatsächlich möglich ist«, sagt er, und Hazel lächelt.

»Du bist so klug«, sagt sie zärtlich.

Alfie will gerade etwas erwidern, da sind von drinnen Stimmen zu hören, und Emily und Daria kommen durch die Küchentür. Sie sehen beide angenehm zerzaust aus. Daria hat ihr Haar locker auf dem Kopf zusammengesteckt, Emily trägt jetzt einen Kurzhaarschnitt. Sie hat sich sofort angemeldet, nachdem die Friseure wieder öffnen durften, weil sie dringend eine Pause von den Zwillingen und ihren winzigen klebrigen Fäusten brauchte. Daria stellt das Babyfon auf das Tischende, und Emily ruft nach den Eltern, die aufstehen und träge zum Tisch kommen.

»Schlafen sie?«, fragt Leila.

»Ja, endlich«, sagt Emily. »Tut mir leid, dass ihr warten musstet. Seht euch all das Essen an!« Es gibt Salate und gegrilltes Gemüse, Gheymeh Bademjan und Reis mit Erbsen, einen Laib von Hazels selbst gemachtem Sauerteigbrot und jede Menge von Dianes veganem Chili, von dem alle außer Diane selbst vermuten, dass es ziemlich fade schmeckt. Da sie nicht alle am Tisch sitzen können, bedienen sie sich am Büfett und sitzen dann im Kreis, die Teller auf dem Schoß. Alfie öffnet eine neue Flasche Wein und schenkt allen nach. Emily hält ihr Glas in die Höhe, und alle anderen tun es ihr gleich.

»Auf unser Wiedersehen«, sagt sie.

»Und Mina und Roxie«, ergänzt Leila.

»Und das Ende des Lockdowns«, fügt Daria hinzu.

»Und Impfstoffe«, sagt Ramin. Danach weiß keiner von ihnen mehr, worauf sie anstoßen sollen, also sagen sie einfach »Prost«.

»Können wir uns auch einen Moment Zeit nehmen«, sagt Daria, »um Alfie und Hazel zu danken?«

»Ja«, stimmt Emily ihr zu. »Wir sagen es nicht oft genug. Aber ich weiß ehrlich gesagt nicht, was wir ohne euch beide getan hätten. Ein Neugeborenes wäre schon schwer genug gewesen, aber zwei Neugeborene, und das mitten in einer Pandemie …«

»Und jetzt, wo ich wieder arbeite«, sagt Daria. »Es war sehr anstrengend, aber wenn wir allein gewesen wären … Ich kann es mir nicht einmal vorstellen. Dann wären wir im Grunde Zombies.«

Alfies Gesicht ist warm von Wein und Dankbarkeit. »Gern geschehen«, sagt er. »Danke, dass ich mich so engagieren durfte. Es war mir ein großes Vergnügen.«

»Ich bin nur froh, dass es für mich eine Möglichkeit gibt, meinen Lebensunterhalt zu verdienen«, sagt Hazel. »Sonst hättet ihr mich schon längst satt.«

»Zieh niemals aus«, sagt Emily. »Ich bezahle dich, damit du bleibst. Kein Witz. Und Alfie, wenn du Lust hast, nach Norwich zu ziehen – ich meine, es ist schön hier, oder? Viel schöner als in London.«

Er lächelt und zuckt mit den Schultern, als wollte er sagen: Na ja, vielleicht. Er weiß, dass sie scherzt, aber in letzter Zeit hat er immer öfter darüber nachgedacht. Könnte er London verlassen? Seine eigenen häuslichen Verhältnisse haben sich erheblich verbessert. Die neue Wohnung ist sauber und modern, es gibt einen Südbalkon für seine Tomatenpflanzen. Clara hat sich als hervorragende Mitbewohnerin erwiesen, die ihn nur während des Lockdowns etwas genervt hat, und das lag mehr an seinen angespannten Nerven als an ihr. Aber wenn er herziehen würde, könnte er sich eine Wohnung für sich allein leisten. Vielleicht könnte er sogar etwas kaufen. Er könnte die Zwillinge sehen, ohne zwei Stunden mit Bus und Bahn fahren zu müssen. Und Hazel ist jetzt auch hier. Welche Komplikationen sie auch immer in ihr Leben gebracht haben, eine Tatsache bleibt: Er hat noch nie jemanden getroffen, dessen Gesellschaft er so sehr genießt wie ihre.

Aus dem Babyfon tönt ein Gurgeln, das in ein Jaulen übergeht. Emily und Daria tauschen müde Blicke aus.

»Na, gut«, sagt Daria, steht auf und geht ins Haus. Auf dem Bildschirm sieht Emily, wie Mina die winzigen Arme über den Kopf streckt, ihr Gesicht ist der Inbegriff von Traurigkeit, und es ist, als hätte sich eine Hand um ihr Herz gelegt. Sie wird auch gleich nach oben gehen müssen, denn wenn ein Zwilling weint, dauert es nicht lange, bis der andere auch weint. Aber selbst wenn sie weinen, fühlt es sich wie ein Wunder an. Es sind Darias und ihre Kinder, sie sind ganz real und lebendig.

Sie sind sich einig, dass sie es nicht noch einmal versuchen wollen. Sie haben keine Lust, die ersten Monate mit den Koliken noch einmal durchzumachen. Und am Ende haben sie zwei zum Preis von einem bekommen – oder zwei zum Preis von vier, je nachdem, wie man es sehen will. Am unteren Ende des Gartens stehen jetzt drei junge Bäume, einer für jedes verlorene Baby. Ein Miniobstgarten: Pflaume, Apfel und Birne. Wenn sie Früchte tragen, werden die Zwillinge alt genug sein, um bei der Ernte zu helfen.

Wie vorhergesagt, ertönen nun Roxies Schreie unharmonisch neben denen von Mina, und Emily erhebt sich schwerfällig und macht sich auf den Weg zur Treppe. Die anderen essen, bis sie nicht mehr können, und dann neigt sich der Abend plötzlich dem Ende zu. Jim sammelt die Teller ein, Diane packt die Reste in Tupperware, Leila stellt sich an die Spülmaschine. Ramin geht in den Garten, um in Ruhe eine Zigarette zu rauchen. Hazel und Alfie schenken noch mehr Wein ein, strecken sich und machen es sich bequem. Ihre Füße berühren sich, und sie richten sich in ihren Stühlen auf und wissen nicht, wie sie reagieren sollen.

»Wann geht dein Zug morgen?«, fragt Hazel.

»Irgendwann am frühen Nachmittag«, sagt Alfie. »Vielleicht um halb zwei? Ich muss nachsehen.«

»Willst du immer noch den Spaziergang machen?«, wagt sie zu fragen, und ihr Herz beginnt zu pochen. Sie hat die ganze Woche über den Spaziergang nachgedacht, hat sich gefragt, was sie sagen, wie sie beginnen werden.

»Das haben wir doch gesagt, oder?«, antwortet er, und auch sein Herz beginnt heftig zu schlagen.

»Yep.«

»Bist du immer noch bereit?«

»Ja. Ja. Auf jeden Fall.«

»Also gut«, sagt Alfie. »Dann machen wir das.«

Er lehnt sich zurück, die Hände hinter dem Kopf. Hazel gähnt heftig, als sich das Adrenalin langsam abbaut. Sie schlägt nach einer Mücke, die neben ihrem Ohr summt. Im Haus herrscht reges Treiben: Die Eltern gehen nach oben, streicheln die Zwillinge, umarmen und küssen sie. Sie sind jetzt alle vollständig geimpft und halten sich nicht mehr an irgendwelche Abstandsregeln. Sie kommen wieder heraus, verabschieden sich lautstark, sagen, dass sie morgen zum Brunch wiederkommen und fahren dann zu ihren AirBnBs. Hazel und Alfie hören, wie sich ihre Stimmen entfernen, dann wie die Autos wegfahren. Sie bleiben einen Moment lang sitzen und genießen die Stille. Dann klatscht Hazel nach einer Mücke auf ihrem Arm, und sie sind sich einig, dass es Zeit ist hineinzugehen.

In der Küche setzt Hazel den Wasserkocher auf, und Alfie holt Becher heraus.

»Hast du Lust auf eine Partie Scrabble?«, fragt er und lehnt sich gegen die Arbeitsplatte.

»Das wäre schön«, sagt Hazel. Sie schaut zur Decke hinauf. »Die beiden werden wahrscheinlich einschlafen. Aber das ist doch in Ordnung, oder?«

»Gut. Wir können ihre Punkte aufteilen.«

Der Wasserkocher brodelt und schaltet sich ab. Alfie gießt das Wasser ein. Er und Hazel nehmen je einen Becher und lassen zwei dampfende auf der Arbeitsplatte stehen. Oben hat das Weinen aufgehört. Sie hören, wie sich die Tür zum Zimmer der Zwillinge schließt, dann knarren die Dielen, als Emily und Daria sich auf den Weg nach unten machen, um ihnen Gesellschaft zu leisten.

Dank

Damit aus einer Idee tatsächlich ein Buch wird, bedarf es der gemeinschaftlichen Anstrengung vieler Menschen, und ich bin jenen zu großem Dank verpflichtet, die dieses Buch auf seinem Weg begleitet haben. Unendlicher Dank gebührt meinen Lektorinnen Sarah Hodgson und Lindsey Rose sowie meiner Agentin Philippa Sitters für ihre kreativen und klugen Beiträge zum Manuskript, mit denen sie mir geholfen haben, das Beste aus ihm herauszuholen (und mir nebenbei ermöglicht haben, mir meinen Kindheitstraum zu verwirklichen).

Ebenso gilt mein Dank meinen Freundinnen und Autorenkolleginnen Katie Greening, Claire Lowdon und Georgie Hildick-Smith, ohne deren Feedback und Ermutigung ich das Buch vielleicht nie zu Ende geschrieben hätte.

Ich danke all jenen herzlich, die ihre Zeit und Energie darauf verwendet haben, das Manuskript zu lesen: Ashley Hickson-Lovence, Lola Boglio, Ellen Dobbs, Shauneen Magorrian, Emily Frisella und Nikki Ikani. Ebenso gilt mein Dank allen bei Corvus, Dutton, DGA und der Independent Alliance, die mit ihrer unermüdlichen Arbeit dazu beitragen, dass sich die Welt der Bücher weiterdreht. Und ich danke Eloise Daria, die mir unwissentlich ihren Namen geliehen hat.

Wie bei jedem belletristischen Werk habe ich viele der Ideen für dieses Buch wie eine Elster in meiner Umgebung aufgepickt. Eine Quelle sollte explizit erwähnt werden: Meehan Crists Artikel »Ist es okay, ein Kind zu haben?« (London Review of Books, 5. März 2020), denn er hatte einen starken Einfluss auf Emilys Denken in Kapitel 27.

Nicht zuletzt gilt mein besonderer Dank meiner Mutter Margaret Brook und meinem Partner Roberto De Spirito für ihre Liebe und große Unterstützung. Und schließlich meinem Vater Tim Brook, den ich sehr vermisse. Er hat dieses Buch nicht mehr lesen können, doch er hat in mir die Liebe zum Lesen und Schreiben geweckt und damit den Grundstein für seine Existenz gelegt.